慷慨天山

奕辰辰——著

新时代天山文丛 —第七辑—

新疆人民出版社
（新疆少数民族出版基地）

图书在版编目（CIP）数据

慷慨天山 / 奕辰辰著. —乌鲁木齐: 新疆人民出版社(新疆少数民族出版基地), 2025. 2.—(新时代天山文丛). — ISBN 978-7-228-21520-1

Ⅰ. I247.5

中国国家版本馆CIP数据核字第20256T5N02号

慷慨天山

KANGKAI TIAN SHAN

出 版 人	李翠玲	出版统筹	陈 漠 陶小红
责任编辑	刘 巾	封面设计	姚亚龙 杨世新
版式设计	刘堪海	责任校对	张建军
责任技术编辑	马凌姗	封面题字	席时珞
封面绘画	张华君		

出版发行	新疆人民出版社 （新疆少数民族出版基地）
地 址	乌鲁木齐市解放南路348号
邮 编	830001
电 话	0991-2825887（总编室） 0991-2837939（营销发行部）
制 作	新疆生产建设兵团印刷厂
印 刷	新疆新华印务有限责任公司

开 本	787mm×1092mm 1/16
印 张	21.75
字 数	280千字
版 次	2025年2月第1版
印 次	2025年2月第1次印刷
定 价	88.00元

目　录

第一章

调令风波

第一章　调令风波

1

“你不要跟我说这些有的没的，反正这事你得给我处理！处理好了后我还回去带我的兵，你还当你的处长，咱们井水不犯河水。要是处理不好，你就别怪我不客气！”

刘振华蒲扇大的巴掌拍在办公室的破木头桌上，像是要把李处长活吞了似的。李处长却只顾着自己的桌子，一脸肉疼的表情，生怕它在刘振华的巴掌下散了架。

新疆和平解放才两年多，整个军区还是一穷二白。刘振华不当家不知柴米贵，觉得这些桌椅不过是木头块子罢了。

“刘连长，你说的我都明白，但这是上级做的决定。你就算是把我埋汰死，我也没有办法啊！”李处长极为无奈地说道，“这次真的不是后勤部的意愿，更不是我这个人事处处长点着名头要人，是上级经过慎重考虑后做出的决定！”不管刘振华怎么无理取闹，李处长都咬死这是上级的决定。

“这次不是,你的意思是以前有过？那说到底还是因为你！要不是以前动过念头,这次上级也不会考虑到我!”刘振华一听更是来气,揪住李处长话中的小漏洞不松口。

李处长刚想柔声安抚几句,却被刘振华激出了火气。

刘振华掰扯的原因不为别的,就是因为组织上一纸调令把他从一线作战部队的连长调到了后勤,负责新疆和平解放庆功会的相关筹办工作。他怎么都想不明白,自己堂堂一线作战部队的连长,怎么就要来做娘们儿的活计?

刘振华与李处长都是抗战时期参加八路军的,还是同年兵。当初参加八路军时,脑子里也没有什么崇高的思想,只觉得打仗了,身为男儿该去扛枪。天天扶着犁头,蹲在自家门前的一亩三分地里,算是啥事？没想到临了却摊上这么个差事,还不如一开始就在家里放牛种地!

“刘连长,调令你也看到了,写得清清楚楚明明白白。你若是有异议,也该按照相关程序向你的团长反映情况,而不是来我这里瞎闹！这里是军区后勤部,管着所有人的吃喝拉撒。我是整个后勤部的处长,不是你刘振华一个人的处长!”

一提到团长,刘振华脖子瑟缩了一截。调令直接下发到了团部,刘振华不敢和团长叫板,憋着气离开团部,骑着马跑来后勤部找李处长“算账”,指望着胡搅蛮缠闹一场,李处长能把他从后勤部“退回去”。李处长忍耐再三,终究是忍无可忍,冲着刘振华大吼完还重重地拍了自己视为宝贝的办公桌。这一巴掌下去,过瘾解气是不必说,手却是真疼啊！只能双臂环抱在前胸,手掌插在腋下捂着,待那疼劲儿过去。

刘振华看到一向温和后勤部里公认的老好人竟然和自己翻了脸,心里也是咯噔一下。他轻咳了几声,脑子转得飞快,想要给自己找个台阶下:“唉,人在屋檐下,不得不低头哇!”刘振华说着转过身去,从门后踅摸了把椅子，搬到李处长面前，然后一屁股坐了下去。

“今天你就别回去了。等我把手头上的活儿忙完请你吃饭！”李处长从口袋里摸出眼镜戴上，对着刘振华摆摆手说道。

刘振华的肚子早就空了，刚到后勤部的时候，看到李处长的办公室锁着门，他便跑到走廊尽头的水房里“咕嘟咕嘟”地灌了一肚子凉水，暂时麻痹了肠胃。现在这一肚子凉水，全都往下走，早已不在胃里。

眼看刘振华安稳下来，李处长暗自松了口气，想着这一关算是过去了，暂时把这尊大神稳了下来。

“李处长在吗？”好巧不巧，外头响起了敲门声。还不等李处长回应，刘振华已经打开了门。

“刘连长也在啊，那正好！”

来人是人事处的朱干事，今天是他值班。刚刚接到上级关于筹备庆功大会具体方案的相关文件，他听到李处长办公室里有动静，走到门口一看，锁子挂在铁环上，赶忙敲门想干脆把文件内容汇报了，还省得再跑去处长家里打扰一趟。

“朱干事，什么事？”李处长摘下眼镜问道。

“这是上级刚发下来的文件，里面说明了工作的具体项目，划分清楚了负责人。刘连长负责糖果、瓜子、茶叶等的筹备，还有会场的布置工作，但是经费不足的问题，需要咱们后勤部自己解决。”朱干事哪壶不开提哪壶，把刚平稳下来的刘振华再度激怒。一双眼睛睁得碗口大，鼻孔里粗气直喘：“朱干事，到底是哪个上级下的命令？”李处长再也没辙，把文件拍到了刘振华脸上。

“司令员……”

看到电文纸右下方的落款，刘振华撇着嘴重新坐回了凳子上，一筹莫展。

他拿着文件读了又读，短短几行字，怎么也读不出花来。

“是啊，和平了，解放了，是该好好热闹一下子了！”刘振华双手捧着文件，平平整整地放回李处长的桌子上，嘴里念念有词。

刘振华脑瓜子不仅够用，着实算得上极好。他文化程度不高，但看过的东西能过目不忘，寥寥几眼就把文件里上级分配给他的工作记得一清二楚。

“李处长，饭我就不吃了。一会儿街上买个馕，然后我就开始工作。不过咱们有言在先，这次的活儿我干了，等庆功会结束你可得放我回去！”像刘振华这种人，要么一个字不说，但凡开了口，那便是掷地有声，一口唾沫一颗钉，绝不会改。不过，他的心里也有自己的小算盘，觉得上级不可能一直让他待在后勤部。

新疆虽然已经和平解放，却仍有少数反动势力打着原本的旗号，勾结本地土匪，丑化我党我军形象，在茫茫大漠与戈壁滩里盘踞着，伺机而动。

庆功会在即，整个后勤部大院里一派喜气洋洋。刘振华走出李处长的办公室，径直来到大门旁的树荫下，他的“老伙计”还在这里等他。想到自己的“老伙计”以后就得在这个小院子里憋屈着，再也无法纵横奔驰，刘振华就觉得自己有些对不起它。摸了摸“老伙计”的脑袋和鬃毛，刘振华将鞍子后面的包袱卸下来，让它更轻松些。

包袱里面只有一件军大衣，白天可以裹在身上御寒，晚上能垫在身下或是压在被子上保暖，着实是个宝贝。除此之外，刘振华还有个搪瓷茶缸，这两样东西就是他的全部家当。一个大男人，又没娶老婆，家当多了反而是牵绊。像他这般，无牵无挂，到哪儿都能立马扎根。

卸下包袱后，刘振华双手叉腰，迎着太阳看了会儿后勤部的大门。按照规矩，他该回一趟连队，把连队工作交接清楚后再开始接手这个新工作，但刘振华没脸回去。不光是他自己觉得丢人，更是对整个连队的兄弟没法交代。从连队出来的时候，他骑在马上对指导员说，这次去团部肯定是有了作战任务，等他抢个先锋主攻就回来。

连里的弟兄们一听有仗打，个个都很兴奋。谁承想他到了团部之后，等来的可不是主攻命令，而是一纸调令。这下倒好，让刘振华进退不得。

连里反正有指导员在，自己不回去，他一个人也无妨。他们是老搭档了，对彼此的脾气秉性很是了解。自己只要在这里快快忙活完，即便是老团长怪罪下来，也能有底气争辩两句。这么一转念，刘振华又高兴了起来！

"'老伙计'，咱们俩轻装上阵，你还得再辛苦一趟！"刘振华翻身上马。他腕子一甩，朝院子外奔驰而去，就连穹顶的太阳都被他甩在了背后。急速的飞驰和颠簸，以及耳边"呼呼"的风声，吹得刘振华脑子里空空的。

自己这么多年，都是在钢枪和刺刀尖上摸爬滚打。当初听说自己所在的部队能进新疆，着实让他激动得睡不着觉！可是现在自己却没有机会继续驰骋沙场，只能和胯下的"老伙计"一起蹲在办公室里，看着满桌子的文件发呆头疼。这种再无用武之地的悲凉一旦从心里升起就很难抹去。

他想起当初听到的一句老话："出了嘉峪关，两眼泪不干。"那时候虽然也知道来的不是个好地方，而是要靠自己和战友们把它建设成一个好地方，但谁又能料到会是这么憋屈的下场？反正一头毛驴只能驮动两个哈密瓜的场景，刘振华是没有见到。戈壁滩上全都是白花花晃眼睛的牛、羊和野兽尸骨，阿勒泰的蚊虫又多又密，让人没法开口说话；吐鲁番的热风不但能晾出葡萄干，也能吹出"人干"，这些倒是从战友那儿听了不少。不过在刘振华心里，这些地方最多只是环境艰苦些。再难，难得过以前真刀真枪地面对小鬼子和反动派？自己没有金刚钻，真揽不了瓷器活儿！想罢，他双腿又把马肚子磕碰了两下，"呼呼"的风声顿时更大，一直纵马狂奔到乌鲁木齐河旁才勒紧缰绳停了下来。看着还未化冻的河道，也好过在憋闷的办公室里和人吵架。

刘振华总算是把方才和李处长的争执暂时搁置到了一旁，抹了把眼角也不知是情绪上头还是风吹出的眼泪。

2

上次来迪化(今乌鲁木齐)，刘振华穿城而过，根本无暇细看。这回时间充裕，他自己也想在街上多走走多看看。要是踅摸上什么稀罕物件，就买两样带回去给连里的弟兄们看看新鲜。街上大多是当地少数民族老乡，戴着花帽，穿着袷袢(外套)。看到刘振华身上的军装，都会热情地冲他笑着点点头。见此，他特意将腰杆子都挺直了些，不让自己身上的军装出现一个褶皱。

迪化城里有两处最为出名的地方，一个是他现在所处的乌鲁木齐河边，一个就是红山。河对岸商铺林立，算是城里最热闹的去处。不多时，刘振华就看到了红山顶上的塔尖。再往前走几步，整座红山都立在眼前。山石红彤彤的，在阳光下还镶嵌上了一圈儿金边。看着这般好光景，他随手往口袋里一摸，掏出来半把瓜子。这是他去团部领调令时老团长塞到他口袋里的。

“花篮的花儿香，听我来唱一唱……又战斗来又生产，三五九旅是模范……”刘振华不自觉地哼唱起《南泥湾》的调子，脚下踏着节拍，很快就走到了一家商店前。

“这不是解放军同志嘛！解放军同志快请进快请进，伙计，倒茶！”老板操着一口浓重的西北口音，本来坐在店里跷着二郎腿，喝着盖碗茶，斜眼儿看到刘振华牵着马走来，觉得来了个当官儿的，定然有不小的赚头！刘振华对着店主敬了个礼后，又和其握了握手。“解放军同志！

要不是你们来了哦，我们还在那反动派的压迫中呢！就是你们，把我们都解——解放了！让我们那个翻——翻身，让我们吃得饱，睡得好，做生意也踏踏实实的，再没了那些杂七杂八的麻烦。”老板不等刘振华开口说明来意，便自顾自地说了起来。

刘振华一看对方这样热情，便也先顺着他的话说下去：“这都离不开当地群众的支持，要是离开你们，我们两眼一抹黑，这么大个新疆，还不知什么时候才能完全解放！”

“解放军同志客气了，这是我们该做的！您说这么好的党，这么好的部队，我们要是看不到，那还不如把脸上这两个窟窿彻底戳瞎了。那些不支持的人，就是没剥掉壳子的核桃，不砸不开窍！”老板指着自己的一双眼睛说道。

刘振华被他幽默风趣的话语逗笑了，心想寒暄得差不多，该说正事了。结果还没开口老板就指着自己店里还算是丰富的货品对他说道：“解放军同志，今天您来了我店里，那就是看得起我，这店里的东西您随便看，随便挑，看上了直接拿走，我分文不收，就当支持解放军了！就是以后有什么好事，还望解放军同志别忘了在下，多多提携！”

一听这话，刘振华心中顿觉不快。说来说去，这老板还是把解放军和反动势力统领下的旧军队没有区分开来。他干脆直截了当地告诉老板自己要买瓜子和糖。

“哎呀！好说好说！解放军同志，我给您讲，您就是骑着马踏遍整个迪化城，也找不到比我这儿货更全的店了！”老板一边说着，一边招呼着伙计朝后面的堂屋走去。不一会儿，两人就抬出来一口大箱子。

“耗子多，蚂蚁也多，不包厚实些这么好的东西就被糟蹋了！”木箱子里还包了两层浸过药汁的麻布，刘振华看着，觉得区区糖豆子的保存却和后勤部的机密文件差不多了。

“解放军同志，别客气撒！”架不住老板硬往他手里塞，刘振华不得已剥开一颗糖丢进了嘴里。后槽牙“嘎嘣”一声脆响，震得他脑仁儿发蒙！随即一股子甜从舌根处升起，弥漫到整个嘴巴。刘振华甚至觉得自己从鼻孔里呼出来的气都是香甜的！老板身后的伙计看到刘振华这副吃糖的模样，忍不住偷偷发笑。

“解放军同志还满意吧？”老板瞪了一眼伙计，随后对着刘振华问道。“嗯！不错！就要这个！你给我留好，我先带一块走，回去汇报一下。要是处长没意见，这一箱子我都要了！不过可能不太够，还有吗？”刘振华说道。

“解放军就是解放军，真豪爽！”老板让伙计再去后面取货，自己则兴奋地搓着手，不停地给刘振华戴高帽子。

“公家的差事，没这些说法。”刘振华摆摆手说道。

“听解放军同志的口音也是西北人，我祖上是民国十三年从甘肃武威来迪化做生意的，解放军同志是哪里人？”老板看刘振华不喜欢听好话，就和他闲聊了起来。

“我正是西北人。”刘振华回答道。

“哎呀，那我和解放军同志是老乡啊！西北地界儿虽大，但自古不就是放在一起说？就像什么两江、两广一样，那可都是近近的老乡啊！”老板一拍大腿说道。

“哈哈，老乡好啊！既然是老乡，那还指望老板多多照顾了！”刘振华说道。

“这是自然，这是自然！解放军同志能来我这小店，那就是看得起小的，但……”老板欲言又止，伸手抠着头皮说道。

“怎么啦？”刘振华嗅出了一丝不对，不过还是淡定地问道。

“不知解放军同志是付……”老板说一半留一半，刘振华却听懂了，他想问的是怎么付钱。

1949年反动政权即将分崩离析时，中国的社会经济也濒临崩溃，货币急剧贬值,物价飞涨,新疆也不例外,不得不发行更大面值的省币。当时省币最大的面值是六十亿,一张也只能买到二钱羊肉或三两面粉,如同废纸。纸币持续贬值,当地人也不傻,拒绝使用省币而以实物交易。八字砖茶、卡其布及零支纸烟都是以物易物的硬通货!即便后来发行了人民币,但是在新疆市场上的认可度还是很低。老板一听到刘振华要用刚发行不久的人民币来付钱,顿时愣了神儿,立马换了副嘴脸说道:"哎呀!解放军同志您也知道,这种糖迪化生产不了,现在市面儿上有的,要么是当初你们进城之前剩下的,要么就是那些不要命的在边境上和毛子(旧时新疆老百姓用此称呼俄国人)用牛羊换来的。"

老板说到这里突然停住,双眼贼兮兮地看着刘振华的面庞,观察其反应。看到刘振华面前的茶杯里茶水下去了一层,连忙起身亲自给他加水。"留下来的糖,就包括刚才那箱子里的都放得太久了!其实早都不能吃了,而且基本被老鼠、蚂蚁糟蹋过……我留在店里就是为了装装样子。这样的糖我要是卖了,那不是丧良心呢嘛!我就是自己吃了,也不能卖给解放军同志让解放军吃撒!至于从国外弄来的……太少,还没到迪化城,沿途就被瓜分干净了,所以……"说来说去就是换着法子不卖,听得刘振华恼火不已,将茶杯盖用力扣上,发出清脆的响声。老板见状却又殷勤起来,笑嘻嘻地东拉西扯,最终引得刘振华极为厌恶地瞪了他一眼!这奸猾的老板当即看向刘振华腰间的枪盒子,吓得身子骨一抽抽。

当兵这么多年,刘振华就没这么憋屈过!要是在战场上被敌人这么欺负,大不了冲上去真刀真枪地干一场。现在却是连句重话都不能说,生怕违反了规定。出了商店,太阳刚刚偏西,刘振华憋着一肚子闷气往回走。他不知道的是,新疆军区为了平抑物价,推动人民币的发行,已经做足了努力。但上有政策,下有对策,何况新疆现在是百废待兴,本地群众从思想到行动都需要一个转变的过程。

3

回去的路上，刘振华觉得自己的嘴真是笨！以前打仗的时候，几句话就能让全连的战士拼命地往前冲，怎么到了和平时期竟连个东西都买不来？他想着想着，不知不觉，已经回到了后勤部门口。

“刘连长回来啦！”朱干事腋下夹着一个档案袋，正好从里面走出来，迎面碰上刘振华，热情地招呼道。刘振华正在生闷气，但看到朱干事脸上那副金丝边儿眼镜在偏西的太阳下泛着光，活像在脸上挂着两碗水似的，无比滑稽，便不自觉地有了笑意。

朱干事一愣，不知这位大名鼎鼎的连长遇见了什么好事，怎么这般高兴。脑筋一转，这才想起他先前在李处长办公室里说的话。看样子，应该是把事情都办妥了！老革命就是厉害，一出手全不费工夫。这才短短几个小时，就把东西全部置办齐全。朱干事也跟着高兴，毕竟庆功大会可是全军区、全新疆的大喜事，到时候军区首长们，还有省主席也要来参加，算是军地同乐！“真人不露相啊！一开始还说这是秀才干的活儿，其实自己就是个大秀才。”朱干事停下脚步，对着刘振华称赞道。

刘振华收住笑意，纳闷朱干事这句没头没脑的话究竟是什么意思，甚至觉得他是在对旁人言语。四顾看了看，一个人影都没见到。“你在对我说话？”刘振华指着自己鼻尖问道。“那还能有谁？咱全军区没人能像刘连长这般一个下午就把庆功会需要的东西置办齐全的。”朱干事笑着说道。

刘振华听后气得嘴角直抽抽，他早就领教过这些知识分子的嘴上功夫。一开始和他搭档的指导员也是如此。给战士们讲话，听得人云里雾里。提意见也不照直了说，非得拐那十八弯，说一留万。不闷着头想个大半宿,根本闹不明白他想说啥。这位朱干事参军不久,连枪都没摸过几次,入伍以来就在后勤上握笔杆子,身上这种气息还很浓厚。明明是贬低自己没能力,非要说全军区都找不出来。要是全军区都和自己一样被几颗糖豆子难住,还不如趁早回家喂猪种地,让司令员一个人在军区大院里当个光杆司令好了。

还没等这边发出脾气,一辆吉普车打了几声喇叭,从远处开来,车头车尾都包裹着厚厚的扬尘。刘振华立即收回了眼神,和朱干事一脸严肃地理了理军装。可脖颈后方有块地方始终朝里别着,情急之下刘振华用手抠了两三次都没能弄好,转眼吉普车已经到了眼前。

扬尘落下,前座的首长竟然比后面的警卫员和秘书先从车上跳下来,刘振华和朱干事这才看清,来的人是司令员!见到首长,朱干事紧张得连敬礼都忘记了,还是刘振华反应快,再加上以前曾在大会上远远地见过司令员几次,对他算是熟悉,当即敬了个标准的军礼:“司令员好!”

司令员皱着眉端详了好一阵,走到他面前,却没有回礼也没有言语。李处长正好从办公室出来打水,在走廊上一抬头就看到司令员迎面走来,立马站定敬礼。“进去说。”司令员回了个军礼说道。

“司令员,您怎么来了?”李处长看到刘振华神情忧虑地跟在后面,以为是他在城中闯出了祸事,连司令员都惊动了。

“我是来找你说说庆功会的事情。”司令员开门见山地说道。

“司令员,庆功会在加紧筹办中。”李处长说道。

“不是加紧,是马上!”司令员严肃地说道。

“司令员,具体时间定下来了吗?”李处长沉默了片刻后问道。

这样的事,司令员大可一个电话打来交代完毕,可他却亲自跑来一趟,足以证明对此事的重视。

“后天。”

“后天!”

不等李处长开腔,刘振华大吃一惊。

既然司令员亲自来说这件事,定然是万分紧急,可他无论如何也想不到庆功会的日子竟然就是后天。从他到团部接了调令开始,总共还不到一天的光景。若是后天就开庆功会的话,满打满算只有明天一天的准备时间。

“司令员,我不干了,这事儿实在干不了!”刘振华宛如一个泄了气的皮球。

“怎么干不了?”司令员高声问道。

刘振华以为此事有门儿,说不定能当场辞了这差事,正准备开口解释,耳边却传来一声炸雷!

“怎么就干不了!”一看司令员生了气,刘振华只好支支吾吾地简要讲了讲刚刚受到的憋屈。

司令员听完后叹了口气。他清楚城里的局势,商人逐利,对解放军、对共产党并不了解,持着观望态度也算是情有可原。刘振华长期在一线带兵打仗,脑子里没有那么多弯弯绕,这些方面肯定比那些市侩商人差得远。

正在众人一筹莫展之际,院子里刘振华的“老伙计”忽然嘶鸣了一声,像是在预兆着什么似的。

“哪来的马?”司令员眉毛一挑。

司令员了解后勤机关的情况,后勤工作就是保障。在物资不充足的情况下,他们可是把自己的口袋都掏空了,腰带都勒紧了。现在突然在这里听到了马的嘶鸣,司令员当然觉得诧异。

“报告,是我的马!”“刘振华,你一个连长就骑马啦?真够威风的!”司令员调侃一句,缓和了方才因为提前举办庆功会而紧张的氛围。“司令员,这可不是我威风,是真刀真枪拼来的!”刘振华说道。

眼瞅着他又准备诉苦忆旧说起自己以前的战功，想以此为借口撂挑子，司令员就赶紧摆摆手示意他们都先出去，自己有事和李处长单独说。

站在院子里，刘振华先是不住地叹气，很快又看着马出神，一言不发，像根木头柱子似的杵在那里。

这匹马从他过了星星峡，刚进入新疆时就陪在身边。刘振华只是个连长，要不是曾经受过重伤，有名的战斗英雄，根本没有配马的资格。

很多团长、旅长在进新疆前，都是靠自己的两条腿走南闯北。待进了新疆后，收编了巴里坤的军马场，这才给团级干部都配了马。

连长里刘振华是独一份！这还得归功于老团长张雄伟的偏爱。但站在他身旁的朱干事却不知刘振华脑子里激烈的想法，只觉得这位吵吵嚷嚷的连长突然沉默起来压得人喘不过气。

半晌之后，只见刘振华双拳紧握，手背上青筋暴起，牙关死死地咬住，两边的腮帮子鼓得快要炸了！

“老伙计，对不住了！”刘振华抚摸着马的鬃毛，喃喃自语道。一人一马相处这么久，马早就通了人性。看到刘振华难过，马转过头，在他脸上亲昵地蹭了蹭。很快，院子里传来一阵清脆的马蹄声……

刘振华再回来时天已经黑了，司令员也已离开，整个后勤部院子里只有李处长的办公室还亮着灯。

刘振华是走回大院来的，一手提着一个麻袋，沉甸甸的。李处长光用眼睛都能估摸出来有多重。

“这是啥？”李处长明知故问。从刘振华骑着马离开后，他就什么都明白了。不过这件事非得逼着刘振华自己说出来不可，要是不亲自开口说，怕是很难过这一道坎。憋久了，像他这样的急脾气、直性子，必定生病不可！

李处长这一问，刘振华眼眶顿时红了，喉结上下动了动，张开嘴，嘴角还挂着唾沫珠："糖和瓜子，说是北边来的，最好的。我的马是战马，年龄正合适。接到调令前刚换的马掌，还不到半个月。老板还看在这身军装的分上多给了点儿。本地的老板只认东西不认钱，尤其是觉得咱们的钱不值钱，那就只能给他们认为值钱的东西。"刘振华清了清嗓子接着说道。

后勤上穷得不至于揭不开锅，但也的确没什么富余，刘振华便将自己这匹马充了公。

"走，去我家！我特意让朱干事带了话回去，你嫂子还温着菜呢！"李处长听刘振华语调还算是平稳，便开口说道。他拿上自己的帽子，抬腿就走到了门口。"我不去！我就在办公室里睡！李处长这里没什么机密是我不能看的吧！"

刚还好好的，转眼又上来了别扭劲儿！但这次刘振华别扭归别扭，嘴和身子却是反着来，紧跟着李处长出了办公室。两个那么沉的麻袋拎了一路，他也饿得够呛！

第二章

最高命令

第二章　最高命令

1

转眼到了开庆功会的日子，刘振华早早醒来，收拾停当后发现李处长已经在院门口背着手等他，身边还站着朱干事。“你为啥也起这么早？”刘振华问道。他早起是为了提前去把用自己“老伙计”换来的糖果和瓜子都摆好，交给别人摆弄他不放心。

三人扛着麻包，有说有笑地走向开庆功会的礼堂。还未到时间，礼堂门口已经人头攒动。“同志，让一让……让一让，同志！”三人口中不断念叨着，才能侧着身子挤过去。负责看门的是个老同志。别人不认识，却是一眼认出了李处长，赶忙上前来解释道：“李处长，同志们都到得太早了，乱哄哄的，这可咋整？俺又不能把他们提前放进去！”老同志犯了难。

“唉，我也没辙！先让他们聊着吧，估计过一会儿该说的话说完了就能安静些。先让我们进去，还有些东西要准备。”李处长想了想说道。

老同志应了一声，打开了门上的大铁锁，刘振华三人走了进去。门外的众人恍若看不见一般，说说笑笑地继续聊着，刘振华还听到有人高声喊道："借个火儿！"

晨曦中的礼堂更加巍峨，尤其是门口悬挂的大红花和红布带，比即将升起的太阳更加喜庆。刘振华身影飞快，不一会儿就把糖果和瓜子布置停当。"这样就可以了吧？"他抹了把额头上的汗水，一边用帽子扇风，一边问道。李处长在礼堂最后，没有听到刘振华的话语。他要从尾到头，好好再过一遍。"咱们要争取不出错！否则这样的大会，出了错就没有小错！"李处长细细看了一遍，觉得再没有什么纰漏了，这才抬头对刘振华和朱干事说道。

这次庆功会的分量很重，它不仅是一次凝聚人心的盛会，更是进疆解放军对毛主席、对党中央乃至对全国人民的一个交代，也是对那些零散的反动派，以及和反动派相勾结的本地土匪的一个极大的震慑！

刘振华准备妥当后环视了一遍空旷的礼堂，心中的自豪与骄傲之情无以言表！他甚至开始有些庆幸自己被调到了后勤部工作，否则凭自己一个小小的连长，估计是没资格来参加这个庆功会的。不过转头一看到桌上的糖果和瓜子，刘振华却又想起了自己的"老伙计"，以及那些在峥嵘岁月里牺牲的战友们。

刘振华抿了抿嘴唇，尽力控制住情绪，抬眼看向其他两人。李处长和他一样，也是泪眼涟涟。时间一到点，看门的老同志打开了门，院子里进来一大群人。

和李处长先前说的一样，这些身经百战的老兵们先前聊得热闹是因为许久未见，难免感慨，但聊着聊着，有些话题却是不愿意再提起。现在进了礼堂，看到毛主席和总司令的照片，每个人都自觉地保持安静。在通过主席台前的走道时，还都提前整理了一番自己的军容。

刘振华站在主席台的角落处，不停地打量着进来的人，果然有不少熟悉的面孔。有些人他是不服气的,比自己扛枪还晚,现在都当了营长了,听说再过不久就要提拔到团部去任参谋。他心想这些人不就是比自己多认识几个字吗?打仗用的又不是笔杆子!后勤部的同志算是保障会议的工作人员,李处长让刘振华坐在侧面,这里离主席台更近,万一首长们有什么需要他能立马回应。

刘振华虽然有时候毛手毛脚的,但他胜在反应快,有眼色!首长们也都是不拘小节的人,不会因为这样的小事生气,所以也没什么好担心的。

距离预定的开会时间已经过去了半个小时,主席台上还是空空如也。这次前来参加庆功会的,有从一线部队专门叫回来的指挥员和战斗英雄,还有军区的全部领导,包括司令员、起义部队的司令员以及后勤部的部长、南疆军区政委等。连同新疆省人民政府主席也受邀前来参加庆功会。

朱干事已经跑出去打了两通电话,第一通没有回应,第二通有人接听。“应该是首长身边的人接的。说首长们有要紧公务正在处理,稍晚些时间到,让我们可以在一定范围内有限度地组织一些文艺活动,调整同志们的情绪。”朱干事对李处长和刘振华说道。

首长电话里的要求却让两人都犯了难。文工团的同志们的确是准备了节目,但首长都不在,总不能让他们演两遍吧?“老刘,你说说,这是啥情况啊?首长们可从来没这样过!”刘振华挠挠头,他也想不明白,随口回应道:“我又不知道首长们平时啥样。再说了,那么大的首长,事情多,他们忙不是很正常?你个小小的处长都忙得跟头绊子!”李处长听后安心了不少,刘振华说得也不无道理。毕竟庆功会已经开起来了,临时出现些情况只要动动脑子都能应付。

刘振华说完后低头想了想便拿起搪瓷缸子,也不管是谁的,“咕嘟咕嘟”灌了几口水后抬起腿就走到了主席台,转身把主席台上的喇叭拿下来，深吸一口气，放声唱道：

“花篮的花儿香，听我来唱一唱……”

在座的同志们很多都是三五九旅的老兵，一听到这首熟悉的歌，情绪一下就被调动了起来，纷纷放开嗓子跟唱起来。

文工团的同志们看到后，主动上前接过喇叭领唱起来。

不知唱到了第几首，忽然门口走进来一个人，快步走到领唱员的身边，拿过喇叭大声喊道：

“全体起立！ 立正！”

听到字正腔圆的号令，整个礼堂的人齐刷刷地站起来。

“首长们到了！”刘振华心里想着。

当先一人便是司令员，与他并肩步入会场的是新疆省主席和起义部队司令员，紧接着是后勤部部长……刘振华所在的位置，刚好正对着礼堂大门，他第一个看见司令员走进来，立马带头鼓起了掌，把手掌都拍红了。司令员深深地看了一眼刘振华，他眼窝深陷，眼睛里隐隐带着血丝，看上去很疲惫。落座后，司令员冲大伙儿笑笑，笑容中带着倦意，随即和坐在他左右的首长交换了一下眼神，然后清了清嗓子。

众人听到后，掌声瞬时止住，这是司令员要讲话了。

“现在宣布一项主席的命令。”司令员极为严肃地说道，目光在礼堂中环视了一圈。刘振华感到空气顿时变得凝重起来，这种感觉已经许久未曾有过。以前每逢大战将至，命令一级级传达，各级指战员接受战斗任务时就会出现这样的凝重。现在明明已经太平了，就算个别地区还有不稳定因素也是局部的，为啥司令员会这样严肃？

“以下是原文：‘你们现在可以把战斗的武器保存起来，拿起生产建设的武器。当祖国有事需要召唤你们的时候，我将命令你们重新拿起战斗的武器，捍卫祖国。’”短短两句话，司令员很快就宣读完了，整个礼堂却是落地听针般的安静。

许多人的身子开始摇晃，屁股上长了刺儿一般，怎么坐都不舒服。铜浇铁铸般的铁血军人，此刻全乱了神情！窗外正巧刮过一阵大风，把窗子吹得“啪”一声关起又弹开。众人的心情和那风中的窗户一样，像是被从抛举起的空中狠狠地摔在地上，烂得稀碎！

刘振华觉得自己的脖子僵直，不能有丝毫的转动。甚至连吞咽唾沫的动作，都担心声响太大！越是如此，心脏却越是“咚咚”直跳。他极为艰难地转过头看了看身边的李处长。

“这话，什么意思？”刘振华悄悄地问道。

李处长舔了舔嘴唇，没有回答。

这项命令犹如一把重锤敲在大家的胸膛上。和所有人一样，刘振华最终还是把目光重新定格在了司令员脸上，等着他把主席的命令讲得再清楚些。

“同志们，中国人民解放军是有生产劳动传统的，在座的同志有的在抗日战争艰苦的岁月中与群众一起劳动，有的曾经参加南泥湾披荆斩棘的大生产自力更生，最后不也克服了困难，渡过了难关？现在全国的主要任务就是要开展生产劳动，咱们更要发扬爱国精神和革命英雄主义精神。以前这两种精神体现在战场上，现在就要让它们出现在劳动战线上！”司令员的话语铿锵有力。

“所以主席是让我们去当农民、去种地吗？”刘振华朗声问道。

礼堂中的众人，目光在刘振华和司令员的脸上来回转换。坐在最前排，和主席台上的首长们间隔最近的同志都耷拉着肩膀。他们耳中只有那喇叭嗡嗡的声响，一个字都听不见，也听不进去。

司令员的神情更加庄重，毕竟这问题问到了核心处：“咱们驻新疆的中国人民解放军在进疆之后，除了剿匪外，也一定程度地开展了劳动生产。尤其是后者，在巩固新疆和平、保卫人民和祖国的边防上至关重要！所以我们必须坚定不移地执行主席的命令，在天山南北掀起一股生产的热潮。不过有的同志可能会问，咱们这样做，为的是什么呢？”

司令员说到这里拿起桌子上的糖果和瓜子，高高举着说道：“为的是减轻人民和国家的负担，增加人民和国家的财富，以此更好地保卫新疆！我们自己有手有脚，为什么不能通过劳动来创造生活资料？我相信，只要咱们的战士充满爱国热情，拥有劳动创造一切的信心，就可以把荒漠变为良田，戈壁变为绿洲！”司令员一番慷慨激昂的话说完，众人都受到了鼓舞。

几个关键性的疑惑得到了回答，众人已经明白了这命令的意义所在，就是这庆功会的性质却彻头彻尾地变了。不少同志到了快退伍的年纪，以为能在这次庆功会上受个嘉奖表彰，然后风风光光地回老家去，在炕头上抱着媳妇儿生孩子，现在却要他们留在新疆继续奋战在生产建设的第一线！

刘振华参加过南泥湾大生产运动，他知道相比于可消灭的敌人，种地生产可是个没头儿的活计，况且他还没想通，当兵的放下了枪，那还叫军人吗？俗话说拳不离手，曲不离口，叫花子都得每天练几遍数来宝的贯口。战士放下了枪，敌人杀不了，恐怕地也种不好，到头来兵不兵民不民的，算怎么一回事！

本以为庆功会是热热闹闹开开心心的，没想到这一趟军区来的，不但卖了自己的马，就连枪也要保不住了！

2

回到后勤部，刘振华狠狠地摘下帽子，砸在李处长的办公桌上。现在李处长已经对这张来之不易的桌子没了心疼。刘振华脾气冲，有什么就跟个迫击炮似的，直接发起火来，但现在就连这炮筒子也安静了下来，想发火都找不到地方，只能揣着手，坐在那儿，浑身不对劲。

他承认自己对种地不在行，也没有兴趣。就算司令员说得天花乱坠的，礼堂里掌声雷动，也改变不了这点。什么时候听说过扛枪的人要放下枪，拿起锄头去种地？这么多年，大大小小的仗打了不知道多少次，除了确实有几个艰难的阶段外，也没吃过什么大亏！

“你差不多得了！还要干什么？难道你想违背主席的命令不成！”刘振华在办公室里憋闷得直跺脚，李处长听得心烦，厉声说道，“好歹也算是老革命了，就这点觉悟？”

“你甭拿那套来糊弄我！老子的觉悟是有目共睹的，不需要用这张嘴说！”刘振华正愁一肚子火气没地方撒。

“当年在南泥湾的时候，你怎么不这样？还不是屁颠屁颠地开荒种地！”

李处长这次寸步不让，实则自己心里也没想明白。

一提起南泥湾，刘振华更是腰杆邦梆硬！

“你是在机关里舒服地待着，桌子椅子都是宝贝疙瘩，回去还有老婆天天抱着睡觉，美得不得了！我打小没爹娘，就知道扛枪。现在连这都要没了，你还跟我提觉悟？你也配！”

刘振华越说越气，竟把枪都掏了出来，用力砸在桌面上。李处长看他真来了火气，就不再言语，省得火上浇油。也不知过了多久，刘振华猛然站起身，拿起枪揣在腰间，又一把抓起帽子就要出门。

“你干什么去？”李处长高声问道。现在可不光是刘振华一人不冷静，这种消息可比电话都快，和刘振华一样的人也不少。炮筒子们聚在一起，稍不留神就会弄出大事来。别人他管不了，但刘振华得看牢了。

李处长一个箭步冲到办公室门口，挡在薄薄的木门前说道：“你今天哪里也不许去！在没有新的命令下达之前，我在哪儿你就在哪儿！”

“老子爱去哪儿去哪儿，你管不着！”刘振华捏住李处长的肩膀，用力一提，就把他跟拎小鸡一样拎到了旁边。

李处长这次是铁了心了，脚一落地立马又冲上前来，说什么都不肯让开半分。刘振华还想动手，但怕自己力道太大真弄伤了老战友。他回头看到办公室的窗户，心里一乐，想到“没门有窗”，你堵着门不让我出去，那咱跳窗还不是一样！你李处长又不是孙猴子，还能分身一个自己出来再守着窗户？不过这窗户狭窄低矮，刘振华仅凭目测都知道自己出不去。

李处长见他平稳下来，暗自松了口气，这才感觉到被刘振华捏过的肩膀火烧火燎地疼。刘振华看到老战友在自己对面疼得龇牙咧嘴的，心里也很是过意不去，但他把这一切都归在那条让自己不能理解的命令上。

敲门声骤然响起，李处长回过神来，连忙说了句“请进”。刘振华一看到进来的人，吓得顿时起立、敬礼一气呵成。不等来人说话，就扯开嗓子大声喊道：“团长好！”谁料团长根本不搭理他，反而满脸堆笑，慢条斯理地对李处长说道：“李处长好，我是张雄伟。”

“张团长好！”

两人互相敬礼，打过了招呼。

“刘振华在这给您添麻烦了。这浑小子是我的兵，带了这么多年，本事没长，就长了一副臭脾气。”张团长一开口就是道歉，弄得李处长很不好意思，连忙说道：“我俩也是老战友，都习惯了，没事的！张团长来后勤部是有什么事吗？”

“我是来看看刘振华在这里工作得怎么样。”张团长说道。

刘振华的眼睛顿时亮了！他心想关键时刻，还得是老团长靠得住哇！

“刘振华同志在这里表现良好，觉悟极高，是一位有能力有经验的好同志！为了庆功会的筹备，还自愿将自己的战马充公，从本地商人手里换取了茶叶、瓜子和糖。”李处长说道。

张团长知道那马对刘振华意味着什么。听到这里，不由得转过头深深地看了他一眼，随即又冲着李处长道谢一番。

“李处长，我想和他单独说两句话。”

“张团长快请坐，我给您倒杯水！”

李处长赶忙起身，让出自己的座位，请张团长坐下。

“李处长不用麻烦，我和刘振华就单独说两句话。”

张团长摆摆手，硬是没让李处长起身，然后对着刘振华喊了一连串儿的号令。“立正！向左——转！目标，后勤部院子，跑步——走！”刘振华听到这号子，一丝不苟地执行，动作之标准，没有严格的队列训练根本做不到。

“脾气很大，有想法？”张团长对刘振华没有任何客气话，上来就是单刀直入。

“团长，我……”

刘振华支支吾吾的，却也不敢给自己做辩解。

“你就是个逃兵！”

这句话让刘振华觉得五雷轰顶，眼前一黑！老团长要骂要打，都无所谓，但骂他是个逃兵，这比枪毙了他还难受！这么多年的枪林弹雨都闯过来了，别说没有腿软过，就是面对着黑洞洞的枪口，连眼皮都不带眨一下。从抗日战争到解放战争，死里逃生也有过几次，啥时候后退过？怎么就成了逃兵？尤其是这话还是从老团长嘴里说出来的，分量不一样！刘振华还以为老团长是来解救自己的，只要卖卖惨，装装乖孩子，就能从这破地方回到连队去。

“老团长，你这话说的，你还不了解我吗？从我是个战士开始，这么多年来我啥时候逃过？就连躲都没有躲过一次！”这个时候刘振华也顾不得老团长的威严，壮着胆子和他争辩起来。

“你觉得我说错了，冤枉得很？”张团长眉毛一挑问道，“不错，你是打过不少仗，还有很多是硬仗、苦仗、血仗！这些我都记得！不说别的，就你这条胳膊当年是怎么负伤的，我也记得一清二楚！但光是这些你就以为够了？就能跟个井底蛤蟆似的，躺在功劳簿上睡大觉，当大爷了？”张团长背手踱步，嘴里的话字字都像刺刀般狠狠戳进刘振华的胸膛。“仗打完了，以为天下太平了，就开始居功自傲不服从组织安排，你有多蠢？毛驴子的尿泡都比你小子的脑袋瓜好使！起码装的水更多！”

“我问你，我军向来的优势是什么？”张团长话锋一转问道。

“是英勇顽强，不怕牺牲，服从纪律，听从指挥，有不怕吃苦不怕死的革命精神！”刘振华回答道。

“我再问你，劳动战线是不是需要刚才你说的这些？”张团长接着问道，根本不给刘振华喘息耍赖的余地。

“报告团长，需要！”刘振华大声喊道。

“既然需要，你能不能做到！”

“能。”

“大声点！”张团长中气十足地喊道。

“报告团长，能做到！刘振华回答完毕！”刘振华说完还敬了个军礼。

“滚吧！别让我再听到你又到处挑刺儿！”

被老团长收拾了一顿，刘振华非但没觉得憋屈，反而心情畅快！真是个磨盘脑袋，不拉不转，非得有人去推一把才行。

抛却这个不提，刘振华却在后勤部扬了名。因为老团长是在大院中和他说的那些话，包括刘振华那震破天的回答，整个后勤部的人都听得清清楚楚。以至于许多年轻的战士，老瞅着机会溜到李处长办公室门口，就想多看几眼这位嗓门贼大又一肚子憋闷火的刘连长。

第三章

扎营天山下

第三章　扎营天山下

1

随着主席的命令下达，全体驻疆部队开始进入屯垦戍边的备战之中，一手拿枪，一手拿镐，执行既是战斗队，又是工作队，还是生产队的"三个队"任务。司令员在下发至全体驻疆部队的文件中明确提出，要努力开荒生产，用自己勤劳的双手建设自己的家园。

后勤部最大的"刺头"刘振华，在被自己的老团长一番训斥和劝诫后也渐渐转变了思想。他心里虽然还是有些疑惑，但他知道革命战士必须服从革命的需要，现阶段的革命需要便是大力发展生产，如果不服从，那就是逃兵！大生产即将热火朝天地展开，刘振华所在的部队也领了重要任务——要从现在的驻地向新的垦区开拔。刘振华作为后勤部的人，原本只要在机关继续为生产战线做好后勤保障即可，毕竟大生产一开始，需要的生产和生活资料对现在的新疆军区而言是个天文数字。要在最短的时间内，进行最高质量的筹措准备，比登天还难。李处长长期在机关工作，对一线部队以及垦区的情况不太熟悉和了解，便让刘振华以后勤部干事的身份重新回到他以前的连队，去往垦区进行实地考察，看看部队生产到底都有哪些困难。这样后勤部也能分出个轻重缓急来，以便有计划、有针对性地去解决。

说是考察，更像是“放虎归山”。刘振华在知道了自己的老战友们要奔赴天山南北的不同垦区后早就按捺不住了。要是还把他“圈养”在后勤部，老虎早晚要咬人！就像老百姓说的，调皮孩儿装不了一天乖，早晚得憋得浑身不对劲，和人刺挠起来。重新回到连队，刘振华连头发丝都觉得舒坦无比！

老满城(位于迪化城的西北部)虽然带个城字，实际上就是一片大戈壁滩，零零散散的有些土坯房子，顶是平的，墙面掏个洞就是窗子。十几个人睡在一张大通铺上，床板一个挨一个，翻身都困难。屋子里除了个大铁皮炉子外什么都没有。这一切对于刘振华而言却是无比亲切。包括那灌冷风的窗户洞和粗糙简陋的铁皮炉子也比后勤部的办公室看着顺眼多了！此时的连队里，指导员已经把连长的职务一肩挑，全连上下还不知道刘振华以考察的名义重新回到了部队。他进屋时，指导员正在给班长们开会。一堆黑乎乎的脑袋瓜子凑在一起，扒拉着桌子上的地图。你一言、我一语，叽叽喳喳的，比开春林子里的鸟叫还聒噪。刘振华却不这么认为，这里有他最熟悉的味道，最熟悉的氛围。金窝银窝不如自己的狗窝，这里便是他刘振华的“狗窝”！

“报告！”洪亮的声音打断了正在开会的指导员和班长们。

众人抬头一看，嘿，竟然是连长回来了！“后勤部干事刘振华奉命前来基层连队进行实地考察！”眼瞅着那群班长已经立正，就要抬手敬礼，刘振华抢在了他们前头。“了不得……机关上的大干部下来视察工作来了！”指导员走到刘振华面前调侃道。“从现在起，我刘振华就是连队中的一名普通战士，请指导员同志分配任务吧！”刘振华演上了瘾，这模样把大家伙儿逗得哈哈大笑。“连长咋还穿着便装呢?”“你懂啥！大领导出门都这样,叫‘微服私访’!”两个班长跟着起哄。刘振华终于憋不住了,“扑哧”一声笑了出来。

“你现在是后勤部的领导了,那咱们连也算是‘上面有人了’。怎么样,不给老伙计们开开小灶,多弄点生产资料?”把起哄的班长们全都轰了出去,指导员对刘振华说道。“唉……”刘振华一言不发,坐在那儿光顾着叹气。“啥意思这是?”指导员不解,当即追问道。“唉……”这次却又比上一次更重!“难呀,我的指导员,太难了！你知道我去后勤部的第一天就干了件啥事儿吗?”刘振华开了腔,一开口就是诉苦。这是他的老把戏了,指导员根本不理。他着实也走了有段时间,要说什么都没发生,那绝对是不可能的。指导员还真想听听他怎么说,即便他刘振华要胡吹一通,那也得说出点儿道道来。刘振华见自己把指导员弄得都不说话了又哈哈大笑起来,扯住他胳膊就往外走,指导员云里雾里。

营房门口停着三辆铁轮大车,上面装着一把把崭新的坎土曼。全连一百多名战士全都围在车前打转,不少人都光着膀子,还有连裤带都没系好就奔来的。反正连里都是清一色的男人,根本没有什么顾忌。他们眼中全是那坎土曼磨得锃亮的铁头！这么漂亮的农具,看着可真稀罕。“看看,咱一趟后勤部可不是白去的!”刘振华拍着胸脯,十分骄傲地说道。“来,你们几个负责发一下,弟兄们一人一把！要是不够的话,等到了垦区我再想办法!”刘振华一副首长的语气。话音刚落,战士们便一拥而上。不一会儿,坎土曼就抢光了,只剩下一人没有。“你小子扛两个想干啥?”刘振华眼尖,环顾一圈儿,看到有个战士一手一个,全都扛在肩膀上。“报告连长,俺身子壮！扛两个可以干双份儿!”这个战士是连里的机枪手,身子的确壮实。平时连里人手不够,他连弹药手都不需要,子弹机枪全都自己扛着,没想到连坎土曼都想着多占。“去去去,少在老子面前耍贫！赶紧分一把出来！想干活儿还不容易,等到了垦区别说两份儿，二十份儿都有你干的。你要是真能自己全都干完，我向后勤部给你申请嘉奖！”刘振华根本不听他瞎扯淡。

部队开拔的当天下起了大雪。别说连里几个参军不久的南方兵很难想象二月份还会下雪，就连刘振华这个西北人都对新疆的自然环境有了更多更深的认识。生产也是战斗，想当初打仗的时候，手里的家伙什硬，腰杆子就有底气，现在坎土曼就是钢枪，崭新的“钢枪”扛在肩上，当然是热情高涨！刘振华特意让司号员和自己肩并肩走在最前面，指导员压后，大雪中可万万不能有人掉队。

同行的部队中没有一辆汽车，马车也寥寥无几。战士们唯有靠着双腿艰难地跋涉着，在冰雪之中留下一道道整齐的脚印。举目四望，苍茫的红柳和凌乱的梭梭在风雪中摇曳。时不时能看到成群结队的野兔、野羊、跳鼠在灌木荆棘中出没。战士们就在这样荒凉的戈壁滩上行进着。赶到昌吉时，已经到了傍晚。雪天行军要累得多，刘振华和指导员巡视了一圈，便让战士们都早早休息。他们两人则和其他连队的连长、指导员坐在一起围着火堆吹牛。还没说上几句话，突然又来了紧急命令，让他们明天必须赶到景化（今呼图壁县）。从昌吉到景化有四十多公里，这会儿雪虽然比白天小了些，但谁也不知道它什么时候停。刘振华在心里盘算着，哪怕是按照一小时行军五公里的速度，至少也要八个小时才能赶到。

在与指导员合计了一番后，两人决定夜里十二点就继续赶路。

这样的话，战士们既能有五个多小时的休息时间，还能趁着雪小的时候提高行军速度，多赶路。没想到这一夜雪的确是变小了，但冷得吓人！

刘振华暗道不好，这应该是遇上寒流了。早就听老乡们说起过，新疆有两种风能要人命，一种是沙尘暴，南疆多点，另一种就是寒流。沙尘暴遮天蔽日，但起码能看到，可以提前预防。寒流却无声无息，等感觉到的时候就已经晚了。现在唯一的办法就是尽可能保存体力,待一会儿太阳升起气温回升少许后就加快行军速度,一鼓作气赶到景化!

东方的天空刚刚露出鱼肚白时刘振华看到斜地里有棵老榆树,树干附近有个很大的泉眼,泉水源源不断地涌出来,很快就结成了一层薄冰。除此之外,四周都是白雪覆盖着的荒滩,连个能避风的地方都找不到,但连队里已经有两名战士的脚被严重冻伤。刘振华让他们把坎土曼当作手杖,杵在地上,支撑着身体慢慢走,指导员和机枪手两人一边一个再搀扶住。这俩战士硬是不舍得让那崭新的坎土曼挨地,怕万一弄坏了,等到了垦区自己手里没家伙用了!

"等你自己娶了媳妇儿,你把你媳妇儿就这样成天地供在炕上,我管不了!这玩意儿是我给你找来的,把它当拐棍杵着走路,这是命令!"刘振华厉声道。

隔着大雪与雾气,刘振华看到前方不远处有人影。他立马冲着后方的行军队伍打了个手势,全连静悄悄停住,伏低身子,进入战斗状态。"出什么事了?"指导员从后面摸上来,蹲在刘振华身旁,压低声音问道。他看见刘振华手上已经握住了枪。刘振华没有回答,只是朝前方努了努嘴。一阵风吹来,视野又模糊了几分。借着风头,刘振华努力睁大眼睛,看清前方是两个人,鬼鬼祟祟的,形迹可疑。

"我带两个人上去摸一下。"指导员说完就朝身后点了两名战士,正要起身,却被刘振华压住肩膀。"是自己人。"刘振华收了枪,站起身说道。走近一瞧,是隔壁连队的指导员。"我连的战士,脚冻伤掉了队。找了半个多小时才找到,人都不清醒了!"这位指导员气喘吁吁地说道。

这名战士左脚脚趾齐齐地冻掉了三个,脸上的表情说不清是疼还是麻木。"不能停,停下来更冷!"刘振华将自己的坎土曼交给司号员,蹲下身子,把这名战士背在背上,招呼全连继续前进。过了一阵子,太阳彻底从山那边钻出来,照在身上,增添了一丝暖意。刘振华把战士放下，搀扶着他。这会儿有了亮光，他站在路边，仔细盯着每个战士看，看看还有谁被冻伤了但不吭声的。

“连长，你看啥呢！”机枪手问道。“我看地上有没有金子，捡了给你们买羊肉炖了吃！”刘振华说道。“连长，别看了，你自己的脸都冻得发紫！”机枪手一边说着一边走上前来，背起那个冻掉脚趾的战士就往前走去。他的坎土曼，自然是由刘振华负责。“连长，这下你有两个坎土曼了，是不是要干双份儿?”战士们笑着说道。这么一笑，立马又暖和了几分。最终，刘振华的连队按时抵达营地。

“咱们不能再走了！”趁着部队休整的空当，刘振华和指导员躲在一旁说道。“刚才我随便转了转，好多战士脸上都被冻出了黄水儿！”“我也看到了，张嘴喝水都疼得够呛！我把自己剩下的几根烟全都分给他们了，每人匀着抽几口，先挺一挺吧！”指导员说道。景化距离垦区的距离，就算天气大好，符合急行军的条件，也还有一天多的路程。可这雪和寒流又不怕挨枪子，气得刘振华只能干瞪眼！思来想去，刘振华和指导员给班长们开了个碰头会，一致决定不能再冒着寒流走下去。

经过向上级请示获得批准，部队可以就地休整三天，刘振华这才安下心来。

2

寒流来得凶猛走得也快，第二天傍晚时已经彻底过去，气温开始回暖。部队趁机好好休整了一下，战士们的冻伤也好多了。出发的日子，刘振华比司号员起得还要早些，站在营地中央向垦区的方向眺望。天山上还覆盖着白茫茫的雪，一道道黑色的沟壑将白雪分割开来，在晚上看着有些狰狞，现在却有几分可爱。司号员吹响了起床号，整个营地经过一夜的寂静再度“活”了过来。“今天这个天气，咱能按时赶到垦区！”

指导员拿着地图对刘振华说道。刘振华沉默不语，双眼仍旧牢牢地盯着远处的天山。逐渐强烈的阳光刺得他眼睛有些疼，他却舍不得移开视线。指导员也放下地图，和他一起眺望起巍峨的天山。这座将整个新疆一分为二的壮阔山脉，不知在这片土地上矗立了多久，而刘振华等人的目的地，就在这座山的山脚下。荒无人烟的地方很容易失去方向，不过刘振华是侦察兵出身，只要抬眼看看太阳就能分辨清楚该朝哪儿走。从景化前往垦区的途中一路顺畅。第二天中午时分，他们顺利到达垦区。

在地图上，垦区的位置被一个红圈圈起，没有名字，没有地标，周围皆是一望无际的戈壁滩，典型的风头水尾。沙漠的风吹过垦区的戈壁，再刮向城市。天山的雪水流到此处，早已被戈壁上的沙土地吸得干干净净，连水汽都没剩下。刘振华抬头望着天，视线没有任何阻挡，很高很远，离云和太阳都很远。寒流虽走，风却未停，裹挟着沙子在白雪上覆盖了一层诡异的黄色。烈日、霜冻、寒风在戈壁滩上肆虐，唯有刘振华和身后战士的呼吸与之抗衡。好似整个世界都在这里迷失了，变得毫无生气。战士们不论是面向什么方向，站着还是蹲着，都得硬挨着寒风的鞭打。刘振华双手叉腰，反复打量着这片自己今后要扎根的地方，一脸严肃。

“这地方怎么待，比南泥湾还差！”“南泥湾至少还有窑洞住，这里雪地光天的，连挡风的地方都没有。”“我一个老乡比咱们先开拔半个月，说晚上那狼嚎的，就像在耳朵边上似的。”身后战士们的议论传入刘振华的耳朵，身旁的指导员也是一筹莫展。如此的自然环境已经远远超过了能用语言解释的范畴，两人都不知该如何对战士开口，只能紧锁眉头，撇着嘴角，尽力绷住自己的情绪。过了片刻，刘振华慢悠悠地转过身，对着战士们半开玩笑地说道：“这地方不错吧！”全连没有一个人回应。“咱们连的垦区得有个名字，上面没给，你们谁有好想法？大家一起取一个！”刘振华为了调动起大家的情绪，话锋一转，接着说道。一说起名字，战士们又热闹了起来，七嘴八舌地议论个不停。刘振华干脆举起地图，对众人说道：“从地图上看，咱们垦区东边有道梁，一直往西通过去连着沙漠。不如就叫沙梁子！”指导员当先拍手叫好：“这名字又好记又响亮，以后出去碰见人就说咱是从沙梁子垦区来的！”

新疆土话里，对什么东西都爱加个“子”。洋葱在新疆叫“皮牙子”，年轻媳妇叫“羊缸子”，小男孩是“巴郎子”。“沙梁子”这个名字不说有多好，起码接地气，谁都能听懂，也能理解。垦区的名字就和部队的番号一样，不需要花里胡哨，但一定要捅进战士们的心窝子里，让他们打心眼儿里觉得合适！

取好了名字，首先要解决的便是住的问题。当年能在南泥湾挖窑洞，今天就能在天山脚下挖地窝子！住地窝子是一种在沙漠化地区较为简陋的居住方式。和字面意思一样，就是在地面上掏个窝下去。刘振华拿起坎土曼，给大家伙儿做起了示范。他先在地面上平平整整地挖下去个方形的土坑，然后用红柳和梭梭的细枝、粗枝分别做成檩条与椽子。随后在上面铺上芨芨草，化了些雪水和泥，压在芨芨草上，形成一层厚厚的“草泥”，便算是地窝子的屋顶。最后在正中间留个天窗，就算是挖好了。

“只要比咱们以前挖的战壕宽一点就行了，门不用大，猫着腰能进去，能躺平了睡觉就行。另外，千万要注意冻土层，绝对不能用蛮力！得从边缘一点一点地把它撬松动了再挖，不然再硬的坎土曼都得崩卷刃了！”刘振华提醒道。

“以后就不用睡大炕了！听说迪化城里最好的饭店就是两人一间房子，咱们在这里也能享受！”刘振华看战士们对地窝子还有疑虑，出言调侃道。地窝子不能挖太大，尤其这是为了临时住一下。只能挖个“两人间”“三人间”。再大的地窝子得等开春了去林地里砍树，把树枝子撑在里面当梁柱才行。不然地窝子就容易塌方,这可不是闹着玩的。刘振华自己带着两个班先挖出伙房,剩下的战士由指导员带着挖营房。“炊事班先生火做饭,其余人执行任务!”刘振华命令道。

挖伙房最重要的就是先选位置,做饭得生火,生火就有烟,所以伙房必须选个通风好的地方。刘振华走走停停,终于找到了一处通风好又不直冲着风口的地方。“连长,挖多大的伙房?”住惯了营房的战士摸不准具体的尺寸。刘振华在心中大概估算一番,用步子画出了大致的构架。“就从这块地方挖下去,差不多够咱们用的了!”战士们应了一声。战士们刚把枪支在一旁,围成篝火状,刘振华抡起坎土曼就啃下了一块冻土地,虎口被震得生疼。“嘶……”“连长你没事吧!”一不留神,刘振华的旧伤又被拉扯了一下,机枪手立马上前把他扶到一旁休息。

刘振华拄着坎土曼,抹了把额头的汗水,摆摆手示意自己没事,让他赶紧去干活儿。太阳正高,地温也有所回升,正是一天中挖地窝子最宝贵的时间,耽误不得!略微休息了片刻,刘振华也重新甩开膀子干起来。

伙房旁还要再扩出来一块地作为菜窖,刘振华用手中的坎土曼在伙房左后侧又划出来一块地方。刘振华抬头看了眼太阳,距离天黑还有三四个小时。新疆在中国最西端,首府迪化和我国东部的时差足有两个多小时。每天过了四点半才是下午,夏季的时候接近十点钟天才会黑。即便在二月,七点多天才黑。“两米五,够不够深?”刘振华问道。“差不多够了。等入夏之后,我带着班里人再往下挖点就行。”炊事班长回答道。只要能先度过这两个多月,等开春天气暖和了一切都好说。刘振华带着突击队整整挖到天黑才算是把伙房弄出来个模样来。他们还特意把顶子弄成三角状拱起,不仅防雪水、雨水倒灌,还能防止风沙堆压在顶子上。

伙房完工后,战士们还未挖完自己的“两人间”“三人间”。“今晚怕是得露宿了！”指导员忧心忡忡地说道。“打雪墙挡挡风，先过了今晚再说吧。”刘振华说道。这是和本地老乡学来的土办法，把雪当成泥巴，就像“干打垒”一样，内里直立，外层有坡度。比人坐下来高个十几二十厘米就可以。一般是迎风打成一个拐角，四面不围合。围合起来，反而易起小旋风，在里面打转，把人吹得更难受。

刘振华把全连战士分成三组，第一组负责收集周围的散雪，将其集中堆放。第二组负责将自己的铺盖卷围成中空的墙壁。最后一组则全是个头高的，将集中起来的雪倒进铺盖围起来的空当。这积雪想要铲进里面再压结实，必须得从第二组战士的身上掠过去。片刻工夫，散落下来的雪花就在他们的帽子和衣服上裹了厚厚一层，几乎都看不清脸了。雪墙打好后，把挖地窝子时从冻土层里翻出来的鹅卵石垒成个塔状的炉子，全连的战士们都躲在雪墙后面，地上铺着铺盖，挤在一起，抱团取暖。“那天行军冻伤的，到中间来！”刘振华说道。冻伤好得慢，而且容易复发。新疆冬天戈壁滩上的夜晚温度可以逼近零下四十多度。

“一个炉子虽然不够暖和，但雪墙把风挡住，还是好多了！”刘振华搓着手对指导员说道。虽然连里都是火气正旺的小伙儿，但还是暖和些好。暖和些不生病，睡得也踏实，开荒建设垦区才有足够的精神！“等咱们把地窝子都挖好，再多化些雪水和泥，给每个地窝子里都立上一面火墙！”刘振华说道。炊事班熬了一大锅白菜萝卜汤，热腾腾的，将冻硬的饼子泡在里面，立马就软和了。一口热汤，一口饼子，香极了！

休息时指导员坐在铺盖卷上，背靠着雪墙，从口袋里掏出随身带着的笔记本开始写起字来。

“写啥呢？”刘振华凑上前去，揣着双手问道。“嘿嘿，编了个顺口溜，晚饭的时候给大家鼓鼓劲！”指导员笑着回答道。部队里吃饭前唱歌是雷打不动的规矩，原本就是为了给战士们提升士气，增加彼此之间的团结，算是一项承袭已久的活动。“地窝子好，地窝子强……”刘振华一个字一个字地读着指导员笔记本上写下来的句子。“后面的呢?”“后面还没想好。”指导员挠挠头说道。顺口溜也不是那么好想的。“地窝子好,地窝子强……”刘振华念叨了几遍,竟是续下去了一句,“地窝子冬暖夏又凉!”指导员一听,觉得很不错,赶紧把这句话记了下来。“然后呢?”指导员有文化,但论起动这样的脑子确实不如刘振华。刘振华背着手,起身来回转悠了几圈。看看已经成型的地窝子,再看看脚下的戈壁滩,说道:“地窝子好,地窝子强,地窝子冬暖夏又凉!瞧着一片戈壁滩,谁知脚下是营房!”刘振华带着战士们一起把这新编的顺口溜热闹地喊了几遍,众人吃饱喝足,困累劲儿一股脑地涌上来,纷纷裹着自己的铺盖,蜷缩在雪墙墙根下睡觉。

突然听到外面有人大声呼喊,刘振华当即起身,枪已上了膛,食指放在扳机上。即便在荒无人烟的戈壁滩上,刘振华还是定了哨位,布置了哨兵。一个明哨,一个暗哨,只不过换岗时间从以前的两个小时减少到一个小时。那位新兵战士,半夜出来解手,结果被一双双绿油油的眼睛围住,吓得动弹不得,哭喊起来。

“啪!啪!”刘振华朝天开了两枪。“这些畜生再围上来别打死,鸣枪吓跑就行了。打死了,它们也容易豁出去,那咱们过夜就麻烦了!”对哨兵交代完,刘振华把那新兵扶起来,替他掸了掸身上的雪泥。“晚上再出来解手叫上我和你一起。别看我呼噜打得响,用力一推就醒了!”

第四章

开荒先治水

第四章　开荒先治水

1

沙梁子垦区北面每年春夏季由于受到天山雪水的滋养，土地极为肥沃。因为没有稳定的水源，这里仍然是一片荒野，渺无人烟，偶见放牧者的流动毡帐。地势上，这里从东向西分别为冲积平原、戈壁滩、风成沙漠。山前洪积扇上的戈壁滩上多砾砂，稀疏地生长着矮小耐碱植物，零星分布着红柳、芨芨草、梭梭柴等，一望无垠，苍茫空阔。河床故道切割深，难以引水灌溉。冲积平原地势平坦，盐碱较重，表土蓬松，返碱季节触目茫茫，风起时白雾弥天，生长着碱蓬、骆驼刺、红柳等。河床故道两岸还有繁茂的胡杨树、沙枣树、梭梭林。间或有牛、羊、马匹啃食着衰草，几峰骆驼昂首伫立，灰色的鸟雀跳跃飞腾。傍晚或凌晨时分还能看到黄羊狂奔，野鸡惊飞，草鹿出没。

戈壁滩与冲积平原交界处，由于雪水渗透，多泉，形成了一片溢水带。远方的低洼处还有大片苇湖。夏天的时候芦苇长势迅猛，阻断阳光，所以水依然冰冷刺骨。现在这个时候因芦苇遮盖，外边天寒地冻，水面上只结薄冰，反而暖和些。苇湖边，有棵四五人都无法合抱的粗壮老榆树撑起蔽天华盖，引来无数飞鸟筑巢。风化的沙地和沙漠直接接壤，寸草不生。这些沙丘随风移动，连野生动物都极少出现。开春时狂风袭来，黄沙蔽日。炎夏白昼，大地如火炙烤，热浪如旋风般腾地而起。这里的土地最适合耕种，只要解决了水源问题，就可以种植棉花和粮食。

水利是农业的根本。没有稳定且长久的水源灌溉农田，就算开垦出来再多荒地也无济于事。刘振华决定在此修建渠道，从根本上解决水源问题。修建渠道是个大工程，仅凭刘振华这一个连的战士根本无法按时完成工程。只要耽误一天，整个劳动生产计划都会无限期向后推延。刘振华和指导员为此都犯了愁。“不然咱们去借点人？”指导员说道。“我听说过借钱，从没听说过借人。现在大家都在各自的垦区忙碌，就算愿意帮忙也腾不出手啊！”刘振华还是一筹莫展。“当然不是去找那些已经进入垦区的同志们，我的意思是……”指导员说到这里，刘振华明白了他的意思。

解放军进入新疆之前，这里的旧军队足有十万之众。这些部队在起义之后，虽然也都进行了革命教育，可他们到底转变了多少，刘振华可不敢说。对于修建渠道工程这种艰巨的任务来说，让起义部队过来一起修建，会不会出什么问题？刘振华左思右想，不借吧，他也想不出别的办法。“借！不过咱得先说好，这些人来了，你可得好好地给他们做思想工作。要是中间混入了敌特分子，想给咱们搞破坏，一定要趁早发现！”

报告送到团部，张雄伟的回复很快，答应了刘振华借人的请求，当即从起义部队的骑兵团调拨了一个机枪连和一个炮兵连。“看看，你都差不多是个营长了！”指导员笑着对刘振华说道。刘振华一看借来部队的番号，脸色立马阴沉下来，这个骑兵团他是知道的，里面有不少死硬分子。对他们进行革命教育的时候个别人态度也极为恶劣，一口咬定当兵便是为了吃粮饷，根本不理解新疆军区提出的大量开荒生产到底是为了什么。

三天后，借来的两个连队抵达垦区。刘振华决定先礼后兵，今晚开个欢迎会。炊事班准备了最好的饭菜，还把一直不舍得吃的罐头打开吃了。大家围坐在一起，指导员亲自把上次和刘振华一起写的顺口溜给大伙儿朗诵了一遍，气氛热烈！新来的战士们也十分高兴。刘振华一看大家这样融洽，心里也踏实了不少。突然有一个人边用筷子戳着碗里的白菜，边阴阳怪气地说道："唉，今晚能多吃就多吃点吧！往后还不知道什么时候能再有顿饱饭！鸟不拉屎的地方，饿死都活该没人知道。""你胡说什么！"刘振华本来就对这些起义部队的战士怀有偏见，听到这人如此说话，当即大发雷霆。"连长，我夸这白菜好吃呢！你看，又白又绿的，连点油星都看不见，多好吃啊！"话音刚落，周围还有几个人跟着一道起哄。刘振华看出他应该是个小团体里面的头头。这种兵油子，软硬不吃，油盐不进。不过都已经是自己的同志了，即便要处理，也得注意分寸和影响。

"这位同志，你是对伙食有什么不满意吗？"指导员和气地问道。

"满意！我可太满意了！一肚子萝卜白菜，吃得真饱！俗话说吃萝卜放萝卜屁，我就怕我这一屁把吃的白菜都给崩出来，那多可惜啊！"说完他就笑了起来，丝毫不顾忌刘振华那气愤的眼神。"你叫什么名字？"指导员心里也有火气，但还是客气地问道。不光是老战士们，新来的两个连队也都在看着呢。把他处理妥当，众人自然而然才会服气。不然的话其他人即便嘴上不说心里也会较劲，干起活儿来出工不出力，那这借人还不如不借。"回指导员的话，我叫朱有福！爹娘没文化，只能起这么个土掉牙的名字。反正这辈子是别想有福喽！"刘振华听出他的口音和自己有点像，便走上前去，想要和他拉拉家常，缓和一下关系。“同志老家哪里的？”“不知道！”朱有福一副死猪不怕开水烫的样子。

“你！”刘振华气得伸手指着他，怕是下一刻就要扇巴掌过去。看到刘振华这样子，朱有福先是把脖子一缩，但当他看到指导员挡在了前面后，便有恃无恐。“朱有福同志，你现在已经是咱们人民解放军的一员了……”指导员还没说完，朱有福直接把当初接受革命教育时的文件背了出来，弄得指导员也一下张不开嘴了。

听到这儿，刘振华心里反倒不急了。这朱有福虽说改造不彻底，但脑袋瓜着实灵光，若能把他转变过来，带动作用可不一般！心急吃不了热豆腐，先“把面和到一起”再说。

张雄伟也注意到了沙梁子垦区缺水的问题，打算帮助垦区引水西流。在团党委扩大会上，张雄伟提出引水西流的建议。参会众人意见相差极大，有的人觉得可以先勘察一下，试试看；也有人觉得那边地势太高，根本无法把水引流过来。张雄伟的态度却很坚决，还特意把刘振华叫回团部来。“团长，这些技术上的事我也不懂。但我觉得只要有远大的理想和坚强的意志，再难的事儿也能办成。”

“说得好！只要你有信心，我代表团部也表个态，绝对支持！”张雄伟说道。当晚，张雄伟便带着刘振华去见了生产办公室的领导。“哎呀，叫水往西流，那可真是难啊！”生产办公室的这位领导曾经当过减租灭霸工作队的队长，去过沙梁子垦区，对那里的情况很熟悉。

会后，张雄伟决定去垦区看看，随行的还有位文化教员，是他专门请来的。

沙梁子垦区积雪初化，泥泞难行，大清早寒气袭人，刘振华从营地里叫来了机枪手和炊事员小家伙儿（被狼吓哭的那个战士），众人一起在荒野里测量地形高差。“团长，咱们没有水平仪和花杆。”文化教员说道。别说沙梁子没有，这样的专业测量仪器连团部都没有。刘振华闷着头想主意,忽然瞥见了机枪手。

“你过来!”机枪手不知刘振华有什么事,往他面前一站,刘振华拍着他的肩膀对张雄伟说道:“团长,教员,他这大个子,要是站得笔直笔直的,可以代替花杆吧?”“我看行!”张雄伟顿时笑了起来。文化教员心里却犯嘀咕:再高的个子毕竟也是人,和花杆哪能一样? 更何况就算有了花杆,没有水平仪也是白搭。“咱们都不是专业的测量员,先估摸出个大概,看看到底可不可行。但凡有机会,我就向上级打报告,申请派一个专业的测量员带着仪器来给我们好好地测一测。”张雄伟说道。

团长下了命令,刘振华说干就干。以机枪手的身高为花杆,用肉眼大致估摸出高低差后,再和小家伙儿扯着麻绳将数据尽可能地量精准,最后把麻绳的长度测量出来,就算是有了初步的数据。晚上,刘振华、张雄伟两人凑在油灯下,看着纸上凌乱的数字觉得脑袋发蒙,文化教员更是急出了一脑门子汗,算了半天,为难地开口说道:“张团长,刘连长,这些数字公式都套不上,我算不出来。”张雄伟一听,笑着安慰道:“咱们走的本来就是一条没有公式的路啊! 以前在南泥湾的时候,小鬼子根本想不到我们能把那荒地变成水地! 一开始,连吃的水都要从几里外挑、驮回来。后来放眼望去全都是粮食庄稼。”“团长说得对! 套不上公式咱们就不套了,直接创造新公式不就好了!”刘振华铿锵有力地说道。

最终三人在一起凑来凑去,再结合南泥湾时期的经验,总算得出结论,确定引水西流还是有可行性的! 但能引来多大流量的水,能够灌溉多少亩地,他们还是不知道。张雄伟带着文化教员回团部前,让刘振华加紧提升新来部队的凝聚力和战斗力,等他打给上级的报告批复下来,测量员一来,引水渠道就要开始动工。到时候要是因为别的原因拖累了进度,那就全是刘振华的责任。“团长,您放心! 刚来的第二天,我给他们又开了一次诉苦会,很受触动。最大的刺儿头这几天也老实得很。这种人不能惯着,就得晾着! 越对他多注意,他越是蹬鼻子上脸。等干活儿的时候，我和指导员再身体力行地教育一番，肯定就能彻底地改造好！”刘振华说道。“就知道你小子有办法，等通知吧！”张雄伟朝刘振华胸膛上捶了一拳，笑着说道。上级党委很重视张雄伟和刘振华等人的结论，专程从迪化请来了工程师，带着仪器进行专业测量。“工程师同志，需要什么配合尽管吭声！”刘振华豪情万丈，只等着工程师完成测量后就撸起袖子大干一场。

“不行啊……你们先前的数据不够准确。根据测量的结果，水根本没法流过去！”工程师一脸严肃地说道。刘振华刚想争辩就被团长拉住。他知道工程师不会胡说，他的话一定是基于专业技术的角度和层面。“团长，难道就这么放弃了？多好的一块地……”刘振华可惜地说道。鉴于工程师的专业意见，张雄伟也不好说什么。

这种事情，不是说想想办法就能解决的。刘振华文化程度不高，看到纸上写得密密麻麻的数字还有画出来的三角形、圆形就觉得头疼。这龙王爷是真难伺候啊！服帖了，就能灌溉万亩良田；多少疏忽些，就要发脾气，弄得一团糟！“你说这水不是就往低处流？哪里管什么方向！”刘振华和指导员说道。“你说得没错，但咱们想要开垦的荒地所在的西边，正好是地势高的地方。”看刘振华还在较劲，指导员只好接着说道：“有革命热情是好的，谁都想把这戈壁滩变成棉花海、粮食海！到时候不但不用向中央伸手，咱们还可以支援全国的人民。你看祖国还有哪一个省有新疆这样广阔又平整的土地？”刘振华叹了口气，指导员是在劝导他尊重科学。主席和司令员也都不止一次地说过，劳动大生产是一项艰苦的劳动，要有十足的思想准备。这种准备不是不顾一切地蛮干，而是要动脑子，讲科学，想方法。就像谁都不能改变戈壁滩的气候，让它变得四季如春。理解归理解，明白归明白，刘振华这次对团长都没什么信心了。等工程师的汇报一上去，肯定被否定。不服输的他，又带着机枪手和小家伙儿，背着干粮水壶去勘察地势。“连长，不行就算了。垦区这么大的地方，换一块照样能行，俺带头！一定干双份儿！”刘振华深深地看了机枪手一眼，看得他心里毛毛的。回去的路上刘振华一个字没说，步子很是沉重。

…………

“好消息！”指导员满面春风地说道。“啥好消息？抓到黄羊改善伙食了？”刘振华没好气地反问道。“哈哈，团里通知说上级党委虽然听了工程师的专业汇报，但也没有直接全盘否定。咱们要是能拿出一个可行性高的方案来，说不定就会同意让试一试！”指导员话还没说完，刘振华眼珠子就亮了起来！“这么说还有机会？”“当然有机会！”指导员肯定地说道。想让龙王爷乖乖听话有时候并不难，但也不可能不计成本地投入，这样得不偿失的同时还会因小失大。

上级的新决定给了刘振华很大的力量，张雄伟特意来给他镇场子。“刘振华，这次你准备怎么干？工程师已经带着仪器回了迪化！”“平地！”刘振华这次也是有所准备。平整土地，稍微低下去一两寸，就能让水流过来。不过这个办法并不新鲜，而且还很笨。“这个办法不是不可以。我上次也想到了，没有说出来是因为投入太高！咱们没有大型机械，仅仅凭着双手和坎土曼想要把这么大一块地修整得低于水面太过于理想主义。就算能做到，也绝对赶不上今年的春播。”张雄伟说道。刘振华笑着让机枪手把他的机枪递给自己：“团长！你看这机枪上的瞄准镜！”张雄伟仔细看了看，发现只是个普通的机械瞄准镜而已，没什么特殊的，一时间搞不懂刘振华是什么意思。“打仗的时候，靠着这个瞄准镜，我们就能做到让子弹命中敌人。因为子弹飞出去的弧线轨迹可以通过这个瞄准镜计算出来。虽然现在敌人基本消灭光了，但我觉得打仗时的经验也能用在生产建设上。”刘振华解释道。“机枪瞄准镜的原理和水平仪相似，咱们不妨先试试看！”如此大胆又新奇的想法，张雄伟也是第一次听说，他心里并不看好。“自古塞水不成河”，就是因为新疆地形地貌变化多!“直线量可能高，曲线走就会低，咱让渠灵活机动点不就行了。”指导员也说道。面对刘振华和指导员的满腔热情，张雄伟也不好直接泼冷水，打击了同志的积极性，而且他心里也带着侥幸，万一真成了呢！几个人抬上机枪带足干粮，又开始了新的测量。他们把从工程师那里学来的站测、握测和机枪瞄测结合起来，重新确定了标高、曲线、高差，将沿线从东到西都打上了标号。根据这次测量的结果，刘振华和张雄伟还有指导员一起，用以前在南泥湾大生产时积累下来的经验，设计了一条水渠。这条水渠要经过纵横交错的地穴，还要翻越一个山包和三道鸿沟。

“工程量还是不小啊!”张雄伟还是有疑虑，不过好在总体的大方向还是朝着低处走的。“咱们到这戈壁滩来，不就是让荒地变成绿洲，变成良田吗？团长，我敢立军令状，绝对能完成任务，不会耽误今年春耕!”刘振华信誓旦旦地说道。“你用啥担保？靠脸？谁给你这么大面子！这计划还是太大胆了!”张雄伟毫不客气地说道。“就用我现在手底下那三个连的战士。都是营长了，能不大胆吗!”刘振华说道。“你小子还给自己升了官儿!”张雄伟笑骂道。“行，就这么干吧！上级那边我去做工作。但你必须得保证按时按点地完成!”刘振华嘿嘿笑着，对老团长敬了个礼：“绝对保证按时按点完成任务！要是完不成，我就在这戈壁滩把自己送去喂狼!”

2

根据刘振华的计算，这次工程量的总长度在三十六里。因为地势曲折复杂，所以实际上的施工难度要比在平地上挖出这么长的水渠大得多。原先连里的战士们个个摩拳擦掌，跃跃欲试。新借来的两个连队里也有积极分子，但大多数人还是保持观望态度。尤其是朱有福，牢骚话、风凉话还是不断，私下里还带着自己的小团体对连队中的积极分子冷嘲热讽，说他们“有奶便是娘”“一辈子都是给人家干活儿的苦命”。刘振华暗地里细心观察，明面上却佯装不知，对待朱有福和其他新借来的战士一样热情。朱有福多疑，以为刘振华这样做是在给他灌迷魂汤，反而收敛了很多。刘振华需要大家凝聚成一条心，好好修渠引水。朱有福即便出工不出力，但只要他能安静下来，闭上嘴巴，不再影响动摇大家伙儿的劳动积极性和热情，那就先随他去吧。

刘振华觉得在修渠的过程中，绝对能找到合适的机会好好把朱有福教育一番，把他彻底地改造过来。“团长，你看有汽车！”机枪手朝远处一指，看到一辆卡车裹挟着滚滚烟尘朝这里开来。刘振华眯起眼，嘴角不自觉扬起。“哪位是刘连长！”卡车停稳后，驾驶员从车上跳下来问道。“同志你好，我是刘振华！”刘振华走上前去说道。驾驶员冲刘振华敬了个礼，然后说道：“这是后勤部李处长派我拉到沙梁子垦区的物资，说一定要和刘连长您交接！”“同志辛苦了，我立马安排人手卸车！”刘振华举起手臂一挥，全连的战士呼呼啦啦地冲上来。听到是物资，谁都想先看看到底拉来了什么好东西！“不是说咱们来戈壁滩就是要自力更生吗，后勤部咋还给咱们送物资？”小家伙儿趴在机枪手耳边悄声问道。“你懂啥，这都是连长的面子！”机枪手笑呵呵地回答道。“连长的面子真大！”小家伙儿赞叹道。

卡车上装着半车十字镐，还有许多红旗。引水修渠和开垦荒地不同，仅仅凭着连里战士手中的坎土曼远远不够。很多冻土层里的大土块和鹅卵石得用十字镐敲碎，才能运得出去。在战士们卸车的时候，驾驶员和刘振华聊了起来。“看你也是新兵，啥时候入伍的？”刘振华问道。“四九年！”驾驶员回答道。“是那批学生兵？”刘振华想了想，又看这驾驶员举手投足有些文质彬彬的。“对，刘连长好记性！”驾驶员笑着说道。

“咋会忘了，当初因为这事儿还耽误了我半个多月时间！”刘振华说道。一听刘振华开了话头，小家伙儿立马凑上前来追问，想要听个完整。“去去去，今天没空，抓紧干活儿，别让同志跑夜车！”没多久，车卸完了，驾驶员说道：“刘连长，我得走了！ 下次您到后勤部时咱们再好好聊！”裹挟着来时还未全然落下的风尘，卡车渐渐消失在地平线尽头。

即将开春的太阳晒得人身上暖融融的，规划出来的修渠路线是一片盐碱地带。在冬天零下四十多度的气温下，盐碱地上也有部分土地只冻住了一层皮，现在已经全部融化，形成了一片足有二十里宽的泛浆地。

战士们一脚踩下去就陷入了半条腿。使劲一拔，另一条腿连带着半个身子又陷了进去……走路极为困难。“咱们把十字镐和坎土曼背在背上，跪着往前走，增加和地面的接触，这样就不容易陷进去！”刘振华命令道。战士们立马都跪在盐碱地上，几乎是匍匐前进，腿都冻得没了知觉也不停下。机枪手带着几名战士把红旗绑在红柳枝上，沿着先前打好的标号，一路插来。红旗在阳光下迎风招展，看得人心里为之一振！ 这一幕深深地打动了许多新借来的战士，纷纷向着红旗，背着生产工具，跪着走进了盐碱地。一位战士从自己贴身的衣服里掏出一个包了十几层的破布小包，对指导员说：“指导员，这是我当兵以来攒下的所有钱。从老家被抓来当兵后，我就一直想着怎样才能跳出反动派的火坑，现在是你们把我从火坑里救了出来，以后我要永远跟着党走，建设新疆，建设新中国！ 这八块三毛钱我捐献出来，当作咱们连队的生产本钱。”说着说着，这名战士放声大哭起来。他把自己在旧社会里给地主老财和反动统治阶级做牛做马，遭受的非人压榨又说了一通。在这名战士的带动下，很多原本摇摆不定的战士也变得坚定起来。

全连的工作重心移到了这里，炊事班也随之把伙房前移，但盐碱地根本无法埋锅做饭，只能在距离工地五六里的地方垒砌炉灶。开水需要人力一担担挑来，每人一次只能喝半缸子。出汗多，喝水少，刘振华的嘴上裂了许多血口。很多战士的眼球上蒙了一层细密的血丝,但依然精神抖擞,干劲十足。指导员之前还在带着大家喊号子,说顺口溜,鼓舞士气。现在为了防止口干,刘振华让大家最好不要说话,这样还能节约不少体力。

修渠路线上最大的拦路虎是一座长四十多米、高五十多米的土山包。在夜间气温低盐碱地稍稍冻硬了几分时,刘振华带着全连战士向它发起了猛攻。一开始,战士们还可以用铁锨把土从渠里抛出去,随着时间的推移,渠沟越来越深,一锨土宛如千斤重,连一米远都抛不出去,经常跟着铁锨又落回了原地。

刘振华和指导员商量后,又和各排长开了个简短的碰头会,决定采用分组劳动、分组休息的方式,使得功效不断提高。机枪手因为个子大,身强体壮,主动放弃休息,一小时背土三十五筐。最令刘振华欣喜的是,新借来的战士们组成的劳动组也干劲十足。这场战斗一直持续了一个昼夜,天光大亮时才在胜利中宣告结束。刘振华穿着被汗水和泥土浸透的衣衫,走到了渠口处。他看了片刻,紧接着又皱起眉头说道:“现在水渠流水是畅通了。但这是土地挖出来的渠,渗漏是个大问题。咱们没有水泥,得找别的东西替代!”“来的路上我看到一片地里全都是片石,把这样的石头铺在水渠里,是不是就能解决渗漏的问题?”刘振华觉得有门。不过让他更高兴的是,这主意竟然是朱有福说出来的。战士们在劳动中找到了自我的新价值。原本围在朱有福身边和他一起煽风点火的人也全身心地投入劳动生产之中,和他渐渐疏远了起来。朱有福觉得自己也不能只当个混吃等死的废物,虽然文化不高,也不愿意出力气干活儿,但之前也是当过副连长的人,好歹有些见识。“这主意好! 你还能找到那地方吗?”刘振华问道。朱有福本来是不想去的,可一转念,觉得自己这趟去了也算是立了功,以后即使不干活儿或者少出些力,刘振华也说不了自己什么,便答应了下来。

这地方果然是遍地石头，而且正是修渠所需要的片石。

没有水泥的情况下，水渠内部必须用片石砌着，才能加固堤岸，使水渠不至于渗漏或是被水流冲毁。刘振华让指导员把上次前来垦区勘测的文化教员请来，让他好好地算一算到底需要多少石头。经过计算，文化教员忧心忡忡地对刘振华说："刘连长，要是想把这水渠全部用片石砌好，一共需要两千立方米，也就是两千八百吨。"这个数字让刘振华心头一紧。两千立方米他没有概念，但两千八百吨他可知道。小鬼子一辆全副武装的坦克也就才六七吨重，修一个水渠所需要的片石竟然抵得上四百辆坦克！"这么多石头，就算是用一百辆汽车，也得一个星期左右才能运完。"文化教员接着说道，"哪儿来的汽车啊！"

刘振华一阵头疼。别说汽车了，就是马车、驴车也没有一辆。"对了，咱们学学老乡们，用爬犁拉石头！"

刘振华忽然想到新疆本地老乡们在冬天最常用的运输工具。爬犁可以用马用牛拉，也可以用人拉。人拉的比较小，轻便灵活，因为路面平坦，积雪压得瓷实，并不觉得太吃力，在路上行走较为轻松。有时空着回来，遇见有陡坡的光滑路面还可以将爬犁猛推几步，乘势立即登上"后桥"，站直身子，目视前方，飞快地滑行，这是最惬意的时刻。不过片石沉重，若载了一百多公斤的爬犁遇到上坡路，那就得攒足力气，一鼓作气努力拉上坡顶，然后才能放松下来缓口气。假如中途稍有懈怠，爬犁不进则退，会快速地向后滑动，弄不好搞个人仰"犁"翻，前功尽弃。即使是在平地上也不能随意停下来，稍一愣神就拉不动了，任人使出多大力气，它仍是在原地纹丝不动，好像焊在那里一样。刘振华见过有经验的老乡拉爬犁，他们才不会拼那个牛劲儿，只见转身走向爬犁，猛地跺上一脚，待爬犁松动时马上去拉，轻而易举地就让爬犁重新启动。

然而戈壁滩上没有爬犁。就在这时张雄伟及时伸出援手，把以前反动统治者修建的监狱栏杆拆下来，和从废旧仓库中寻来的木头等材料一起运到沙梁子垦区，让刘振华他们用来制作爬犁。沙梁子垦区的全体战士加班加点，三个连三班倒，昼夜不停，用了不到一周的时间便赶制出来五百多架爬犁，完全能满足片石的运输需求。在制作爬犁的过程中，战士们你一言我一语的，竟然凑出了一首赞美爬犁的打油诗。在团部文化教员的宣传下，后来在许多垦区流传甚广：

我的爬犁真不错，
又管拉来又能坐；
我的爬犁真正好，
不喝油来不吃草。
别看我的爬犁小，
敢与机车来赛跑；
谁说我的爬犁低，
功效能超拖拉机。

朱有福从来不按起床号吹响的时间起床，总是要磨蹭许久。今天他被外面的动静吵醒，一出地窝子，映入眼帘的是上百架人力手工“拖拉机”，拉着小山包一样高的片石，往来穿梭，势如长龙。团长身上的旧棉衣已经被汗水浸透成一块一块的，从远处看上去斑斑驳驳。经寒风一吹，就冻成了硬壳子，连带着胡子和眉毛都挂着白霜，但他依旧神情自若，稳健地走在拉运片石的队伍中。

路线里有一截子上坡路，刘振华担心团长拉得吃力，扭伤了腰和肩膀，上前想要帮忙：“团长，爬犁上的石头分我一点吧！前面的上坡还是有点陡。”张雄伟斜眼瞥了一眼刘振华，说道：“怎么，看不起我？”刘振华嘿嘿笑着，不敢再说什么，但却从肩上解下自己的套绳，从团长那里搬起石头，放在自己的爬犁上。“刘振华！你干什么！”团长大声吼道。刘振华佯装没有听见，仍旧搬运个不停，而且挑最大个的。“这么多战士都在看着，还有新来的！你这样子干，不是让他们说我这个团长参加劳动只是为了装装样子！”刘振华一听团长这样说顿时停了手。不过他看着团长的爬犁上石头已经少了一小半，等会儿上坡绝对不成问题，心里也不着急了。

“团长，您不是早就教导过我们。”刘振华说道。“教导过什么？我教导你的多了，你都听进去了？”团长没好气地问道。“您说身体才是革命的本钱！拥有一个好身体，才能持久地为革命事业做贡献！我刚才这不是帮您积攒本钱嘛！”刘振华笑着回答道。“你小子在后勤部待了没两天，就把那群人掉书袋子的功夫学会了，还用我的话堵我的嘴，真是长狗胆子了！”团长笑骂道。

战士们看到连团长都在拉石头，冲锋在前，受到了极大鼓舞，斗志昂扬！新来的战士们看了之后也唏嘘不已。看看自己爬犁子上少得可怜的几块石头，赶忙掉头回去，能放多少就放多少，纷纷开始多拉、快拉。

拉石头的源头附近有个村落，当浩浩荡荡的拉石头队伍经过村落时，招来了好多维吾尔族老乡出门观看。“解放军同志，你们这是在做什么？”一位老乡问道。“我们在拉爬犁啊！”回答的是一位新来的战士。“我知道这是爬犁，我问你们拉石头做什么？”老乡追问道。这些石头在戈壁滩上不知道多少年了，从来没人想过要把它们运走。这些解放军大冷天拉什么石头？“老乡，我们要拉石头去修渠！你看，这都是天然形成的片石，把它们铺在渠道里，既能防止渗漏，还能加固堤岸。”刘振华解释道。“这些石头，从我爷爷的爷爷开始就在那了。从来没人去搬动过。你们当兵的竟然放下枪不打仗，来拉石头，真是新鲜！”老乡接着说道。

“等等，你刚才说，你们是要修水渠？”因为语言问题，老乡这才反应过来。“是啊！我们要修一条水渠。把东边苇子荡里的水，结合天山融化的雪水,一并引到西边来,灌溉农田。”刘振华说道。“那……”老乡有些欲言又止。“老乡你还有什么事,尽管说!刚好大家伙儿都在,能帮你就帮了!”刘振华细心地问道。“那这条水渠挖好后,我们能用吗?”老乡小心翼翼地问道。此言一出,其他看热闹的老乡全都把目光集中过来,等着刘振华的回答。

这处村落距离水源地有十几里地,所需饮用和生活用水都要走这么远的路运来。条件稍微好些的老乡家里有毛驴,可以驮水,大部分人家都是用肩膀挑运水,连小孩也提个小水桶跟在大人身后。这样的日子估计也是从他们爷爷的爷爷就开始了,到如今已经过了不知多少代人,现在听到解放军竟然要修出一条水渠,老乡们怎么能不激动!“当然可以了!这条水渠就是为了方便灌溉农田和大家吃用水。我们在戈壁滩上建立垦区,也是为了把这里建设好,让老百姓的生活更好、更方便!”刘振华说道。

听到部队修好的水渠自己也能用,老乡们纷纷拍手庆贺,高喊着“亚克西(好)”!许多老乡看到张雄伟鬓角已经生了白发,悄声问刘振华:“他是个老兵吧,怎么也来干这么重的活儿?”“他是我们团长!”刘振华说道。老乡们有些搞不清团长是什么意思,反正带个“长”字就知道一定是当官的。“团长就是这一带最大的官儿,管着千把人呢!我们解放军,无论岁数大小,官职高低,都是老百姓的子弟兵!”刘振华解释道。得知团长也来拉石头,老乡们都好奇地挤过来,想要看看管着千把人这么大的官儿,到底是什么样子的。见到张雄伟的爬犁正在上坡,他嘴里喘着粗气,旧棉衣的衣襟已经敞开,弓腰蹬腿,老乡们立马上前帮他前拉后推。来到坡顶,张雄伟挺直腰身松了口气,欢腾的老乡们立马就把他围了个严实。

“人民解放军发展生产,就是为了减轻新疆人民的负担,为各族人民多办好事!”张雄伟说完后冲着老乡们挥挥手。他再次套上套绳,拉着爬犁向水渠方向前进。“解放军同志，喝碗奶茶吧！”“解放军同志，我给你卷了根莫合烟，抽根烟歇歇脚吧！”战士们听到老乡们的热情招呼，十分感动，但部队有纪律，又还在劳动中，只能婉言谢绝。一位维吾尔族大娘还掏出一块绣有“卡其曼(散花)”图案的手巾送给刘振华擦拭汗水，刘振华没法拒绝，也不舍得用，便揣在怀里放好。同时，张雄伟还被一位少数民族大爷拦住，他端着一碗热气腾腾的奶茶，非要他喝下去不可。“你们拉石头修渠，以后我们也能方便很多！真想给你们每个人都送碗奶茶喝啊！”“奶茶我代表我们所有的解放军同志喝下了，也代表他们感谢老乡们的热情和支持！”张雄伟端起奶茶碗，仰脖一饮而尽。那豪爽比喝酒还起劲儿！

工地上，许多战士的手脚磨起了水泡，冻出了血口子，疼得钻心，但依旧没有停止劳动。有的战士干脆就坐在爬犁上脱下脚上穿的单鞋，然后用针挑破水泡，把冻裂的血口子用线缝起来继续干活儿。“下去休息！”刘振华看到后心疼地说道。“没事连长，这算啥！轻伤不下火线！你不是说了，劳动生产战线也是打仗！”话音刚落，便拉着装满石头的爬犁开始飞奔。他边跑嘴里边念叨着：“铁脚板，真是妙，从来都未当草包！拉石头，垒得高，上坡缓缓拽，冰道要猫腰！”战士们拉石头时出汗太多，衣帽被寒风吹着，冻得硬邦邦的。刘振华担心战士们生病感冒，下令让所有人拉着空爬犁时不许走路，得小跑着，让身体保持温度。同时张雄伟也对刘振华交代道，越是紧张大干，越是要爱护战士。

一次过冰道时，朱有福因为没有保持住平衡摔倒在地，身后的爬犁却因为惯性仍旧朝前滑行，眨眼间就要撞在朱有福身上！可冰面太滑，朱有福一时间难以起身。刘振华见此，扔下自己的爬犁，从旁侧一跃而下，侧着身子躺在冰面上，借助刚才的势头和体重的惯性，滑到朱有福身旁，将他一把拽开。“轰隆！”爬犁被冰道上的隆起卡住。上面垒着的石块掉落在地，把冰道砸出了个大坑，刚好就是朱有福方才摔倒的地方。要是再慢一点，这石头就会砸在朱有福的身上，后果将不堪设想。两人对视一眼，再看看那石头砸出来的坑洞，都心有余悸。朱有福喉结上下动了几下，似是想说什么。刘振华却没有多停留，拍了拍朱有福的肩膀，回去继续拉起了爬犁。

为了赶在化雪之前把石头全部运到工地，刘振华和指导员组织战士们开展了拉石头的竞赛活动。许多战士早上出发时来不及吃早饭，就带上干粮，一边吃一边拉。维吾尔族老乡们每天自发地来到拉石头的路线旁，提着茶壶，端着碗，给吃干粮的战士们送上一口热茶喝。这天，刘振华和一部分战士为了抢时间多拉些石头，中午已经来不及回到营地吃午饭，想着用自己的津贴找老乡们买几个馕充饥。"一个大的嘛！小的一起！"村落里有一家打馕的维吾尔族大爷，他给战士们卖一个大的，还给搭上一个小的不要钱。"大爷，咱们是一家人，不能让您吃亏！"刘振华说道。老大爷却坚持不多收钱，指着自己心窝子说道："一家人不是就得吃一家人的东西嘛！你们嘛，不吃，老汉儿我，肚子胀的呢！"刘振华没办法，只得趁着他不注意匆匆留下钱就离开了。

上级原本计划刘振华他们一人一天顶多拉两立方米石头，结果平均下来每人一天竟有四立方米多。刘振华给战士们定的目标是单次拉石头不得少于九十斤，但全连战士们包括新来的在内，都在一百斤以上，进展极为迅速。经过半个多月的突击，片石已经堆积如山。看着这些石头，朱有福也很是动容，私下里找到刘振华说道："说实话，一开始你们提出要人力拉爬犁运石头，我觉得就是个笑话！没想到连团长都来一起劳动，我从没见过这样的队伍！还有那次……""都是自己人，见外了不是？再说也没啥可感慨的，我们一直这样，都习惯了！"刘振华打断了朱有福的话。

在全体战士克服艰险付出了巨大的努力下，比预计的工期提前二十五天完成了水渠的一期工程。剪彩放水那天，附近的老乡和战士们挤满了仪式现场,有些人干脆站在了高高的闸门上。张雄伟还专门找来了一挂鞭炮,在噼里啪啦的鞭炮声中,天山雪水咆哮着奔腾而来,流向戈壁瀚海。张雄伟带着刘振华和指导员亲自检查渠道,谈论着今年该是一片大丰收的光景!这里的荒地,从爷爷的爷爷那辈开始,第一次被孕育成良田。

“有水就能好好种地了,秋收没问题!”刘振华拍着胸脯说道。“光是有水就行了吗?”张雄伟笑着问道,卖起了关子。“那还需要什么?”刘振华丈二和尚摸不着头脑。“哈哈!一群大男人,待在戈壁滩上,心里能安稳?军区已经从内地招来了一大批女兵,估计再过十来天就能到新疆!”张雄伟说道。“女兵?”这是刘振华根本没有想过的事情!“但这样的戈壁滩,没有女兵愿意来吧,估计都留在司令部或者后勤上了。”“这些女兵都是听从了主席的号召才参军入伍的!她们早就下定了建设祖国西北边疆的决心,就是要到最艰苦的地方来参加劳动生产!”张雄伟说道。一时间刘振华也不知该说什么好,只是摸着脑袋,一个劲地傻笑。

3

指导员要去团部迎接从外地参军到来的女兵。临行前,刘振华特意交代说:“把小家伙儿带上,让他长长见识!”相比于这批即将分配到连队的女兵,小家伙儿已经算是个老兵了。可老兵还从没有去过团部,这有点说不过去。

从沙梁子垦区到团部至今还没有一条路。要是从戈壁滩徒步过去,得绕好大一个圈子。近路不是没有,但得翻山越岭,山上还有经年不化的积雪和冰川。看着指导员他们行走在戈壁滩上的背影,刘振华再次看向了面前的天山。

今天是个阴天,厚厚的云层遮蔽了日光,这让他觉得天山灰不溜秋的，一点都不好看，矗立在这里还极为碍事。上次后勤部的驾驶员来送十字镐时，有意无意地说起后勤上已经在着手考虑成立机耕队，就是具体在哪个垦区试点还没有定论。总的来说，交通越是便利的垦区，哪怕远一点，成为试点的可能性就越大！

“渠垮啦！”刘振华正在琢磨着如何在这山上修出一条路来，这声大喊喊得他一激灵！“哪里垮了？”刘振华问道。“这里！连长你快来看！”机枪手腿长，跑得快，扛起坎土曼就飞奔到了水渠边上。刘振华紧跟其后，看到上游一个山包上的渠岸垮塌了。水在地穴上打着漩涡，不再朝前流。“别慌！看这架势，垮塌应该不太严重。一排长，你带着你的人在垮塌处上游封堵水流。剩下的人去割苇子、砸碎片石，把垮塌冲出来的地穴封堵起来！”

战士们把片石砸成小块，站在水渠两岸朝下扔去，想要堵住垮塌的地穴。但是渠水浑浊，战士们很难找准地穴的准确位置，只能凭感觉瞄准水流打转的地方。刘振华决定自己跳进渠道里，摸清地穴的准确位置，把先前扔进水渠中的石块全都推进去堵漏。“扑通”一声，刘振华刚解开棉衣的扣子，朱有福已经脱得赤条条跳进了水渠中。“我摸到了！你们把石头扔在这里！”朱有福在水里好一阵摸索，终于确认了地穴的准确位置。刘振华也跳了进去。渠水冰凉刺骨，寒劲儿冲得他脑袋里“嗡”的一声！两人都咬紧牙关，挺了片刻，这才缓过神来。“别直接扔！把石头顺着两边滚下来！”这样石头落水的速度慢，冲击力小，既不会让朱有福和自己受伤，又能减轻对水渠底部的二次伤害。两人接力一般，你上我下，将战士们滚落进水渠里的石头全部准确地填埋进了垮塌的地穴中。“你先上去！水太凉了，不能待太久，换个人下来！”刘振华对朱有福说道。“那你呢？”朱有福问道。“等我把苇子秆再填下去一道就上去！”刘振华回答道。“你不上去我也不上去！”朱有福坚持道，嘴唇却已冻得青紫，后槽牙不住地“咯咯”打战。

“我是连长，这是命令！执行命令！”刘振华冲着朱有福大声喊道。同时借着水流的浮力，双手卡在朱有福的腋下，把他朝上一托。机枪手跟着握紧朱有福的双臂，把他拉到了岸上。“快用我的棉衣把他包住！不然非休克不可！”刘振华说道。“连长，你也上来吧！”机枪手说道。“我不冷，还能坚持一会儿！”

朱有福的双腿已经冻得有些麻木，身上裹着刘振华的棉衣还在瑟瑟发抖。和朱有福交好的几个战士想把他抬到炊事班的炉灶旁暖和暖和，却被机枪手喝住：“一冷一热会激出毛病来！你们一人一条腿，给他捏捏活血！等有感觉了再用棉衣裹着，抬到炊事班去。我现在就去让班长生火烧水！”苇子秆一捆一捆地丢进渠道中，浮在水面上。又有几个战士下水，和刘振华一起把苇子秆全部压在地穴里。此时一排长在上游也基本封堵住了水流。

“你们……”刘振华刚准备继续安排，忽然眼前一黑，昏了过去。

4

“醒了！连长醒了！”刘振华睁开眼后，发现自己躺在炊事班的灶台旁。全身上下被烤得暖烘烘的，像是馕坑里的馕饼子。

尤其是右边太阳穴上面，烫得头疼！伸手一抹，一撮头发都成了碎末，散发出难闻的焦煳味。“连长，喝点生姜水，驱寒的！”炊事班长端来一个冒着滚滚热气的搪瓷缸子说道。“哪儿来的生姜？有生姜做饭怎么不知道放？”刘振华瞅了一眼搪瓷缸子里飘着的几根姜丝问道。“连长……就剩下最后一块！拇指肚儿大小！指导员说一定要留着，马上开春，戈壁滩上天气变化快，少不了有战士头疼脑热的。咱们又没有药，必要的时候给生病的战士喝一缸子生姜水，发发汗，这毛病就好了！”炊事班长解释道。

“地穴堵住了吗？朱有福呢，他怎么样？”刘振华推开炊事班长端着的搪瓷缸子问道。“连长，地穴已经堵住了！二排长在上游已经重新放水。朱有福没事，就是冻坏了，缓缓就能行！”机枪手回答道。“你把二排长叫来，我去看看朱有福！”刘振华说道。

朱有福躺在自己的地窝子里。“怎么只有一个炉子？从其他地窝子再拿两个来！”刘振华一进到朱有福的地窝子，就觉得不够暖和。朱有福看到刘振华来看望自己，用右胳膊撑着身子坐起来打招呼，先前的麻痹感是过去了，但身子还是没什么力气，那冷水好似渗透到了他的骨髓中。“炊事班煮了点生姜水。我已经喝了一缸子，这是给你留的。喝完蒙着头睡一觉，晚上就舒服了！”刘振华把搪瓷缸子放在炉圈上，没等朱有福回答就离开了。

自从又来了两个连队后，许多战士自愿来炊事班帮厨。不然这多出来二百多张嘴，仅凭一个炊事班，想要喂饱大家可真是有点困难！炊事班长是连队里出了名的老好人，跟谁都和和气气的。脸上成天挂着笑，做饭时都在哼着小曲。“连长别光开我的玩笑啊！还没说别空着手回来是什么意思呢！”炊事班长说道。“我的意思是指导员应该趁着有女兵在，和团长好好诉诉苦、哭哭穷，争取多要来点东西！”刘振华解释道。“这怕是不行吧！连长你不是没有要过，每次还不是都碰了一鼻子灰！”机枪手来炊事班想要点热水，洗洗今天割苇子、砸石头时手上弄出来的伤口，听到刘振华这么说，立马接过话茬。“那是因为时机不对！我给你们讲，要东西可是比打仗还讲究时机的事情！可惜的就是指导员太书生气！团长说什么，他肯定都是敬礼说是，最多加个‘请团长放心，我一定会照顾好女兵同志’！”刘振华站起身来，把指导员平时的动作习惯和嗓音声调学得惟妙惟肖，引得众人大笑了起来。

“指导员有文化，连长，回头给指导员说说，也教教俺们呗！”机枪手说道。“嗯！文化是很重要！别看咱们现在干的都是力气活儿，实际上也得动脑子才能干好！以后发展起来了，要是没文化，那咱们就要被淘汰了！你这个提议不错，文化教育是得提上日程。”刘振华郑重其事地说道。“不过你小子想跟指导员学文化还早了点！自己的名字会写了不？能不能做到最起码的横平竖直？”机枪手不服气地撇断一根红柳枝，就在地上写写画画起来，恰好一阵风起，被细沙子迷了眼。

风一停，就看到小家伙儿从树后面钻了出来。

“你咋自己回来了？指导员呢？”众人问道。“连长，出事了！指导员让我先回来报信，他们还在后面。”小家伙儿气喘吁吁地说道。“别着急，喝口水慢慢说！”刘振华把自己的搪瓷缸子递给小家伙儿说道。“团长给指导员说新来的女兵不知都染了什么病，在迪化市里上吐下泻的，根本来不了下面垦区，并且团长点名让你火速去团部！”刘振华苦笑了一下。本来还在头疼这些女兵同志们来了，这垦区一穷二白，连个像样的欢迎会都办不起来该怎么整，这下好了，欢迎会也省了。女兵们来不了了，对战士们的士气影响极大。团长叫得这么急，一定是出了棘手的状况。不过从他当兵以来，这样的情况发生了许多次，刘振华已经习惯了。“大家不要急！指导员回来一定会给大家说明具体情况的！”刘振华安抚了一番战士们的情绪，又让二排长一定要昼夜不停三班倒地留意水渠情况。布置完这一切后，刘振华带着机枪手，拿了些干粮，一人挎着一个水壶，朝团部走去。

团部里，张雄伟刚回来不久。他前几天去迪化开会，本来是讨论入夏后部队发放单衣的问题，谁都没想到出了这样的意外，硬生生地改变了会议本来的议题。“团长好！刘振华前来报到！”刘振华笔挺地敬了个礼，嗓音洪亮地说道。“来得倒挺快！”张雄伟说道。“团长发话了那还有啥，您下命令吧！”刘振华笑着说道。“这次可不是我下命令，是后勤部部长下的命令！”张雄伟说道。

一听到“后勤部”三个字，刘振华心头一缩，以为又要让自己回去坐办公室的硬板凳。

“团长，啥事儿啊?”刘振华咽了口唾沫问道。“迪化市里发生了一种流行病，目前尚不清楚是什么原因，但不少市民和战士都上吐下泻，还死了人。党政机关、学校、工厂都出现了这种现象。卫生机构初步调查后说可能是吃水问题：要么是水源不干净，要么是敌特分子捣乱！新进疆的女兵们本来就因为气候差异导致身体弱，现在更是病倒了一大片，只能在市里原地休整。”“一定是敌特分子捣乱！这帮王八蛋!”刘振华怒气冲天！张雄伟依旧不紧不慢地说道：“司令员要求用后勤部的运输车统一运送饮水，把整个迪化市军民的吃用水全都包下来。这样一来后勤部压力很大，人手急缺，就要从各个垦区抽调骨干，尤其是会驾驶技术的优先。你的工作关系本来就在后勤部，现在那里需要人手，你也该回去帮帮忙。另外我记得当初送你去培训过驾驶技术。”“团长，我是摸过几天方向盘，但早就忘得一干二净了，那铁家伙不好开！我这二把刀去了不是更耽误事?”刘振华说道。“行了，别推托！不会开车也可以去做别的工作！另外，给后勤部帮完忙后，你还能顺便带着分配到咱们团的女兵同志们回来!”张雄伟说道。“是，团长！保证完成任务!”刘振华一听到分配女兵高兴地说道。

刘振华搭乘团部去往新疆军区司令部送文件的便车到了迪化。又是熟悉的河与山，不过这次他的心情可是与上次截然不同。走进后勤部的时候，脚步轻快，嘴里还哼着歌儿！会议室里，从各个垦区抽调的人手都差不多到齐了。李处长和那天去沙梁子送十字镐的驾驶员也在。刘振华刚想过去和李处长聊几句，逗逗闷子，就看到他竖起右手食指，做了个噤声手势。没一会儿，后勤部部长带领运输处和供给处的处长就走进了会议室。大家敬礼后，运输处的处长先站起身开口对众人说道：“汽车拉人拉货，这是我们经常干的业务，大家都已经比较熟悉，就算是没干过后勤的同志，也应该知道自己部队的给养都是怎么来的吧？但给老乡们送水，这是咱们进疆后头一回！这是个全新的工作，同时也极为重要，关系到全迪化市军民的生命安全。如果只是单纯的流行病还好，若真有敌特分子从中捣乱，通过这个方法，也能一举粉碎他们的阴谋！汽车送水，首先要解决选用哪个地方的水的问题！根据卫生医疗上的同志给出的建议，最好的地方是迪化市郊的南山下。”南山可是比老满城还要远的地方，一趟来回就得一天的工夫。去那里拉水，成本投入太大，凭借运输处、供给处和会议室里坐着的这些人，很难办到。处长没有理会大伙儿的议论，只是继续说道：“这是上级的命令，也是我们必须为迪化市的各族群众办的事情，一定要克服困难，坚决完成！至于细节方面，比如怎么把现有的卡车改装成水车，如何装运等问题，你们再具体讨论讨论，制定办法，明天同一时间、同一地点，再来汇报！”

领导们走后，刘振华凑到李处长身旁道：“咋回事，很严重吗？”

“说不上严重不严重，但很突然！朱干事都连着难受好几天了，卫生员也没有查出个原因来。”李处长回答道。

迪化市里各族群众吃水、用水的情况极为复杂。有关部门的同志经过走访，再结合群众的反映，发现近来生病和死亡的人中吃井水的人口比例较多。之所以提出从南山下运水，是因为那里是乌鲁木齐河的上游，经过长距离的天然砂石过滤，水很清洁，水量也较大。以前也有人专门去那里打水，不过办法很传统，基本都是赶着毛驴或马匹，驮着两个桶，一起走进水源里，用瓢把水舀进水桶中，再拉回来。这种办法除了费时费力外，最大的问题就是驴马会在水里拉屎撒尿，其中的细菌就会导致水源污染，很不卫生。况且近的地方，一天也就只能拉运一次，远的地方甚至几天才能拉运一次。每次不过拉运一百五十至二百斤水，小户人家自己吃用还好，根本不能满足大量、持久的运输。

运输处处长交代的几个问题中，最快得到解决的是卡车改水车的难题。负责的干部和技术同志研究后,有把握在一个星期内改装好十辆运水车。剩下最为棘手的问题,就是如何把水装进车里。有人提议采用水泵抽水,可是水泵要烧油。汽车的燃油都不够,水泵消耗太大。加之整个迪化市里水泵都是奇缺物资,买都没处去买,根本解决不了运水的需要。"要是地势允许的话,咱们可以修一道引水渠啊!在水渠末端再修一座蓄水池,池子里通上管子,直接把水引到车上!"刘振华提议道。他刚在沙梁子垦区修好了一条水渠,对此信心满满。大家想来想去,也觉得这个办法可行。李处长把这项提议写成了汇报文件,送去了部长处。不到半日,上级回话说,水利局专门派了一位工程师去南山勘测,结论是地面坡度条件都够,可以修建引水渠和蓄水池。部长把整个工程的施工人员分为三组,引水渠分两组,蓄水池单独一组。因为这个办法是刘振华想出来的,他又有挖渠引水的经验,所以由他担任第一组的组长。整个供给处机关里除了财务室留下一个人看家外,其余三十五人全部并入第一组开始修建引水渠。

吃水的标准要比农业灌溉的标准高得多,卫生部门也派来4位同志协助他们进行水的质量检验,还提出了水渠修好后如何保持水源清洁的意见。后勤部的部长在工地一同参与劳动,并就地解决一些问题。有时候因为整个机关的干部、战士都在工地上,就连后勤部业务方面的工作也一并在工地上研究办理。部长和各科室的负责人边挥铁锹边开会,把工地变成了办公室。同志们都说:"这样办公效率高,对身体还好!"开工不久后,距离工地不远的一个工厂的女工们,也自发地组织起来,组成了一个十几人的小队,来工地助工。由此,工地更加热闹起来,不论工作还是休息的时候,都能听到欢天喜地的歌声。想到等女兵同志们去了沙梁子后,一定也是这样的光景,刘振华就浑身是劲!

这天下午,太阳刚开始西斜,一辆吉普车从远处开来,一直开到工地的另一端才停下。"好像是司令员!"刘振华对身边的同志们说道。车上下来的人身材魁梧，眼神坚毅，动作轻捷。“真的是司令员！快去报告部长，司令员来了！”部长带头，人群呼啦啦地一拥而上。司令员冲大伙儿打了个招呼后便开口问道：“现在工地上有多少人？都是机关干部吗？”“现在一共有一百零五人，除了机关干部以外，还有从各个垦区抽调来的骨干，以及工厂来帮工的十四名女同志。”部长回答道。“开工多久了，预计什么时候完成？”司令员四下看了看，接着问道。“已经开工十一天了，预计再有十天就能完成。这次还多亏了沙梁子垦区的刘振华同志想出这个办法，不然装水的问题估计还解决不了！”部长说道。

“刘振华！”司令员重复道。“到！”刘振华挤到最前面，对着司令员敬了个礼。“哈哈，是你小子！不错，干得不错！你还是后勤部的人吧？这也算是给本单位做贡献了！”司令员夸奖道。“走，一起看看！”部长陪着司令员视察整个工地，刘振华和李处长跟在后面。“这种黄泥价格比水泥低，我们用了专门的法子，让它的坚固程度不亚于水泥。”部长指着砌石块所用的黄泥说道。“代水泥”是用了从参军的建筑工程专家那里学来的配方改良而成。以石灰、沙子和砖粉按照一定比例配置，用以代替水泥为水渠勾缝、砌石，解决渠道的渗漏、垮塌问题。“汇报材料我看过了，现在在现场你再具体说说怎么把水装车。”司令员说道。“司令员，你看，这三根铁管直径二十厘米、长二点五十五米。我们把它们装在水池距地面一点八米的地方，然后把汽车开到水管下，水管对准汽车水箱上面的口子，水就能自动流进去！”部长介绍道。“速度怎么样？”司令员问得很仔细。“预计可以保障三辆车同时装水，每三分钟就能装满一辆车！连续不断的话，一小时就是六十车，一天十二小时，可以装七百二十车水。按照每车平均三点五吨计算，估计每天可以装水两千五百二十吨。根据迪化市一般吃水用水情况，平均每人每天用五十斤水，两千五百二十吨可以满足十万多人的用水。”司令员听后高兴地说道：“这样的话以后迪化市人口继续发展，如果自来水设备还没有建起来，你们这三根管子也够用了!”“就算将来人口多了,只要往池子里再多装几根管子,横竖都是够的!”刘振华说道。司令员点点头,继续往水渠上段走去,发现水渠靠近乌鲁木齐河堤边放了防水石墩,又问道:“这样对乌鲁木齐河会不会有什么妨碍?”“司令员,绝对没有妨碍!这水渠是在水利局专业工程师的协助之下修建的。工程师说,水渠修好以后,在洪水期河水陡然上涨的情况下,因为我们这条渠堤比原来的河堤稍微高一些,又砌了防水石墩,堤基结实,对防洪作用很大,以后还能减少水灾的隐患!”部长解释道。

回到停车的地方,司令员又转身说道:“现在疫病还在流行,送水任务很紧急。明天我再从军区机关抽调些人手,你们也可以再动员动员家属同志们,一起来工地修水渠。务必要在一周内全部竣工并开始送水!”部长和刘振华等人都高喊着一定按时完成任务!既要快速完成,还要保证质量,经得起检验。事关几万人的健康问题,马虎不得。

放水的日子是个大晴天,上午九时,在运输处处长的主持下,女同志组织了歌舞队,敲着锣扭着秧歌前来庆贺。三个工作组由组长带头,同时点燃了鞭炮。许多得知了消息的市民,专程从市里赶过来。蓄水池围得人山人海,好不热闹!汽车停在管道口下,三个开关一开,左边第一根水管下的拉水车,只用了两分半钟就装满了。紧跟着,其余两辆车的时间也都相差无几。除了拉水车外,还有十几个一大早赶着牲口运水的老乡。有位老人把自己的小毛驴赶到装水的汽车旁等着。拉水车一离开,他连拉带拽地把毛驴子带到水管下。“老乡,您的水桶小,我给您把开关开小一点。装满了您说一声!”刘振华说道。开关一开,老乡的水桶不一会儿就满溢出来。“人民解放军真不愧是主席教导出来的!我已经六十多岁了,光是在这里都经历了好多的军队,从来没有见过这样处处为我们老百姓着想的好军队!”

刘振华送走今天的最后一辆拉水车,拍拍手,从水池子上下来。先前干活儿的时候不觉得，这会儿才发现，一整天地开启、闭合水管开关，他的手都磨掉了一层皮。本来是让他来当驾驶员的，可刘振华掌握的那点驾驶技术俗称“三点头”，意思是刚一点火，还没等挂挡行驶，车头就猛烈地点三下，紧跟着便又熄了火，发动机的声音听着就瘪了下去。没办法，这样绝对是当不了驾驶员的。刘振华自告奋勇，担任水池上的水管“开关员”。这职务的名字还是他自己起的，倒也颇为生动形象。

刘振华发现李处长也在便问道：“你咋还没走？”“你刘大连长在池子上面当了一整天的‘开关员’，我哪里敢先走啊？”李处长拐着腔调说道。“哈哈，你是不是要请我吃饭？”刘振华笑着说道。“今晚我不请你吃！有人请你吃！”李处长说道。“谁？我有这么大面子？”刘振华疑惑地问道。除了李处长外，他在这里并没有其他熟人。“去了不就知道了！”李处长非要卖关子，不告诉刘振华实情。“我不去了！谁知道你肚子里又有什么坏水！”刘振华脑袋摇得跟个拨浪鼓似的。“咱们也算是老战友了吧？你就这么怀疑自己的同志？说到底我还是你上级！”李处长说道。“那好，要是上级的命令，我绝对服从！要是老战友的邀请，恕不能从命。”刘振华笑着说道。“你难道忘了你来迪化市还有什么工作？团长肯定给你交代了吧！”李处长说道。“难道是……”开了一天水管子，刘振华脑袋发昏，李处长这么一说，他立马想到了。

“走啊，你还磨蹭什么！”刘振华一下子蹿出老远，发现李处长并没有跟上，扭过头催促道。女兵们的驻地就在先前刘振华连队所驻扎的老满城。原先在老满城的部队已全部奔赴天山南北的各个垦区，营房刚好空了出来。“咋都是一群女娃娃……”进入自己熟悉的营地，看到这里已经换了主人，刘振华不禁有些感慨。但当他看到女兵们的时候，却和李处长抱怨了起来。这些女兵的年龄最多二十来岁，小一点的十五六岁！这个年纪，该是还在父母身边撒娇才对。

“这位同志！你是笑话我们年纪小吗？”刘振华是个大嗓门，心眼子又直,从来不知道什么是悄悄话。刚才的抱怨被一位女兵听了去,当场站起来就要和刘振华理论理论。“主席和总司令都说了,革命工作不分高低大小!”刘振华还没反应过来,这位女兵接着说道。把主席和总司令抬出来,着实出乎了刘振华的意料。就连李处长也没想到这名新来的女兵竟然如此伶牙俐齿。刘振华一时间不知道该说什么,本来天不怕地不怕的他,竟然有些害羞起来,朝李处长身后挪了挪,但眼睛却不自觉地仔细打量起这位身材单薄,脸庞和脖子已经被西北的太阳晒黑,还扎着两根粗辫子的姑娘。李处长听出她的口音带着浓浓的山东味儿,刚好自己的老家在东北,祖上是从山东“闯关东”过去的。这么多年在部队,杂七杂八的话弄得他自己的口音都杂了。为了和这位女兵套套近乎,他很费力地用自以为标准的山东话开腔,结果人家根本不吃这套,自顾自地又坐了回去。

吃完晚饭,军区派来的文化教员在给女兵们上识字课和理论课。一位女干部走上前来,和李处长打了个招呼。“桂香大姐！这位是刘振华连长,从沙梁子垦区借调来运水的。”李处长一边回应,一边介绍了身旁的刘振华。“刘连长的大名早就听过,战斗英雄！后来听说也调来了咱们后勤部。”桂香大姐和李处长是本家姓,也姓李。刘振华调来后勤部之前,她已经离开新疆去了兰州,接应这批刚参军的女兵。“路上走了多久啊?”李处长知道刘振华调来后勤部这件事始终是他心里的一根刺,生怕被李桂香提起,惹得他掉脸子,赶忙转移话题问道。“哎,两个多月！这些姑娘真是吃苦了!”桂香大姐叹了口气说道。“那个娃……姑娘叫啥名字?”刘振华努努嘴问道。方才和他争论的那名女兵,正在帮着教员组织纪律。桂香大姐笑着回答道:“赵明霞,沂蒙老区来的。”“哦……”刘振华应了一声,没有多说什么。“这些姑娘来参军,她们家里同意不?”刘振华接着问道。“谁家不心疼啊！都觉得新疆又远又荒凉,土匪还多。尤其是赵明霞,她还识字,连弟弟妹妹都劝她留在村里当个教书先生算了！”桂香大姐说道。“队长，他们不懂，我还能不知道？我都给他们说了，到新疆来是当兵，是建设边疆、建设新中国的，不是流放！就是不知道这年龄小都要被人笑！”下了课，赵明霞走过来，刚好听到李桂香和李处长还有刘振华的对话。这最后一句显然是在针对刘振华，弄得他哭笑不得。

第二天，女兵们要奔赴各个垦区了。一大早，桂香大姐就来到了女兵驻地。“桂香姐，你真帅气！”李桂香作为女兵们的队长，又是老兵，是干部，腰带上别着配枪。皮质的枪套在阳光下更是好看，让这些刚刚开始军旅生活的姑娘们羡慕不已。“你们都是战士了，等以后肯定也能有自己的配枪！”李桂香说道。“但我们配的都是长枪，没有桂香姐这支小枪好看！”赵明霞噘着嘴说道。“你是班长，说不定领导会给你特批一支！”李桂香笑着说道。赵明霞这才高兴地招呼战友们收拾好行装，朝出发地集合。运输部专门派了卡车，可以把女兵们送到团部。至于去往垦区，还得靠自己的两条腿。“刘连长，女兵队全体一百二十一名战士集合完毕！”李桂香冲着刘振华敬了个礼说道。

刘振华早就等在集合地，为了打发等待的时间，从不抽烟的他还和驾驶员一起冒了一根莫合烟。这会儿刚止住咳嗽，嗓子还有点哑，便冲着李桂香也回了个礼，沉着嗓子让大家报数。一百二十一人正好，不过报到赵明霞那儿的时候，却卡顿了一下。赵明霞看着刘振华有些走神，没想到昨晚说自己是“娃娃”的老兵，竟然就是前来接应她们去团部的连长！而且刘振华这名字，她在后勤部排队领东西的时候就听人说起过。半好半坏，除了是战斗英雄外，就是脾气大得吓人。结合起昨晚的事，赵明霞这么一看，觉得刘振华还有点倚老卖老，当下心中更是不服。

“连长，这里离咱们团有多远啊！”卡车上，姑娘们叽叽喳喳地问起来。“咱们团不远。坐车的话，开得快些一天就能到团部！有些团在南疆，那可远呢！”刘振华回答道。“连长，垦区的草原有马骑吗？”这问题让刘振华不知道该怎么回答，直说没有，刘振华怕大家太失望，影响情绪。谎话他又无论如何也说不出来，只好拐着弯反问道：“这么喜欢骑马？”“以前见到过别人骑，觉得骑马很威风，像……像个大将军！”这姑娘说完，顿时不好意思地笑了起来。刘振华也跟着笑，觉得着实是有意思。不经意间，瞥到赵明霞，发现她脸色惨白，双拳紧握。“你怎么了？”刘振华问道。赵明霞嘴角抽了抽，一个字也没有说。又观察了一阵，刘振华这才发现赵明霞应该是晕车了！

“停车停车！”刘振华探出头大声喊道。“刘连长，怎么啦？”驾驶员一脚刹车，卡车在颠簸的土路上停住，也探出头来问道。“有人晕车了，稍缓缓再走！”李桂香也赶忙过来支应。和赵明霞一个班的姑娘，把她扶下车去，还没等站稳，就听她“哇”地吐了起来。车轮卷起的灰土从半空中落下，她这么一张嘴，又吃了许多土进去。

灰土沾了唾液贴在舌头上，土腥味直往脑门蹿，让赵明霞更加恶心，吐个不停。“先前她是咋过来的？”刘振华朝李桂香问道。“这姑娘好强得很！我都不知道她晕车，估计是前些日子喝了不干净的水，拉肚子的虚劲儿还没缓过来，今天一坐车就忍不住了。”李桂香说道。刘振华看着赵明霞的背影，没想到这小姑娘竟然能忍住晕车的难受！“还有多久能到团部？”刘振华问道。“不远了，差不多晚饭时候刚好到！”驾驶员看了看前方回答道。吐了一阵，赵明霞一屁股坐在地上，觉得舒服多了。“喝点水吧！”刘振华把自己的水壶递给赵明霞说道。“等等，不能喝你的水！”突然，女兵队里的卫生员徐秀英喊道。“我的水怎么了？”刘振华虽然疑惑，但看到徐秀英胳膊上戴着的白底红十字袖标还是收回了水壶。“刘连长，你的水壶里是不是放了盐？”徐秀英问道。刘振华点点头。在垦区劳动，出汗多，光喝水不解渴，人还没劲。炊事班烧水的时候，都特意在锅里加些盐巴，混合成淡盐水，给战士们灌装在水壶里。因此，在水里加盐也成了刘振华的习惯。

“淡盐水不能给呕吐的病人喝，会加剧恶心的程度！”徐秀英一板一眼，像是背课本似的对刘振华说道。她随即把自己的水壶拧开，让赵明霞先漱了漱口，然后小口喝了点水。“把她安排在通风的地方，要是能吹着风走，应该就没什么大事！”徐秀英说道。“刘连长？”“哦，我知道了！我来想办法解决！”刘振华刚才看着赵明霞走了神。正难受的她没有了头天晚上那种小姑娘争强好胜的模样，反而像个林黛玉一样，病恹恹的，楚楚可怜。李桂香是过来人，看着刘振华的样子不禁莞尔。

见赵明霞缓得差不多了，刘振华和赵明霞互换了位置，赵明霞坐进了驾驶室。车子继续向团部驶去。还未看到团部的平房，路边就已经有团部机关的干部、战士前来迎接女兵们。几个人老远就冲着卡车挥舞帽子，大声喊叫。有个不怕冷的，还把上衣脱下来，举过头顶摇晃，生怕卡车上的人看不见。“这儿离团部还有五六里地，你们怎么来了！”刘振华诧异地问道。这些干部战士，你看看我，我看看你，只顾着嘿嘿傻笑，谁也不说原因。刘振华当然知道是为了什么！“来，上车一起走！”刘振华伸出手去，想拉他们上卡车，一道去团部。结果这些干部战士一看到卡车后面坐着满满当当的女兵，全都不好意思地扭捏起来。“这可是提前熟络的机会啊！要不到时候后悔就是骂娘也没用！”刘振华干脆把他们的心思说破。“走，怕什么？都是自己同志，以后还要在一口锅里吃饭呢！”一位干部慷慨激昂地说道，实则是给自己壮胆。在他的带动下，众人这才上了卡车，但却个个绷直了身子，双手放在大腿上，目不斜视，像是听首长讲话一般严肃。几个年纪小的女兵看到他们这副模样，忍不住偷偷笑了起来。这五六里地刘振华觉得比前面上百里都漫长。本来他和坐得近的几名女兵已经熟悉起来，有一搭没一搭地聊着闲话。现在这几人一上车，女兵们也全都安静下来，耳边只剩下车轮滚动发出的响声。

“嘀——嘀嘀！”几声急促的喇叭声，让刘振华回过神来。终于到了目的地。整个团部在团长张雄伟的带领下，倾巢而出，敲锣打鼓，列队欢迎。尽管团部所在的位置要比垦区戈壁滩好很多，但周围还是没有什么生机。不过在老兵们的热情招待下，这些女兵们个个笑逐颜开，叽叽喳喳、三五一堆地讨论着眼前见闻。

“李桂香同志，一路辛苦了！”张雄伟先和李桂香打了个招呼。他们算是老熟人，以前还在同一个连队待过。“张团长好！都是自己同志，不说辛苦！”李桂香笑着说道。“刘振华，你赶快和后勤人员一起把姑娘们都安顿好，我已经让司务长去烧水了，一会儿先洗洗再吃晚饭！”张雄伟对刘振华命令道。一听到有热水可以洗漱，女兵们都开心得又蹦又跳！短短一天的路程，由于卡车的篷布密封性不好，她们的头上和脸上全都蒙上了一层沙土。“现在天气还冷，这土还小！要是到了七八月份，一里路得有半斤土！”刘振华说道。女兵们听得目瞪口呆。一里路半斤土，那从迪化市到团部总共得多少?“哼!老兵就会吹牛！”赵明霞说道。

刘振华当然是在夸张了，被赵明霞这么一说，不好意思地挠挠头，带着大家和后勤干事一起去营房。其余的干部战士也充分发扬了革命精神，个个积极主动地要帮女兵们提铺盖、拿东西。有些女兵不好意思，但铺盖行李却被他们一把抢了去。整个团部机关只有一排平房，算是“房子”，就连做饭的伙房都是露天的。在刘振华去往迪化的时候，张雄伟就带着团部机关的干部和战士们把这排平房全部腾了出来，给新来的女兵们当营房，连他自己的办公室也不例外。就这样还是挤了点，十几个人一间房。铺是用红柳枝和苇子秆搭成的通铺，上面铺着芨芨草。铺沿压着一排土块，防止凌乱的芨芨草翘边。刘振华等人把女兵们的铺盖铺在这样的通铺上，用手试了试，觉得又软又暖和。

“怎么样，营房还可以吧?”张雄伟和李桂香走进营房问道，“这里的人都是像刘振华这样的，手大脚大干活儿粗！开个荒地、挖个渠没问题，可要让他们收拾房子还是不太行。你们觉得有什么不方便的地方就直接找我!”“这位是张团长,以后你们就都是他手底下的兵!”李桂香给女兵们介绍道。“哈哈,叫我老张就行! 革命队伍,都是自己同志,不分高低,一律平等!”被李桂香这么一说,张雄伟也不好意思起来。刘振华凑到跟前,挤眉弄眼地对团长说道:“团长,是不是看得眼睛都花啦?”“去你的,老子是那么没出息的人吗?”脏话刚一出口,猛地想起自己还在女兵们的营房里,张雄伟连忙捂住了嘴巴。女兵们鸦雀无声。他想要解释解释,话却堵在嗓子眼儿里,半天说出不来。“团长,咱们快去帮忙提水吧! 这么多人,后勤上要忙不过来了!”关键时刻还是刘振华给他解了围。两人刚出屋子,身后就传来女兵们的笑声。“唉,脏话说习惯了,一张嘴就往外蹦! 以后真得改改!”张雄伟点了一根莫合烟,边抽边说道。

第五章

女兵进荒原

第五章 女兵进荒原

1

团部的女兵们被分配之后,赵明霞和李秀英被分到了去沙梁子垦区的那组。刘振华得知后,心里偷着乐,可他还是板着脸,一本正经地在团部门前的集合地,对分配到沙梁子垦区的全体女兵们讲话。“同志们,我作为连长,首先欢迎你们到沙梁子垦区! 不过同时我也要提醒你们!”说到这里,刘振华骤然停住,观察起众人的表情来。看到女兵们个个扑闪着大眼睛,一副期待的样子,刘振华这才继续讲起来,“沙梁子垦区不比团部,没有正经的营房住,睡觉的地方都是地窝子,也不可能顿顿有羊肉吃。另外,说是垦区,现在还是一片荒凉的戈壁滩,除了红柳、梭梭以外,啥都没有。不过这些都不是问题,要是好地方,党和国家也没有必要派我们来了。”“连长说得对! 越是艰苦的地方越是需要我们!”赵明霞带头说道。刘振华赞许地看了她一眼。“连长,你说的要提醒我们的是什么?”卫生员李秀英问道。刘振华一阵愕然,他觉得自己已经说完了要提醒的内容。无非就是沙梁子垦区条件差，自然环境很恶劣，让她们做好准备。沙梁子毕竟和迪化市里老满城的营地以及团部不能比。

“刘连长的意思就是大家要做好心理准备！咱们来这里就是吃苦建设的，不是享福的！现在全国都在咬紧牙关，大力发展。你们的老家不也是热火朝天？”李桂香大姐看到刘振华犯了难，赶忙走过来解围。“没错，就是李队长说的这样！只要做好了心理准备，严守革命的思想路线不动摇，就一定能克服一切困难！”刘振华讲到激动处，举着拳头说道。“桂香大姐，那你跟我们一起去吗？”赵明霞很是不舍地说道。按照规矩，她们该叫李桂香队长，但这些姑娘们和李桂香从西安开始就日夜不离地相处，再加上远离家乡，对和蔼温柔又雷厉风行的李桂香都心生崇拜和依赖，所以更愿意用“桂香大姐”这个亲近的称呼。“我就不去了，而且现在开始我就不是你们的队长了。以后你们就是沙梁子垦区的战士，是革命的力量，要听从刘连长的命令！”李桂香说道。姑娘们一想到日后就难再见到桂香大姐了，顿时眼泪汪汪的。“组织上已经把我调到团部工作，以后见面的机会还多着呢！”李桂香看到女兵们的情绪，连忙开口安抚道。“真的吗？”赵明霞激动地问道。李桂香笑着点了点头。

第二天一大早刘振华带着这支队伍就回垦区了。每当长途行军的时候，刘振华就会想念自己的“老伙计”。要是它还在，自己铁定能更神气。不过当着一众姑娘的面，他也不好意思自己骑在马上，定然是牵着“老伙计”，和她们一起走路。“连长！”刘振华还沉浸在自己的遐想之中，没听见有人叫他。“刘连长！”赵明霞提高嗓门又喊了一声。

“到！”刘振华一下被拉回了现实，习惯性的回答引得一众女兵们笑了起来。“什么事？”“到了垦区之后，我们也能有枪吗？”赵明霞指着刘振华挎着的枪套问道。“怎么，想要枪？”刘振华反问道。不单是赵明霞，听到“枪”，一下子围上来七八个女兵。“你们都想要枪啊！”刘振华说道。

众人连连点头。“哈哈，训练的时候摸过枪吗？”刘振华问道。

“在西安休整的时候，给我们发了枪，扛着进行队列训练，但都没有子弹，就是个空家伙，后来继续行军进新疆，枪就被收走了。只有负责保护我们的武装部队还有桂香大姐有枪。”赵明霞说道。“那后来就再也没摸过？连靶也没打过？”刘振华接着问道。“后来在老满城驻扎的时候，倒是组织过一次打靶训练。可每人就五发子弹。”赵明霞噘着嘴说道。“五发子弹，你打了多少环？”刘振华自认为算是个不大不小的神枪手，在打枪这件事上还有点悟性。“没中。”赵明霞小声说道。“没中？一发都没中？”刘振华吃惊地说道。紧接着又猛地反应过来，这么说会不会伤了赵明霞的自尊，偷偷瞟了一眼，好在她还没什么反应。“连长，你第一次打枪打了几环？”赵明霞话锋一转问道。都知道刘振华是战斗英雄，打枪肯定不会差！

“我第一次打枪就是在战场上，面对着的都是人，没有靶子！不过人比靶子大多了，只要打中就行，不一定非得十环才行。”刘振华带着几分谦虚的语气说道。女兵们却是听得倒吸一口凉气。“我见过对人开枪！”赵明霞冷不丁说道，把刘振华都吓了一跳。“在来新疆的路上遇到了土匪，我们分队牺牲了两个人。”赵明霞语气低沉地说道。“一个是驾驶员，一个是和我们一样的新兵。”“新兵怎么死的？”刘振华问道。驾驶员都是老兵，遇到这样的事情肯定是带头冲锋在前，用自己的身体保护身后的新兵。这些新兵都应该被安置在战线之后，以汽车当作掩体隐蔽，不该轻易牺牲才对。

“她是因为胆小。”赵明霞回答道，“一开始交火，分队长命令全体人员下车的时候，她因为过度害怕就没下车。后来她摸索下来的时候，众人都不在周围，她便躲在车头处，蹲在角落里，把头深深地埋在两膝之间，手死命地捂住耳朵。土匪的一颗子弹本来没有打中她，而是打在了车头的引擎盖上。子弹被铁板阻挡，发生弹跳，直接贯穿了她的太阳穴。后来土匪扔下尸体，骑马跑远了，分队长招呼我们上车赶紧出发。我看到她还蹲在那里，低着头，就拉了她一把。结果一拉她就倒了，把我吓了一跳！分队长过来一看，她已经没气了，头发上还沾着血。”赵明霞说道。

一个年纪小的女兵有些走不动了。刘振华担心女兵们的安全，毕竟这里还有零星的土匪流窜，所以一路上没有休息，也没有组织她们唱歌，完全是急行军。“其实这里已经是咱们沙梁子垦区了，不过还没有到营地。”刘振华鼓劲道。

这话一出女兵都皱起了眉头。这里真是啥都没有啊！虽然早就做好了心理准备，但真正看到眼前的景象，一时间心里还是难以接受。“前面有人！”赵明霞眼尖。她看到前面一座土包后面有人头晃动，立马告诉了刘振华。“警戒！”刘振华立马掏出枪，瞄准前方那座土包。而一众女兵们全都呆立在原地，纹丝不动。“你们傻站着干吗？”刘振华回头看见后，焦急地说道。“连长，怎么警戒？”赵明霞问道。“全部卧倒，朝东边那处土坡下匍匐前进！”刘振华修正了命令，女兵们这才反应过来，向刘振华说的那处土坡移动。“连长，是土匪吗？”赵明霞却没有过去，反而蹲在刘振华身边问道。“你也过去，执行命令！”刘振华毫不客气地说道。“我不怕！”赵明霞回答道。“和你怕不怕没有关系！枪炮一响，全连都得听我的！你是我的战士，赶紧服从命令！”刘振华再度说道，没给她留任何情面。

女兵们什么样子的都有，有的干脆是手脚并用在地上爬，根本不是匍匐前进。好在大的目标方向没错，其他的都可以日后慢慢训练。

待女兵们全部转移，有了土坡可以隐蔽遮掩敌人火力，刘振华这才放心大胆地一跃而起。只见他像一匹西北狼一般，在平坦无遮拦的戈壁滩上沿“之”字形前进，不一会儿就迂回到了土包的侧面。这里是敌人的视线死角，刘振华单枪匹马，必须先占据最有利的位置。

2

刘振华藏在一株红柳后面，把土包后面的人看得一清二楚。“你们几个，给老子滚过来！”刘振华把枪收进了枪套，大声喊道。土包后的几个人根本没有察觉到刘振华已经悄悄摸到了他们的侧面，还在那里鬼鬼祟祟地朝前张望。“连长，你咋在这儿啊！俺说怎么看着看着就没人了！”机枪手嬉皮笑脸地说道，身后跟着的几名战士中还有小家伙儿。“我咋在这儿？你们怎么在这儿？”刘振华怒骂道。“俺们是来接连长回去的！”机枪手辩解道。“少给老子嬉皮笑脸的！”看到刘振华真动了火气，所有人都收敛了表情，站得板板正正的。“你说，怎么回事，谁带的头？”刘振华走到小家伙儿身旁问道。小家伙儿眼巴巴地看了看机枪手，却是一个字都不敢说。“你看他干啥，他又不是你领导！”“连长，我怕他揍我！”小家伙儿小声说道。“他敢！他要是揍你，我就收拾他！你说实话，是不是他带的头！”刘振华问道。“……是”小家伙儿琢磨半天，终于点了点头。

“好啊！我才走了多久，能耐就这么大了，偷懒不干活儿，还擅自离开垦区！”刘振华呵斥道，唾沫星子喷了机枪手一脸。“连长，现在是休息的时候。而且俺们……”“休息怎么了？休息就可以偷摸跑出营地？万一遇上土匪怎么办？遇到狼群怎么办？”刘振华根本不给机枪手辩驳的机会，劈头盖脸就是一通大骂。

刘振华觉得有必要针对这个问题开一次全连大会，刚好也一并说给新来的女兵们听听。反正都到了沙梁子垦区，也不怕把话说重了吓住人，就怕这话没说到，日后出了事情，那可真是后悔都来不及。“所有人，目标东边坡底，跑步前进！”机枪手刚要跑，就被刘振华一把拉住。“以后不许仗着自己人高马大就欺负小家伙儿，更不许带着他一起干坏事！”“是！连长！以后绝对不欺负小家伙儿，绝对不带着他一起干坏事！”机枪手敬礼说道。“你自己也不许干，别想钻我话里的空子！罚你帮女兵们多扛两个铺盖卷！”刘振华瞪着眼睛说道。

“连长，敌人走了吗？”说不害怕，实际上还是有些怕的。赵明霞的声音显露出了心里的忐忑。“啊，走了，走了！这些都是咱们连队的同志，专门来接应的！”刘振华含糊地说道。要是告诉她们，刚才看到的“敌人”实际上是自己人，不但显得他这个当连长的没本事，更显得这支队伍无组织无纪律，让人笑话。“来，你们的铺盖都给他们，最后几里路咱们轻轻松松地走！”刘振华说道。机枪手两个铺盖一个肩膀扛一个还不嫌多，非要在两个胳膊下还夹上两个。最后伸着脖子，让小家伙儿给他脖子上再挂一个！算下来他一人就拿了五个人的铺盖，跟个骆驼似的。“同志，你好厉害啊！”赵明霞看着机枪手夸赞道。“这算什么，俺在连里可是机枪手，几百发子弹都能扛得起，比你们这些铺盖卷重多了！”机枪手听到有姑娘夸自己，顿时就飘飘然起来。先前挨骂的事忘了个一干二净。“咳！”刘振华用力咳嗽了一声，机枪手听到连长的声音立马反应过来，老老实实地低头扛着背包跟在队伍最后面。

营地外，指导员脸色铁青，双手叉腰，脸上挂着极少出现的怒色。“你……”“指导员，我把女兵同志们都接回来了！你安排他们几个人出来接应得太及时了，刚好大家都走得有点累了！”搭档了这么多年的老战友，刚一张嘴，刘振华就知道他要说些什么，于是抢先开口堵住了指导员的话。指导员一听就反应过来了事情的原委。这会儿是午休时间，大家都回地窝子里睡午觉，他把每个地窝子都转了一圈，发现机枪手还有小家伙儿几个人不在。“欢迎欢迎！我是咱们连的指导员，欢迎大家！”指导员给新来的女兵们敬了个礼，随即把机枪手挂在脖子上的铺盖拿下来，并狠狠地瞪了他一眼。机枪手脖子一缩，匆匆绕过指导员，把其他铺盖都放在空地上。“女兵同志，这就是咱们连队的营房，俗称地窝子!”指导员解释道。“指导员,我叫赵明霞!”“赵明霞同志!”指导员立马改口。女兵同志叫起来的确有些别扭。“地窝子就是营房,咱们不是还专门写了个顺口溜吗!”刘振华说道。“地窝子好……”“大点声!没吃饭吗?”刘振华吼道。机枪手深吸了口气,脖子一梗,抬了抬下巴,放开嗓门喊道:“地窝子好! 地窝子强! 地窝子冬暖夏又凉! 瞧着一片戈壁滩,谁知脚下是营房!”女兵们听完还未来得及鼓掌,睡午觉的战士们都被机枪手这一嗓子喊醒了,纷纷走出地窝子。看到新来的女兵们,所有战士都咧着嘴傻乐。

“都把后槽牙收收,见到新同志都忘了欢迎吗?”刘振华说道。他心想自己怎么带出了这么一群没出息的兵来。“同志们,你们的地窝子都已经准备好了,先把铺盖放进去吧!”刘振华不在的这些天,指导员带着战士们去远处伐了些木材。女兵们住的地窝子修建得要比战士们的宽敞许多,因此就需要木头当作梁柱用以支撑。“怎么让咱们住进菜窖里来了!”“就是,耗子才睡洞里!”“这不会塌了吧,要是塌了咱们出不去可咋整?”一进地窝子,女兵们全都愣住了。刚才还觉得住在地下挺新鲜,这会儿真看到了,心里却又升起各种疑虑。赵明霞却是一句话都没说。她和刘秀英关系好,两人的铺盖也铺在了一起。“好啦好啦,连长和指导员都这么住,咱们有啥不行的!”赵明霞说道。道理虽然不错,但众人心里还是有疙瘩。刘振华和指导员听到里面传出来的议论,两人都是一脸为难。

3

“朱有福昨天受了点轻伤。”指导员说道。“他怎么了?”刘振华追问道。“和他一个连的,有个小战士只顾着低头开荒,挥坎土曼的时候他正巧从这名小战士身后走过,把额角砸破了。”指导员回答道。“严重不?”

刘振华临走前,水渠塌陷,朱有福和刘振华一起跳进冰水里堵地穴的场景还历历在目。谁料到他没冻出个好歹,反倒是被自己人用坎土曼把脑袋打破了!“当时血流了不少,但用水洗了洗发现没伤到骨头,就皮肉上开了个口子。今天上午我给他批了半天假,让他好好休息休息。”指导员说道。“来的姑娘里刚好有个培训过的卫生员,一会儿叫她去看看。咱们这里缺医少药,吃的东西也没什么营养,别回头小毛病出个大问题。”刘振华说道。

地窝子里也没什么可收拾的。指导员提前让人把炉子都烧得通红,上面还摆着个大铁盆,盛满了清水。赵明霞和李秀英等人铺好铺盖便从地窝子里钻了出来。“怎么样,地窝子还舒服吧? 炉子烧了好一阵了,是不是暖烘烘的?”指导员问道。的确是不冷,但要说多好,谁也说不出来。刘振华担心朱有福的伤势,没顾上和女兵们客套,直接对李秀英说道:“连里一个战士受伤了,麻烦你看一看。”李秀英没想到自己一来就有了任务,刚好还是她的专业。结束卫生培训后,李秀英还从未给伤员包扎过。在团部的时候,灭耗子、改造水车,都是赵明霞领的头。两人虽然是好朋友,但在工作中也有你追我赶的劲头。这会儿听刘振华说有伤员,当即说道:“连长,我还带了消毒水和绷带,等我去拿!”

朱有福今早听到起床号醒来后,就觉得不太舒服。脑袋重,身子轻,一睁眼天旋地转,还有些恶心。想着喝点水再躺会儿就能好点,结果却没有任何缓解,刘振华进了地窝子他都不知道。

“连长,他在发高烧!”李秀英一摸朱有福的额头,滚烫滚烫的。烧着炉子还裹着被子,朱有福身上都没有一滴汗。“伤口化脓了。他应该是伤口感染导致的发烧!”朱有福昨天自己用布条简单地包扎了下伤口,都没有消毒。坎土曼天天挖地,不知道上面沾染了什么细菌,一夜之间导致伤口溃烂化脓。“我先用消毒水给他清洗下伤口,连长赶紧想办法弄些凉东西来,最好是冰块! 他的体温要是降不下去,继续这么烧,很容易烧坏脑子!”李秀英说道。

刘振华一时间也想不出办法,便去找指导员商量。“去山根儿下找冰雪肯定来不及。是不是只要凉的东西就行?”刘振华问道。“应该是这样,具体情况还是再问问李秀英同志吧!”指导员也拿不准。“我有办法了!”从李秀英那得到了确认之后,刘振华当即回到自己的地窝子里,把被子抱了出来。“你要做啥?”指导员问道。“机枪手!”刘振华来不及解释,“你去把我被子丢水渠里,吸饱了冰水再捞出来拧干。一定要让被子冰凉,但不能有多余的水滴下来,明白了吗?”这么奇怪的命令机枪手着实是第一次听到。他不知道怎么执行,便看着指导员发愣。指导员也不知道刘振华葫芦里卖的是什么药,只能先点点头,让机枪手去执行命令,自己再私下里问个明白。“李秀英说了,只要是冰凉的东西都行!如果朱有福要是发烧不严重,弄个凉帕子冰着额头就好,但现在体温太高,帕子不够用,得全身降温,所以我就想到了用被子。”刘振华说道。

“那你晚上盖什么?现在这季节可别指望被子几个小时就能晾干。”指导员说道。“哈哈,我这身子骨,不盖都没事!再说,这不还有你?到时候你把被子横过来,咱俩一人一半!”刘振华笑着说道。“一人一半?顾头不顾腚!”指导员也笑了。被子横过来当然就变短了,两人只能顾着一头盖,要么冻腿脚,要么冻脑袋。“还是顾着下面吧,不然腿脚冻坏了,都没法干活儿。”刘振华想了想说道。

“赵明霞同志,有什么事吗?”指导员看到赵明霞站在一旁,手里拿着个包袱,开口问道。“还有什么困难和需要?不要不好意思,尽管开口,咱们垦区虽然要啥没啥,但最不缺的就是人!只要有人,就能想办法,就能给你们办到!”刘振华拍着胸脯说道。“困难和需要倒是没有。”赵明霞回答道。“哦,那是……”“但是连长,我们有一个共同的要求!”

刘振华放回肚子里的心又悬了起来,刚才牛皮吹得有点大。沙梁子垦区现在可以说要啥没啥,就算是人也不够用。这么大的垦区,只有三个连队开垦。平均下来，一人起码要干普通农民三四个人的活儿，哪里还有多余的人手和精力做别的！“什么要求？”刘振华小心翼翼地问道。指导员却在一旁幸灾乐祸，丝毫没有给刘振华打圆场的意思。

“连长，我们虽然是女兵，但也是战士，这点没错吧？”赵明霞说道。“没错！当然是战士！”刘振华点头说道。“既然是战士，就算现在的主要任务是劳动生产，那是不是也该发枪？”赵明霞接着问道。这话说得真是让刘振华根本没有反驳的余地。“是……是……应该发，应该发！”刘振华搪塞地说道。“连长，这就是我们的要求。”赵明霞说道。

“那连长就是答应给我们发枪啦？我这就去告诉她们！”赵明霞说完就跑开了。刘振华求助地朝指导员看去，指导员却故意把眼神错开，根本不搭理他。自己揽的麻烦事，自己解决。“我都答应把被子让给你一半了，俩大男人盖一条被子，说出去多丢人啊！这可是天大的人情！”指导员说完笑嘻嘻地走开了。刘振华又气又想笑，自己怎么就进了赵明霞的套。被一新兵小姑娘牵着鼻子走，着实是没了连长的威信！

不过换个角度想想，赵明霞说得也不是没道理，关键是没有枪！总不能让一个班的战士把自己的武器送给这些女兵们吧？枪是给不了，但说出去的话，泼出去的水，怎么能收回来？刘振华爱面子，这又是当着女兵的面说的话。尤其是，来说这话的还是赵明霞！自己第一次见她，就有点触霉头。现在关系刚缓和了一些，一想到日后赵明霞面对自己时都要吊脸子，心里就觉得不是滋味，说不上难受，只是这种感觉以前从未有过。他肚子里仅有的墨水更是找不到一个准确的词语形容出来，就像猫爪子不停地挠似的，让刘振华心神不宁。他倒情愿这爪子在脑袋里挠，还能让思路活泛活泛，想出点主意来。

“连长，咋的了？”机枪手从朱有福的地窝子里钻出来，看到刘振华跟个木桩子似的，杵在那里一动不动。现在又没有重大作战任务，他不知道还有什么事能让连长这般沉静地思考。“朱有福烧退了吗？”刘振华问道。“李秀英同志说好多了,已经没那么烫了!”机枪手回答道。“嗯……”刘振华问归问,但他的心思却已经不在这上面了。随便应了一声,便没了下文,弄得机枪手走也不是,留也不是。“连长,出啥事了吗?”机枪手问道。刘振华抬头深深地看了他一眼,忽然想到,这小子的机枪可是闲了好久。女兵们要让自己发枪,无非是想过过瘾。当兵也算是有几个月了,就打过一次枪,肯定不解馋。换个思路,只要让这些女兵们过了打枪的瘾,就能暂时稳住她们要枪的念头。不如让各排选出一个班,组织个军事技能比赛,激发一下他们的士气和热情!可举行比赛总得有奖励,否则,就算赢家没意见,他这个连长也憋不出那么多嘉奖的话来。

“你说,你现在最想要啥?”刘振华对着机枪手随口问道。他随口一问,机枪手却认真想了起来。看他那抓耳挠腮的模样,刘振华笑自己真是病急乱投医,这小子挖空心思也想不出来什么东西,自己问他着实是白问!“我想……连长,我说了你可别骂我啊!”机枪手低着眉眼,压低了嗓音说道。“有话就说,别给老子磨叽,跟个娘们儿似的!”刘振华张口就来,却也犯了在团部的时候团长同样的错误。“娘们儿”这个词其实不算是脏话,但对姑娘有点看不起的意思。今时不同往昔,连队里有了女兵,这个词比骂娘的话还犯忌讳,绝对不能再说了!刘振华心里默念了几遍,顺带做了个小小的自我检讨。就听机枪手开口说道:“我……我想和女兵们说说话!”本以为刘振华会破口大骂,机枪手等了半天,却是啥动静都没等来。抬头一看,连长看向自己的眼神都热了,看得他心里直发毛。他从未见过刘振华用这种眼神看他,暗道“完了”,这错误肯定是不小,想想自己先前午休时偷偷溜出去的事儿还没过,这就又犯个大的!“说得好啊!就这么办!”刘振华重重一拳捶在他肩窝子上。机枪手还没感觉到疼,又听见连长大声喊道:“所有排长立马过来集合!”

4

战士们伸长了脖子看着，不知道连长把排长们都叫到一起到底是有什么事情。戈壁滩上，能出个新鲜事真是挺难的。“咋啦，一个二个这么乐呵?”三个排长不约而同地都在笑，笑得刘振华很是奇怪。“连长，这不是看到咱垦区又壮大了，心里高兴嘛!”一排长说道。“高兴? 我看你们是见了娘……见了姑娘就合不拢嘴，走不动道儿!”刘振华把那个词说到一半，硬生生憋了回去。以后在女兵们面前，他刘振华也要做个斯文模样，想着想着，自己也乐呵起来。“连长，你不是也高兴?”三排长说道。“我是为了垦区的建设事业高兴，哪像你们，高兴得那么没出息!”刘振华说道。“好了，废话不多说。叫你们来，主要是两件事情。第一件事，咱们垦区来了女兵，虽说都是自己同志，但男女有别这个道理，不用我多说吧! 正常交流，正常工作，我绝不反对! 但是谁要做出出格的事，别怪我不讲情面!”听到连长这么一说，一个排长赶紧说道:“连长放心，我们也反复说过，还让各班班长暗地里统计班里战士和女兵每天说话的次数!”“你看你! 我刚才咋说的? 正常交流，正常工作接触没问题! 你这过头了!”三个排长这么一听，也觉得自己的做法有些不合适，但先前刘振华和指导员都三令五申地说过，一定要注意纪律，绝不能有骚扰女兵的情况出现。

“你们想想，这样做不是把女兵们孤立了吗? 还会让她们和我们产生隔阂，影响更坏更恶劣!”刘振华接着说道。下面是我要说的第二件事，我决定在连里举办一次军事技能比赛! 三个排，每个排出一个班的战士。可以混编，不一定非得是原先的班，起义部队的战士们有能耐的也可以编进各个班里参加比赛!”排长们似是没有听懂。军事技能比赛似乎和刚才他们的疑问没有任何联系。“连长，那这个比赛都比什么?”

一排长思索了半晌，开口问道。“就比枪械，组装、日常保养，还有射击。”刘振华说道。“女兵们提出了要求，想要接受一下正儿八经的军事训练。她们参军时间不长，也没咋摸过枪！所以咱们先内部搞个比赛，让她们看看。”“连长，获胜的班还有所在的排，有啥奖励啊？”一排长问道。“你小子倒是脑子转得快，真不让自己亏着！”刘振华笑着说道。原先他只想到了给获胜的班奖励什么，但一排长开口就把排也算到了里面。“连长，荣誉总有集体的贡献嘛！咱们部队不兴个人英雄主义！”一排长说道。“获胜的，说明军事技能最强，就有资格给新来的女兵们进行军事训练，重点就是枪械！至于具体的，等赢家出来再说，现在说多了没用！”

还是一排长脑子转得快。“啪”地对着刘振华敬了个礼，扭头就出了地窝子，想要抓紧时间争分夺秒地去准备。随即二排长和三排长也都反应过来，匆匆离开。三人走后，指导员和刘振华慢悠悠地下到地窝子里。刘振华靠在自己的铺盖上，用胳膊肘撑着身子，两脚翘着，边哼着小调边抖腿，脸上更是嘚瑟。他知道指导员肯定赞成自己的主意，就等着被夸！谁料指导员只是抬眼笑了笑，嘴里“啧啧啧”三声，然后拿起自己的搪瓷缸子就走了出去，一句话都没说。

“连长，我已经给她们都说了！什么时候发枪啊？”晚饭的时候，赵明霞和几个女兵围住刘振华问道。“别急别急，组织上考虑你们对于枪械还掌握得不够熟练，所以决定在明天举行一个全连的军事技能比赛。你们先观摩观摩，然后让优胜的班带着你们好好练练，在发枪之前就做到发发命中，这样等拿到了枪，不就得心应手了？”刘振华说道。赵明霞听着觉得有哪里怪怪的，不太对。其他的姑娘们一听明天有军事技能大赛可以看，还能打枪，个个都已经高兴得不得了了。在她们的这种激动心情的影响下，赵明霞很快也兴奋起来。所有的女兵们都迫不及待地希望立马就是明天。

第二天，三个排长带着自己选出来的精兵老早就在空地处等着。

没能选上的战士连夜用片石和泥巴垒了三张桌子,作为枪械组装和日常保养的比赛台。三个班组已经开始组装比赛,刘振华比女兵们还投入。看着看着,自己手痒起来,从腰间的枪套里掏出手枪,也开始分拆、擦拭。“记住了,不管什么枪,长的还是短的,一定要先退弹夹,然后再退一下枪膛。”刘振华手上不停,嘴里说道。“连长,弹夹都退了,为啥还要退枪膛?”赵明霞很谦虚地问道。“万一枪膛里还顶着一颗子弹,就必须把它退出了。没了子弹的枪,就是块废铁坨子。杀不了敌人是次要,主要是对咱们自己也没危险,你说是不?”刘振华解释道。赵明霞点点头,继续全神贯注地盯着比赛。

“这个是弹簧,这里是击锤……”渐渐地,女兵们都看向了刘振华,反而没人关心前方正如火如荼进行的比赛。刘振华也不抬头,有人问他就回答,没人问就自顾自地说下去。刘振华把自己的枪擦拭干净后,又重新组装起来。金黄色的子弹一颗颗压进弹夹,每一颗都让弹夹的弹簧发出一声脆响。随着刘振华将最后一颗子弹压入弹夹,他本能地站起身,“咔”地上了膛。

“老刘!”指导员看到刘振华上膛的瞬间,女兵们全都朝两旁躲开,担心她们被吓着,连忙出声叫道。“哎呀,不好意思,不好意思,没给你们提醒一下!不过你们也不用怕我的枪啊,我的枪是对付鬼子的,啥时候都不会指向自己的同志!”刘振华将右手背在身后说道。

比赛的战士们也进行到了最后一项内容,也是女兵们最想看到的——射击!列装的步枪,刘振华亲自打过,超过一千米杀伤力就直线下滑。选择的目标太远,子弹会下坠不说,还会受到风力的影响,大大降低精准度。目标太远的话,要是所有人都打飘了,那自己这连长就没法做了。目标太近了又显不出本事,看着不过瘾!想来想去,刘振华选中了一棵差不多距离的红柳树。他让炊事班把吃过的空罐头盒找一个套在树枝顶部当作靶心。谁能打中罐子正中央,那就是十环!打中红柳的话，算是上靶。其他的一律都按照脱靶计算，因为没条件划分具体的九环、八环。一排选出来的战士开了第一枪，“当啷！”罐头盒被从树枝上打落。负责报靶的机枪手赶忙跑过去，捡起来一看才发现这名战士虽然打掉了罐子，但子弹却是擦着外皮过去的，都没能在罐身上留个枪眼儿，只能算是上靶。

一排长瞪了一眼开枪的战士，他是排里的神枪手，平日里都是百发百中、百步穿杨的人物，怎么今天连个那么大的罐头盒子都打不中，关键时候掉链子最可气！这名战士自己都恨不得用枪托给自己的脑袋狠狠来一下。组装和日常保养两个项目，一排已经领先了，就等他在这一项上有个好成绩，众人就能一鼓作气赢下第三轮！事已至此，其他两组人都乐了起来！

“小徐这一枪打得太认真了。”刘振华说道。“连长，认真咋会没打出十环?”赵明霞不解地问道。“他是老兵了，都不知道开过多少枪。对于他这样的，属于是战场上用子弹喂出来的神枪手。眼到，手稳，枪准！枪口从手掌心一直连到他脑子里，根本不需要专门去瞄准，抬手就有。”刘振华又看了眼小徐懊恼的模样，接着说道:“但是他为了这一枪打得更准，反而抛弃了自己原来已经熟练掌握的射击方法，像个新兵蛋子一样，去瞄那个三点一线！我刚才数了，他瞄准就花了半分多钟。这么久，再好的眼神都给看花了，一枪打出去子弹不飘才见鬼了！”

等机枪手重新把罐头盒子套在树梢上，刘振华让女兵们往左右让让，然后以迅雷不及掩耳之势，“啪”地扣动了扳机。枪响后，铁罐仍旧好端端地插在那里。不过罐身最中央的位置多了个圆圆的枪眼儿，还矮下去了一截子。刘振华这一枪打得又狠又刁钻，不但打中了罐子的正中心，还把罐子里看不见的红柳树梢打断了些许，让罐子朝下坐了坐，但没有飞出去。“看，这就是我刚才说的！他其实比我靶子准，估计是因为你们围在旁边看，这小子紧张了！”刘振华笑着说道。

第六章

内部敌情

第六章　内部敌情

1

发枪的事被刘振华用一次比赛和打靶完美解决。这几天都是大太阳,天气越来越暖和,刘振华走两步路就要把自己的衣领子扯开。

“他妈的,再过两天棉衣就穿不住了!”戈壁滩上的光景却没有因为太阳大而发生变化,反而是泥泞的地方更加泥泞。要不是提前修好了水渠,从山上融化的雪水就会更加肆无忌惮,弄不好能把地窝子都淹了。谁能想到新疆的大戈壁滩上能发水灾!“肯定是自古就有,只是以前这里根本没人烟,所以没人知道。现在咱们来了,所以是前无古人。”指导员说到激动处不自觉地掉书袋了。这两天刘振华没有去看朱有福,因为卫生员李秀英说,伤口感染的人要尽量少接触外界。后面说的一大通科学道理刘振华也没有听懂,即便听懂了估计他也想不明白自己身上咋就会有那么多细菌。

“嘿嘿……”刘振华对着指导员傻笑了两声。指导员正在写报告,左手食指和中指间夹着的烟已经烧到了屁股，仍舍不得丢掉，眯着眼又抽了一口。“上次你从团部回来是不是带了两包卷烟?”刘振华问道。

指导员早先根本不抽烟，说起来还是被以前的搭档挑唆的。那人和刘振华差不多性子，但资历要老得多，是长征走过来的老红军。老红军经常半开玩笑似的，说指导员是个白面秀才，老端着架子。指导员听了几次，觉得他说得好像还有点道理，便虚心请教。老红军那天喝了点酒，随手点了根烟，让指导员先从抽烟学起。老红军还说一抽烟这架子就放下来了，而且还要咂巴着嘴眯缝着眼抽。就从这根烟开始，指导员的烟瘾算是染上了，从此一天至少半包。尤其是写材料和文件的时候，就跟炊事班的烟囱似的，一根接着一根。上根的烟屁股接着对火点燃下一根新的，手和嘴不停。

“咋，你惦记我烟干啥，你又不抽烟!”指导员说着又点燃一根。“我当然不抽了，除非特殊时候，这你还不知道吗?”刘振华狡黠地说道，然后闷着头不吭声，也不走。只要他坚持住不说话，指导员肯定会绷不住劲儿开口追问，这时候主动权就回到他手里了，肯定做不了亏本生意!“想要我的烟，送给谁? 我可没听说女兵里还有谁抽烟的，你别想用这个糊弄我。”指导员重新拿起笔刚写了半句话就写不下去了。刘振华刚才那“嘿嘿”一笑，卡在了他胸口，不上不下。问明白了，这口气才能顺。

“这不是朱有福生病了嘛! 我听说他抽烟，想从你这儿……卷烟不是比莫合烟高级嘛!”刘振华含含糊糊地说道。“我说你真可以啊，用别人的东西去送人情!”指导员说道。“咋能这么说呢! 我这是关心同志，团结起义部队!”指导员说不过刘振华一肚子歪理，笑着摆摆手，从口袋里掏出一包还没拆封的卷烟，直接扔到他胸前。“赶紧走，坐在这半天把我思路都挡住了!”“是是，指导员慢慢写，多写点，写好点! 保不定团长一高兴，就送你好几包卷烟，这样的话你还赚了不是?”刘振华说道。

朱有福的地窝子外，刘振华碰到了赵明霞。“连长好!”赵明霞现在见到刘振华极为亲切，敬礼都带着笑。“赵明霞同志好！”刘振华也板正地回了个礼。这几天朱有福生病，和他一个地窝子的战士暂时搬了出去，这里就算是病房。赵明霞担心李秀英一个人忙不过来，就在空闲的时候给她打打下手。刚好李秀英也觉得自己一个姑娘家，就算是照顾病人，也有些不好意思与一个大男人独处。两人的想法虽然不同，但目的却是撞在一起了。

“朱有福怎么样？”刘振华问道。“他自己觉得精神多了，昨天就嚷着要去劳动，说要见你。但秀英觉得他还需要再恢复一下，所以就又拖了一天。”赵明霞说道。“好，我进去看看。”刘振华说道。朱有福已经醒了，这会儿，他靠墙坐着，身上裹着两层被子，一层是自己的，一层是刘振华的。朱有福的身子果然还是有些虚。李秀英轻手轻脚示意要和刘振华出去说两句话。“连长，目前来看朱有福同志的病情虽然稳定，但是还不太适合进行重体力劳动。”李秀英说道。“咱们首先要考虑的就是同志的健康问题，这方面你是专家，我听你的！”刘振华说道。“谢谢连长！”李秀英十分开心地说道。

了解完朱有福的情况，刘振华和李秀英又回到朱有福的地窝子。“连长，我已经好了，可以继续劳动！”见到刘振华朱有福说道。“这个事，刚才李秀英同志已经给我说过了。她说你还需要再休养一下。”刘振华说道。朱有福刚准备打断，就见刘振华摆摆手，示意他别再开口。“这事你我说了都不算，人家李秀英同志是专家，咱们得听专家的，对吧？何况你要是没好彻底就急着去劳动，再病倒了，估计就得把你送团部去治病，那多不舒服啊！到头来还是自己受罪！”刘振华接着说道。“我听连长的。”自从上次他第一次叫了刘振华连长之后，就定了口。刘振华心里一阵高兴，脸上却不动声色地拿出指导员给自己的那包卷烟，放在他身边说道：“指导员记得你抽烟，这是他去团部的时候带回来的，分给你一包！”朱有福看着还未拆封的卷烟发愣。“连长，我有事想给你说。”朱有福说道。

这么多年的经验告诉刘振华，朱有福要说的事情必定非同寻常，因为能感觉到这件事让他很纠结。能张开口，起了话头，说明他已经经历过反复而激烈的思想斗争。“什么事？”刘振华慢条斯理地拆开烟盒，不急不躁。“有人可能要捣乱，让咱们垦区不安生……”朱有福说道。刘振华的手僵了一下，然后从烟盒里抽出一根烟递给朱有福，还划燃火柴给他点上。他并没有插话，而是耐心地听着朱有福的讲述。到了这个份上，他要仔细地听听朱有福怎么说，这样才能分析出来最准确的情报，从而制定出万无一失的解决方案。

2

刘振华从朱有福的地窝子里出来后，闷着头就来找指导员。“啥情况？”指导员一看刘振华脸色就知道是出了大事，笔往桌子上一丢，伸脖子看了看地窝子入口没有别人，这才焦急地问道。刘振华皱着眉头，并没有立马回答。指导员也不催促，安安静静地坐在一旁。“刚才朱有福给我说了个重要情况，咱们垦区里有叛徒！”他和刚过来的时候相比俨然换了个人似的，语气平静、客观，不掺杂任何情绪。“具体情况掌握了多少？”指导员问道。“彻头彻尾的叛徒大概有五六人，但他们影响了好几个班的战士，这些人思想都有些摇摆。”刘振华说道。“老刘，朱有福的话……靠谱不？”指导员点燃了根烟问道。“人撒谎都得有目的，要是放在旧军队里，他当个副连长被弄掉了，这种情况下要造谣估计就是怀恨在心，伺机报复，想要重新夺权。但现在弄这些根本没有任何意义，所以我相信他说的。”刘振华想了想说道。指导员点点头，觉得刘振华分析得很有道理。况且这样的事，不怕一万就怕万一。

“你准备怎么做？需要我怎么配合？”指导员问道。“我准备收缩一下部队。现在咱们原本的连队都和新来的连队混编在一起，而且白天劳动，全都撒在这么大的戈壁滩上。若真遇到叛匪，他们在暗处，咱们的战士等于是靶子。这样虽然反应快速，但牺牲也比较大。何况现在垦区里又多了女兵。”刘振华把赵明霞给他讲的进新疆时路上遇到敌情的事又对指导员说了一遍。“但这么一收缩，会不会动静太大？被他们察觉出来意图的话很容易狗急跳墙！”指导员谨慎地说道。“这我想过，所以先得让他们放下心来。”刘振华笑着说道。

每当他露出这样的表情，指导员就知道他已经有了主意。“这个宝你想押在哪里？”指导员眼睛一亮。“就是咱们垦区那些个宝贝疙瘩！”刘振华努了努嘴，朝着女兵们住的地窝子方向示意道。“这是不是有点太冒险了？”对于刘振华的这个主意，指导员持保留意见。“啥都不让她们知道，首先就保证了她们的安全。你看那些姑娘像是能藏得住事，沉得住气的样子吗？知道了非乱了不可！她们不动弹，什么都照旧，那些叛徒自然也就看不出端倪。女兵们虽然宝贝，那么老远地参军到大戈壁滩上也真是不容易，但就如她们自己说的一样，既然当了兵，那就只能这样了！”刘振华斩钉截铁地说道。指导员叹了口气。在这样的大局面前，所有人都要做好为之牺牲的准备。“由头我也想好了。咱们不是刚弄了个军事技能比赛吗，借这个风还没过去，我再弄个‘生产标杆’排出来。”刘振华说道。

日落之前的戈壁滩，视野要比晚上还差。天地一片昏黄，要是刻意隐蔽，很难看清远处的人影。刘振华今早特意把新组建的生产标杆排调到远处劳动，这样可以和营地周围的战士们相互支援。连队里的其他战士每人都把自己的弹药分出一半来，供给生产标杆排。现在这支队伍要人有人，子弹也充足。这些弹药放在身经百战的老兵手里，每一颗都不会浪费。今天有些阴，这样的天气，能见度低，会影响射击的精准度，不能快速地结束战斗，很容易出现漏网之鱼。“一会儿叛匪露头先不急着开枪，听我命令。这次是个富裕仗，都别给我节省子弹，第一轮就要压得他们抬不起头来！”刘振华说道。五十多号人借着余晖埋伏在红柳和梭梭的影子里，一动不动。梯次配置的火力点，是刘振华亲自选定的。太阳一西斜，气温下降得很快，战士们身下都是泥泞，水分慢慢浸透了棉衣，有些战士已经开始发抖。

“同志，麻烦你先出去一下好吗？”营地里，朱有福对李秀英说道。他的直觉告诉他今晚气氛有些不对。往常这个时候，刘振华都会来地窝子里和他说说闲话，今天眼看着天都要黑了他却还没有来。并且今天营地里的说话声明显少了许多，这说明有不少人离开了，或者说还没有回来。“你要干吗去？连长都说了，让你再休息几天。”李秀英说道。刘振华特意交代过她，对朱有福的一举一动要及时汇报。李秀英虽然不了解，但还是坚决地执行了命令。现在看到朱有福突然有些急躁，问他为什么也不吭声时，李秀英便先假装答应，一出地窝子，她就把朱有福的反常状态汇报给了指导员。

“连长，叛匪是不是不来了？”一排长问道。整片戈壁滩，只剩下天边地平线处还剩下一点亮光从云层的夹缝中透过来。那亮光狭长得如同细线，横着切过来，虽然不亮，但还是刺眼。人在湿冷的环境中体温下降得很快，极易犯困。“距离晚饭还有多长时间？”刘振华没有回答一排长的疑问。凭着这么多年在战场上的经验，直觉告诉他，叛匪一定会来。“还有半个多小时。”一排长回答道。“等到晚饭时间，不来再说。”

伏击战拼的就是耐力。耐得住不一定会有收获，但要是耐不住一定会出错。刘振华坚持等到晚饭时间也不是仅仅凭借着自己的直觉。他知道叛匪既然要来，就一定是偷袭，会瞅准部队最松懈、戒备最弱的时候来。不管是普通老百姓还是训练有素的战士，都得吃饭睡觉。做这两件事时，正是最放松、最容易被敌人乘虚而入的时候。风从营地那边吹来，空气中的饭香和柴火味儿熏得战士们不住地咽口水。

“来了！还有个骑马的！”刘振华眼睛一眯，看到远方冒出来一片黑乎乎的人影，最后面有个人骑在马上，看来是这伙叛匪的头头。“连长，这群叛匪有点邪门。”一排长忽然开口说道。战斗一触即发，保持静默是起码的准则。一排长是枪林弹雨里摸爬滚打过来的老兵，不会连这都不知道。他硬着头皮开口，说明情况有些意外。刘振华皱着眉头，凝视前方。早在一排长说话之前，他就看出来了这群叛匪的奇怪之处。按理说，叛匪是一群乌合之众，纪律性应该很差，但眼前的这伙儿叛匪却纪律严明。在进入步枪射程后不久，骑马的那人便下了马，随后把马牵到一处土包后遮挡起来。叛匪的队形从先前的纵列变成横排，并且还有梯次配置。

“这不是叛匪，就算是，也是受过军事训练的。”刘振华对一排长耳语道。“连长，那咱们怎么打？”一排长问道。“以咱们目前的火力一齐射击，足以放倒所有的尖兵，但后面的预备队还有头头就会趁势逃跑，达不到全歼的战斗目标。按照他们前进的方向，应该会和咱们擦着边过去，不会正面撞上。只要咱们的战士能沉得住气，坚持住不动弹，以现在的天色，他们不会发现咱们。”刘振华说道。

刘振华想放过叛匪的尖兵组，直接抄他们的后路。枪声一响，叛匪会本能地朝枪声传来的相反处奔逃。即便他们决定就地反击，那刘振华这边的火力也足以压制。

“打！”刘振华率先开枪。骑马头头身旁的一个叛匪应声倒地。紧跟着，机枪手开了火。枪口处蹿出一截长长的火舌，子弹呈扇面扫射而去，几乎全部命中叛匪的胸口。余下的几个，立马趴在地上不敢动弹，只有零星的机枪回击，还都打偏了。看到敌人的这种射击水平，刘振华彻底放了心。这群叛匪应当是受过反动势力的军事训练，但他们只学到了个皮毛。伏击战，打的就是出其不意。“他们的子弹不‘咬人’，但还是注意隐蔽，尽量抓活的！”

机枪手很快便打完了一梭子子弹，叛匪已经伤亡过半。剩下的除了头头身边围着的几个人外，全都一盘散沙般各自为战。听到连长说抓活的，战士们个个都激动起来，号叫着从隐蔽处冲出来，向残余的叛匪发起了最后的进攻。那头头一时间竟分不清到底有多少人，只知道自己被包围了，立马惊慌失措地想要逃跑，身子蜷缩在其他人后面。土包后面的马嘶鸣着跑过来，它速度极快，斜插到那头头身旁，趴低身子让他上来。

“真是好马，还通人性！”刘振华忍不住赞叹道。虽然头头已经伸手拽住了缰绳，想借着马冲刺的速度逃离战场，但刘振华丝毫不着急。对于这个距离，他有信心一枪干掉骑在马上的人。“啊——”机枪手大叫着，端起机枪横扫。仅剩的两三个叛匪，看到自己的头头都纵马奔逃了，也都滚爬着向远处逃命。结果刚直起身子，就倒在机枪的扫射之下。“你小子发疯了吗？”刘振华忽然一声大吼，几乎把在他身旁的一排长的耳膜震破。“连长，你在骂俺？”机枪手又打完了一梭子子弹，隐约好像听到连长又在骂人，便回头问道。“你个兔崽子，我不骂你骂谁？”刘振华的嗓门又提高了。“连长，俺这次可啥错误都没犯啊！”机枪手觉得自己很冤枉……“有你这样开枪的吗？是我教你的还是指导员教你的？闪开！”一把推开挡在他面前的机枪手，刘振华跑向那匹马倒地的地方。

叛匪头头身上被机枪打出了好几个窟窿眼，早就没气了。马身上也中了两枪，正躺在地上喘息着。“连长，你看机枪手找到了个什么宝贝！”一排长走过来说道。“啥东西？”刘振华没好气地问道。一排长冲机枪手使了个眼色，让他凑上前去拿给刘振华。刚刚挨了骂，经过一排长的解释，机枪手也知道了自己为啥挨骂，这会儿看见连长更是发怵。机枪手将手中的皮袋子解开，里面竟然是一把崭新的机枪！枪身用油纸包着，没有丝毫锈迹和刮擦。袋子底部还装着上百发子弹，刚好能弥补这次战斗的弹药消耗。“扛回去，给指导员看看！这是你缴获的，我让他在战斗报告里给你记上一功!”刘振华开心地说道。

回到营地,指导员已经把起义部队的两个连中的五个叛徒牢牢地控制住了。他们蹲在地上,双手抱头,周围一圈战士用枪口指着他们的脑袋。“老刘,这次咱们是大获全胜啊!”指导员笑着说道。

“正常发挥,从来不都是这样吗?”缴获了一挺崭新的机枪,刘振华的高兴劲儿还没过去,又看到女兵们都在注视着他,当即又说起了大话。“看看,好东西!”刘振华让机枪手把新机枪从皮袋子里取出来,摆在地上。“这么新的机枪,缴获的?”指导员问道。“他缴获的!”刘振华指着机枪手说道。“干得好! 这功劳,我给你上报团部!”指导员也夸赞道。听到立功,机枪手高兴得合不拢嘴,更让他高兴的是,女兵们一听是他缴获的机枪,全都围上来七嘴八舌地问他当时的情况。这也算是满足了先前他给刘振华说的愿望——想和女兵们说说话。立了功,又能和女兵们说话,机枪手激动得脸通红。

“再给你一个任务,明天一早,把这几个叛徒押到团部去,顺便把战斗报告带给团长。要是团长不让咱们上缴战利品的话,我就把你的机枪换成新的!”刘振华一挥手,命令道。他自己则朝朱有福的地窝子走去。“连长!”赵明霞的声音从背后传来。“赵明霞同志,有什么事吗?”见到赵明霞,刘振华总是很客气,尽力表现得儒雅些。“连长,这次歼灭叛匪不是还缴获了好几支枪吗,要是不用上缴的话,是不是就给我们女兵们发枪了?”刘振华一听,一个头两个大。他以为上次让她们过了瘾,这事儿就算是已经过去了,谁能想到今天的枪声却又勾起了她们的枪瘾。何况缴获的战利品就堆在那里,谁都看得见,这次就算是他想糊弄都糊弄不过去了。

3

朱有福现在的心情很复杂，虽说依据他的情报刘振华和指导员带领战士们里应外合，全歼了来袭的叛匪，抓住了叛徒，为垦区扫除了一大隐患，但被抓的叛徒，曾经也都是他的战友。这种感情，无关立场对错，只是一种无法用言语表述的复杂情感。"我很清楚你现在的想法。"刘振华摆摆手说道。"连长，这次咱们没有伤亡吧？"朱有福问道。

"你的情报很准确，而且很及时，垦区没有任何伤亡。机枪手还从叛匪手里缴获了一挺崭新的机枪！"提起那挺机枪，刘振华又兴奋了起来。"我看你身子也恢复得差不多了，明天起就照旧参加劳动吧！"

晚上，整个营地最亮堂的地方就是刘振华和指导员的地窝子，这里有全连唯一的一盏马灯。因为灯油紧缺的关系，指导员只有实在忙不过来时才会在晚上点燃马灯继续工作。今天整个白天都因为叛匪来袭和内部叛徒的事情忙得不可开交，原本快要写完的垦区报告耽误到现在还没完成，还多了个战斗总结。

"忙啥呢？"刘振华钻进地窝子问道。"正等你给我说说战斗情况！"指导员说道。"这有啥说的……几个叛匪，收拾他们不费吹灰之力！"刘振华提起炉子上的水壶，给自己倒了杯水说道。战斗报告不是喝酒吹牛，得实事求是，完整地描述发生战斗的前因后果还有战斗过程，以及对本次战斗的分析、反思和总结等。

按照规矩和分工，战斗报告该由刘振华这个连长来写。他是这场战斗的指挥，最清楚战斗过程和出现的问题。可他连自己的名字都写得歪歪扭扭，想让他写出一篇清晰、明了的战斗报告来简直比娶个媳妇还难。

两份战斗报告加上垦区工作汇报，让指导员忙活了一个通宵。第二天清早，起床号吹响时他才刚停笔没多久。“老刘，把这个交给机枪手，送去团部。我要好好睡一觉了。”指导员双眼血红。“写了一夜？这不是你的水平啊！”刘振华问道。“你打呼噜跟开炮似的，我能有思路？”指导员愤愤地骂了句，便钻进被窝，把脑袋一蒙，不一会儿就打起了呼噜。刘振华听了听，觉得与自己的动静差不了多少，拿着指导员交给自己的文件出了地窝子。

“慢着点慢着点，又没人和你抢，你小子能不能有点出息！”机枪手正在埋头吃早饭，眉毛上都沾了汤水。要是饭碗再大点，他能把脑袋连着脖子都埋进去。“连长，这要去团部，得吃饱了才有劲走路啊！”机枪手说道。“行，你小子说得有理！俗话说穷家富路，要出门就得吃饱。我这份也分你一半！”刘振华说着端起自己的碗向机枪手碗里倒。“俺够了，吃饱了连长，俺真够了！”机枪手力气大，攥住刘振华的手腕，硬是让他的碗口倾斜不下来。“让你吃就吃，啥时候学会的抗命？别以为自己缴获挺新机枪就是个人物了！”听到刘振华又“以官职压人”，机枪手只好松开他的手腕，刘振华分了一半给他。“还说俺呢，你那吃相也好不到哪儿去！”刘振华两三口就吃完了早饭，放下碗，一抹嘴就朝炊事班走去。机枪手的牢骚，他一个字都没听见。“给他们的干粮都准备好了吗？还有那几个的。”刘振华对着炊事班班长问道。“连长，都准备好了。”

吃完早饭，收拾好这次战斗缴获的战利品，机枪手和几名战士就押着叛徒们准备出发前往团部。

“连长，这些枪要送去哪里？”那挺机枪女兵们不在乎，但看到连缴获的步枪都要一起拿走，赵明霞着急地问道。“送去团部。”刘振华脑子里正在想别的事情，这回答根本没过心，随口说道。“连长，你咋骗人呢！”赵明霞有些难过地说道。“赵明霞同志，你说啥？”刘振华这才反应过来，转过头一脸茫然地问道。“就是，连长骗人！”结果其他女兵都异口同声地说道。“你都答应了要给我们发枪，现在又说枪要送到团部去，这不是骗人是啥?”赵明霞质问道。

刘振华还从未和姑娘争论过,一下子词穷了。和指导员还有李处长争辩时,自己总有一肚子歪理,现在却什么都说不出来,闹个大红脸站在原地。“这……”“连长,你得给我们解释清楚吧!”赵明霞撇着嘴说道。“赵明霞同志,各位同志,是这样的!”刘振华说道,“你们看,上一次叛匪袭击和这一次相隔很近。说明咱们垦区环境还十分危险,而你们女兵呢,军事素质还是有差距的。所以昨晚我和指导员商量过,要把你们独立编成一个班,让连队里有经验的战士们轮流带班,这样在保证安全的同时,才能更好地执行命令,完成革命任务。”“连长,这和发枪有啥关系?”赵明霞问道。“当然有关系了! 一个班就得有班长、副班长,这样才有了正规部队的样子不是? 指导员说让你们民主选举,连里就不指派了。现在给你们两天时间,选出副班长,班长暂时由带班班长兼任。等你们训练结束之后,副班长就自动升任班长,而且立即发枪!”刘振华说道。

第七章

春意融融

第七章　春意融融

1

这两天刘振华过得很不好，虽然他没有什么忙活的事情，但一直提心吊胆的，吃饭都没什么胃口。“你啊，做不到的事情就别轻易答应人！怎么，姑娘把你一围着，耳根子就软得连豆腐都挂不住了？这可不像你啊！”指导员调侃地说道。“咱哪是那种人！我这也是按照团长的指示，尽力完成女兵们的保障工作。她们又不是要天天七八个菜的大席面伺候着，就是要个枪，这不是过分的要求吧？你说我怎么拒绝？”刘振华这一肚子苦水正憋在心里难受，听指导员这么一说，立马一股脑全倒了出来。

“哎对了，我有个事还想问问你！”指导员神秘兮兮地说道。“啥事？”刘振华听出他语气有变化。“你和那个赵明霞，是啥情况？”指导员问道。“啥情况？什么啥情况？你啥意思？”“这姑娘有事没事的，总爱找你说话，连长长连长短的！”指导员引而不发，并不把话说破，而是等着刘振华自己先说出来。“她说的都是女兵们的集体要求，又没因为私事找我。”刘振华回答道。“好啊，你早就盼着了是不？盼着人家有私事来找你。”指导员笑着说道。“去去去，哪儿来的这些多余的脑筋！我给你说，赵明霞这姑娘，真不好惹。”刘振华把自己和赵明霞第一次见面时的窘境又描述了一遍，听得指导员脸上的表情越发值得玩味。

“有门儿！真有门儿！”“要说话就利利索索地说清楚，别在这儿跟我玩文词儿，听不懂。”刘振华没了耐心。加之心里本来就着急，当即来了火气。“你俩很有希望啊！别否认，你敢说自己对赵明霞和对其他人一样？”指导员质问道。刘振华缩了缩脖子，这话问得他有点心虚。“真不一样？”“自己想去吧，这样的事旁人和你说再多也没有用。”指导员摆摆手说道。“有啥可害臊的，一把年纪的人了！自古以来都是男大当婚女大当嫁。你要把战场上杀敌的那种风格拿出来，绝对没有你刘振华攻不下的山头！”指导员这番话听得刘振华热血沸腾，但很快又泄了气。“话都没说过几句，八字一撇都远着呢！”刘振华扭捏地说道。“哈哈，会有机会的！就看你能不能抓得住了！”指导员说道。“抓住了会咋样？”刘振华追问道。“抓住了你就能从这里搬出去，让我耳根子清净清净，从此以后晚上再也不用忍受你的呼噜声！”指导员指着床铺说道。刘振华不屑地摇摇头，忽然看到指导员手指的方向有个东西在反光，亮晶晶的。

刘振华将亮晶晶的东西拿在手里，看向指导员的眼神都变了。“老兄，你可真不地道！”刘振华说道。这亮晶晶的东西不是别的，正是一瓶酒。刘振华借着地窝子里微弱的光线看了看，然后凭借经验，断定这是一瓶地瓜烧。刘振华是好酒的人，平日里见不到，馋也没用。可明明就有，还被自己的兄弟藏起来，自己偶然才发现，这问题就不是一般二般了。“来，你先停停，听我简单说两句。自从来了垦区，咱俩还没好好聊过天，就当交流交流工作了。”刘振华拿着酒，盘腿一坐，把桌上的东西全部收拾到一旁。还不等指导员反应过来，酒瓶子已经被他打开，浓郁的酒香冒了出来，从刘振华的鼻孔里钻进了身体。“咕嘟咕嘟……”不由分说就灌了一大口。

“我不是故意藏着的啊！这和卷烟是一起带回来的，当时随手一放，后来那么多事，我自己都忘了！”指导员说道。别看刘振华一副兴师问罪的样子，实际上也是借机过过酒瘾。指导员话都这么说了，他刚好借着台阶，顺坡下驴，点点头，算是把这事带过去了。“你差不多适可而止啊！别一仰脖子全喝光了！一会儿出去酒气熏天的，在女兵面前影响不好！”

酒瓶子在手，刘振华哪里听得进去？看着已经下去三分之一的酒，指导员连忙把酒瓶子拿开，重新盖上盖子，问道：“你刚不是要谈工作吗？”“工作？工作很好啊，一切都严格地按照上级制定的路线和计划在走，有啥可谈的？”刘振华装起了糊涂。“哦对了，指导员同志，连里的确有个重要的工作需要你去完成。近期咱们垦区出现了叛匪，我担心战士们的情绪会有波动，希望指导员能去和他们聊聊天，给他们鼓鼓劲！你看，今天大家劳动任务不重，刚好有时间，指导员同志是不是去完成一下任务？”刘振华话锋一转说道。“别以为我不知道你打的什么鬼主意！我前脚出了地窝子，回来肯定就只剩下一个空酒瓶子了！”指导员说着顺手把酒瓶子揣到了自己怀里。

刘振华骂娘的脏话已经到了嘴边，突然听到外面热闹了起来。两人一对视，立马起身钻出了地窝子。“嘿！这小子回来了！”机枪手和一起押送叛徒的战士们正迎面走来。不过队伍里却多了一个人，刘振华认出是团部政治处王主任。“哎呀，给首长敬礼！”刘振华和他还算是熟悉，便开起了玩笑。“刘连长别拿我寻开心了！”王主任笑着说道。“团部来的都是首长！你咋有空来沙梁子？”刘振华问道。他同时眼神朝后看去，发现机枪手他们带去团部的战利品全都原封不动地又带了回来，当下就把心放到了肚子里。

“我来还不是因为你!”王主任说道。“我？团长生气了?”刘振华压低嗓音,悄悄问道。“嗯,生气了！很生气!”王主任一本正经地说道。“这……团长为啥生气？咱都打了胜仗,还缴获了这么多战利品,咋的也不该生气啊?”刘振华背着手转圈圈说道。

“哈哈,这就急眼了？等等,你嘴里怎么一股酒味?”王主任笑着问道,“刘连长小日子过得不错啊!”闻到刘振华身上有酒味,想到今天反正来不及回团部,得在沙梁子垦区住一夜,他便让刘振华不要抠抠搜搜的,有酒拿出来大家一起乐呵!

“老兄,喝酒不是事儿！你先给我说说团长到底有什么指示,不然这酒我也喝得心里不舒服。”刘振华说道。“自己看看吧,小点声音笑!”王主任掏出一份文件递给刘振华说道。刘振华心里咯噔一下,匆匆扫了一眼,似乎没有看到那个让自己难受的字眼。又看了一遍,一个词赫然映入眼眶。“营长!”看着刘振华吃惊的样子,王主任说道:“哎！别笑太大声!”“你快帮我看看,这是咋回事!”刘振华对指导员说道。

团部的命令再清楚不过,和上次的调令一样,白纸黑字地写着:刘振华所在部队升为营级编制,刘振华任营长……他一时还没反应过来,还是在指导员的提醒下,他才明白。刘振华就又看向了机枪手他们重新带回来的战利品。

“指导员,现在应该称教导员了,王主任那么老远来,你快带他去咱们地窝子里休息休息。我先去安排下工作,马上就来喝酒!”刘振华说道。教导员听后双手环抱在胸前,挑着语调说道:“哟,这么急着履行营长的责任义务了?”刘振华是想赶紧带着步枪去把女兵们的问题解决了,一拖再拖,拖得他都不好意思再找借口。而且前面说好了,给她们两天的时间民主推举出来个副班长,现在也已经到了时间。作为指战员,沙梁子垦区的军事主官,刘振华该去问问情况。他也担心这些姑娘们别因为一个副班长的名头乱了方寸,内斗起来。本来这是个让女兵们更加方便管理、快速融入垦区的好办法,别最后闹得大家都不愉快。“远来即是客！咱们沙梁子虽然没啥好东西,总还是有些余粮。我得让炊事班长别犯小气,都拿出来招待王主任不是？我要不去特意交代一下,他晚上再熬一大锅白菜出来,咱俩面子上也挂不住啊!”在这么短的时间里,刘振华竟又编了个说得通的借口。要是面对那群女兵们有这个脑子,哪里还用发愁?“我们先去,欠的酒都给你记着,别想逃啊!”王主任说完就和教导员说说笑笑地走向了地窝子。

伙房里正在忙活的炊事班长突然打了个喷嚏。“是不是感冒了?”刘振华走过来问道。炊事班长刚在鼻子上狠狠地擤了一把,听到刘振华的问话,赶紧回答道:“连长,我咋会感冒呢,八成是炉灰熏着了吧!”“嗯,没感冒就好！要是不舒服,就去找李秀英同志看看。”炊事班长立马敬了个礼说道:“是,连长!”“连长,还有啥指示?”炊事班长转过身去忙活了一阵,发觉刘振华还站在自己背后没有离开。刘振华的目光正在伙房里来回打量,里里外外看了个通透后,开口问道:“咱们还有啥好吃的?”炊事班长犹豫再三,支支吾吾地回答道:“连长,就剩下这么几个罐头,上次起义部队到垦区的时候,你让全都拿出来,我私自做主留下了几个。”刘振华眼睛一亮,开心地拍了下炊事班长的肩头,说道:“好家伙！干得好！今晚有团部过来的同志,把这几个罐头和白菜萝卜一起炖了,炖得香香的!”刘振华顿了顿,又想起点什么,接着说道:“这次别留了啊,全都炖上!”安排完炊事班的工作,刘振华转头就去了女兵们的住地。

赵明霞刚洗完衣服,抱着一大堆军装,准备晾晒在地窝子门口。“洗衣服呢!”“是,连长!”赵明霞干脆地回答道。“民主推选副班长的事,你们商量得怎么样了?”赵明霞一听刘振华是为这事情来的,连忙朝地窝子喊出李秀英帮自己抱着洗好的军装,然后对着刘振华敬了个标准的军礼说道:“副班长赵明霞向连长报到!”刘振华面露惊喜,但很快又绷住表情，说道："大家推举了你当副班长？"赵明霞点点头回答道："是的连长。""赵明霞同志，说说你准备怎么当这个副班长啊！"刘振华一本正经地问道。赵明霞对这个问题显然没有准备，她还沉浸在被推选为副班长的喜悦之中，被刘振华这么一问，才皱起眉头，认真思索起来。李秀英用手肘碰了碰她，示意连长还在跟前等着，别耽误太久时间。"啊！报告连长，我要团结同志，激发她们更大的劳动热情！""想要当好一个班长，首先要能服众！"刘振华说道。赵明霞抢过话头说道："连长，这个我懂！就是要处处起到带头作用，自己做到'最好'，起码要成为班里的'最好'！"

刘振华点点头。"不错不错！有这个思想觉悟，干好副班长的工作应该没问题。另外你自己也说了，还要注意团结同志！""是，连长！我保证能干好副班长！""好，我就看你的表现！赵明霞副班长，我现在命令你集合全班战士！"

这是赵明霞成为副班长后领的第一个命令，她想执行得漂漂亮亮的。女兵们相比于垦区的老兵还是要懒散些，集合速度自然赶不上老兵。赵明霞觉得有些丢人，脸上挂着不高兴。"这次你们集合的速度是四分半钟，只要每次进步一点点，迟早你们能打败那些老兵们。有信心吗？"待全体女兵们集合完毕，刘振华说道。"有！"赵明霞的嗓音最洪亮。"好，全体都有！向左——转！目标，缴获的战利品，齐步——走！"

缴获的步枪，枪托着地，枪尖朝上，互相搭着，围成一个圆锥形。阳光下，黑色的枪管闪闪发亮。女兵们全都瞪大眼睛看着。"来，排好队，一人一把！"副班长赵明霞排在第一个，从刘振华手里接过枪后，说了声："谢谢连长！"所有女兵都领完了枪，激动地不停拉动枪栓，一阵阵"咔咔"声。"还满意吧？"刘振华问道。"连长，这枪……咋没子弹呢！"赵明霞拉开枪栓，把空空的枪膛对着刘振华问道。"连长，你不是说过没有子弹的枪，就是废铁？我们现在有了枪，也得有子弹啊！""是，赵明霞同志说得很对！但鉴于你们的枪械知识还不够，所以要等你们经过带班班长的考核，训练合格之后才能配发子弹。现在你们可以熟悉熟悉枪械的基本操作，还有日常保养。今天晚饭时间宣布你们的带班班长，现在解散！”

2

“哪儿来的瓜子？”一回到自己的地窝子，刘振华看到酒瓶中间放着一个油纸包，里面差不多有半斤瓜子，油亮油亮的，个个饱满。王主任笑他没出息，见到瓜子就两眼放光，同时解释道：“还能是哪儿来的？团长专门让我带给你的！别看这么点瓜子，可不好踅摸，团长寻了团部附近好几个老乡家才找到。”刘振华开心地说道：“谢谢团长，我一定好好干！”教导员红着脸，打断了刘振华，说道：“行了行了，团长又听不见，搁这儿‘表忠心’！来晚了就得罚酒，赶紧把欠的补上！”

刘振华看了看教导员的样子，知道他已经喝了个八分。教导员的酒量随心情，而且和别人刚好反着来。“别摆个空瓶子在这糊弄人！我都闻到了，肯定还有酒，是你从团部带来的吧？”刘振华把那空酒瓶往旁边一丢，伸手问两人要酒。王主任看了教导员一眼，两人同时笑了起来。“哈哈，你这鼻子简直比狗还灵！喝吧，这也是团长给你的，我俩只开了酒瓶子，可不敢偷喝！”刘振华接过酒瓶，给自己倒了半缸子酒，二话不说，仰脖就喝完。

教导员自己都醉了，根本顾不上管他，反而拍着巴掌说他痛快。刘振华一抹嘴，放下缸子，问道：“罚酒也喝了，两位首长还有什么指示？”王主任刚张嘴想要说什么，却被教导员拦下来。“不行，不能直接……告……告诉他！得让他喝酒！对，喝酒才能听！直接说……便宜……便宜这小子了！”王主任冲刘振华摊了摊手，示意自己也没办法。毕竟这里是沙梁子垦区,不是团部,他也得听教导员的。

“军区要成立机耕队试点垦区,团长考虑来考虑去,决定把试点放在沙梁子垦区。”刘振华越听眼睛瞪得越圆。这件事,他老早就听说过,但那时候只是个空架子。所谓的机耕队,其实就是拖拉机队。机械化作业,是扩大农业生产、提高劳动效率的保障。沙梁子垦区地势平坦,又修建了水渠,可以做到自流灌溉,有实现机械化作业的基础。不过刘振华同时想到一个棘手的问题,那就是机耕队的拖拉机想要进入垦区作业,就得先靠汽车拉进来。从团部到垦区,还没有像样的路。沙梁子垦区建立这么久,但凡有事去团部,都得靠自己的两条腿走路。汽车的轮子都有陷入泥泞里的时候,即便他听说拖拉机的劲儿比汽车还大,轮子能有一个人那么高,估计也进不来这戈壁滩。“刘营长考虑得稳妥!这也是团长正在考虑的问题。”“团长有什么好法子吗?”刘振华问道。

这些问题早在他离开团部前,团长就特意交代过,所以王主任胸有成竹地回答道:“团长的意思是,修路!而且要和附近的垦区串联起来,搞一个四通八达的交通网。尤其是北面的路,一定要修通!”刘振华听后不住地点头。修路是除了水渠之后头等重要的事情,他也动过脑筋,但是在没有得到上级命令的时候这种大事是不能私自行动的。况且垦区缺乏修路的建筑材料,更没有专业的勘探规划人员协助,所以也就只能想想。平地上修一条能使汽车通行的便道很简单,无非是把路面上的石子全部挑拣出去,再把地面夯实就行。但这里全是坚硬的大石块,得一点一点地把这些石块全部清除干净,才能顺着山脉的走势修出一条路。教导员刚才已经听王主任说了一遍,但再听到这个消息还是很激动,酒劲都下去了一大半。他抢过刘振华手里的酒瓶子,说道:“老刘,团里会派专业的勘探人员和我们一起执行任务,但咱们也得组建一支队伍配合。”刘振华说道:“没错,人选很关键,而且还要进山。这边山里的环境咱们都不了解,所以会有一定的危险性。”教导员喝了口酒,摆摆手说道:“这次你看家,我带队!”“这不行! 还是老规矩,这样的事情我来!”教导员还想争辩什么,王主任却插嘴说道:“都别争啦,勘探员下到垦区还得有一阵子,不是着急的事情!”

话音刚落,一阵饭香从外面飘了进来。炊事班已经按照刘振华的要求做好了晚饭,这是近来垦区吃过的最好的一顿。“眼下最关键的,是咱们连队已经变成了营级单位。这个消息还没有给战士们说。”刘振华说道。“一会儿吃饭的时候,你宣读一下团部的命令不就好了!”教导员说道。按照建制,一个营有三个连,算下来共有九个排。这样的话,目前连级干部有三个空缺,排级干部有六个空缺。“我是这么想的,刚好咱们商量好,一会儿就直接宣布。”

刘振华从衣服口袋里拿出连队的花名册。其实就是一沓纸片子,用线绳缝了起来,册子前后都有字。从前往后,是连队现有战士的名单,包括排、班级干部。最后一页往前翻,则是连队里所有牺牲战士的名字。刘振华喝了酒,手上没有准头,一口气翻到了本子中间。凑近看了看,发现牺牲的战士名字已经写了有半本子。

“我是这么想的,原先的三个排长,原封不动,直接当连长。”教导员表示同意。部队还是连级的时候,他们三人就是排长,现在升了营级,水涨船高。连长成了营长,排长自然就成了连长。刘振华问教导员要来笔,想要把三个排长名字前面的排长改成连长,结果这笔拿在他手里就跟个烧火棍子似的,想要往外撇,非要往里别,怎么着都不顺手,只好对教导员说道:“你来你来!”教导员笑着重新拿过自己的笔,把“排长”两字全都换成了“连长”。“其他的呢? 新空出来的九个排长你是怎么考虑的?”

除班以外,排是最基本的战斗单位。指战员都知道,在作战的时候,并不是大兵团具有优势,反而是排、连具有反应快、行动隐蔽、穿插迅疾等长处。排长看似管的人不多,实际上却是极为重要的职务。要在现有的人手中选出九个排长,真不是件容易的事情。刘振华一边敲着桌子，一边思考九个排长的空缺问题。其实最简单的办法，就是把原先九个班的班长升为排长，但这个办法很快就被刘振华否定了。

“老刘，你要是这样决定，那些班长可能会产生情绪。”教导员语重心长地说道。他的担心很实际。排长空缺，下面就是班长。一个排三个班，三个班长都有机会。但要是刘振华不同意让班长升为排长，不太符合规矩，更会影响这些班长的思想。刘振华解释道：“班长是带头的人，一个家里总得有个说话算数的人。遇上说不通的事情，大家有争议，就得这个人最后拍板做决定。以前咱们是连队，虽然也有上下级，但界限不分明。现在咱们成了一个营，所以以前能在班里说话算数的，就不一定能扛起一个排的事情。另外，要是谁不服气，也不用你教导员出面，让他直接来找我！”刘振华大手一挥说道。

教导员听乐了，笑着问道：“怎么，你要给他们做思想工作？”刘振华一脸严肃地说道：“我不会做思想工作，但我知道他们为什么闹脾气。不就是为了要官儿？我就直接抬起屁股，让他坐在我的位置当营长。不是觉得自己能耐大吗？那当个排长真是委屈了，直接当营长多好？只要他能当得好，我亲自给团长打报告，把位置让出来，让他来做。要是不敢，那就老老实实待着，以前干啥继续干啥，等老子觉得他行了再说。打了这么多年枪，谁还没有点血性？有时候脑袋一热，就容易干点出格的事情。这时候越顺着毛捋越不行，跟他对着冲反而能让他很快地冷静下来。”

教导员听得一愣一愣的，过了许久，才张嘴说道：“他娘的，老子真是快失业了！”“咋的，不想当教导员了？那你和王主任明天一起回团部，看看团长能给你个啥位置。”刘振华抓起瓜子嗑了起来。先前一直没舍得吃，想着晚饭的时候分给女兵们。没给子弹，在垦区上瓜子终归算是稀罕东西，就当安抚安抚，但他嗑瓜子有瘾，忍到刚才实在是忍不住了。

“我的意思是你这思想工作做得一针见血！看似是警告，实际上有开导，有说明，最后还有解决办法。没说的，绝对是思想工作的典范！那其他三个排呢？”“其他三个排刚好是一个连，把这三个排单独拿出来，先由新连长代管。等日后下面有合适的人选，再提拔。要是没有，从其他连调过来也行。”刘振华回答道。

教导员又看了一眼花名册说道：“你怎么还点了朱有福，他有什么特殊安排？”刘振华回答道：“朱有福最近改变很大。从上次水渠堵漏，他眼睛都不眨地跳进去，再到前几天他给咱们提供剿灭叛匪的情报。说白了，那些缴获的战利品，还有他不少功劳在里头！那个排的排长，就让机枪手干，他给机枪手当个副手，也能互补不足。回头我再给机枪手那小子交代几句就行。”刘振华把剩下的瓜子一包，揣在口袋里，然后拿起花名册和酒瓶子，就抬起了屁股。“走，吃饭去！这点酒留着给三个新连长，让他们也解解馋！”

3

借着晚饭的档口，刘振华宣读了王主任从团部带来的最新任命文件，沙梁子垦区的全体战士都很兴奋，巴掌都拍红了，什么样的指战员就能带出什么样的兵。“行了行了，都停一停，别跟没见过世面一样，让王主任看了笑话！”大家的热情经久不息，刘振华只能出言让全体安静下来。“接下来，宣布营里新的干部调整情况。”刘振华拿出花名册，把刚才和教导员商量过的，照本宣科读了一遍。

最高兴的当数那三个排长。“你们仨也别这么乐！当连长了，但不代表你们就能干好！先接着往下听！”随后，刘振华又宣布了新排长的任命。花名册“啪”地一合，众人都觉得有些奇怪，明明是九个排长的空缺怎么才说了六个？另外朱有福这小子凭什么能当副排长？刚来沙梁子没几天不说，就冲他当时的表现，怎么能当上副排长，这不是让其他人难堪吗？教导员看到大家伙儿开始交头接耳，窃窃私语，便站起来说道："大家有什么不同意见都可以说出来，我党我军向来讲究民主、平等，有意见就大胆地说，不用小声嘀咕！"

"连……营长，教导员，我有意见。"最先站起来的是原一排一班的班长。刘振华记得他是抗战第二年入伍当的八路军，兵龄比自己短了两年，实实在在的老兵。论打仗是一个好兵，从来都奋勇当前，执行命令没有任何含糊，但转为劳动生产之后却变得很消极，经常偷懒，出工不出力。刘振华抓住过他好几次拄着坎土曼休息，直到他看见自己，才假模假样地挥几下。这次排长的空缺，有三个班长没有升任排长，他就是其中之一。

"说吧，你有什么意见？"刘振华问道，目光犹如一柄寒光闪闪的刺刀，直冲他的双眼而去。刘振华对他和气地说道："慢慢想，想好再说，我和教导员都等着给你解释！"犹豫了许久，那个班长终于开口说道："营长，我就想知道为啥我不能当排长？连朱有福这样的人都能当副排长，我咋就不能干个排长？"刘振华早有准备，知道他要说的无非就是这件事。作为战争年代过来的老兵，他的功劳和苦劳刘振华记得清清楚楚，但不同年代有不同年代的革命任务，以前的任务先是赶走侵略者，然后是推翻反动派的独裁统治，现在的任务就是劳动生产。这是主席的命令，司令员也有过明确的指示。以前的任务完成得好，不代表现在的任务就能完成得好。

"你这话太具有攻击性，你先说说朱有福同志哪里做得不好，再说说你觉得自己为什么能当排长。只要理由充分，能说服我和教导员，我立马就让你当个排长！"刘振华说道。听到营长这样说，他也索性不管不顾，一股脑地说了起来："营长，朱有福他……他以前可是反动派！论资历，我是八路军，抗战第二年年尾入伍的，他能比得了吗？还有，我当班长到今年已经是第六个年头了，朱有福他们起义的时间还没有我当班长的时间长，而且他们来沙梁子垦区才多久？来的时候就一肚子牢骚，里面还出了叛徒！”说到激动处，他差点被自己的唾沫星子呛住。顺了顺气，他接着说道：“就算是不让我当排长，他也不能当副排长！”刘振华静静地听着，无论他话说得有多过分，中间都没有打断他。

“说完了？”“说完了！”刘振华点点头，缓缓站起身子，开口说道：“你记性挺好啊，哪一年当的兵，当了多少年班长都记得。我给你说，我记性也不差，有些事你可能都忘了，但我都记得。抗战时期，你总共负伤三次，两次是被鬼子的机枪子弹在腿上钻了个眼儿，还有一次是拼刺刀时后脑勺被鬼子的枪托狠狠砸了一下，躺在床上整整吐了两天。解放战争期间，你负伤一次。敌人炮火射击，你左胳膊被弹片划了个口子，七八厘米长，差点伤到动脉，缝了十几针。”他听得目瞪口呆，没想到刘振华竟然一笔一笔都记得这么清楚。刘振华接着又说道：“不光是我记得，教导员也记得，全连的战士也记得，你的档案里也写得清清楚楚。不过你记不记得自从咱们到了这沙梁子垦区之后，你的坎土曼总共挥动了多少下？你开垦出的荒地，总共有多少亩？”这么一问，他说不出来话了，噘着嘴，跟个木桩子似的站着。刘振华的话让他无法反驳。

“同志们，朱有福同志不是一个人，是代表了所有后来到咱们沙梁子垦区的新同志。既然是自己的同志，咱们就不能再用老眼光看人。大家要学习他们身上的闪光点，反思自己的不足。希望大家日后都拿出你争我赶的劲头，咱们一起努力，把沙梁子垦区建设好，绝对不辜负上级首长的希望，能不能做到！”战士们山呼海啸般的回应，让不少女兵都捂住了耳朵。

等战士们平静下来后，刘振华再度问道：“还有没有意见？没有就先这样，大家休息！”战士们都散去后，刘振华、教导员和王主任还留在原地，刘振华把酒瓶里剩下的最后几滴酒倒进嘴里，笑着说道：“哎呀，让首长见笑啦！不过咱一向这么民主！”教导员听了，“扑哧”一声笑了出来，说道：“别听他瞎扯，这都是装的！以前全连谁敢说他一个不字？就是我的话稍微不顺他的意，他炸毛比刺猬还快！”“你瞧瞧，教导员批评我了。这哪能啊，听着就不像是我能干出来的事！”刘振华打着哈哈说道。

夜深了，王主任因为第二天一早要赶回团部，所以早早睡下了。教导员按照分工，要把今天这些基层干部的任命全部写成汇报材料，让王主任带回团部去。按照往常，刘振华看到教导员在认认真真地写字，一定会趴在旁边津津有味地看着，但今晚他却是一副若有所思的样子。“想啥呢？这么严肃！”教导员问道。刘振华叹了口气回答道：“我在考虑一个问题。”教导员没有再接着问下去。他知道刘振华想事情时不愿意说话，但他开口时证明他已经把这个问题的解决办法想好了。这个习惯，从教导员第一天和他搭档时就发现了。

与此同时，赵明霞在地窝子里也辗转反侧。今晚她见识到了刘振华的另一面，发现他在果敢的杀伐之气下，竟然还掩藏着如此清晰的逻辑，就像她老家里教私塾的年轻先生似的，慢条斯理。但他的话语听着流畅，有理有据，字里行间都流露出一种不怒自威的气势。只要一句话从他的口中说出来，就不会有人反驳，越想赵明霞越觉得刘振华不可思议。他并没有读过书，就是个泥腿子出身，那他身上这种温良的气质和清晰的逻辑是怎么来的？常年在战场上拼杀的男人，不该有这样反差强烈的气质才对！

一时间，赵明霞的心脏剧烈地跳动着，似是要从嗓子眼里蹦出来了，脸颊也跟着烧烫。明明是大黑天，她却生怕被人发现似的，拉起被子把脑袋蒙得严严实实。

第八章

红旗跃上冰峰

第八章　红旗跃上冰峰

1

这日刘振华和教导员刚钻出地窝子没多久，就看到一辆汽车停在远处，从车上下来一个人，背着铺盖，腰间左边挎着枪，右边挂着个水壶，朝这里走来。“老刘，你眼神比我好，看清是谁了吗？”这人走来的方向刚好背光，看上去黑乎乎的，很难分辨面貌。“刘营长，教导员！先祝贺你们啊！”此人一说话，刘振华立马听了出来：“是徐参谋！”

徐参谋是团里的作战参谋，一张国字脸，两条浓浓的眉毛。参加革命前他就已经读完了高中，在团部里是最大的知识分子，连团长张雄伟都很重视他的意见。刘振华上次接女兵们到团部的时候，徐参谋去军区参谋部参加培训，他们没能见上面。“徐参谋好！”刘振华和教导员敬礼说道。“哈哈，你小子晒这么黑了啊！”徐参谋说道。刘振华放下右胳膊，笑着说道：“戈壁滩上太阳大，连片云彩都少见。你这大参谋咋突然来了沙梁子？”徐参谋不回答，左看看，右看看，问道：“你们住的地窝子是哪个？”刘振华指向右边说道：“就是那个！”徐参谋点点头，说道：“我先把铺盖卷扔进去。”

别看他是天天坐在地图前面的参谋，身体素质不比刘振华差，背着铺盖，双腿健步如飞。临下地窝子前，他身子骤然一矮，水壶瞬时甩到侧面，就这么“滑”了进去，动作干练又潇洒!“我来给你当兵啊!”放下铺盖，徐参谋拍拍手，从地窝子里钻出来说道。这样的玩笑刘振华可不敢接，只好咧着嘴说道:“徐参谋说笑了，沙梁子这小门小庙的，哪里装得下你这尊大佛!”“真猜不出我来干啥?”徐参谋故弄玄虚地问道。刘振华摇摇头。还是教导员反应快:“徐参谋是来带我们去勘探路线的?”“哈哈，说对喽!”徐参谋回答完，便笑着转过身，看向北边的山脉。“翻过这座山，就是隔壁垦区!”刘振华说道。徐参谋凝视了片刻，转过头来问道:“你们去过山里吗?”刘振华和教导员同时摇头。

他们俩以及沙梁子垦区的战士，最远就去了芦苇荡，谁都没进过山里。因为山里不但危险，还没有任何生产生活资料，根本没必要去冒险。“来，你们看!”徐参谋掏出一张叠得整整齐齐的地图，在地上摊开，随手捡来土块压住地图的角，防止被风吹跑。

地图上全是用红蓝铅笔标出来的记号。乍一看，像是战斗态势分布图，但刘振华仔细一看，发现其中并没有那种犬牙交错的态势。这些记号很是流畅，一条条全部顺着地势，还翻过了山岭。“这是路线图?”刘振华问道。

徐参谋回答道:“没错! 机耕队建立试点垦区，要修路运送机械。团长决定借此机会把团部到下属垦区以及各个垦区之间的路线全都勘测一遍。找到沙梁子了吗?”刘振华用手在图上一指，说道:“在这里!”徐参谋点点头，对照着地图，又指着北边的山岭，说道:“我负责技术作业。刘营长，你和教导员负责组建一支勘探队伍，咱们这次要进山!”刘振华深吸了一口气。

新疆的山，是属狗脸的，一会儿一个变化。过来片云彩，这次下雨，下次可能就是下雪。七八月份都不例外，从来没有一个稳定的时候。现在刚开春，正是山里气候最为恶劣多变的时候，还有那些饿了一冬天的野兽,正饥肠辘辘地到处找食吃,所以勘探队的人员组成,必须慎重再慎重。

对于勘探队的人选徐参谋并没有直接拍板,而是提出了几项基本要求之后,全权交给刘振华和教导员挑选,他自己就在垦区四处溜达去了。要求不多,也不高,总共就三项。一是要求勘探队员的身体素质要过硬,理想信念要坚定。二是要求勘探队员头脑要灵活,文化程度不高没关系,但绝对不能死板。三是要枪法好的。刘振华一遍一遍反复看着徐参谋提出来的要求,还让教导员又给他读了一遍。

想来想去,刘振华心里大致有了人选。他自己就能满足全部三项要求,算是一个人选。至于其他的,他暂时只选定了机枪手。教导员是一定要留在垦区继续主持开荒生产工作的。新提拔的三个连长刘振华也不准备带。想要给他们足够的时间来适应新队伍和新职务,同时避免他与教导员想到的那些可能发生的问题。“老刘,大体上你准备选几个人?”听着教导员的问话,刘振华默不作声。他还没有想好。

沉思了一会儿,刘振华开口说道:“你不能动,我算一个,机枪手算一个,其余的……我想带新来的女兵,李秀英同志要去,她是卫生员,虽然没那么专业,但好歹比咱们强得多。不严重的外伤,她都能处理。”

“不行! 这次我已经想好了,我和徐参谋一起进山勘探,你在垦区抓生产。”刘振华抬起头,看了自己的老搭档一眼。“老兄,别激动! 不是个啥事,咱用不着脸红脖子粗的!”刘振华说道。他从教导员面前的卷烟盒里抽出来一根烟,递过去。教导员接过烟,却没有抽,夹在手上说道:“不管你说什么,这次都得我去!”刘振华脸色微微一变。两人搭档工作,虽说各司其职,但吵架骂娘的时候也不少。每次都是刘振华火气大,教导员给他讲道理降温。“这次勘探不是战斗任务,严格意义上说,我比你更符合徐参谋定下的选人条件。”刘振华笑了起来。

论体能,还有射击,教导员虽然都不弱,但比起自己来肯定还是差了一截。“哎呀,老兄! 大教导员! 这又不是什么好事,是去山里受苦,你咋非要跟我抢呢？如果真是好事，比如大首长说这次去了，回来就给你升官儿，让你去团部当政委，那我绝对不拦着你！咱咋能做出这种妨碍人进步的事情来，不会的！尤其咱们又是老搭档了，你要是去当了政委，咱也能跟着把腰杆子再挺直一点！”刘振华用打仗的办法对付教导员，侦查就是为了摸清敌情。教导员一听，顿时哭笑不得，解释道：“什么大首长？我天天和你一起吃饭，晚上睡一个屋子，除了拉屎撒尿没在一起，还有啥时候从你眼皮子底下消失过？我咋就这么厉害，能见到大首长，还直接许诺让我去当政委？不说我能不能办得到，也没有首长会这样做事啊！全然不符合组织程序，也全然不顾政治影响……哪有这样的事！”“不知道。”教导员更急了，问道：“你不知道什么？”

刘振华晃着脑袋，接着说道：“真是搞不懂……你那么高的文化，这样的事儿不是轻轻松松？再说了，你也别跟我吹胡子瞪眼。以我的脑子，能想到的只有这么一种情况，要不然你咋突然改了性子，非和我抢？见过争着吃饭的，没见过争着吃苦的！”

在徐参谋打开地图给他们俩看勘探路线时，教导员发现地图里原本夹着一张纸，但很快就被徐参谋折好收进了口袋，纸上面密密麻麻写满了字。一晃的工夫，教导员没能全部看清，但他记住了最边缘的一行字：此次勘探路线，最高处海拔四千三百米。就是因为这一行字，教导员才坚持自己带队，让刘振华留守垦区。因为他知道四千三百米的海拔意味着什么。“就为了这个？教导员同志，你是不是第一天认识我？我是怕死还是喜欢尿裤子？四千三百米的海拔，能比小鬼子的机枪和钢炮还厉害？我家那地方，紧挨着祁连山，我虽然不是山区里长大，但也经常进山里溜达！就算是海拔高，你这平原上长大的，能和我比？”刘振华根本没有想到教导员这次和自己硬碰硬的原因竟然是这个！区区几千米的海拔而已，最多是上面冷点，积雪常年不化，路不好走什么的，根本算不上难。刘振华这番话说出口，教导员确实也有点动摇，觉得自己是不是小题大做了。他长吁了一口气，看到手里的烟，准备点燃换换思路，忽然发现有人钻进了地窝子。

“徐参谋好！”看清来人，刘振华和教导员赶忙起身。“刚才你俩的争论我听到了，这次是怪我，我先给你们做个检讨！”两人面面相觑，不知道徐参谋葫芦里卖的是什么药。徐参谋从口袋里掏出当时夹在地图里被教导员看到的那张纸片，将其打开后两只手上下对角捏着，平平整整地在两人面前打开。“我隐瞒这些信息，只说了三点标准，就是害怕你们在选拔队员的时候心里有负担。”徐参谋顿了顿，继续说道，“你们俩一个是营长，一个是教导员，要为全营的战士负责，这一点无可厚非。我就怕若是给你们说了这次勘探任务里种种具体的危险，你们在选人的时候就会瞻前顾后。这样选出来的队员，不但会影响任务的完成，甚至还会出现危险！所以我才简要概括了几点，好让你们放开手脚去选。等队伍拉起来了，我再告诉大家这些困难和危险，让没有思想准备的同志自愿退出，剩下的就一定是精兵强将，肯定能圆满完成任务！”刘振华听了徐参谋的解释恍然大悟。教导员却有些不是滋味。纸上的内容，他是偷看到的。部队里的老兵，都是看着刘振华的脊梁骨，一路走过来的，要是刘振华出了意外，整个沙梁子垦区的战士就会少了主心骨。

“徐参谋，是我考虑不周全！”“好了好了，说白了都是领导关心下级，老战友关心老战友。没啥大不了的，都是好心！不过既然徐参谋现在打开了天窗，那咱们三个就好好合计合计，按照这些可能发生的意外危险，选出最合适的人选来。”刘振华说道。他不是个记仇的人，以前和教导员吵得更凶的时候都有，但吵完也就忘了，要是再有一瓶酒，两人几杯下肚，又会勾肩搭背，连先前为啥吵起来的都能忘得一干二净。徐参谋点点头，拿着纸片上现有的资料再结合地图，仔仔细细地给刘振华和教导员讲了起来。徐参谋讲完后，整个地窝子安静得可怕。“徐参谋，你听我说。我个人完全执行勘探的命令，但是对于其他战士，我想先问问他们自己的想法。”徐参谋问道:“你是要告诉他们任务的所有的内情吗?”刘振华点点头。徐参谋思考片刻,同意了刘振华的想法。

刘振华掏出花名册,就从地窝子钻了出去,人员问题,他已经有了眉目。挨个问太浪费时间,所以他把选好的人全部集中起来,一次性问完。除机枪手外还有三名战士,全都举起右拳,犹如宣誓一般,立下了军令状。卫生员李秀英还不清楚军令状是怎么一回事,但也学着照做了。“那就回去准备,半小时后集合待命!”

没等到众人敬礼解散,刘振华便已经转过身去,迎面撞上了朱有福和赵明霞。朱有福是来找李秀英道谢的,那天他因伤口感染发高烧,要不是李秀英把他从鬼门关里拉回来,现在估计也埋在一棵红柳树下了。今天上午的工作他干得极其卖力,就是为了在午休时能腾出一些时间来找李秀英当面道谢。他先去了女兵班的地窝子,发现李秀英不在,正巧碰上了赵明霞,她便热心地带着朱有福来找李秀英。

“营长好!”看到赵明霞的脸庞,刘振华才勉强换上一副轻松的表情:“你们好!”赵明霞看到刘振华身后机枪手和李秀英等人还排着队列,问道:“营长,是啥事?”刘振华摇摇头回答道:“没什么。”赵明霞却不高兴了,当即追问道:“营长,我是女兵班的副班长。我班的战士李秀英在这里,咋样你都该告诉我吧?”刘振华一下乐了!

不得不说,这次赵明霞占理。身为副班长,管理女兵班的日常事务,刘振华找她班里的战士执行任务是应该给班长知会一声的。刘振华便把刚才对机枪手和李秀英他们说的话又对赵明霞说了一遍。“营长,我也要去! 我报名!”赵明霞突然拉住刘振华的胳膊说道。“不行,已经选好了人员,你继续执行原有的生产任务,好好当你的副班长!”刘振华拒绝得很果断。

已经有一个女兵了,带上李秀英是因为她作为卫生员的特殊性。要是再多带一个,那就成了累赘。山里自然条件恶劣,所有人都自顾不暇,更没法分出来人手和精力照顾女兵!“营长,我可比卫生员管用多了!”赵明霞这次竟没有着急,心平气和地说道,语气里带着些许玩味。她似乎对刘振华同意自己进入勘探队十拿九稳。刘振华笑了笑,问道:“说说理由,要是真有道理,我就让你去!”赵明霞立马高兴了起来,带着一种得意,清清嗓子,向刘振华问道:“营长记不记得我是从哪里来的?”刘振华当然记得。“沂蒙山!革命老区啊,多伟大的地方!”刘振华回答道。赵明霞眼睛一亮,比平时还要睁大了几分,说道:“对!我就是沂蒙山人!而且我家就在山脚下!”“嗯,但你还是没说自己为什么合适的理由。”刘振华想了想说道。

这次他听赵明霞的话听得很仔细,生怕这小姑娘一不留神再给自己下个套。赵明霞不紧不慢地说道:“营长,你别着急。我这不是正要说?我从小就住在沂蒙山下,靠山吃山,每天都要到山里砍柴什么的,对山里的环境再熟悉不过了!虽然这次进的是天山,可沂蒙山也在北方不是?冬天雪也下得很大,我还会辨别野兽的脚印!”刘振华心头“咚”的一声。他刚才的确没想到赵明霞对山里情况如此了解,竟然还能分辨出野兽的足迹来!这种能力,对于他们来说可太重要了!能分辨清楚野兽的足迹,就能在相当程度上避开危险,增加勘探队员的安全系数。

“你还会什么,在山里能辨别方向吗?”刘振华急切地问道。“哈哈,这太简单啦!小时候有次进山砍柴,碰到下大雨,山路都变成小溪,根本走不了,我就找了个废弃的熊窝子睡了一觉,第二天雨停了才下的山!”赵明霞回道。刘振华吃惊地问道:“废弃的熊窝子?”赵明霞很是得意地解释道:“就是熊的窝,以前有熊,后来没有了。这样的窝又挡风又挡雨,还有熊残存下来的味道,周围几乎没有野兽敢靠近,特别安全!”刘振华听后沉吟了半晌,然后对赵明霞说道:“好,我同意你加入勘探队!刚好你和李秀英两个女同志,还能互相照顾一下!”去了野外,若是就李秀英一个女同志，但凡发生点情况，其余的战士包括刘振华和徐参谋在内，肯定有诸多不便。赵明霞不但熟悉山地情况，更有这种生存本领，让她和李秀英搭个伴，真是再合适不过了！

朱有福见刘振华答应赵明霞加入勘探队，他心里也痒痒的。正想开口请命，刘振华的目光已经朝他看了过来。“朱有福同志，你身体刚好，进山勘探消耗太大。另外你们排的排长已经被我抽调进了勘探队，排里的日常事务就全部落在你的肩膀上了，你可得好好负责，严抓纪律和劳动生产效率，不能放松！”朱有福听后立马挺直了身板，对着刘振华敬了个礼，大声说道：“是，营长！保证完成任务！”刘振华笑着拍了拍他肩膀，随即也回到地窝子里收拾东西。

一进地窝子，刘振华就看到自己的铺盖被人用背包带整整齐齐地打好。水缸子挂在左侧，右侧的背包缝隙中还别着一双新鞋！“哟！谁这么心疼我，给我打背包不说，还白送一双新鞋！”刘振华乐得嘴都合不拢。“背包是我给你打的，新鞋是徐参谋从他自己背包里抽出来塞进去的。看看，新做的棉鞋，又暖和又轻便。鞋底是正儿八经的千层底，一层碎布一层糨糊，毫不含糊！”教导员拿着鞋子对刘振华说道。“这是嫂子做好刚从老家托人带来团部的。总共就两双，徐参谋自己还舍不得穿，就送你了一双！收拾好就快去吧。垦区有我在你放心，你小子可要保护好徐参谋，完成勘探任务！”

2

出了地窝子，太阳很刺眼。刘振华眯着眼睛，看到徐参谋已经在集合地等着众人，他轻手轻脚地走上去，害怕打扰到徐参谋看地图。“来啦，鞋子合脚不？刚才教导员给你打背包，我看你鞋码应该和我差不多大。”刘振华赶紧道了谢。徐参谋转过身来，刘振华看到他脚上穿着的还是一双旧鞋，脚背上的棉花因为穿久了的缘故，已经变得很薄了，还一疙瘩一疙瘩地堆在一起。徐参谋的目光越过他的肩膀，朝后看去。“这就是咱们勘探队的精兵强将吗？好，竟然还有两个女同志！果然是巾帼不让须眉啊！谁说女子不如男！”徐参谋仔细打量过每一个人，高兴地说道。“这位是团部作战参谋，徐参谋！”刘振华介绍道。“徐参谋好！”所有人立即敬礼，高声喊道。徐参谋也给众人回了个礼，然后开口说道：“这次任务的具体情况想必刘营长都给你们说过，我就不重复了，省得你们嫌我啰唆！”话音一落，战士们都笑了起来。“你们都是沙梁子垦区的骨干，这次在军区的大布局下，团部将艰巨而光荣的任务交给我和你们，咱们一定要保证完成！”“保证完成任务！”连同刘振华在内，所有人异口同声地高喊道，声音响彻戈壁滩。

“好，接下来由刘营长给大家讲话！”徐参谋带头鼓掌，让开了位置。战前动员是执行任务必不可少的环节，能够最大程度地激发战士们的士气，也能让大家伙儿的劲儿扭在一处。“马上咱们就出发，不论是什么天气，下雨下雪还是下刺刀下子弹，都挡不住我们！我们要让高山低头，让河水让路！再硬的石头，咱们都能给它踏平了，踏出一条大路来，对不对！”“对！”战士们的回答再次冲天而起。“那么……”刘振华调整了一下自己帽檐的角度，刚好能遮住太阳的照射，但遮不住他坚毅的目光。“目标，正北方向，进天山！出发！”刘振华将衣袖奋力一挥，用战争时期发出命令的语气喊道。徐参谋拿着地图和指南针走在前面领路，刘振华和机枪手压在队伍最后照应，一行人列队，豪迈地向着天山挺进！

越是靠近天山，路越是难走，看似平坦，实际上全是些陡峭的大石头。“他娘的，这些石头是从哪儿来的！”刘振华边走边骂。碰上两块大石头，头对头地顶在一起，中间只有一个狭小的缝隙，想要通过必须从石头侧面攀上去。石头的边缘很锋利，稍不留神就会把手割出一道血口子，而侧面的石壁光滑，没有任何着力点，得靠双臂的力量将自身拉上去才能通过。以刘振华等人的身体素质和臂力，通过这样的大石头不是难事，但翻过去之后，也得靠着石头气喘吁吁地休息一会才能缓过劲来。赵明霞和李秀英两位女兵就没那么容易了。徐参谋听到刘振华的牢骚，刚准备回头解释，忽然就看到赵明霞抠住石头边缘的双手松开了一只。“啊！”赵明霞跌落到地面。

万幸石头顶部到地面的距离并不高，还有一个倾斜的侧立面作为缓冲，赵明霞没有受伤。刘振华见状，朝前大跨步前进。他蹬着石头的侧立面发力，在即将丧失平衡要跌倒的时候，身子已经冲向了前方。片刻工夫，他就已经站在了阻拦赵明霞身形的大石头顶端。“没事吧？”

赵明霞木讷地摇摇头。这个落差高度，不会让她受伤，但刚才脱手从石头上落下的惊险，使她一下子没能缓过神来。刘振华冲她说道：“先别着急，缓缓神！我想个办法拉你上来！”赵明霞回答道：“营长，我自己能爬上去！”说罢，她便要再度从侧立面攀爬，但刚才那一次，她的体力消耗太大，左肩膀还有些扭伤，抬高都费劲。她铆足力气，冲了两三次，双手始终都距离石头顶端的边缘差了几厘米。赵明霞不甘地咬咬嘴唇。

刘振华已放下背包，用捆绑背包的背包带系成一个活扣。他把这个绳结套在自己胳膊上，另一端抛下去让赵明霞拉住，让她借此用力，攀上侧面光滑无着的石头壁。“机枪手！”“到！”他现在已经是排长了，但刘振华还是习惯叫他机枪手。听到营长叫自己，他麻利地赶过来。刘振华命令道：“一会儿听我号子，赵明霞同志往上爬的时候，你在后面拉住我，别让我也给拖过去了！”机枪手死死地抱住刘振华的腰。“一！二！三！上！”刘振华的号子刚一出口，就感到背包带上传来了一股巨大的拉力。在他和机枪手两人体重的加持下，赵明霞终于攀上来，顺利翻过了大石头。

“歇会儿，喘口气！”刘振华解开背包带，他的棉衣上勒出了一条很深的痕迹。过了一会儿，刘振华拿过赵明霞的枪和背包，扛着就往前走去。“营长，我自己能行！”赵明霞在他身后喊道。“保存体力，执行命令！”刘振华以不容置疑的口气说道。赵明霞没辙，只好跟在后面，尽力让自己显得精神抖擞。

过了这一片大石头滩，大家都松口气，觉得前面的路要好走很多。谁知满地的小碎石，把一名战士的脚割得鲜血直流。这名战士是炊事班的，背着一口行军锅和干粮。刘振华叫来李秀英给这名战士消毒、包扎伤口，但李秀英打开背包后却面露难色。她悄悄走到刘振华身边说道：“营长，我犯错误了！”话还没说利索，眼泪就跟着滚了下来。旁边的人看到李秀英哭鼻子，纷纷投来目光。刘振华将李秀英拉到一旁，问道：“没事没事，慢慢说，你犯了什么错误？”李秀英哽咽着回答道：“出发前我没有检查背包，觉得消毒水和绷带都在，可刚才一看，消毒水不见了！肯定是我忘带了。”李秀英哭得更凶了。

徐参谋本来正在看地图，听闻这边的动静赶忙过来问道：“怎么回事？”刘振华回答道：“一名战士脚底板被碎石片子割伤了，流血很多！卫生员李秀英同志发现没有带消毒水。”徐参谋听后沉默不语。这是很严重的失误！李秀英身为卫生员，这是她分内的职责。“徐参谋，先包扎上，不消毒的话不会有事吧？”刘振华试探性地问道。其中的门道他不懂，但有总比没有好。何况就算没有，也不能因为一个人受伤就耽误整个勘探队的计划。不等徐参谋开口，李秀英就抢过话头说道：“这些石头上有很多细菌，要是不消毒，这些细菌就会随着血液进入身体里，最后……”刘振华听这语气觉得事情不妙，焦急地追问道：“最后怎么样？”李秀英眼泪吧嗒吧嗒地往下掉，声音几乎是从牙缝里挤出来的。“最后就要截肢，甚至危及生命……”

“刘营长！”徐参谋看出刘振华脸色不对，连忙出声，把他从刚才的那种情绪里拉出来。刘振华张大了嘴，使劲抬起下巴，脖子朝后仰倒，喘了几口粗气，算是压住了胸腔里升起的怒火。用一种他觉得很是和气的口吻问道："李秀英同志，要是没有消毒水的话，还有没有其他办法?"徐参谋担心这小姑娘别因此吓出什么思想问题，赶紧打圆场道："李秀英同志不要着急，仔细想想。你参加培训的时候，老师应该教过。要是我记得没错的话，是不是用流动的净水冲洗也可以达到一定程度的消毒效果?"李秀英眼睛一亮，拼命地点头。

"刘营长，净水就是干净的水!"徐参谋说道。刘振华点点头。这倒是比消毒水好找，但他四下里望了望，周围全是石头滩，大石头摞小石头，哪里有水的痕迹? 再往山脚下走走，肯定会有还未融化的冰雪，可方才李秀英说的后果太严重，刘振华不想拖延，立马拧开水壶盖，说道："先用我的水洗一洗伤口，包扎好! 免得再进去了细菌，导致二次感染!"李秀英一愣，她没有想到营长竟然能说出这样专业的话。"二次感染"这个词，好像是她在给刘振华汇报朱有福伤势的时候说过一次，就被他记住，而且用对了地方。

"营长真厉害。"李秀英自言自语道，却被徐参谋听见了。"哈哈，他可是个多面手! 很多东西也就是没机会学，要是和你一样去学了护理，肯定也是个好卫生员!"李秀英情绪不好，手脚自然就慢了许多。好在有赵明霞从旁帮衬着，算是给这名战士顺利包好了伤口。上次朱有福受伤时，赵明霞就给李秀英打下手。一来二去也学了些护理方面的知识。尤其是包扎，她已经能独立完成了!"谢谢卫生员! 你的技术太厉害了! 我觉得伤口都已经长好了!"这名炊事兵看到李秀英的脸上挂着泪痕安慰道。刚才营长用他喝的水给自己冲洗伤口时，他就猜到李秀英该是忘了带消毒水。他这么说，也是想让李秀英舒服些，别有太大的心理负担。

"好了，继续前进!"刘振华重新把水壶挂好。没人知道他的水壶已经空了！这么大的太阳，又在进行高强度的行军，很快刘振华就口渴难耐。他紧闭着嘴，用舌头不断湿润着嘴唇，拼命地咽唾沫，借此缓解口渴的不适感。好巧不巧，一滴水落在刘振华的眼皮上，让他视线都模糊了一半。看看天色，头顶的这片云彩像是锅盖一样，乌突突的，果然是要下雨的样子。雨说下就下，顷刻间就如瓢泼那么大。雨中还夹杂着小冰粒子，打在脸上、身上，啪啪作响。

刚才脚底板受伤的那名炊事班战士，此刻把行军锅扛起来，顶在头上。雨水顺着锅边缘嘀嗒嘀嗒地流下来，他身上一点都淋不着。机枪手羡慕地说道："有口锅真好啊！回头俺也去炊事班得了！"炊事班战士说道："排长去炊事班那不是屈才了！不过我听我们班长说，当年打仗的时候，鬼子尽出恶心招儿，欺负咱们，用迫击炮炸后方营地，尤其是炊事班。班长就把这锅扛在脑袋上，比钢盔都好使！"机枪手笑着说道："行啊，你小子懂得不少！以后不能把你当新兵蛋子了！

"对于战士们的玩笑，刘振华一点儿也没有听到。不过这大雨却让他已经干燥到几乎要脱水的身体得到了极大的缓解。他张开嘴，舔了舔嘴唇。雨水略微有点土腥味，还有铁锈味，但冰冰凉凉的，还是舒服极了！他想往水壶里装些雨水解渴，可壶嘴太小，再大的雨落进去也只有一两滴。突然，他想到那口行军锅！"炊事员，把你的锅翻过来，支撑在地上！"炊事员当即调转锅口，放在地面上。又找来几块石头，堆在旁边，用以支撑大锅。雨水落在锅里，很快就积了三分之一。

刘振华抹了一把脸上的雨水，命令道："快！都把自己的水壶装满！""徐参谋，你也补充点水吧。"徐参谋拿出水壶，里面还有半壶左右。他晃了晃，递给刘振华，说道："喝完，然后帮我打一壶！"刘振华一愣，没料到徐参谋早就发现自己没有水已经口渴难忍了。

打开壶盖，"咕嘟咕嘟"一口气喝了个精光，喉咙里传来一阵舒爽。刘振华说道："我这就给你灌水去！"徐参谋笑笑说道："你小子也真是运气好，要不然我就看你还能坚持多久！”这样的雨，来得快去得也快，没多久就停了。刘振华自己的水壶还有徐参谋的都只装了一多半。“徐参谋，前面耽误了一会儿，没能灌满！”徐参谋指着前方说道：“不要紧，没多远了！咱们今晚的宿营地，经常有牧民活动。牛羊马都有地方喝水，咱们也不会没水喝！”到了宿营地，刘振华觉得今天果然是极为幸运！口渴的时候下了场大雨，在要扎营时还看到有几处牧民搭起来的棚子。

刘振华让炊事员赶紧垒灶生火做饭，众人走了一整天，早就饿得前胸贴后背了。尤其是刚淋了雨，衣服这会儿被体温烘得半干不干，也得赶快吃点东西补充热量，顺带把衣服和铺盖烤干。选了一处看上去最好的棚子，安顿好了两名女兵，刘振华就带着机枪手和另一名战士去周围找水源、捡柴火。

3

刘振华和机枪手把铺盖全部放在宿营地，只带着背包带和枪，轻装上阵。两人已经从宿营地走出了两三里远，却一根柴火都没有捡到。这时，机枪手忽然朝前一指，说道：“营长你看！那儿好像有一只山羊！”刘振华顺着他手指的方向看去，发现前方一个深深凹陷下去的山坳里有个健硕的东西在移动。它身上有毛，但由于距离远，看不真切，很可能是一只大山羊！于是刘振华下了命令：“咱们俩从后面摸过去！不要惊动它，直接把它打下来！哈哈，今天运气真不错啊！晚上有棚子住，还有羊肉吃！”机枪手说道：“放心吧营长，俺虽然不是百发百中的神枪手，但只要再朝前推进五百米，它不跑的话，绝对能命中！”两人猫着腰，尽力减少走路发出的响动。五百米的距离很快就到了。刘振华打出一个手势，和机枪手一左一右朝两边散开。机枪手“咔”的一声将子弹上了膛。刘振华身子轻轻地靠在一块石头上，枪口从石缝里伸出，下巴紧靠枪托,瞄准好,准备射击。

电光石火之间,身后突然传来徐参谋的喊声:“快停下! 那不是山羊!”刘振华当即松开扳机,提起枪转过身,一脸疑惑地看着徐参谋问道:“啊? 那是啥?”机枪手却仍旧不甘心地瞄准着。那“山羊”似乎也听到了徐参谋的叫喊声,迅捷地左突右闪,几个起落就躲到石头后面,不见了踪影。“吓死我了,你们差点犯了大错!”徐参谋因为紧张过度的缘故,嗓门提得老高。摘下脖子上挂着的望远镜,递给刘振华说道:“那是个人! 有两条腿,还穿着衣服! 不信你自己看!”刘振华没有接望远镜。不管是人还是山羊,估计早就跑得没影了。机枪手则坚定地反对道:“不可能! 徐参谋,那绝对是一只山羊,而且是大山羊! 说不定是这山上的山羊王!”边说还边比画,弄得徐参谋哭笑不得。“真的是个人,估计是附近的牧民。还好你们没开枪!”徐参谋也不和机枪手争论,对着刘振华继续说道。刘振华点点头。不管是人还是山羊,只要有异议,就绝对不能开枪!

“徐参谋,你咋出来了,营地那边有什么事吗?”刘振华一转念,连忙问道。徐参谋摆摆手回答道:“没事,都好着呢! 我是出来看看周围的环境,毕竟要在这里过一夜。要是明天天气不好,说不定还得多住两天,熟悉下附近的环境,咱们会更安全!”刘振华说:“一个人太危险了,咱们仨一起吧! 捡柴火的同时顺带着就当侦察了。”徐参谋赞同刘振华的提议。

三人结伴朝前走着,徐参谋时不时地停下来用望远镜四处看看,再打开指南针的盖子,最后用笔在地图上圈圈画画,做下标记。机枪手看得眼神都直溜了,刘振华用胳膊肘顶了他一下,问道:“想啥呢? 哈喇子都快流出来了!”机枪手回过神来,嘿嘿一笑,说道:“啥时候我也能和徐参谋一样,挂个望远镜,揣个指南针,再有份地图就好了!”刘振华听后从鼻子里哼了一声,说道:“我还没有个望远镜呢!”回头看看徐参谋还在认真地往地图上做标记，刘振华又凑近机枪手，小声说道："而且这望远镜也不是他的，是团长的！你看，左边大头屁股那里有个豁儿，对吧？本来都露出里面的金属色了，团长嫌不好看，政委就用锅底灰往上抹了一把，这才算是遮住，颜色和整个望远镜保持一致了！"一听这望远镜是团长的东西，机枪手立马就不怎么羡慕了，不过还是多看了两眼徐参谋手中的指南针。

"隐蔽！"徐参谋突然发出警戒的命令。刘振华不知他从望远镜里看到了什么，但他和机枪手的身手却不慢，当即往地上一趴，朝两边滚出去两三圈。再停住时，身子紧贴地面，双腿分开，脚尖蹬地。枪托顶在肩膀上，准星笔直冲前。一人从左往右，另一人从右往左，枪口缓缓移动，扫描着射程范围内的每一寸土地和石头，不放过毫厘。"徐参谋，你看到什么了？"刘振华压低声音问道。徐参谋也紧贴着一块石头蹲下，子弹已经上了膛，保险也打开了。"那个人冲我们走过来了。"刘振华一听，就知道是前面被他们误认为山羊的人。三人足足等了五分多钟，这人才出现在视线之中。

原来这人披着一件山羊皮的大衣，毛朝外，还戴着一个狐狸皮的长绒帽子，腿上穿着马裤，脚蹬牛皮靴子。他全身上下都被皮毛包裹着，再加上先前他弓着腰，在山里疾走，像极了一只山羊！见他身上没有武器，刘振华放心地从地上爬起来。待再走近点，看到此人有一双深陷的蓝眼睛，高挺的鼻梁，晒得黑亮的面庞以及留着的胡子，这才确定他是周围的牧民。

刘振华收起枪，热情地打招呼："老乡，到哪里去？"牧民回答道："回……回家去呢！"看他会说点普通话，三个人都很惊喜。徐参谋把枪插回枪套里，问道："老乡，你叫什么名字！"此人回答道："别克！叫别克！我……牧民！"随即双手指着刘振华的枪，摇了摇，示意自己没有枪，更不是叛匪，让他们放心。三人立马会意地冲他笑笑，刘振华还亲切地拍了一下他的肩膀。这时,别克又反过来问道:“你们是谁呢? 干啥去呢?”刘振华回答道:“我们要去山里勘探路线。”勘探路线这个词别克没有听懂,眨着眼睛对刘振华笑了笑。刘振华想了想,换了个说法问道:“上面,冰山? 还有多远?”这次别克听懂了,指着山上,比画着回答道:“冰山有呢!”两只手十个手指头全部伸出来。“十里路?”刘振华问道。别克点点头。山路本来就难以估算距离,即使再熟悉,也只能说个大概。随后,刘振华和徐参谋你一言我一语地向别克说明了来意。

他们告诉别克,他们是来修路的,要修一条公路,把山这边的垦区和那边的垦区连在一起。到时候他们牧民也能方便得多,再不用绕着山走远路。别克越听越入神,越听越高兴,最后坚决地表示自己可以当向导,给刘振华他们带路! 刘振华和徐参谋对视一眼,压不住心中的激动,一个熟悉山里情况的向导,可比一百张地图都有用。

“我,你们放心! 山里有多少块石头都知道呢!”别克看两人没有说话,以为是不相信自己,赶忙说道。“放心放心! 有你带路,我们就方便多了! 对了,你家在哪儿?”刘振华问道。别克朝着左手边一指,回答道:“在那——搭呢!”刘振华明白这是不近的意思。

眼看天色已晚,刘振华让别克赶快回家。就算是山脚下,走夜路也是不安全的。别克就一个人,万一被野兽围攻了,没有任何抵御手段。但是别克却摇摇头,执意要跟着刘振华去营地里看看。“航(上)面嘛,不能住人,你们嘛,只能住下面。航(上)面你们要去,最多一会儿!”刘振华在心里又将别克说的话重新组织了一遍,明白了他的意思。“徐参谋,他说上面没法住。”徐参谋皱起了眉头。按照原定计划,明天所有人都要向这座山的最高处——海拔四千三百米的冰峰进发。抵达之后,至少要有两天的时间勘探。要是没法住的话,这可真是个大问题。

“冰上嘛,最多待多久?”徐参谋用别克的语气和语言习惯问道。别克似乎也反应过来他们是想要在冰山上住下,想了想说道:“一天!”同时比出一根手指。“一会儿嘛，我回去收拾点东西，能待一天！”徐参谋松了口气。一天时间也比没有时间好。只要加班加点，把两天的任务在一天中突击完成就行！随后三人在别克的指点下，捡到了不少柴火，足够今晚做饭、取暖用。

临近营地，刘振华邀请别克一起吃晚饭，但别克却摇头拒绝。“你们这个地方嘛，我记住了！明天，我来呢！”说完又深深地看了一眼营地，放下自己背着的柴火，扭头就走了。无论刘振华和徐参谋怎么叫，他都不回头。没办法，三人扛起四捆柴火，直接交给炊事员。炊事员解开捆扎柴火的背包带，还给他们，说道：“营长真厉害啊！遍地都是石头的地方，竟然能捡来这么多柴火！”

“都好着呢吧？”刘振华走到赵明霞和李秀英所在的棚子门口问道。赵明霞和李秀英听到是营长的声音，立马出来回答道：“报告营长，我们都很好！请下命令！”刘振华见两人都很有精神，尤其是赵明霞，已经恢复了体力，高兴地点点头说道：“好，命令就是休息！好好恢复体力，一会儿吃饭！”吃完晚饭，炊事员收拾完厨具，从炉膛里抽出一根柴火，架在平地上，重新点燃一堆篝火。众人围坐在篝火边，暖烘烘的，白天的疲惫一扫而光。

“怎么样，暖和吧！”刘振华说道。“暖和！但……”赵明霞说道。刘振华问道：“怎么了赵明霞同志？没事，有意见就大胆说！”“但就是没有地窝子里的炉子暖和！这篝火，烤了前面，背后凉。要是倒过来坐，又是背后热，前面凉！”众人听后都笑了起来。野外露营，当然比不上地窝子。地窝子虽然简陋，可好歹是个密闭的空间，里面点起炉子，很快就能均匀地暖和起来。徐参谋打开地图和笔记本，对刘振华说道：“刘营长，我先说下明天的计划，然后你来布置具体任务。”“好的徐参谋，你说吧！都打起精神啊，听完不懂就问，别到时候来问我，因为我也不懂！”刘振华开着玩笑说道。

徐参谋把地图铺在面前，对众人说道："明天的任务很简单，就是登上冰峰。我们今天出去捡柴火的时候，遇到了一位热情的牧民。他熟悉山里的情况，自愿给我们当向导，说明天一早会来营地。这样的话，有他带路，应该能在一天之内抵达冰峰。要注意的就是，明天咱们行军途中，海拔会越来越高，身体肯定会出现各种不适应。记住，一定不要慌张！哪里不舒服也别不好意思憋着不说，要及时告诉我和刘营长，这样才能及时处理！"徐参谋看了看笔记本，觉得也就这些内容了，随即合上本子，看向刘振华。"徐参谋说的都记住了没有？""记住了！"众人大声回答道。

刘振华接着说道："明天的路有一定的危险性，这在出发前已经说过了！有不舒服就要吭声，要是不吭声就是违反纪律！别觉得自己能坚持就是英雄好汉，我告诉你们，英雄好汉不是这么当的！该发扬精神的时候咱们必须发扬，但司令员都说了，重要的是同时服从这个，这个客观的自然规律！"看大家没有意见，刘振华便安排自己和机枪手今晚守夜值班，机枪手前半夜，自己后半夜。这样的安排却让赵明霞不满意了，她对刘振华说道："营长，我们两个女兵也该出一个人值班！李秀英是卫生员，那就我来吧！咱们三个轮岗，谁都不会太累！"刘振华拗不过赵明霞，想想这里都有牧民，晚上应该没啥危险，就同意了。

4

炊事员熄灭了炉膛里的火，回到自己的棚子里休息，机枪手开始了他的站岗。山里头，太阳一斜，就开始降温，一张嘴就能吐出浓厚的白气。"新疆这鬼天气真是绝了，俺老家也不算南方，但这时候早都到处绿了。"机枪手四周打量了一下，自语道。四周黑漆漆的一片，月亮还没升起来。头顶上，星星倒是很多，密密麻麻的，几乎要连成一片。这里的空气比沙梁子垦区还通透,因此能看到的星星也就更多。借着斑驳的星光,机枪手可以看清石头滩上每一块石头的大概轮廓。

冰冷的空气让机枪手一阵恍惚,人一冷就想上厕所,机枪手朝外走了一段距离,寻了处僻静的地方准备撒尿。还未解开裤带,忽然觉得背后隐约有人。他不动声色,装作毫无察觉一般。待动静越来越近,他猛地转身,黝黑的枪管在星光下泛着清冷的光。"不许动!""好小子,警戒性不错嘛!"刘振华笑着说道。一看来人是营长,机枪手立即放下枪,对着刘振华敬了个礼。"营长,你咋还没休息?"刘振华摆摆手说道:"徐参谋还在搞图上作业,我怕打扰他,就出来了。"

刘振华和徐参谋住在一个棚子里。徐参谋为了明天抵达冰峰之后能快速开展工作,争取在一天内完成任务,今晚就得把准备工作全部做好。刘振华在棚子里生了一堆火,供徐参谋取暖,又给他烧了些热水,倒在缸子里,可以捧着暖手。刘振华手上还拿着个缸子,里面的水热气腾腾,他递给机枪手说道:"捧着暖和暖和,一会儿快凉了你就喝了。"机枪手高兴地接过缸子,说道:"谢谢营长!"刘振华也注意到了天上的星星,看了好一阵,随即对机枪手说道:"保持警惕! 我走了!"

棚子里,徐参谋差不多忙活完了。火堆里的柴火有些湿,一烧起来噼里啪啦地响着,刚好压住了刘振华的脚步声。徐参谋伸了伸胳膊,一摸刚才刘振华给他倒的热水已经凉透了。水喝进嘴里直冰牙,徐参谋有很严重的胃病,所以他把水含在嘴里好一阵才咽下去。抬头看到刘振华回来,半开玩笑地说道:"老毛病了,没办法。今晚我可是耽误刘营长休息了啊!"刘振华赶紧上前摸了摸缸子,说道:"徐参谋,我给你热热!"

"不用不用! 没那么娇气!"刘振华不理会徐参谋的拒绝,从他手里抢过缸子,就放在火堆旁烤着。里面的水不一会儿就从底部冒上来了一层细密的气泡。看温度差不多了,刘振华把缸子重新递给徐参谋,同时问道:“徐参谋都画好了?”徐参谋喝了一口水,温度正好。刘振华的问话一下子让他没能反应过来:“画什么?”刘振华指了指摊开的地图。“哦,你说这个啊!哈哈,画好了!”徐参谋笑着说道。

“有知识就是好!我们教导员和徐参谋你一样,都是文化人。”徐参谋把缸子递给刘振华,让他把剩下的半缸子热水喝了,暖和暖和身子。刚才他虽然在埋头画图,但还是知道刘振华端着装满热水的缸子走了出去,想必是给了放哨的战士。“唉,要是我也有文化就好了!”徐参谋不同意刘振华这个态度,出言纠正道:“这叫什么话?没文化可以学,现在不是战争年代了。这么安稳的日子,这么好的条件,学文化算什么?你刘振华连鬼子的刺刀子弹都不怕,还能被那么几个方块字难倒?学不会不是因为难,是因为你没用心!要是把以前拔炮楼、守阵地的心态拿出来,还能有你掌握不了的文化吗?”

同样的话,老搭档教导员也对他说过。让他把一个字就当作一个敌人,一句话当作一个炮楼。一个敌人一个敌人地消灭,一个炮楼一个炮楼地拔,最后连成一片,就成了根据地。不过这个根据地是文化的根据地,能永远从中汲取营养。可惜刘振华没能听进去,还嘲笑教导员举的例子不切实际。现在听徐参谋也这样说,他才开始正视起来。

“那我现在学还来得及?”刘振华问道。“当然来得及!这次团里提拔你当营长,可是对你寄予厚望啊!你一定要跟得上时代步伐,适应我党我军的新局面、新节奏,才能继续为人民、为国家做出更大贡献!”想着徐参谋的话,刘振华竟是怎么也睡不着了。前些日子,他和教导员还说起部队新老交替的问题。当时他只是有个模糊的概念,觉得需要有所转变,但不清楚转变的方向是什么,也不知道该以何处作为突破口,今晚和徐参谋这一通闲聊让他明白了不少。尤其是徐参谋话中的“新局面、新节奏”,让他有了清晰的方向。

新老交替的问题,其实就是文化的问题。部队里的老兵,基本上都没什么文化，而新来的战士，有不少学生兵，还有的都读完了中学。这些有文化的战士，脑子活泛，面对问题善于思考，经常能想出绝妙的主意来。相比之下，老兵们虽然久经考验，革命意志坚定，但在以前没遇到过的难题面前，只知道出傻力气，不爱动脑子。步步都需要清晰的命令，才能行动。按照这样的势头发展下去，日后他们的用武之地会越来越少。即便有心为国家的建设和人民的幸福生活做贡献，在“新局面”中也没有了他们能起到作用的地方。归根结底，还是因为缺少文化。刘振华觉得这次回去有必要和教导员好好聊聊，看看想出个什么样的办法来解决这个问题。

目前沙梁子垦区里最有文化的人就是教导员，不过识字的还有不少。刘振华认为可以让识字少的教不识字的，识字多的教识字少的。然后更有文化一些的，就由教导员亲自做提升。这样阶梯布置，层层分配，布置任务，想必用不了多久，在文化学习方面沙梁子垦区就能有焕然一新的面貌。要是真出来几个人才，也能为垦区甚至团部贡献出更大的力量！他自己这个营长，首先要以身作则，端正态度。这样才能从上到下形成一种努力提升文化、热爱知识的风气。想通了这些，刘振华朝外一看，月亮已经升了起来。算算时间，他该去接替机枪手站哨了。刘振华轻手轻脚地走出去，生怕打扰了徐参谋睡觉。

刚出了棚子，刘振华就看到几双闪着绿光的眼睛，正在不远处盯着这里。十几只狼蹲坐在黑暗处，一动不动。除了眼睛外，身上的皮毛即便在月光下也和周围的石头几乎一模一样。刘振华并不害怕这群狼，但营地里还有两位女兵和参军不久的战士。他作为营长，不能不对他们的安全负责。刘振华面对狼群，一步步后撤。

机枪手也注意到了这边的动静，朝刘振华打出一个手势，询问是否需要开枪。刘振华摆了摆手。机枪手冷静且清醒。几个小时的站岗虽然让他浑身的肌肉都处于僵硬的状态，可面对威胁时的兴奋，让他的心脏强有力地跳动着,不断地将热腾腾的血液送往全身各处。刘振华右臂平伸,紧紧地攥着拳头,同时确保机枪手能够看见,这个手势的意思是不要开枪。当他退到自己睡觉的地方后,左手朝后一拽,便把被子披在了身上。棉被既可以用来阻挡狼群的视线,还能在它们不顾一切地扑上来时用以阻挡它们尖锐且锋利的牙齿。

为首的三只狼虎视眈眈,目光紧紧跟随着刘振华的身形而移动,寸步不离。后面一圈围着中间的狼王,狼王稳稳地端坐着。刘振华的目光越过前面三只龇牙咧嘴极为凶狠的狼,径直和被群狼簇拥在当中的狼王对视着。狼王注意到刘振华的目光,微微抬了抬头,显示出自己的高傲和不屑。耳边忽然响起的“噼啪”声提醒了刘振华,野兽大都怕火!或许这群狼迟迟没有扑上来的原因,正是这堆熊熊燃烧的篝火。刘振华缓缓蹲下身子,不让自己动静过大,以免激怒了它们。在这群不怕死的野兽面前,目前营地醒着的人就只有刘振华和机枪手。算上手中的枪和子弹,仍然是处于劣势。刘振华想要从旁边的篝火中抽出一根柴火来当作火把,以此逼退这群嗜血的野狼。他之所以不敢开枪,是因为枪声还会引来别的麻烦。这座山,除了本地的牧民外,几乎没有人进来过,也不知道里面藏着些什么。若是只有野兽的话,用子弹足以应付。但万一遇上躲藏在其中的叛匪,那他们就有全军覆没的危险。权衡之下,这种损失刘振华这个营长承担不起。

“刘营长,千万不要开枪,也不要抽柴火。你压着枪口,挺直身子,朝右边偏一点,挡住我,慢慢朝前走!”徐参谋的声音传来。原来他早就醒了,躺在那儿一动不动,是为了不让狼群注意到自己,算是留了个后手。

刘振华点点头,然后朝机枪手打出一连串儿手势,让他也放低枪口,同时挺直身子。刘振华向右边横着挪出了两步,最前面的三只狼立马警觉起来,脑袋伏地,屁股翘起,准备随时扑上来。刘振华连忙站定,继续目不转睛地和它们对视。身后的徐参谋慢慢地把身上盖着的被子掀开，做好了起身的准备。那三只狼观察了好一阵，觉得刘振华没有下一步的动作，而它们又没得到狼王的指令，便放松下来。刘振华半步半步地朝前压去，给身后的徐参谋留出空当。

千钧一发之际，赵明霞却提着枪从棚子里走了出来。算算时间，还有半个小时才轮到她站岗放哨！刘振华心想："完了，她早不起晚不起，偏偏这个时候出来！"果然，狼王第一个转过头，盯住赵明霞。随即整个狼群除了前面三只仍旧保持着队形，盯着刘振华和机枪手以外，其余的也全部跟着狼王转过了头。赵明霞还没睡醒，打着哈欠，搓着手，外面的凉气吸进来，进入肺部，立马让她精神了许多。她模模糊糊看到前方不远处有几个绿油油的东西，还以为自己眼花了，揉了揉惺忪的睡眼，眼睛慢慢适应了外面的光线。月光下，狼王用睥睨的眼神盯着她不放。赵明霞一声惊呼，举枪拉动枪栓，就将子弹顶上了膛。枪栓的清脆声打破了彼此之间微妙的平衡。

狼王高高地扬起脖子，在月光下朝天"嗷呜——"地嚎叫！这是狼群的冲锋号，簇拥在狼王身边的几只狼直接跳起，越过前面的三只，向赵明霞冲去。刘振华也顾不得许多，直接大喊道："开枪，快开枪！"他和机枪手同时开枪，两颗子弹射出，当场打死了两只冲向赵明霞的野狼。但和他们俩对峙的三只狼，也顿时扑了上来。刘振华一把将身上的棉被扯下，朝前方一扔。一只狼正好撞在棉被里，被包裹住了。刘振华举起枪托，狠狠地砸下去，这只狼还顾不上嚎叫，身子便软了，拖着棉被躺在地上，后腿直抽抽。另外两只狼眼见同伴受伤，更是兽性大发，一左一右地扑上来。因为距离太近，机枪手不敢开枪，害怕误伤营长。关键时刻，徐参谋翻身而起，从篝火堆中抽出一根柴火，向右边那头狼打去。看到熊熊火光，本能的恐惧让这头狼的动作慢了几分。火棍打在了它身上，皮毛的焦煳味立马散发出来。

另一只狼看到刘振华已经腾出手来对付自己，当即绕到他后面。如此近的距离，子弹反而没有了用处。另一边的赵明霞就要被野狼团团围住，情急之下她开了两枪，但一发子弹都没有命中，反而更激发了野狼的凶性。赵明霞只得快速后退，但她身后的棚子里还有李秀英，她便往相反的方向退去，试图把狼群的注意力全部吸引到自己这边。

匆忙间，她的脚被一处石头缝卡住，差点跌倒。为了保持住平衡赵明霞只得把枪身拄在地上，结果却被一只狼冲上来咬住。狼牙把坚硬的枪托都咬出两排交错的牙印，吓得赵明霞立马丢掉手里的枪，拔出卡在石缝中间的脚继续朝后退。她手往后一撑，摸到了一个冰凉的东西，有棱有角的，似是块铁疙瘩。赵明霞忽然想起，这是徐参谋带的勘探测量仪器，里面有个大三脚架，足有半棵树那么高。她记得徐参谋说过这些仪器的用法。这个三脚架的组装极为简单。赵明霞双手搬起三脚架，朝身前挥了半圈，画出一个扇形。野狼不知这是什么，停下来观察。趁着这个档口，赵明霞把三脚架取出来，用力往地上一插。金属和石头互相碰撞的声音，在空旷的山里显得很大。野狼一时分不清这是枪声还是什么，在原地没敢动。这让赵明霞有了组装三脚架的时间。赵明霞很是利索，噌噌两下就爬到了三脚架顶端。最上面刚好有个圆形的衬子，是用来登高望远勘探用的。在这上面，她才稍稍安心了些。野狼认清这铁家伙不是枪，对它们无法造成伤害后立马接二连三地向上扑跳。赵明霞左躲右躲，裤脚还是被一只狼的狼牙咬住，撕烂了一大块。

刘振华这边还在和另外两头狼周旋，看到赵明霞那边的情况心急如焚，却又有劲儿使不上。“徐参谋、机枪手，我现在往赵明霞那边跑，这两只狼说不定会跟着我。只要我跑得快，就能和它们拉开距离，你们立马开枪把它们打死！”说完也不等徐参谋和机枪手回答，他就已经蹿了出去。

三脚架上的赵明霞看到刘振华不顾一切地向自己冲来，顿时红了眼睛，大声地喊道:“营长！别过来！”此时刘振华的耳边只有急速奔跑时的呼呼风声，她说的话一个字都听不到。身后“砰砰！”响起两枪，巨大的回声穿透风声，传进他的耳朵。帐篷内熟睡的李秀英等人被这巨大的枪声震醒。众人先是茫然无措，但很快就意识到外面出了事端，便猫着腰趴在帐篷里，不敢轻举妄动。

刘振华知道自己赌赢了，那两只狼根本没有想到刘振华竟然会转身跑走。这一瞬的迟疑，便让刘振华和它们之间拉开了几米的距离。徐参谋和机枪手的子弹射穿了这两只狼的脑袋，它们当场断气。围攻赵明霞的野狼，看到刘振华冲过来，也调转身形准备应战。一直在后方督战的狼王再度朝天发出一声嚎叫，这些野狼接到了命令，战意消退，开始从旁侧退却。刘振华也站在原地，黑洞洞的枪口冲向它们。待它们退远了，刘振华发现狼王深深地看了自己一眼，他毫无惧怕地与之对视。

5

一直等到野狼的身影彻底消失，刘振华才松了口气。枪托从肩头上放下，他转过身看向身后的赵明霞。赵明霞紧绷的身体渐渐软了下来，竟双眼一闭，昏迷了过去。紧急时刻，刘振华一把抱住了她。

“赵明霞同志？赵明霞同志？”刘振华连着叫了两遍，赵明霞的眼皮缓缓抬起，看向刘振华。刘振华一见有门，便继续说道:“我是营长，刘振华！”赵明霞的眼神清晰了些。太阳即将从山后面钻出来，迎来晨曦的这一刻，四周灰蒙蒙的，视线极差。骤然的变化让赵明霞冷静了下来，身子直往下坠。刘振华赶紧托住她，将她缓缓放下，让她坐在石头上。赵明霞抬起头来，眼眶红润得像兔子，片刻后忽然一把抱住刘振华，放声大哭起来，恐慌和害怕让赵明霞完全忘了害羞，只觉得抱住那魁梧的身体和结实的胸膛让她分外安心。刘振华的身子骤然僵住,他从未和姑娘家有过这样亲密的接触。别看他在战场上、垦区里意气风发,遇上男女之间的事情,他就手足无措呆呆地坐在原地。他紧紧握着自己的枪,双臂张开,紧咬牙关,抬头望天。徐参谋“扑哧”一下笑出声来,机枪手也咧嘴傻乐。

“好了,刘营长有自己的工作,咱们也别闲着!”徐参谋招呼着机枪手去帮炊事员做早饭。刘振华一脸苦相,哭笑不得,突然觉得身子一松,原来是赵明霞松开了手。她的情绪平复下来,似乎也意识到刚才的行为有些不妥,脸颊上泛起两坨红晕,低着头,根本不敢和刘振华对视。

“赵明霞同志。”刘振华轻轻叫了一声。“赵明霞同志?”看她没有回应,便提高了些声音,再度叫了一声。“啊,营长!”现在却是轮到赵明霞手足无措了。她应了一声,立马站起身来,也不知道说什么,只好冲着刘振华敬了个礼。赵明霞敬完礼,低头摆弄着自己的衣角。刘振华觉得自己得说点什么,但一时脑袋里空空荡荡的,一个字都蹦不出来。现在面对的若是自己的老战友,他铁定笑话对方一顿,然后摆出“救命恩人”的架子,高低得让对方请自己喝一顿酒!

“赵明霞同志,你……没有受伤吧?”想了半天,刘振华还是觉得这么说最合适。既体现了自己作为营长关心战士,还能缓解刚才两人之间的尴尬气氛。赵明霞显然还没完全回过神来,听到刘振华的话,半晌才摇了摇头。刘振华看她这样子,皱着眉头问道:“是不是哪里不舒服?卫生员!”一听刘振华叫卫生员,赵明霞立即抬头,连连摆手,说道:“营长,我没事! 我……我去帮忙做早饭了!”说完,一溜烟就跑了。

看看天光,现在已经是早晨七点多了,这一夜可是把大家都折腾得不轻。远处走来一个人影,等了两分钟,待他走近了些,刘振华看到这人身上的装束和昨天的别克一模一样,才安心了些。不过他手上却提着一把老式的撞针猎枪。刘振华看到别克手中的猎枪后还是很谨慎,目光一直追着他走近才收回来。调整了一下心态,刘振华走上前去迎接别克:“别克,你来得真早啊!”别克憨厚地笑了笑,说道:“山里嘛,天黑得早,要早点走呢! 不然嘛,黑了就没法走呢!”刘振华点点头,又问道:“还没吃早饭吧? 刚好我们这儿早饭快做好了,一起吃!”别克摇了摇头,先把手中的猎枪靠在棚子旁,接着脱下了羊皮外套,刘振华这才看到他还背着一个皮袋子。“你身上怎么是湿的?”刘振华发现别克脱下羊皮外套的时候,上面甩出去很多水珠子。“山上下雨的呢! 唉……这天气,拐得很!”

刘振华虽然对山里的天气早有心理准备,但听到别克说山里早晨竟然还下了雨,神经顿时又紧绷起来。别克边打开皮袋子边接着说道:“现在下雨,一会儿太阳出来了嘛,估计又要掉冰碴子呢! 山里就这样,一会儿下雨了,一会儿又下雪了。七八月下雪我都见过呢!”皮袋子口用牛皮绳捆扎得很紧。别克特意把它背在里面,用羊皮大衣罩住,就是害怕被雨水打湿了。

“来,吃! 好吃呢,吃了嘛,爬山,有劲!”他从皮袋子里掏出来的是一摞馕饼子。和城里的皮牙子白皮馕不一样,这种馕厚实得多,馕心中间是一个窝。刘振华伸手接过,发现馕饼子还是温热的,应该是刚从馕坑里打好不久。“兄弟,这是你打的馕?”别克没有回答刘振华的问题,一个劲儿地催促他赶紧吃。刘振华拿着馕,心情很复杂。这些牧民看着有牛羊,穿着皮大衣,实际上他们的生活比部队还要艰苦些。没有固定的住处,每个季节都要赶着牛羊转场,所以粮食和蔬菜是最缺乏的。这些打馕的白面,不知是别克积攒了多长时间才攒下来的,说是他最珍贵的东西也不为过。刘振华不知道说什么好,直接把馕饼子塞进别克的皮袋子里,拉着他的胳膊,就往炊事员的炉灶走去。

别克走到炉灶跟前,抽动鼻子闻了闻,又看了看四周的地面,然后问道:“你们昨晚,遇到狼了?”刘振华一愣,吃惊地反问道:“你咋知道的?”别克笑着回答道:“我的鼻子嘛,和狼一样! 眼睛嘛,鹰一样的。”原来他是闻到了四周还未完全散去的火药味,又看到了地面上狼的脚印,由此判断出来的。“嘿! 你真是神了!”刘振华开心地拍了一下别克的肩膀。有这样经验丰富的向导在身旁,不知道能避开多少危险! “狼这东西嘛,记仇呢! 咱们这一路上,要小心!”别克话锋一转说道。这正是刘振华所担心的,别克的话撞进了他心窝,此时他心里“咯噔”一下。刘振华紧张地问道:“它们会一直跟着我们吗?”别克摇摇头,回答道:“这种狼嘛,是草原狼。它们去不了高处,咱们去的地方,高呢!”听别克这么一解释,刘振华就明白了。他们最终的目的地,是这座山的最高处,海拔四千三百米的冰峰。这样的高度,几乎没有野兽活动,草原狼根本上不去。不过,野兽都几乎绝迹的地方,对于人也是极为危险的。

刘振华转身看了看其他人,特别是赵明霞和李秀英两位女同志以及炊事员。女同志天生身子骨就不如男同志。至于炊事员,他要背着行军锅和整个勘探队的口粮上山,负重大,体力消耗大不说,还容易在爬山的时候让身子失去平衡。刘振华硬拉着别克一起吃了早饭,众人一起分了他带来的两个馕饼子。能吃到热热的新鲜烤馕,两位女兵开心极了,连连夸赞别克手艺好! 五大三粗的别克,平日里在山里放牛羊,接触的人也不多,一下子被两位姑娘连轴转地夸奖,不好意思地直接起身收拾自己的皮袋子来掩饰。刘振华把没吃完的馕饼子包好,塞进别克的皮袋子里。“都吃饱啦,一会儿饿了再吃!”别克想了想说道:“那一会儿谁饿了嘛,就来吃!”刘振华让大家抓紧时间收拾,他则帮着炊事员一起把做饭的炉灶扒掉,痕迹都要收拾干净。

徐参谋在到沙梁子垦区的第二天就对刘振华说过,这次勘探行动要遵守保密条例。“营长,可以了,看不出来了!”炊事员说道。刘振华指着扒掉炉灶后地面上的炉灰说道:“你觉得敌人都是近视眼吗? 这么明显的做饭痕迹,隔着几丈远都能看到! 你知不知道,以前打仗的时候,光看炉灶垒起来的口径，就能知道用的是多大的锅，有多少人吃饭！”炊事员一听，意识到了问题的严重性，认真收拾起来，还从旁边搬来些石头、枯枝，把炉灶下面生火做饭的痕迹遮掩起来。刘振华近看看，又退远看看，觉得差不多了，这才满意地点点头，说道：“你小子不能放松精神！要时刻警惕，还要牢记保密条例，听到了没有！”炊事员嗓音洪亮地回答道：“听到了！”“徐参谋，都收拾好了，随时可以出发！”徐参谋拿起望远镜，看了看藏在云雾里若隐若现的冰峰。现在是早晨八点一刻，预计登上冰峰的时间需要八个半小时，中间还要刨去一顿饭的时间。到达冰峰的话，差不多在下午六七点钟。山顶上天光长，还能抢出一个多钟头的勘探时间。事不宜迟，能省出一分钟，就能早一分钟开展工作。

众人排好队形，别克领头，徐参谋带着地图紧随其后，两名小战士帮衬着炊事员，刘振华断后，和机枪手夹着两名女兵。众人各司其职，步伐坚定，在别克的带领下不断向冰峰靠近。临近中午，刘振华看了看天色，叫住最前面的别克，说道：“咱们找个平缓的地方，该做饭了！”别克一听十分紧张地回过头来，冲刘振华连连摆手。刘振华不明所以，只能先按照别克的手势，收声站定。别克的脸色放松了少许，观察了一下四周，朝右前方指了指，随即带着众人走过去。大概走了一刻钟，刘振华看到一片较为平整的坡地。刚想开口，让众人原地休整，就看到别克快步走来。“刘营长！”总听到旁人这样称呼刘振华，虽然别克分不清营长具体是个什么职务，但也跟着大家伙儿一起叫了起来。

“别克同志，什么事？”刘振华亲切地问道。刚才他猛冲自己摆手，其中必定有深义。“刘营长，咱们现在嘛，头顶就是雪线，啥时候都不化的！你的声音嘛，要是太大了，雪就掉下来呢，我们就没有空气了！”别克用手比画着说。看刘振华似是没有听懂，他又接连说了好几遍，才让刘振华明白，是“雪线”不是“血线”。一定的海拔之上，因为气温低的缘故，厚厚的积雪常年不融化，要是说话声音稍微大些，就有可能引起震动，导致雪崩的发生。经年积雪，连粗壮的松树都能压断，人直接就能被砸死。

刘振华没有在雪山里生活的经验，就连徐参谋都听得十分认真，这可是书本里读不到的东西。刘振华郑重地对别克保证道："你放心，我会提醒他们的，让他们不弄出太大的动静！"现在这个季节，正是雪崩的高发期。上层的积雪因为强烈的太阳光微微有所融化，水沉降到最下面，导致积雪和山壁之间的附着力下降，很容易在受到外界的干扰时整体掉落下来。"特别是你！把你那大嗓门收起来！"刘振华专门对机枪手提醒道。听到营长的命令，他条件反射般地准备回答，可看到刘振华那瞪圆了的眼珠子，立马就捂住自己的嘴，使劲地点头。

"刘营长，雪崩很危险。我觉得也不要做饭了，大家吃点干粮对付一下吧！"徐参谋话音刚落，别克就从自己的皮袋子里掏出早晨没吃完的馕分给大家。皮袋子贴身，外面又罩着羊皮大衣，馕饼子还没有被冻硬。刘振华见状想要还回去，毕竟这是别克的粮食，部队有规矩，何况炊事员也背了干粮。见赵明霞和刘秀英已经吃了起来，刘振华也只好作罢，想着等下了山，一定要把粮食折换成钱给别克补上。人家愿意当向导，带路上山，已经是帮了天大的忙了，说什么也不能让这样淳朴、善良、热情的老乡吃亏！刘振华自己只掰了一小块，别克却硬是将手里剩下的大半个馕全都塞进他手里，自己则抢过刘振华手中原有的一小块吃了起来。没办法，刘振华只能又把这大半块馕掰成两半，吃一半，另一半揣进口袋里留着。

"等我们完成了任务，山这边和那边嘛，就通了！你的牛啊，羊啊，马啊，就可以直接过去！不用绕圈子！"经过刘振华这么换个说法一讲，别克的眼睛都亮了起来！这座山从他爷爷的爷爷再往前的时候就矗立在这里，因为它，每年转场的路程要增加十几天。在里面修通一条路，这可是别克想都不敢想的事情。要是路通了，就算赶着一大群牛羊，翻过这座山也就是三五天的工夫，大大节约了时间！别克给每个人都分了火把，为了节约，刘振华特意让大家先不要点着，当确切发现野兽并且威胁到队伍的安全时再统一点燃。这样的话，火势更旺，火光更亮，对野兽更具震慑力。

刘振华握住火把，隐隐有种预感。他觉得若是昨晚的野狼再来，它们是不会害怕这火光的。到时候的拼杀，肯定要比昨夜更加血腥残酷！太阳渐渐倾斜，气温也开始骤降。别克停下步子，回头向大家说，再翻过前方，就可以登顶冰峰了。他让大家先短暂休整片刻，喘口气。队伍里没有海拔仪，刘振华凭借自己身体的感觉，这里的海拔已经不低了。尤其是四周，全部都是皑皑白雪。唯有陡峭的地方存不住雪，是一块晶莹剔透的大冰板，远看玻璃似的，反射的光刺得眼睛生疼。明明已经倾斜的太阳，被这块冰板反射，反射光直冲云霄，像是在天地之间勾连起一座银纱编织而成的桥。突然一声尖锐的叫声让刘振华身子一震，以为是什么野兽靠近。别克看到他的反应笑了起来。

刘振华顺着他手指的方向看去，发现一对一对的雪鸡正趴在不远处的雪窝子里，对着他们叫唤。“真是怪了，明明是鸡，叫声却像鸟一样！”雪鸡的叫声和刘振华想象中的完全不一样，尖锐又高亢，在寂静的山峰上能传递很远。刘振华担心起来，这样尖锐的叫声会不会有雪崩的风险？雪鸡虽然飞不高，但至少能滑翔。他们可都是两条腿，蹦起来离地也就最多三尺高，根本没有雪鸡能躲开雪崩的本事。别克神色轻松，摇摇头对刘振华解释道：“不会的。这里嘛，不是雪，是冰！你看到的雪其实已经是冰了，结实得很！”炊事员一听没有危险，当即向刘振华提出能否开枪打死一只，晚上炖鸡汤给大家改善伙食。可这个主意一说出口，就被别克阻止了。这里开枪虽然不会引发雪崩，但是雪鸡所处的位置，下面就是悬崖峭壁，它们把窝做在那里，也是为了自保繁衍。峭壁上延伸出去的冰雪，可以承受得住雪鸡的重量但承受不住一个成年人的体重，所以即便是把它打死了也取不回来。而且在这样高海拔的地方，要尽量减少体力消耗。为了一只雪鸡去冒险，是极为不值得的行为。

刘振华喘着粗气，视线从雪鸡身上移开，由远及近，看到冰板的上方和山壁接壤的缝隙里竟然开着花。“这是不是雪莲花?”刘振华惊喜地问道。别克没有回答，在他的语言中这东西叫作不一样的名字，他不知道该怎么说。徐参谋回答道：“对，这就是雪莲花。好看吧？谁能想到这冰天雪地里，还有这么好看的东西！”银色的雪莲花，和冰雪接近，但又截然不同。冰板反射的光照在花瓣上，更赋予它一种圣洁的美！“不能停太久！要赶在太阳在的时候上去呢，上去还要盖房子！不盖房子，晚上不行！”别克说道。大家明白别克所说的盖房子。

刘振华搓了搓脸，提振下精神，招呼着大家继续赶路。刚才还意气风发要打野鸡的炊事员，这会儿却觉得双腿像灌了铁水一样，又重又胀，脑袋也发昏，闷闷沉沉的。他紧咬着牙关还能保持清醒，但却怎么都使不上劲，连行军锅都背不住了。要不是机枪手一把将他拉住，炊事员就要从冰板上滑下去，跌进悬崖。刘振华接过炊事员的行军锅，和机枪手还有徐参谋一起，连拉带拽，一行人才终于登上了冰峰。众人早已饥肠辘辘，又冷又饿，刘振华提议让炊事员先烧点热水喝喝，可冰峰上根本找不到木柴，仅有的树枝，还是大家手中的火把。这是为了对付野兽的应急手段，不能轻易动用，刘振华也犯了难。看着来路的陡峭，派人下山去打柴，肯定是不现实的。一来一去，背着木柴，起码要六七个小时，回来都是后半夜了。

刘振华正想问问别克有没有什么法子，却看到别克正把自己的皮口袋彻底倒转过来，从中掉落出来一小堆硬块，有大有小，扁扁的，毫无气味。刘振华问道：“这是啥?”别克回答道：“这是牛粪，干牛粪，比柴火好！先烧这个，然后嘛，我带你们去捡柴火！”刘振华高兴地说道：“别克，你这个皮口袋真是百宝箱啊！什么都有！”别克有些不好意思地说道：“经常上来嘛，就知道了！你们要是多走几次嘛，就和我一样的呢！”机枪手帮着炊事员一起垒炉灶，已经快要完工。别克把牛粪整理好，拿过来准备塞进炉膛里，看到他们砌好的炉灶，顿时笑了起来。“你们嘛，这个炉灶弄得好看！但是嘛，这里的风向和下面不一样！灶门开在这里，点不着！”说罢，他几下就把炉灶扒掉，重新砌起来。

按照别克的经验，这里早上多吹西北风，下午多吹东南风。所以炉灶的灶门要开两个，上午的时候打开西北方向的，下午把这个堵死，打开东南方向的。这样迎着风砌，借助风势，才能烧水做饭。冰峰上的第一壶水烧开之后，刘振华激动地捧着水壶。在山下烫手的温度，此刻也只不过是刚好暖和。在牛粪和风势的帮助下，因为高海拔的原因，这一壶水仍足足烧了三个小时。

此刻太阳已经完全落了下去。冰峰上经过了短暂的沉寂，月亮升了起来。明月照耀着山巅，冰峰如玉。冰峰在黑暗中仍散发出灿烂的光辉，众人沉浸在眼前的美景中，一时间忘记了寒冷和稀薄的空气。“晚上可以呢，白天的时候嘛，不能一直盯着看！”别克突然打断了大家的兴致，但没有一个人表现出不耐烦的神情。这一路上要不是别克处处准备周全，计划妥当，都不知会遇上多少麻烦和危险！大家对别克已经有深深的信任和依赖。刘振华与徐参谋都静静地等着，听别克到底是为什么不让他们看眼前的雪景。“那个光嘛，照得久了，眼睛看东西都红红的，会瞎掉呢！”

吃完饭，炊事员用冰雪把行军锅洗刷干净后，就准备把炉灶拆掉。要不是刘振华发现得及时，把他喝止住，别克辛辛苦苦垒砌起来的炉灶就要变成一堆石头块子了！“你想什么呢！”冰峰上缺氧，刘振华说话都没了底气，这种感觉让他很不舒服。炊事员诧异地停下手脚，回答道：“营长，我在执行保密条例啊！要把行军和生活痕迹全都清除掉！”刘振华听后哭笑不得,没想到这个新兵竟然这样死板,一点都不知道变通!今天大清早让他清理痕迹,是因为队伍要上山,需要隐蔽行踪。现在已经驻扎在了冰峰上,除了几只雪鸡外,哪里还有会动的东西?要是把炉灶拆了,明天光是重新砌好,都得浪费不少时间。刘振华刚想再数落炊事员几句,却发现他嘴唇呈现出一种绛紫色,这是严重缺氧的表现,连忙问他有没有不舒服。炊事员说没有什么感觉,但刘振华还是放心不下,让他赶紧休息,再不要增加额外的活动。

6

当晚,冰峰上下起了大雪。刘振华在新疆也有几个年头了,雪见过不少,但这么大的雪还是第一次看到。雪花从天空中被风裹挟着,犹如雨滴一样飞速落下。很快,整个世界就变得雾蒙蒙一片。“不好!”刘振华忽然想起了什么,扭头冲着已经睡下的战士们说道:“快出来!别睡了,快出来!”他的话音刚落,别克就站在了刘振华的身旁,忧心忡忡地看着这场大雪。“营长,有什么情况?”机枪手反应最快。不到半分钟的时间,他就已经提着枪,打好背包,集合在刘振华的面前。他的枪保险都已经打开,枪膛里肯定也上了子弹。谁都不知道深夜会出现什么样的情况,营长喊得这么紧急,他以为是来了敌人或是野狼群又围了上来。刘振华对机枪手说道:“没啥大事,先把保险关了,别一会儿走火伤到自己人!”其他人陆陆续续都走了出来,徐参谋也一脸疑惑地看着刘振华。

刚才整个营地还没有睡觉的就是刘振华和徐参谋。徐参谋还在为天亮之后的勘探工作做准备,听到刘振华的喊声,赶忙把笔记本收起放在口袋里,跑了出来。刘振华对大家解释道:“雪太大了,会把咱们头顶上的篷布压塌,到时候会有危险!”别克听了,在旁边一个劲地点头。他常年在山里，经常遇到大雪。山里的雪不比别处，湿度很大，因此雪会更重。雪堆积在篷顶上，连他住的带有骨架的毡房都曾被压塌过。

“勘探的仪器还在里面！”徐参谋叫上机枪手，准备回去把仪器先搬出来。“等等！怎么少了个人？”刘振华反复数了两遍人头，但人数就是对不上。雪大到面对面都几乎看不清脸，只能模糊地按照一颗颗黑乎乎的脑袋来点数。点来点去，刘振华发现少的人是炊事员。吃完晚饭后，他就发现炊事员状态不太对，嘴唇绛紫，四肢无力，说句话都得喘好几口粗气。这会儿一看他人不在，刘振华心都提到了嗓子眼，冲进帐篷里，看到炊事员仍躺在那，任凭怎么叫也不动弹。走近一瞧，刘振华发现炊事员紧闭着双眼，嘴里吐着白沫子，一摸他的额头，烫得吓人。

刘振华叫来卫生员，李秀英扒开炊事员的眼皮看了看后，摇头说道：“营长，他应该是体质弱，冰峰上天气不好，再加上高原反应，所以一下子就变得很严重！”刘振华焦急地问道：“能处理吗？”李秀英回答道：“太严重了，这里处理不了！高原反应和发烧碰在一起，会加剧脑水肿，若不及时处理就救不过来了！”“该怎么办，你直说！”李秀英想了想，说道：“还是尽快把他送下去。到海拔低一点的地方，先去除高原反应对他身体的影响，高烧就不算是太严重的问题了。”刘振华听后沉吟了片刻，当机立断地说道：“好！就这么办！”但炊事员此时不能走不能动，就连话都说不出来。

想要把炊事员送下冰峰，实在是太难了！爬上来的时候，大家互相之间还能帮衬着，上面拉下面推，生怕掉下去。下山本来就比上山难，现在又下起了大雪，视线被阻挡，根本分不清悬崖的边界。稍不留神，下面就是万丈深渊，尸骨无存！海拔四千多米的冰峰，就像是一道天堑，和整个世界完全割裂开来。

李秀英说道：“营长，咱们可以做一个简易的担架，把炊事员抬下去！”乍一听，刘振华觉得这个主意不错。别克却不同意这个意见，他说下去的路和上来的路走起来不一样,显得更加陡峭。担架太长了,还得两个人抬着。这样的话,在山路上根本转不过身来,弄不好三个人都要出危险。“别克,你有没有什么好办法?”刘振华觉得自己一个脑袋都不够用了,恨不得再长出来几个才好。别克也没有遇上过这样的情况,他打小就身子骨壮实,又常年在山里放牧,已经适应了这里的天气变化,头疼脑热在他的印象中几乎没发生过。“办法嘛,只有一个了!”别克说道。刘振华顿时来了精神,说道:“你快说,什么办法?需要什么东西?”别克继续道:“得把他嘛,背着下去呢!抬绝对是抬不了,走嘛,他又动不了,只有背了!”

刘振华叹了口气。想来想去,也就这么一个办法可行了。好在风向这时突然发生了变化,将雪斜着吹开,视线得以恢复了不少。借这个当口,刘振华把队伍中的每个人都打量了一遍,然后开口说道:“我来把炊事员背下山去,剩下的人继续执行原定的勘探计划。机枪手,我的位置你来接替,一定要服从徐参谋的命令,还要保障大家的安全!”还不等机枪手回答,徐参谋就抢着说道:“不行!太危险了,刘营长你不能去!”团长和他都对这位刚晋升的营长寄予厚望!不仅团里不能没有他,沙梁子垦区也不能少了主心骨!日后生产建设的路还很长,任务还很重。少了他这个冲锋陷阵的,很多工作开展起来难度和进度都要出问题!“就是啊营长,让我去吧!你看我个子比你高,也有力气,把他背下去不成问题!”机枪手也说道。刘振华不想在这个问题上过多争论,径直走上前去,准备背起炊事员就下山。李秀英说道:“营长,让我和你一起下去吧,我还能看护着他。”刘振华略作迟疑,然后还是摇了摇头。“山上的同志还有任务,安全问题更要紧!我先把他送下山去,然后想办法联系垦区。至于能咋样……就看这小子的命了!”

手心手背都是肉,除了徐参谋,全是他刘振华的战士。勘探任务是重中之重,绝对耽误不得。另外,留在冰峰上的人更多,更需要卫生员。

刘振华和李秀英说话间耽误了几分钟，这时众人看到一个人影迎着风雪走来，背上背着炊事员。是别克！他不光背起了炊事员，还把自己的羊皮大衣盖在炊事员身上保暖，让风雪不再侵袭他虚弱的身体。刘振华抢上前去，拦住别克。没想到别克一把将他推开，说道：“下山的路嘛，危险得很！我走得多呢，我来背！”毕竟别克经验丰富，在突发情况下，他能够指挥着众人应对，把伤亡降到最低。而且下山的路的确危险，刘振华哪能让别克来冒这个险，不是他不知道害怕，而是这种奉献精神和闯劲已经成为习惯，铭刻在了骨血里。

炊事员趴在别克的背上，忽然轻轻地呻吟了一声。接着脑袋一歪，“哇”地一口吐了出来，随即继续昏迷过去，无论怎么叫都再没了反应。别克见状一下急了，对刘振华生气地说道：“这山上哪儿有几个窟窿，哪儿有几个石头我都知道得清清楚楚！羊走的，牛走的，马走的，我都跟着走过呢！我背着，比你背着更安全！刘营长！你要相信我，我绝对不会把他丢到沟里去的！”听到别克这样说，刘振华也没有再坚持什么。他对视着别克坚毅的目光，体会到他胸膛里跳动着的一颗真挚、热忱的心。见刘振华终于同意，别克开心地对他笑了笑，再三表示一定会把炊事员安全地送下山去。不过刘振华却想到了另一个问题。

别克不知道沙梁子垦区在哪，即便安全下了山，也没法联系垦区的人前来接应。“刘营长，下面嘛！我的家也在呢，亲戚家也有呢！毡房里让他躺着，热热的奶茶给他喝上，绝对嘛，第二天就站起来活蹦乱跳了！”刘振华彻底放下心来，帮别克把盖在炊事员背上的羊皮大衣紧了紧，两只袖子系在他的胸前，目送两人下了山。

走出去几步，别克转过身来大声说道：“我把他送下去，我还上来呢！你们别着急，到时候嘛，我带你们下去，放心！”刘振华重重地点了点头。想说什么，一开口，却被风吹得呛了很多雪片进来，贴在嗓子眼上，弄得他干咳了好一阵子。别克走后，风雪渐小，刘振华让大家打扫掉帐篷上的积雪后就赶紧休息。劳累了一天,大家的确很累了。

没了炊事员,做饭就成了个问题。机枪手自告奋勇地要代替炊事员做饭,刘振华也只得同意。机枪手在炉灶旁边发现了别克的皮口袋,打开一看,别克把剩下的馕饼子全部留在了冰峰上。数了数,刚好够两顿吃的,早饭和午饭有了着落。算时间,到时候别克差不多也能返回。只要大家按时完成勘探任务,就能顺利下山,不会出现饿肚子的情况。

早饭后大雪停了,就像是有人按下了开关一样,说停就停,绝不拖泥带水。大雪过后,天气晴朗。这对勘探来说是个极为难得的机会。晴朗的天气通透性很好,能见度高,不借助望远镜和三脚架都能看得比平时更远更准确。

收拾好所需要的仪器,待太阳一露头众人便出发执行任务。灿烂的阳光照着雪白的山冈,强烈的反射光线让众人都睁不开眼睛。刘振华想起昨晚别克的提醒,连忙提醒众人不要直勾勾地盯着雪地看,别得了雪盲症。他本想再卖弄一番理论,却死活想不起来“紫外线”这个词,便只好作罢。天气虽然好,但山路却被新下的大雪覆盖住了。队伍只能摸索着前进,用手中的火把先戳戳前方一步远的距离,确定结实才迈出步子。

别克不在,刘振华当起了排头兵。他让机枪手压队,自己带着队伍一步一探地朝前走去。雪太深了,有些地方甚至超过了棍子的长度。刘振华只得让身后的徐参谋拉住自己的背包,他伸出一条腿去,同时重心后仰,以此来探明虚实。与其说是走,不如说是蹚。因为雪深的地方根本迈不开腿,只能用膝盖强行把雪朝着两边顶开。好在一片银山雪景,看上去别有风趣。尤其是两名女兵开心极了,虽然都来自北方,但除了新疆外,北方也没几个地方能见到这么大的雪和如此高的冰峰。经过了一夜的适应,大家的身体已经差不多能接受这么高的海拔了。不过刘振华还是很注意掌握前进的节奏,每间隔十五分钟,就停下休息五分钟。这样虽然会延误进度,但对整个队伍来说却是最安全的方法,徐参谋也赞同。很快,队伍就完成了在至高处的测量,行进到一片松林里。松树的枝条被雪压得弯曲度很大,随着风还时不时地落下一团团雪花,在半空中纷纷扬扬,看上去很漂亮!

“啊!”刘振华正在欣赏眼前的景色时身后传来了赵明霞的一声惊呼。“怎么回事?”刘振华着急地问道。赵明霞不好意思地摇摇头说:“一团雪刚好掉进我的脖子里了,好凉!”众人一听,顿时笑了起来。有了第一个,便有第二个。后来队伍里接二连三,几乎人人都遭遇到了这种情况。唯有机枪手例外,他脖子上挂着炊事员的铺盖,堵得严严实实,雪根本进不去。忽然又一阵风起,两团雪花不偏不倚地砸在刘振华和赵明霞的头上,弄得一片白,看上去像两位老人家。

在松林里,队伍发现了一条绝佳的路线。这条路线既能避开旁边险峻的悬崖峭壁,坡度还比其他地方平缓很多,修筑道路的难度一下就降低了。徐参谋十分兴奋地在地图上做了标记,并且立起三脚架,登上去用望远镜仔细地观察了四周的情况,把周围的一切都详详细细地记录在笔记本里。“咱们今天的任务算是完成了,刘营长,你算一下时间,看什么时候返回?”刘振华独自走到稍微空旷些的地方,透过松树纵横交错的枝杈看了看天色,回答道:“咱们原地休整一下,差不多就该回去了。不然天再暗点,万一又下雪,我们就会被困住!”

这里的海拔要比冰峰上低些,飞禽走兽的踪迹也渐渐多起来。赵明霞和李秀英两名女同志看到雪兔和雪一样洁白,圆滚滚的,在厚厚的雪地上一跳一跳地前进,几乎看不到它们的腿,像是十分笨拙地在雪地上滚动,可爱极了! 机枪手不屑地说道:“要是雪没这么深,我就去抓两只回来,晚上架起火,烤着吃!”赵明霞生气地说道:“为啥要吃它们啊!在这雪山上,活着多不容易!”机枪手嘿嘿一笑,说道:“我给你们说,烤出来的新鲜兔肉,尤其是兔子腿,那叫一个香啊! 什么调料都不用放,就撒点盐，咬一口，什么滋味都在里面了！另外，兔子皮毛做的围巾可暖和了，不比别克的羊皮大衣差，还更好看！”

两名女兵听完机枪手绘声绘色的描述，顿时也没了刚才义愤填膺的底气，纷纷开始吞咽起口水来，脑子里还想着这么肥的一只兔子，光做条围巾可能用不完，说不定还能做出一副手套来。赵明霞想着想着，目光不自觉地看向刘振华。看到他鼻尖和耳朵冻得通红通红的，还在不停地搓手哈气，心想着自己能做一条围巾和一副手套送给他就好了。

7

回到冰峰上的营地，别克竟然比他们回来得还早。刘振华问道："别克，你咋回来得这么快?”别克笑着回答道:“他运气好的呢！我刚下去没多远，想着去看看山里有没有认识的人还没走的，结果碰到了我的一个亲戚。然后嘛，我就把他留在亲戚毡房里面了，拜托她照顾。”刘振华听后心里有些忐忑。毕竟他不熟悉别克的这位亲戚是谁，而炊事员有严重的高原反应又发着高烧，万一那亲戚不上心的话，随时都可能有生命危险。

别克看出了刘振华的疑虑，也不急着解释，而是拉着他走到炉灶前。原本被风雪埋起来的炉灶，被别克重新清理出来，干干净净的。下面还架着牛粪和干柴火，正在熊熊燃烧。炉灶上放着一把红铜茶壶，别克揭开壶盖，让刘振华凑过来，看看壶里装的是什么东西。不等刘振华靠近，一股醇厚的香气扑面而来。“是奶茶！”刘振华惊讶地说道。奶茶他曾经喝过几次。“那个小同志嘛，就做饭的那个！他在我的亲戚那里嘛，就喝的这个。好得肯定快得很！”别克说着，拿出一只碗，倒出来一碗递给刘振华说道:“来，刘营长，你尝尝看好不好喝，我让亲戚专门多加了些奶子！她平时还不舍得放这么多奶子呢！”

看着奶茶上面冒着的热气，刘振华一个字都说不出来。任何表达谢意的语言，在此刻都是单薄而又苍白无力的。其他更肉麻的话，刘振华却又说不出口。和别克相处的这两日，他身上淳朴、热情、善良的品质，深深地打动了包括刘振华在内的每一个人！

徐参谋刚把勘探的仪器分门别类放好，就走上来和别克打招呼："别克，你真厉害啊！上山下山跟玩儿一样，我看这世上没有什么你登不上去的冰峰！"刘振华转身将别克递给他的奶茶又递给徐参谋，说道："这是别克专门背上山来的一壶奶茶，是他亲戚做的。现在炊事员就在他亲戚的毡房里，喝的就是这种奶茶，还专门给他多加了牛奶在里面！"徐参谋听后没有接奶茶碗也没有接话。他提起茶壶，又倒了两碗奶茶出来。一碗自己端着，另一碗递给了别克，说道："别克同志，感谢的话不多说，咱们彼此心里都有数！冰峰上没条件，就用背上来的奶茶代替酒，咱们干一杯！等下去了，一定要到团部找我，或者沙梁子垦区都行，我请你喝酒吃肉！"别克憨厚地笑了笑，端起奶茶碗，和徐参谋与刘振华重重地碰了一下，随即三人一饮而尽。

刚放下喝空的奶茶碗，别克就说道："还有好几个同志没喝呢，我去把他们都叫过来！"赵明霞、李秀英，还有机枪手等人，每人都捧着一碗热腾腾的奶茶，高兴极了！机枪手盯着奶茶碗，直咂巴嘴，刘振华打趣道："咋啦，能从碗里看出个媳妇儿来？还不喝等啥呢，一会儿就凉了！"机枪手不好意思地笑笑，说道："营长，这不是……这不是奶茶稀罕舍不得喝嘛！"他声音不小，众人都听得清清楚楚。尤其是别克，听到后赶忙提着茶壶，说道："还有呢！还有呢！喝完也没事，等下去了，想喝多少喝多少！""赶紧喝了你的奶茶，然后帮着做饭！"刘振华瞪着眼睛说道。要是搁在以前打仗的时候，刘振华非朝机枪手的屁股上踢几脚不可。这话原本在心里想想，解解气就行了。但刘振华一不留神，却从嘴里冒了出来。赵明霞听了去，又不满意了，说道："营长，你咋还打人呢！咱们部队里是绝对不能打骂体罚战士的!”

这已经不是赵明霞第一次在大庭广众之下反对刘振华了。从两人第一次见面开始,就因为刘振华自己说话不留神,嘴上不把门,而导致两人有些别扭。赶走野狼群那晚过后,刘振华以为两人之间的误会早就消除了,而且感情也正向着他所希望的方向发展。谁知道这姑娘还跟个炮仗似的,一点就着。徐参谋看到他端着奶茶的碗,手指节都发白了,立马出来打圆场道:“哈哈,赵明霞同志,这你可就误会刘营长了!他说的踢几脚,只是说说而已,咋可能对自己的同志出手?而且作为营长,他这么说是出于一种关心爱护。机枪手是他的老兵了,肯定清楚营长的话是什么意思,对吧?”

机枪手这时候脑子可不笨,当即附和着徐参谋说道:“就是就是,我是营长的老兵了,营长这么说是关心爱护!赵明霞同志,你来的时间短,不知道,我们营长一般可不这样的,他的关心和爱护可是分人的,比如……”“行了行了,有啥好比如的?我还真没看出来啊,平时你小子嘴挺笨,说个事情反复捯饬好几遍都讲不利索。怎么说起我来这么一套一套的?我看给你当个排长真是屈才了,回去和教导员商量商量,你以后的工作方向可以向他靠拢了!”机枪手听刘振华这么一说,急得心里火烧火燎的:“营长,俺这不是……俺这不是顺着徐参谋的话帮你忙呢吗!”刘振华根本不接这话茬,瞪了他一眼就走开了。

别克刚才看他们说得热闹,便自觉地站在一旁。看刘振华走过来,这才问道:“刘营长,你们今天那个……那个……勘探,咋样了?”刘振华喘了几口气,稍稍平复了下情绪,说道:“很顺利,好得很,攒劲得很!任务基本上都完成了,明天就可以下山去!怎么,你是不是在山上着急了?想回去抱老婆了?”别克害羞地摇摇头回答道:“哪里有老婆呢,毡房里就我一个人。要是有个女人嘛,我这皮大衣就干净多了!”“刘营长,老婆有的呢?”刘振华摇摇头,不好意思地笑笑。

8

“别克，我看地图上标注出来的好像还不是冰峰峰顶。”徐参谋说道。别克回答道：“这里已经算是人能上来的最高处了。再上面嘛，是还有一截子呢，但是我也没有上去过。而且嘛，最上面根本住不了，上去就得下来呢。”刘振华凑过去看了眼徐参谋打开的地图，上面被他用红色铅笔圈出了一个位置。刘振华指着这个位置问道：“这是我们现在的位置吗?”徐参谋点了点头，对刘振华说道：“是，这个红圈就是咱们现在的营地。地图上看着是到头了，但根据今天的数据测算显示，这里还不算是冰峰的最高处。”

勘探路线必须准确，尤其这次是前无古人的第一次。至于地图上为什么会出现错误，很好理解。目前部队使用的地图基本都是起义部队提供的。以前有人的聚居地还有起义部队原本的驻地，以及河道、戈壁滩和山林等标注还算是大体准确。但深入山地内部，尤其是冰峰上，根本没有人做过具体勘探。很多地方都是随便问了问当地的老乡，画出来一个大体的情况。

刘振华看出徐参谋还想要登上最顶部勘探清楚，但这有很大的危险性。第一是没有地图，第二连向导别克都没有去过，因此没有任何可以参照的经验。“徐参谋，是不是一定得上去?”徐参谋也知道上去有难度和危险，深思熟虑后还是开口说道：“为了给日后修建道路打一个好的基础，咱们还是要上去记录清楚。虽然按理说，不会在山顶上修路，但最顶端的地理气候等情况，对山下还是会有很大的影响。”刘振华听后，沉默了半晌，随即转头看向别克问道：“别克同志，上去的话，最大的危险是什么。”别克想了一阵，然后回答道：“刘营长，我嘛，没上去过……真的不知道!”刘振华深深地叹了口气。

别克说道:“所以嘛,不要争了!我先上去,然后嘛,把上面的路弄清楚,然后嘛,我再下来接你们。你们说的任务,海拔啊啥的,我听不懂,不会弄。但是嘛,走这样的路,我肯定比你们强呢!”刘振华摇着头说道:“别克同志,你刚才也说了,上面的路你也没走过。所以咱们都是一样的,不存在熟悉不熟悉。而且我是解放军,这是部队的任务,咋样都要完成的,不能打折扣。要是让你自己上去,出了危险,我和徐参谋,还有其他人,是要受处分的。”别克一听这么严重,也不敢再坚持自己的主意。嘴里不说,心里却在干着急。三人围着地图,都在开动脑筋想要找主意说服对方。“不管你们咋说,我肯定是要一起上去呢!咋样我都比你们熟悉!”别克开口说道。这是他的底线。众人相处了这么几天,已经亲如兄弟。

在冰峰上,即便没有登顶,多待一分钟就会多一分钟危险。“徐参谋、别克,咱们三个人带着地图还有必要的仪器上去,其他人原地留守。另外,为了以防不测,要给他们一个规定的时间,如果我们没有按时返回,那就让他们赶紧下山,去往安全的地方。”刘振华觉得自己好像说得有点严肃了,转而笑笑,用一副无所谓的表情,调侃地说道:“嗨,这就是个备用方案罢了,肯定是不会发生的,但咱们都得计划到。要不然真光荣了,还能让他们无休止地等下去?哈哈哈。”但他的调侃并没有达到期望的目的。另外两人的神情反而更加严肃。

徐参谋思考了片刻,对刘振华说道:“刘营长,我同意你的计划。别克,你有没有什么意见?”别克连连摇头,回答道:“没有没有,我啥意见都没有。刘营长、徐参谋,你们说咋样就咋样呢!”刘振华郑重地朝别克敬了个礼,然后说道:“我去安排留守的人员分工,十分钟后咱们这里集合!”徐参谋小心地将地图折起。因为天气太冷,这张地图已经被冻得发脆,稍不小心就会裂开,碎成一小块一小块的。整个团部,只有这一张地图上标有附近的地理、水文等信息。虽然不准确,但聊胜于无,所以极为宝贵。徐参谋甚至还专门缝制了一个布兜子用来装地图。这布兜子针脚歪歪扭扭的，一看就是他自己缝的。“哈哈，手艺不咋样！”刘振华笑着说道。

机枪手看到营长，还有徐参谋、别克三人在一起说了好久的话，就知道肯定是有新的任务，说道：“营长，是不是有新任务？俺干啥，直接下命令吧！”刘振华说道：“嗯，是有新任务。不过和你想的肯定不一样，你小子不能有情绪，也不许多嘴！”机枪手这时候哪里顾得上细想，刘振华说什么他都是忙不迭地答应：“营长，俺啥时候执行任务打过折扣？眉头都不皱一下的！”刘振华笑了笑。“因为原本地图上的错误，所以我和徐参谋还有别克要去冰峰的最高处进行勘探作业，纠正错误。你的任务就是留守这里，一切都由你指挥负责。要是今天下午天黑时我们还没有回来，你立即带着其余同志撤下山去，返回垦区并联系团部。”

这几乎是机枪手从营长这里听过的最长的命令，以往他的命令都很简单，大多是一句话，用的也不是这般语重心长的口气。机枪手一琢磨，意识到营长这是要去冒险啊：“不行！”机枪手刚冒出两个字，刘振华就瞪起了牛眼：“刚才我怎么说的？你小子怎么答应的？自己说的话当放屁？告诉你，不准有情绪，不能多话！”刘振华深深吸了几口冰冷的空气，汲取了其中少得可怜的氧气之后又说道，“执行命令！另外，两名女兵同志要特殊照顾，不能有闪失，安全带回垦区后向教导员报告！”说完扭头就走，十分钟时间已到，刘振华准备和徐参谋还有别克一起登上冰峰的至高处。徐参谋冲他努了努嘴，扭头看去，赵明霞眼中满是担忧和不舍。刘振华想对她挤出个笑来，结果嘴角刚刚扯开点，冷风就钻进来刺激得牙酸胀。

三人在营地前方集合，徐参谋已经整理好了勘探仪器。刘振华想要帮他拿，但徐参谋却没有同意。别克走在最前面，给刘振华和徐参谋带路。这里几乎没有路，塌方很严重，雪比营地的更深。别克终于摸索到一条盘道，三人算是有个地方可以稳当落脚。刘振华走在最后面，方便照应背着勘探仪器的徐参谋。他们俩跟着别克的脚印，一步一步地走着。只往前走了十几分钟，雪就已经没到了刘振华的大腿。

即使有别克在前方带路，刘振华和徐参谋也走得极为缓慢。他们担心一脚踩踏不扎实，就会掉进雪窝子里，身体失去平衡，从山上滚下去。别克走走停停，时不时回头看看后面的两人是否跟上。这条路他虽然没走过，但毕竟山路走得多，看上去还是显得较轻松。徐参谋的身子突然朝旁侧倒去，刘振华抢先扶住。“徐参谋，没事吧?”徐参谋惊魂未定，喘着粗气摇了摇头，过了片刻才开口说道：“没事，就是脚脖子在雪里埋得久了，冻得有些疼。刚才一脚踩下去，没站稳。”

刘振华自己的脚踝也被冰雪侵袭得钻心疼。雪这东西，软绵绵的，没想到还有这样的威力！部队刚进疆的时候，冬天用水几乎全靠融雪。刘振华每天早晨洗脸，都是拿着脸盆出去捧满满一盆子积雪，然后放在炉子上，等它慢慢化成雪水。那时候觉得雪水清凉、舒爽，喝到嘴里还有股子山泉水的甘甜味。可现在它却像钢针一般，扎在他的皮肤上，又疼又痒，还没有任何办法。

待徐参谋气息喘匀，队伍才继续前进。可没过一会儿，别克却又停了下来。刘振华还来不及问，就看到他俯下身子，双手深深地插在冰冷的雪里，雪直没到肩膀。等他再站直身子的时候，手上抱着一块大石头，艰难地转过身对徐参谋和刘振华说道：“稍微往后退一点，这个地方嘛，下面空的！我给你们拿石头垫起来，不然的话嘛，你们就掉进冰窟窿里了！”一块还不够，别克又搬起一块，扔了下去。这里海拔比营地高，就连别克说话都有些喘粗气。徐参谋见状连忙打了个手势，示意别克不要再费劲说话了。

三人都进入了静默状态，以此节约体力。走到一处陡峭的悬崖，这悬崖犹如刀削斧砍。上面不远处，就是最高点，刘振华已经能看到山尖和变化飞快的白云相接。冷风吹起浮雪，刘振华低头躲避。余光看到身后的峡谷，深邃不见底，黑乎乎的，似乎连雪都落不下去，在半空中就会融化干净，让人不寒而栗。登顶的三人为了减轻负重，只有刘振华一人带了枪。别克向刘振华要过枪来，用枪托在前方的冰板上使劲砸了几下，把枪托牢牢地插入其中，然后让两人抓住枪身，借力爬过去。就这样，登顶之前最难的道路被他们征服，胜利近在咫尺。

抵达冰峰顶端，望着天上的白云，刘振华心中无限感慨。徐参谋在别克的帮助下，将背上的勘探仪器放了下来。身上的重物卸去，徐参谋脚下一个趔趄，差点摔倒。刘振华扶着他靠在仪器旁坐下，说道："徐参谋，你先休息休息，要做什么你说，我来做！"徐参谋摇摇头，对刘振华说道："我喘口气就好，刘营长，你扶我起来，快快完成勘探，咱们就下去。"刘振华和别克一左一右，架着徐参谋，即使是这样，工作进行得还是很艰难，他的手冻得几乎拿不住笔。徐参谋只好用左手压住右手手腕，以便在本子上画出较为清晰的印记，准备待下山之后暖和了，再重新描一遍。好在勘探的工作进行得极为顺利，用了一个多小时的时间，徐参谋长舒一口气，扣上笔帽，大功告成！

三人清理出来一块地方稍作休息，刘振华趁机把徐参谋背上来的勘探仪器往自己的背包里塞，徐参谋看在眼里，却只动了动嘴，一个字都没能说出来。刚才精神高度集中，让他的身体陷入了极度缺氧的状态，就连眨眼睛、吞口水这样早就习惯到没有感觉的事情，此时都成了要克服的困难。

"你们看，我从包里找到了什么？"刘振华从背包里拿出一面崭新的红旗。这是当初在进入垦区前教导员专门准备的。为了以防万一，他特意准备了两面。一面现在就立在沙梁子垦区营地的中心，另一面就是这个。

红旗的颜色，盖过了天上的太阳，象征着胜利，象征着革命事业和新疆发展的光明前景以及所有屯垦戍边战士的无限动力！徐参谋一下来了精神，对刘振华说道："咱们……咱们应该在这里插上一面……一面红旗！"刘振华觉得徐参谋这个提议非常有意义，便把红旗平平展展地打开，并让别克找来一根小树枝。两人把红旗捆在树枝上，然后插在冰峰上，用石头块子固定住。徐参谋颤巍巍地起身，一点点地挪动身子来到红旗旁边。他从怀里掏出笔，递给刘振华，说道："刘营长，我手写不了字了……你把咱们一行人的名字都签在上面，包括还在下面营地里的同志！"

写几个字刘振华还是没问题的，他也都知道勘探队中的队员叫什么，但嘴里喊的名字和实际上对应的字，他却分不清。除了他自己的以外，其他人的名字都在花名册里，平时对照着抄，不会出错，再者还有教导员给他把关。"没事，音对就行了，等下次路修好了，上来就容易了，让同志们，自己……自己改！"徐参谋的话语和他手中的笔一样，断断续续的。刘振华凑近耳朵，才勉强听清楚他话中的意思。刘振华看他这副模样，心一横，扭开笔帽，在红旗上挨个写下勘探队队员的名字。写完之后，刘振华给徐参谋念了一遍，确认准确无误后，两人看着红旗，心潮澎湃。

别克在旁边坐着，双手正在拍打牛皮靴上的雪，但他的眼神却在凝视着山尖和白云一动不动，呆呆地出神。他想得极为投入，似是对什么东西十分神往。"来，别克同志，把你的名字签上，你也是我们勘探队的一员了。"别克一愣，盯着刘振华手里的笔发呆。他从没见过这个东西，这些天一直看到徐参谋拿着它写写画画。现在刘振华要把这东西递给他，他的手骤然往后一缩。刘振华还有些诧异，徐参谋立马反应过来，问道："别克同志，你会不会写字？"别克不好意思地摇摇头说道："不会，就会说呢，字嘛，太难了，没几个人会，我也没地方学！"徐参谋听后点了点头，重新把笔从刘振华手里要回来，问道："你把你的名字按照民族语言发音，慢慢说一遍，我给你写上去！”别克咧嘴笑了起来，搓着手，激动地说道：“我啥都没做，不写名字了吧！”刘振华笑着说道：“别克同志，你给我们探路，还冒着那么大的危险把炊事员背下山去。做了这么多的工作，当然要写上名字！”别克仍旧一个劲地说着不用，但徐参谋已经用自己最后打起来的精神，对着钢笔尖哈了几口热气，让凝固的墨水稍稍融化了些许，之后重重地在红旗上写下了“别克”两个字！之后又在红旗的最下方写上：“新疆军区X团沙梁子垦区于X年X月X日到此探路！”

“可惜咱们没有照相机，不然的话一起在红旗旁边合个影，那才更有纪念意义！”徐参谋惋惜地说道。刘振华上次照相是哪一年他记不得了，好像是有了“老伙计”后，报社的记者非要采访，他躲不开，只得同意照了张相。不过他想起在后勤上的时候，在李处长的办公室里见过这个玩意儿，当即拍着胸脯打包票说道：“没事，等路修通的时候，我去找我老战友卖卖脸皮，把那照相机借来，咱们仨拍个过瘾！不过先说好，胶卷儿是公家的，得自己出钱！”别克看着红旗上自己的名字，反复读了几遍，眼眶有些湿润。

稍作休息，别克将刘振华背包里装不下的仪器全部扛起来，说道：“走，咱们下山，不能再磨蹭了，一会儿要是天气变了，能把咱们都冻死呢！”临下冰峰前，徐参谋回头看着红旗，若有所思了一阵，又把红旗上的名字逐一念叨了一遍。

第九章

天山深处有亲人

第九章 天山深处有亲人

1

三人顺着来时的路从冰峰上下来,没有遇到任何危险和意外。重新抵达营地之后,徐参谋的精神状态极差,他用力握住刘振华的胳膊,说道:“我可能坚持不住了,你要……你要把同志们好好地……好好地都带下去!”刘振华一回头,看到徐参谋的嘴唇因为缺氧已经变成了绛紫色。

身为作战参谋,常年待在团部里,面对地图,身子骨本就不如刘振华他们这样在基层部队的。加之徐参谋以前得过肺结核,虽然治好了,但终究是留下了些许后遗症。在平地上还无事,一到这样的高海拔地区,就变得尤为严重。徐参谋的笔记本放在贴身的口袋里,他的手抖得太严重,试了几次都没能从口袋里把笔记本掏出来。

刘振华感觉到他抓住自己胳膊的手越来越无力,急忙托住他的身子。“卫生员!”李秀英赶来,扒开徐参谋的眼皮观察了一阵,又摸了摸他的脉搏,对刘振华说道:“营长,徐参谋有严重的高原反应,必须尽快转移到下面去，不然等脑水肿了，那就没救了！”刘振华听后，皱眉沉思了片刻，说道：“机枪手，你负责组织同志们有序下山，我先把徐参谋背下去！”刚从至高处下来，刘振华浑身发软，没有力气。他蹲下身子，费了好大的力气才把徐参谋背起。他突然又想到那个记录了勘探成果的宝贵笔记本还在徐参谋的口袋里，担心路途上颠簸丢失，刘振华又把徐参谋重新放下，将笔记本拿出来，揣在自己怀里。“别克同志，还是得麻烦你在前面带路了！”

别克重重地点点头：“刘营长放心，我的亲戚嘛，就在下面不远。这会儿天气好，没雪没风，很快就能到了！”刘振华不放心地回头看了看正在收拾东西的机枪手等人。机枪手和营长一对视，说道：“营长放心，我带着同志们紧跟你们的脚印走，绝对不会出问题！”刘振华叮嘱道：“一定要慢，只要慢，就能对突发的情况有充足的反应时间。我们先走，等放下了徐参谋就回来接应你们！”机枪手为了让营长放心，咧开嘴笑了笑，敬了个礼：“保证完成任务！绝对带着同志们安全下山！”

别克走在刘振华身旁，一边扶着徐参谋一边指明下山的方向。走到一处平缓的坡地，别克让刘振华把徐参谋放下休息片刻，说这里距离他亲戚所在的地方已经不远。后面的话，刘振华没有听清，只看到别克的身子猛然蹿了出去，身手矫健地在林子里来回穿插，很快就不见了踪影。待刘振华刚缓过气来，发现别克的身影重新出现在远处，他的身后还牵了一匹马。刘振华开心地笑了起来：“别克同志，你真是我们的及时雨啊！”别克早就把自己当成了勘探队的一员，尤其是当他的名字也被写在红旗上，飘扬在冰峰至高处的时候，心中那种别样的情愫，促使他想办法为这支队伍做点力所能及的事情。

“我已经为你们借好了一顶毡房，就在前面呢！咱们把徐参谋嘛，用马驮着。他更舒服，咱们也省劲儿呢！”两人抬起徐参谋，把他放在马上，然后别克牵马，刘振华扶住徐参谋的身子，朝前稳步走去。不一会儿工夫，眼前出现了三座毡房。毡房旁边用木头修着一个简易的马圈，里面还有五匹马。刘振华正看得出神，别克招呼他先把徐参谋背进毡房里躺下。

毡房里打扫得一尘不染，像是专门迎接贵宾的到来。地面铺着羊毛毯子，中间用三脚架支撑起一个茶壶，下面的炉子里烧着晾干的牛粪。牛粪燃烧起来，有一股青草的香气，混着茶壶里奶茶的奶香，刘振华闻了几下就觉得自己恢复了不少精神。他们将徐参谋放下躺平后，别克倒了一碗奶茶，由刘振华小口小口地喂给徐参谋。他虽然仍旧紧闭双眼，但这一碗奶茶却是全部都喝了下去，让刘振华和别克放心不少。安顿好徐参谋之后，刘振华按照牧民的礼节习惯，从左边转向门的正面，脱了鞋，盘腿坐在毯子上。别克坐在门口，朝茶壶里添了点水，又拨弄着炉火，让它燃烧得更旺些。刘振华也喝了一碗奶茶，觉得浑身都暖和了起来，先前疲惫的身子和紧绷的神经得到了极大的放松。

刘振华刚放下奶茶碗，从毡房门帘的缝隙中钻进来一位老妇人。刘振华连忙起身，别克介绍道："这是迪娜拉奶奶，咱们用的马、毡房，都是她的。一听说是解放军要用嘛，二话没有的！"刘振华紧紧握住迪娜拉奶奶的双手，嘴里不住地表示感谢。

迪娜拉奶奶的头发几乎白完了，头上戴着一顶破旧的小花帽，颜色黯淡，边缘处好几个地方都冒出了线头。穿着过膝的黑色棉袄，下方垂着皱巴巴的白色裙子。脚上一双尖尖的高筒牛皮靴彰显出她牧民的身份。她脸很瘦削，布满了一条一条纵横交错的皱纹。

刘振华说道："老奶奶山上放牧辛苦！是我们打扰了！"这次迪娜拉奶奶的马儿、毡房和奶茶帮了勘探队的大忙，要是没有这么一处落脚地让勘探队在此休整，徐参谋和炊事员真不知道能不能挺住。刘振华对迪娜拉奶奶说道："这次要是没有您的热情帮助，我们恐怕就会有重大的损失……"刘振华话还没说完，迪娜拉奶奶就连连摇头。在她心里，早就把刘振华他们当成了亲人。既然是亲人,哪里有说谢谢的道理!

毡房外响起一阵笑声。别克接应的机枪手等人也来到了毡房外。“是别的亲人来了!”迪娜拉奶奶比刘振华反应还快,当即掀起门帘,迎接勘探队的其他队员。最先进到毡房来的却是炊事员。他看到刘振华后,立马敬了个礼!“报告营长,我已经好了,请求归队!”刘振华咧嘴一笑。看到先前几乎只剩下一口气的炊事员,此刻又生龙活虎地站在自己面前,高兴得连鞋子都忘了穿,一步跨到他面前,仔细打量了一番。“嗯,不错! 恢复得不错! 看来迪娜拉奶奶这里的奶茶真是神药啊,你才下来一天多的工夫,就这么精神了!”炊事员也“嘿嘿”笑着,说道:“奶茶里都是牛奶,牛喝了能长那么大,还能犁地干活儿,我喝了也能长长牛劲儿,以后更好地完成伙食保障工作!”刘振华点点头:“说得好,这样才没有白喝迪娜拉奶奶的奶茶。不过牛劲儿可不光是回到了垦区才有用,现在就能用上!”炊事员眼珠子一转就反应过来营长的话是什么意思,回答道:“营长放心,牛劲儿已经用到了最需要的地方! 刚才你进毡房的时候我就知道,没有立马过来报到是因为我在后面帮迪娜拉奶奶干活儿呢!”刘振华听后十分高兴,又夸赞了他几句。

机枪手等人将勘探的仪器设备从马上卸下来,快步走进毡房。迪娜拉奶奶早就准备好了碗,给每人都倒了一碗热腾腾的奶茶。机枪手端起奶茶碗,就向刘振华汇报了下山时的情况。“嗯,你做得很好,圆满完成了任务! 现在所有人都赶紧喝奶茶,喝完之后女同志给迪娜拉奶奶打扫毡房,男同志去干干粗活儿,今晚就在这里休整一夜!”

安排完工作后,刘振华先让李秀英为徐参谋检查身体。李秀英说徐参谋已经脱离了生命危险,目前还没有醒来是因为先前缺氧太严重,身体极度疲乏,需要一定的时间来恢复。只要在这样暖和的环境中好好休息,很快就能恢复。团长如此相信自己,点名要沙梁子垦区组建勘探队,配合徐参谋的勘探作业,要是出了什么意外,那他刘振华哪里还有脸回去！不如重上冰峰，去守着红旗算了！现在整支队伍都能够安全归来，勘探作业也完成得极为圆满，算是有惊无险，自己回去对垦区的战士们还有团长，都可以给个交代。刘振华心情大好，顿时也坐不住了。众人都在忙活，他一个营长哪好意思端坐着喝奶茶！

掀开门帘，走出毡房，冷风吹得刘振华脖子一缩，一抬眼，看到李秀英和赵明霞正和一位年轻的姑娘有说有笑。这姑娘穿着黑色的坎肩，大红色的裙子。长筒皮靴又瘦又长，达到膝盖处。脸颊红润，睫毛细长，面庞清秀。戴着一副耳环，右手上还戴着一个镶了金边儿的镯子。看到刘振华，这姑娘羞涩地将头转了过去。赵明霞则大大方方地走上前来，对刘振华敬了个礼："报告营长，我们正在执行帮助迪娜拉奶奶打扫毡房的任务！"刘振华微微一笑。这样一板一眼的报告，他在当新兵的时候也这样。虽然赵明霞是个女同志，刚参军不久，但刘振华已经在她的身上看到一名优秀解放军战士该拥有的特质！"不错，刚下山就帮助群众，这种连续作战的精神值得表扬！"得到了刘振华的夸奖，赵明霞笑得很开心。

她忽然想起了什么事儿，把刘振华叫到一旁，踮起脚尖，趴在他耳边说道："营长，你看到这个姑娘了吧？"刘振华点点头："嗯，她是谁？"看年纪最多二十岁，和赵明霞、李秀英应该是同龄人。"她叫阿丽米热，这个月刚十九岁，是个孤儿。她先前生活在迪娜拉奶奶旁边的乡镇，在地主家里当丫鬟。后来那里解放了，迪娜拉奶奶看她年纪小，孤苦伶仃的，刚好自己也没人做伴，就收养了她！"刘振华沉思了片刻，对赵明霞说道："赵明霞同志，我再交给你一个任务，能不能完成？"赵明霞"啪"地敬了个礼："营长请指示，绝对能完成任务！"刘振华说道："好，命令你去了解一下阿丽米热这个小姑娘有没有什么诉求。只要咱们能做到的，就尽力帮助。另外你是女同志，比较仔细，多看看迪娜拉奶奶这里缺不缺什么东西，尤其是要把咱们喝了多少奶茶，用了多少柴火，以及其他生活物资都统计清楚。我们不能占老百姓的便宜,走之前都得给补上!”

赵明霞领了命令,继续去毡房里打扫卫生。三个姑娘年龄相差无几,和阿丽米热之间也无语言障碍,很快就变得融洽、熟络起来,毡房里时不时地传出笑声。刘振华准备去帮迪娜拉奶奶收拾马圈,他还是对自己的“老伙计”念念不忘。刚走到毡房背后,别克冲他打了个招呼,迎面走来。“刘营长……”刘振华知道别克是来道别的,这一刻迟早会来临,但他没有想到会是这样突然。想起和别克这一路上经历的种种艰险,两个铁打的汉子竟然相对无言。

反倒是别克更加洒脱,冲着刘振华笑了笑:“刘营长,虽然嘛,你是营长。但我嘛,把你当兄弟,放在这里呢! 咱们拥抱一下吧!”别克指着自己的心窝子,刘振华也咧嘴笑着,两人紧紧地拥抱在一起,用力地拍打了几下彼此的后背。缓了缓神,刘振华开口问道:“别克兄弟,你是不是要离开这里了?”别克回答道:“是啊,我们牧民嘛,一年四季,来回跑的呢! 冬天已经过去了,开春就要到山的那——边去呢!”听到别克拖长了尾音,刘振华知道他要去的地方很远。“那个,明年冬天嘛,我就又回来了! 到时候我带你们去打猎!”刘振华高兴地点点头,算作是两人之间的约定。别克憨厚地笑了笑,也不知道再说什么。他指了指自己身后的马圈,说里面有一匹马是属于他的。马鞍两侧已经捆绑好了行李,那个“功勋卓著”的皮袋子最为显眼。猎枪横放在马鞍前,别克走上前踩着脚镫上了马,帅气地将自己的猎枪斜挎在背后,然后冲着刘振华挥了挥手,算是最后的道别。

刘振华目送别克的背影越行越远,忽然他又勒紧缰绳,让马站住,扭过头来对刘振华说道:“下山的路迪娜拉奶奶都知道呢,山里她比我还熟。”刘振华一瞬间忘了回答。直到别克的背影被山林间密密麻麻的松树彻底遮挡住,他才想起自己刚才是要去帮忙打扫马圈的,但这会儿他却没了心情，觉得心里空落落的。

2

刘振华回到毡房，此时徐参谋已经醒了。“徐参谋，感觉怎么样！别克回去了！”刘振华说道。“我好着呢！别克是个好同志！要是他不着急，我就带他一起回团部，给他请功！”刘振华说道：“或许他根本不在乎这个。”徐参谋叹了口气回答道：“是啊，他根本不在乎。”毡房外，天渐渐黑了下来。刘振华看了看外面，庆幸他们今晚能有这样一个温暖的地方住宿。

帮助迪娜拉奶奶干活儿的战士们都陆续回到了毡房，机枪手把先前刘振华交给他的钱还了回来。刘振华都已经忘记了这件事，接过钱后，笑着说道：“等回到垦区，我请你们喝酒！就用这个钱买酒！”赵明霞却说道：“那营长，我们女兵们都不喝酒，是不是就沾不上光了？”刘振华还没想好怎么犒劳这两位女同志，还是徐参谋在一旁帮场子：“不喝酒的就让他给你们买肉吃！新疆的羊肉可是出了名的好吃，比你们老家的好吃多了！你们吃肉，看他们喝酒。要是他们也想吃，就还得花钱买！”赵明霞和李秀英听到后，都鼓掌叫好！唯有刘振华一脸苦相，说道：“徐参谋，我自己花钱买的肉，还得再花一次钱才能吃？里外里掏两次钱，地主恶霸也不会这么干啊！”徐参谋大笑着，也不作解释。刘振华只得摇头叹气说道：“唉，啥事都怕出来叛徒，组织里有‘坏人’啊！”这时不知是谁的肚子“咕噜噜”地叫了起来。

刘振华扫视了一遍众人，发现没有炊事员的身影。刚准备放开嗓子叫他，炊事员便从门帘外钻了进来。他手上抱着一个大木头箱子，一边打开一边说道：“看看今晚有什么好吃的！”木箱子里装的全是馕饼。自从别克对迪娜拉奶奶说了刘振华等人要来这里后，她就和阿丽米热起早贪黑,忙活着准备好了勘探队队员们的口粮。“这些粮食,是迪娜拉奶奶的?”刘振华问道。炊事员点点头。炊事员醒来时,馕饼已经打好了一大半,他也不好执意说不要。刘振华看着木箱子里的馕饼说道:“看来我们的酒和你们的肉都吃不成了! 炊事员,你把这些钱拿着,等临走的时候悄悄给迪娜拉奶奶放下。”木箱子里的馕饼看着多,但刘振华考虑到现在还未完全下到安全位置,谁都说不好路上还会不会发生什么意外,所以这样的干粮还是要储备一点,以防万一。按照定量,每个人分到了一个馕饼。机枪手因为体格大,吃得多,刘振华又把自己的分了一块给他。

山里的夜晚还是很冷。即使毡房里有炉子,可外面的冷风依然能从毡子的缝隙里一点一点地透进来。众人都把衣服穿得严严实实的,外面再裹着被子。刘振华把两名女兵安排在靠近火炉的位置,还算是暖和,其他人就得互相挤在一起取暖。刘振华一直等到所有人都睡着,他才敢闭眼。他担心自己震天的呼噜声搅扰得大家都休息不好。结果坚持了一会儿,却是把他自己的瞌睡弄没了。徐参谋戴着手表,指针上有夜光的涂料,刘振华看了一眼,现在是凌晨三点。他刚准备闭上眼,强行逼自己睡觉,却听到毡房外隐约传来了说话声。刘振华戴上帽子,掀开被子,走出了毡房。

夜晚,迪娜拉奶奶住的毡房里还有亮光。他这才注意到,迪娜拉奶奶和阿丽米热住的毡房没有房顶,是露天的! 这个毡房应该是她们用来堆放杂物以及储备马匹过冬草料的。因为刘振华等人的到来,她们俩把自己住的毡房腾了出来。透过门帘的缝隙,刘振华看到迪娜拉奶奶手里抱着一个白面口袋,里面还装着大半袋子面粉。她把这袋子面粉搂在怀里,显然是她极为宝贵的东西。接着,她用哈萨克语和阿丽米热说了好大一通话,阿丽米热听后,沉默了半晌,随即微笑着点了点头。见阿丽米热答应了下来,迪娜拉奶奶也十分高兴。她起身,摸了摸阿丽米热的头，便抱着面粉朝外走来。刘振华就站在门口，顺手帮迪娜拉奶奶掀开了帘子。她猛然看到刘振华，一下子没有反应过来，但很快便冲他笑着，将手上的面粉口袋递给了他。“迪娜拉奶奶，您这是？”迪娜拉奶奶说道：“我怕你们粮食嘛，不够吃！这给你们，够你们下山了！”但刘振华哪里能要老奶奶的粮食，他连连道谢后又把面粉退了回去。迪娜拉奶奶见状，连忙说道：“你们为了我们，上山修路。别克年轻，可以给你们带路。我老了，上不去山了，这是我的一点心意，一定要收下！”刘振华没办法，只得先拿着。他心想等天亮出发时，再向徐参谋借一点钱，和自己先前交给炊事员的津贴，都留给迪娜拉奶奶，当作馕饼、面粉还有借宿在毡房的花销。

天蒙蒙亮时，毡房里的战士们纷纷醒来。迪娜拉奶奶又烧好了新鲜的奶茶，战士们就着半个馕饼，每人都喝了一碗，赶走了身体里的寒气。刘振华对着迪娜拉奶奶敬了个军礼，准备道别。没想到迪娜拉奶奶却说：“我俩陪你们走一段，出了这片林子，就都是好走的路！你们东西多，不好背！”迪娜拉奶奶说的是勘探队的仪器，这些铁疙瘩的确沉，在马背上放着要比人用肩膀扛轻松得多。

迪娜拉奶奶牵着马走在前面带路，时不时地回头看看刘振华。刘振华在和徐参谋商量回到垦区之后的汇报总结等工作，待说完，刘振华注意到迪娜拉奶奶的目光，快步走上前去问道：“迪娜拉奶奶，您有什么事情吗？”迪娜拉奶奶没有立即回答，再度扭头看了看他身后的队伍，这才开口道：“他们都叫你营长，你是不是说话算数？”刘振华笑了起来，解释道：“我们解放军官兵平等，我虽然是营长，但大家都一样！”迪娜拉奶奶听后深深地看了他一眼，沉默了片刻后再度说道：“那你是营长，他们都听你的吧？”刘振华想着继续解释下去，却是更加烦琐，不如点头承认，先听听迪娜拉奶奶有什么需求。“嗯，听你的嘛，那就好办。我有个事想和你说呢！”“您尽管说，只要我们能办到的，一定给您办到！解放军是人民的子弟兵,就是要为人民服务!”这句话迪娜拉奶奶听懂了,情绪高涨,笑着说道:“你看阿丽米热这丫头咋样?”刘振华顿时愣住了,这种口气,让他不敢接话。“我看你们队伍里,也有两个小丫头呢!阿丽米热和她们嘛,差不多,能不能去当那个……那个解放军!”

听明白原委,刘振华松了口气。不过一转念,这虽然不是他先前想的那种问题,但也是比较让他为难的。部队征兵得有一系列的组织流程。赵明霞和李秀英也是在老家征兵处先报名,然后经过审查,层层筛选,待各级都批准后,她们才最终成为一名光荣的解放军战士。不可能随便从路上揪来一个人,给她换上军装,就能成为一名战士。可刘振华望着迪娜拉奶奶期盼和渴求的眼神,拒绝的话语怎么也说不出来,他只能去找徐参谋商量。

徐参谋听后,眉头也皱了起来,毕竟这样的事情在团里还没有先例。而现在他们身在山里,根本没法和上级组织联系。“刘营长,你觉得怎么办比较稳妥?”刘振华苦笑着说道:“徐参谋,你是团部的智多星,要是连你都不知道咋办,我还能有什么主意?不过……”“不过什么?”徐参谋追问道。“不过我觉得咱们可以灵活一点,找个既不违反组织原则,又不会伤害到迪娜拉奶奶感情的法子。”这话说了等于没说。徐参谋习惯性地从口袋里摸出一根卷烟抽了起来。烟刚抽了一半,他突然眼睛一亮:“有了!你去问问迪娜拉奶奶是不是也要和别克那样转场,如果她不走远的话,我倒是有个好办法!”

刘振华一去问迪娜拉奶奶,她便知道此事有机会,就说自己可以等,并不着急。刘振华把这个回答告诉徐参谋后,他笑着对刘振华说道:“刘营长,那你可得和我一起去趟团部了!”徐参谋想出的新办法其实算不上是什么新办法,不过以他团部作战参谋的身份说出来,当然是合适的。无非就是带着阿丽米热一起去找团长,看看此事如何处理。要是团长点头答应,组织流程和手续上的事很快就能补上。现在部队本来就缺战士，尤其是本地女同志，更能发挥出不可替代的作用。

听到要去团部，刘振华却是有些怵头。想了想，他还是走到迪娜拉奶奶身边，说道："我和徐参谋商量了一下，原则上，阿丽米热参军没有什么问题，但部队毕竟有部队的纪律，我们得回去请示一下团长。"迪娜拉奶奶的眼神有些黯淡，虽然她不清楚"团长"是个什么官儿，但刘振华都说要请示，那肯定是比他官还大！"如果阿丽米热有时间，愿意去的话，就和我们一道去趟团部。这样的话，如果可以，直接就能办手续了！"刘振华话音刚落，阿丽米热就抢着答应了。迪娜拉奶奶一怔，随即十分感激地冲着刘振华笑了笑。

有马匹驮着沉重的仪器，众人脚步轻快。一抬头，已经走出了山上的松林地，到了和迪娜拉奶奶道别的时候。刘振华让机枪手把马匹上的勘探仪器卸下来，同时朝炊事员丢了个眼神，问他有没有把钱留下。炊事员冲营长点了点头。临出发时，炊事员以最后查验一番行李的名头，趁迪娜拉奶奶和阿丽米热不留神，钻进了昨晚她们住的毡房里。他把钱放在角落，既不太显眼，又保证她们能看到。

"不用，不用！"当机枪手要卸下马匹身上的仪器时，谁知迪娜拉奶奶却不让机枪手卸下仪器。刘振华还以为是她嫌弃机枪手笨手笨脚的，会惊了马匹，所以准备自己动手。迪娜拉奶奶却又牵着马缓缓走来，把缰绳朝刘振华手里一塞，说道："这匹马，你们牵着走吧！"刘振华心里大惊，一匹马可不比半口袋面粉！在牧民心中，马的分量和亲人没有区别。有多少牧民是出生在马背上，又在马背上长大的。除了毡房，奔驰的马就是他们的第二故乡。现在迪娜拉奶奶却要将它送给刘振华，他哪里敢接受。他把手中的缰绳重新还给迪娜拉奶奶，然后径直走到马鞍旁，解开捆绑着仪器的背包带。

"刘营长，你听我说嘛！"迪娜拉奶奶上前一把握住刘振华的手腕。别看她年纪大了，身材瘦瘦小小，可手上的力道却不小。"迪娜拉奶奶，这匹马我们肯定是不能要的！住了您的毡房，还喝了奶茶，吃了馕饼，我们都不知道该怎么感谢了！要是这匹马我们再牵回去，那就是违反纪律，以后您可就再见不到我啦！”刘振华略微夸张了些说道。迪娜拉奶奶摇着头，把阿丽米热叫来，搂着她的肩膀，对刘振华说道：“这个丫头嘛，可怜得很！我算是她的亲人了，按照我们的规矩，丫头出门了，亲人得给东西呢！这匹马，就是我送给她的。”迪娜拉奶奶这么一解释，刘振华不好再说什么。她便接着说道：“要是能成为解放军，这匹马也就跟着她一起，做贡献嘛！要是成不了，再让她牵回来。马认识路呢，丫头牵着它，就能找到我！”刘振华目光转向徐参谋，见他远远地对自己点了点头，便也不再坚持。“感谢迪娜拉奶奶对我们解放军的支持！您放心，这匹马一定是阿丽米热同志的！”迪娜拉奶奶高兴地笑了起来，然后和勘探队的众人一一告别。她走到赵明霞和李秀英面前时，还慈爱地摸了摸她们俩的头。

3

众人目送迪娜拉奶奶离开，刘振华叫来赵明霞和李秀英，安排她们俩这一路要照顾好阿丽米热。论年纪，她们三人相差不到两岁，但赵明霞和李秀英已经是解放军战士，不论年纪大小，都要照顾人民群众。赵明霞和李秀英满口答应，她们俩都很喜欢阿丽米热。阿丽米热面对刘振华等人时还有些腼腆，和赵明霞、李秀英走在一起却有说不完的话，时不时还开心地笑起来。

下了山，这里有两条路。朝右走，今晚就能抵达垦区。往左边走的话，就能直达团部。徐参谋根据地图，说从这里到团部，比从垦区去能节省半天的时间。因为从沙梁子垦区到团部，需要经过一片戈壁无人区，而这里恰好是那片戈壁滩的外围，只需要朝这边走过去就行。“刘营长,你看我们是直接到团部,还是先回一趟垦区?”刘振华看着地图,琢磨了一阵,最后决定直接去团部。一来垦区里有教导员在,现在又不打仗,不会有什么要紧的事情需要他回去。二来刚好能带着阿丽米热去看看情况,要是不行她就能牵着马趁早赶回去,不耽误迪娜拉奶奶转场的时间。

刘振华叫来机枪手,重新给他安排了任务。勘探队在这里又兵分两路,回垦区的由机枪手负责安全带回。刘振华和徐参谋则带着阿丽米热还有勘探仪器,直接去往团部。这样最大的好处就是省了刘振华回去写报告的事。别看他那夜和徐参谋讨论部队未来的发展和转型问题,说得很热闹,其实让他自己坐在板凳上学文化,他却都不一定能坐得住。不过这事还得等回了垦区,和营里的大秀才——教导员商量过才能实施,可以暂时不用着急,松快两天。对比之下,去团部见团长反而没什么了,团长又不会按着自己坐在桌子前读书识字。况且勘探的结果已经有了,赶紧修路让生产机械进入垦区才是迫在眉睫的事情。

一想到可能会有新的任务,刘振华就浑身激动。因为这几天持续在高海拔地带爬山而酸胀的腿肚子都被这股子激动缓解了许多。

去往团部的路上,徐参谋和刘振华走在前面,阿丽米热独自牵着马跟在后头。不是这两人有意冷落她,而是这两个大男人根本不知道该和阿丽米热说些什么。刘振华有些后悔让赵明霞和李秀英直接回了沙梁子垦区。但凡有一个女兵在,也能和阿丽米热走在一起,不至于让气氛这么尴尬。走了许久,刘振华实在是忍不住了,低声对徐参谋说道:“徐参谋,你有文化,说话好听,不然你去和她聊聊?”徐参谋一脸为难地说道:“我这文化又不是用来和姑娘聊天的,再说,你垦区里来了那么多女兵,当营长的才该知道怎么和姑娘交流吧? 要是这次能成,我看阿丽米热八成也是你的兵!”

“刘营长,前面那里,是不是就是那个……团部?”阿丽米热指着前方问道。刘振华眯眼一看,团部的围墙已经有了个轮廓。他如释重负地回答道:“对,那就是团部,咱们快到了!”阿丽米热听刘振华喘着粗气,还以为他不舒服。到了团部院子门口,阿丽米热牵着的马仰头嘶鸣起来。马通人性,它也知道自己到了目的地,可以卸下驮着的东西松快松快了。

这声嘶鸣把团部里的一大半人都惊动了,张雄伟第一个走出大门。“哪儿来一匹这么俊的马!”刘振华和徐参谋对着团长敬了个礼,然后把别克、迪娜拉奶奶以及阿丽米热三人简短地做了个说明,团长这才明白了来龙去脉。“来,你去帮阿丽米热同志把马拴好。另外把桂香大姐叫来!”李桂香现在是团部里的大管家,伙食、后勤等生活保障都由她负责。当初赵明霞和李秀英等女兵都是她接来的,张雄伟让她先照顾下阿丽米热,他自己和刘振华还有徐参谋要谈工作。

办公室里,两人还来不及喝水,就把地图铺开,对照着笔记本,向团长汇报这次勘探的情况。“所以说,这张地图并不准确?”张雄伟问道。徐参谋回答道:“是。不但不准确,而且很不完整。比如冰峰最高处的海拔不止四千三百米,要比图上记载的高出去二百四十多米。”张雄伟皱起眉头:“修路已经是板上钉钉的事情,依你看,准备工作是不是还有欠缺?不过从沙梁子垦区到团部的路,现在就可以先动手修起来!”这条路刘振华自己都走过许多遍了,蒙着眼睛都能找到方向。他清楚这条路是为了让生产机械进入垦区而修建的,所以对路面的要求不会太高,但要保证路面结实,不会因为雨水、雪水等自然原因造成明显沉降,另外路面无尖锐碎石扎伤轮胎,能保证运送机械的卡车顺利通过就行。“地图的事,连同你的笔记一起上报给军区,让专业的绘图人员去制作。当务之急,还是保证今年的春耕春播,绝对不能耽误!尤其是刘振华,你的沙梁子垦区现在可是全疆的试点垦区,你给我干出点样子来,别弄得乱七八糟的,最后丢的可是咱们全团的脸!”刘振华当然是敬礼保证。

“好了,去吃饭!顺带看看你们带回来的那个小姑娘!”“团长,有啥好吃的啊?怎么着我们也算是凯旋,总得有个庆功宴嘛!”刘振华笑着说道。张雄伟笑骂道:“你小子要求还挺多!我哪知道你们啥时候回来?一起去看看吧,有啥吃啥,最多我个人再做点贡献!”

虽然是在团部,但条件还是有限。刘振华说归说,终究是玩笑话,结果看到饭桌上竟然有只鸡!“声明一下,这可不是我的功劳啊!”张雄伟大吃一惊。众人同时看向了李桂香,却把她看得有些不好意思起来:“哎呀,什么你的功劳我的功劳!最有功劳的,不是刚勘探回来的刘营长和徐参谋吗?快吃饭吧!”一只鸡这么多人是不够吃的,但对于刘振华和徐参谋这样吃了好多天干粮,嘴里都没个咸淡味的人来说,能有点肉香味就已经是很好的美食了。

饭后,阿丽米热主动帮忙收拾桌子,张雄伟观察了一阵,随即对着李桂香问道:“你看这小姑娘怎么样?”李桂香没有多说什么,只是悄悄地竖起大拇指。“那就先留在团部,跟着你干,组织手续上的事情我来想办法。刚好政委还在军区学习没回来,我给他写封信,他在那边就直接办了!”李桂香听后高兴地说道:“团长放心,我肯定好好带她。这姑娘聪明,干活儿还踏实,以后肯定能成顶梁柱!”

刘振华和徐参谋听到团长的决定,也放下心来。先前还想着阿丽米热估计会被派到沙梁子垦区,现在却被留在了团部。再怎么说,这里的条件也比沙梁子垦区好得多。起码有房子住,不用住地窝子。这样的地方对于阿丽米热来说,是个很好的过渡。尤其是跟着桂香大姐,不愁学不到本事。对于这个安排,迪娜拉奶奶知道了想必也会极为高兴。“团长,等我回去就派人去联系一下迪娜拉奶奶,把这个消息告诉她老人家!”张雄伟点头说道:“嗯,是要及时告诉老奶奶。不然老人家不放心,会影响很多事情的!”“那团长,明天一早我就回垦区了!”刘振华说道。

第十章

机耕新营地

第十章　机耕新营地

1

出来好几天，也不知道垦区是什么情况。现在已经到了春播的关键时期，刘振华归心似箭，一分钟都坐不住。张雄伟看了他一眼，调侃道："这么着急？不多待两天吗？我这儿可有鸡吃！"刘振华哈哈大笑起来："团长，鸡留着等政委回来你俩一起吃吧，我还是赶紧回去盯着春播！"张雄伟听后沉默了片刻，随即起身，和刘振华还有徐参谋重新回到了办公室。"看到沙梁子垦区的位置没有？"刘振华点点头。垦区的位置在地图上标得很清楚。他多看了一眼，忽然又觉得不太对劲："团长，这块地方不是沙梁子垦区啊！我们垦区北边是大山，这里一道沙梁子，然后到芦苇滩这里就结束了。"张雄伟等刘振华这股子着急劲儿过去之后才开口说道："怎么，多给你一块地，还不高兴？"

这不是高兴不高兴的事，平白无故多出来一块地方，他没有丝毫准备。当初修渠，也是根据现有地形地势经过勘探之后才科学修建的。

换句话说，水渠的供应能力有限，目前只能保障开垦出来的现有耕地灌溉之需。若是把这块地再划入沙梁子垦区，无论如何都没法按时完成今年的春播。“团长，这就有点欺负人了，我们垦区虽然现在变成了营，多了两个连队的人手，但战士们又不是铁人，多了这么大一块地，拼了命也干不完！”刘振华有些不高兴。他忽然想起来司令员的一句话，当即脱口而出：“团长，你这是违背科学，违背客观规律！”

此话一出，张雄伟和徐参谋都愣了一下。“好你个刘振华，几天不见真是让我刮目相看啊！是不是和徐参谋出去了一趟，自己肚子里也添了不少墨水？战士们的确不是铁人，但这里不需要人干！”团长张雄伟用手指着新划入沙梁子垦区的这块地说道。“不要人干，那谁来干？”刘振华疑惑地问道。徐参谋已经猜到了团长话中的深意，在一旁笑而不语。“我给你派铁牛干，怎么样？这样是不是就符合科学，符合客观规律了？”

刘振华皱着眉头，眼睛里全是疑惑。铁人干不了，铁牛能干！但铁牛这玩意儿，他想破脑袋都不知道是什么。“铁牛就是拖拉机！”徐参谋实在看不下去，开口解释道。刘振华立马明白，态度当即一百八十度大转弯，又是敬礼，又是道谢。张雄伟对他这副样子早已见怪不怪，摇着头嘴里“啧啧”两声，便摆手让他赶紧停下。“不是我送的，是司令员送的！”

新划入沙梁子垦区的地方，地处老乌伊公路两侧。南边是荒原，长满了成片的老榆树，成丛的红柳。北面和沙梁子垦区的芦苇滩接壤，是一片沼泽，暗沟纵横，泉眼密布。这片土地在原本的规划中是要开垦作为田地的。沼泽下的土地淤泥厚，肥力高，又有丰富充沛的水源用以灌溉。按照先前垦区对这片土地的勘探，大小泉眼有一万多个！最密集处，每平方公里的范围内有八十多个。最大的直径超过一米，冬天都不会全然冻住，只是水面上会结起一层薄冰。从这里流出去的暗沟大概有二十七八条,支流小汊更是数不胜数。当时机枪手第一脚踩下去,这块地跟个大海绵似的,到处冒水。沼泽地里的芦苇生得高大粗壮,密不透风。底下的芦根稠密至极,互相之间盘根错节。每平方米能挖出十几公斤芦苇根,人力用坎土曼挖,一个夏天都不一定能干得完。所以,团部对这片土地还仅仅停留在规划阶段,没有进行任何具体的工作。

刘振华对这块土地一直觉得很可惜,曾好几次独自去察看过。他发现最里面还有块高地,上面长了许多榆树。晚上乌鸦云集,甚至把枝头都压弯了。清晨的时候,黑漆漆的翅膀,遮天蔽日,聒噪声能传出二三里远。张雄伟说道:"我知道这片地你们已经勘探过,比较熟悉。另一边一直是荒地,不属于任何垦区。这次军区决定在荒地这里建立直属的拖拉机实习农场,作业区就是对面这片沼泽地。"刘振华将信将疑地问道:"那这个实习农场,算是沙梁子垦区的地方?"张雄伟点头说道:"因为是试点,而且又选在荒地上,前后左右无依无靠的,所以暂时由沙梁子垦区协调配合。你还有什么问题?"

得到了确认后,刘振华的嘴都快咧到耳朵根了。不过他的确还有一个问题。先前说机耕队成立的试点就放在沙梁子垦区内部的,现在虽然还是沾边,但却是新划进来的一片地方。"乌伊公路虽然废弃了,但以前的老路基还在。军区考察以后,觉得具备通行的条件,可以把拖拉机运过来。至于你们这次勘探的成果,到落地还需要时间。种地可经不起等,哪能白白浪费时间?"

刘振华彻底明白过来,更是坐不住了,当即就说要连夜赶回垦区。看看天色,距离天黑还有两个多小时。无论骑马还是坐车,他都得赶夜路。好在从团部到沙梁子垦区的路他已经走了多次,对路况很熟悉,几乎不会遇到什么危险。张雄伟考虑了一阵,点头同意,又说道:"实习农场的同志会由军区直接派遣。回去之后,你和教导员商量商量,要做好接洽和后续的保障!"

刘振华回到沙梁子垦区时已经是深夜。远远就看到自己的地窝子口还有光透出来，教导员还没睡觉。他故意在门口重重地咳嗽了好几声，想要引起教导员的注意，可教导员埋头看着地图，时不时地还在笔记本上奋笔疾书，根本没有注意到刘振华的小动作。他只能老老实实地走了进去，在教导员的对面一屁股坐下，把教导员吓了一跳！“你咋故意吓人？”刘振华嘿嘿一笑。“对了，你不是明天才回来吗，怎么今晚就赶回来了？是不是有什么事？团长今天一早就派人从团部把地图送来了。”刘振华知道自己这老搭档不会白拿着地图一整天，肯定都已经研究了个七七八八。

有这么个大秀才给他撑腰，就算是面对军区派来的人他也不会怵头露怯。“这个实习农场的事咱们先放放，虽然说是划给咱们垦区了，但人家毕竟还是个军区直属的独立单位。咱们做好后勤工作，配合好就行了。而且机耕的第一块地，就是那片苇子林，以后咱们走哪儿都有得吹，哈哈！”教导员看他说着说着又跑题了。“行了行了，你刚说这个先放放，那你是要说什么紧急的事情？”刘振华理了理思路，开口说道：“这次我和徐参谋去执行勘探任务，聊了不少关于垦区日后发展和建设的问题，想和你一起琢磨琢磨。”教导员问道：“你有什么考虑？”刘振华接着说道：“主要就是文化！没有文化真不行啊……我先自我检讨一下啊，以前老觉得文化没啥用，认为有没有文化反正都能打胜仗，也能开荒种地！这次勘探我是发现了，没有文化，以后真是寸步难行！咱们不能就一直停留在用坎土曼一下一下挖地吧？就是这马上要来的拖拉机，我都不知道是个什么东西，长什么样子，更不用说那些战士们了。”教导员听后，不由得笑出了声。

刘振华竟然能做自我检讨，这可是沙梁子垦区惊天动地的大事！不过看他说得那么认真，教导员还是很快调整了情绪，问道：“具体呢？你准备怎么做？”刘振华这次也不是没有准备，侃侃而谈道：“我觉得以前咱们打仗时的办法,还是有借鉴意义的。学文化,就和突击冲锋一样。咱们把有一定文化底子的战士先集中起来,由你进行重点培训。然后让他们再去传、帮、带,开枝散叶。这样效率高,速度快!先做到人人都识字,然后再根据咱们垦区目前需要的知识有针对性地进行学习,你看怎么样!”

教导员听后从自己的床头拿出另一个笔记本,还有几本书,对刘振华说道:“看,这是我早就准备好的。当时想着剿匪平叛之后,就可以在部队里开展文化知识的学习。结果一蹦子咱们又来到了垦区,这就耽误了。现在看局势已经平稳,全新疆应该都要进入一个高速发展的时期,这个文化学习的确要提上日程,不然早晚被淘汰!”刘振华连连点头说道:“明天咱们就给连排长们开个会,争取在拖拉机到来之前就把这个培训做起来。到时候让军区来的人也看看,咱虽然在垦区,但也不是‘泥腿子’!”

教导员合上笔记本,话锋一转,对刘振华说道:“刘营长为了垦区的建设真是鞠躬尽瘁啊,但个人问题,是不是也该考虑了?”刘振华听得不明不白:“我的个人问题?我个人没啥问题啊!”教导员白了他一眼:“别跟我在这揣着明白装糊涂!我都知道了,你们勘探的时候,遇到野狼了!你这个大营长,英雄救美,把人家都抱住了,这还不是有问题?”“这……我可真没有啊,天地良心!我刘振华咋会干出那样的事情来!”刘振华一激动,嘴都发瓢,好几个字都是秃噜过去的,连话音都没说对。“没有?不对吧,机枪手可是看得清清楚楚!”教导员说道。刘振华一下泄了气,小声嘀咕道:“那……那也是她主动抱上来的,我可真啥都没干啊!”教导员没好气地说道:“你还想干啥,再说,就算你啥都没干,人家抱着你,你就干愣着,怪会享受啊!这不就得了,人家赵明霞同志回来到处说你刘振华的英雄事迹!不知道的,还以为是天兵天将呢!那群女兵们可听出来了她话里话外的意思啊!你个大男人这样的事可不能拖着,得主动!”

刘振华被教导员说得有些心动,结结巴巴地问道:“理是这么个理,但我要咋主动啊！万一人家不是那个意思,我在垦区里可就一辈子抬不起头来了!”教导员嘴一撇,说道:“这叫什么话！什么抬不起头来！现在是民主社会,男女平等,提倡自由恋爱。”“是是是,我的教导员！学习培训你是比我参加得多,我也不是傻子,这些条条框框的我都知道,但这事我没有经验,摸不准啊!”话都说到这个份上了,教导员干脆摊牌,直接问道:“那你对赵明霞有没有喜欢？不要考虑,直接说!”刘振华支支吾吾的,半天憋出来几个字:“有点……有点那个意思……”“喜欢还是不喜欢？有点意思算什么意思!”“喜欢!”教导员这般钝刀子割肉,着实是让人太难受了。这两个字刚出口,刘振华便脱了鞋,直接躺下,羞得用被子把脑袋蒙得严严实实。

2

刘振华睡了个好觉,一睁眼,看到地窝子口的太阳光都老大了,这才匆匆忙忙起床,穿上外套。出了地窝子,就看到机枪手在门口守着。刘振华诧异地问道:“你蹲这儿干啥？偷懒晒太阳?”机枪手笑着回答道:“哪能呢！俺这是服从教导员的命令,在这里守着营长!”刘振华疑惑地左右看看,没发现营区里有什么异常,再次问道:“让你守着我?”机枪手点点头。

看他这样子,不像在说谎,刘振华便也没有深究。想必是自己睡得太久,教导员不放心,于是找个人蹲在门口盯着,害怕出什么事。听徐参谋还有卫生员李秀英说过,从高山上下来的人容易醉氧。刘振华当时听得云里雾里,他只知道醉酒,还不知道竟是连氧气都能醉人！不过既然是行家说的,那就肯定是对的,的确需要注意。主席都说过,身体是革命的本钱,要是身体坏了,革命工作谁来干?

机枪手看营长在愣神，十分紧张地问道："营长，你没啥不舒服吧?"刘振华扭扭脖子，再伸伸胳膊，感觉身子骨和以前没啥区别，便摆了摆手。他在脑子里飞速地顺了一遍今天的工作。既然团长让协调配合实习农场的成立还有机耕队的工作，那必须组织人手把准备工作做好。起码不能让军区的同志来了之后发现啥都没有。土地该平整的要平整出来，重点就放在那片苇子滩。水多，淤泥厚，那么高的苇子还有下面发达的根系都会影响机械作业。今天就得干起来，不然时间来不及。说白了，刘振华对那"铁牛"到底怎么样还是心里打鼓着呢。

原本选定的人手，就是机枪手带的排。刘振华刚想对他下命令，忽然想起自己昨晚和教导员的对话。幸好现在太阳正高，刺得两人都睁不开眼，便也没能暴露出他的尴尬。刘振华理了理衣领，背着手，端起营长的架子，问道："你回来之后，可是英雄得很啊!"机枪手被说得摸不着头脑，还以为营长是在夸自己，嘿嘿一笑说道："不英雄，哪有营长英雄啊!"刘振华一听更来气，直截了当地问道："你都给教导员瞎胡说了些什么? 什么叫你看到了，你看到啥了?"机枪手这才反应过来，营长说的是遇到野狼那晚的事情。不过这事他也很委屈。

"营长，真不是俺多嘴，是教导员……""教导员咋啦，你小子别想推给别人。把你能耐的，还往教导员身上推!"机枪手左右为难，但一想毕竟现在站在自己面前的是营长，干脆一股脑全说了出来："俺一回来就按照你的命令，先去给教导员汇报。结果教导员就把俺留下来了，问起勘探途中的经过，而且一个劲儿地问你，问你和赵明霞同志。营长，你也知道，教导员那是大知识分子，三绕两不绕的，就把俺藏在肚子里的话全都给掏出去了。"刘振华见状只好作罢，接着下令让机枪手带领他们排的战士集合。

一个排的战士在营地旁集合，集合地点恰好在女兵们居住的地窝子后面。看到营长集合了一个排的战士，她们纷纷好奇地看过来。为了照顾她们，刘振华和教导员定下了个规矩，女兵们不用每天都去挥锄头开荒，而是隔一天去一次。不下地的那天，就负责在营地里做些后勤上的活儿，修整修整地窝子的顶棚，打扫下营区什么的。今天刚好是她们不下地的日子。

赵明霞正和了些泥巴，准备修补地窝子的顶棚。有个地方不知为啥破了个洞，不下雨也往下落沙子和土。“营长！”刘振华一回头，看到是赵明霞。他有些心虚，只点了点头，没说话。“营长，是不是有任务？”刘振华硬着头皮回答道：“是。”他起初担心自己昨晚承认的事，已经被教导员告诉了赵明霞，但现在看这姑娘的态度，似乎和以前没啥变化，他心里便也坦然了许多。

“营长，我们女兵班今天刚好不下地，可以一起执行任务！”赵明霞三两下就补好了地窝子的顶棚，也不顾手上的泥巴，敬礼说道。“那个……”“我们的班长不就是机枪手吗？刚好检验检验我们女兵班战士有没有进步！”这理由让刘振华无法反驳。赵明霞是女兵班的副班长，班长由机枪手兼任。当初说好，等训练结束了，就可以配发子弹，女兵们可就在等着这么一天呢！“是啊营长，让女兵班一起去呗！”机枪手煽风点火。“你是营长还是我是营长？”刘振华眼睛一瞪，他脖子顿时缩了回去。“好吧，赵明霞同志，集合女兵班的战士！”女兵们情绪高昂，而有了女兵的加入，机枪手带领的一个排的战士也纷纷昂首挺胸，神采奕奕。

苇子滩在沙梁子垦区的最边缘，上次集体来这里，还是为了给修建的水渠堵漏。当时心里着急，觉得路似乎没有这么长。今天一走才发现，竟是两个多小时的路程。抵达苇子滩之后，刘振华看着眼前的土地，给战士们说了实习农场和机耕队的事情。机枪手激动地问道：“营长，那是不是以后就不用干活儿了？那些‘铁牛’呼啦一下就能把土地开垦出来？”刘振华白了他一眼说道：“把你美的！不干活儿干吗？回家抱孩子？你要是有个媳妇儿，我就不让你干活儿，还能给咱们垦区多生几个战士出来,但……”话说到一半,忽然想起还有女同志,这样的玩笑有些不合适,连忙打住,转变话锋,“‘铁牛’是厉害,但机械也有它自身的局限。你们看这片苇子荡,淤泥会陷住轮子不说,苇子根也会影响作业。咱们要在军区派来的同志到来之前,尽可能地把土地规整好,落实团长‘协调配合’的命令!”

刘振华心里一算,光是来回的路程每天就得花去四个多小时。一天之中,就算白天的时间全部用来干活儿,也就十个小时,减去四个小时赶路,没剩多少时间了。看来这是一场“持久战”,得做好充分的后勤准备。刘振华对机枪手说道:“你派一个班的战士回营地把大家的铺盖全都搬来,另外再让炊事班的小家伙儿背一口锅,带上粮食也赶过来。咱们得在这里驻扎一段时间了!”机枪手立马让排里身子骨最壮的战士临时拼凑成一个班,回营里去搬运辎重。临出发,刘振华又叫住那位班长,交代道:“你回去之后要找到教导员,汇报一下这里的情况。那边就让他负责了,我在苇子滩蹲点,把这边弄利索,好迎接军区派来的同志!”

刘振华看着密集的苇子,忽然想到可以就地取材,用这些苇子来搭建营房。这样既能解决住宿的问题,还能把土地清理出来,一举两得!他安排战士们一字排开,女兵们也混编进来。为了干得彻底,不再返工,刘振华要求大家必须把苇子根也全部挖出来。没想到这淤泥地和胶水一样,坎土曼挖下去,费好大劲才能拔出来。女兵力气小,赵明霞好几次都没能一口气把苇子根顺利拔出来,没挖几下,双手就打了血泡。“大家先停一下!”刘振华见状赶忙喊停。这样下去可不是个事儿,战士们损耗太大,收效却甚微。机枪手也抱怨这种有力气但使不上的感觉太憋屈了。每一下都多耗时间不说,还浪费了比平时多好几倍的力气。

“咱们先归纳一下问题。这个芦苇滩的地,主要就是水分大,黏性太强。农具容易脱手，耗费时间、力气的同时手还容易打起水泡。除此之外，大家觉得还有什么？”一名战士举手说道：“营长，还有就是这苇子根太深了！就算每一下能挖进去，也得好几下才能挖到底。而且它们互相之间还连在一起，不挖透，根本拔不出来。”另一名战士跟着说道：“就是！苇子叶跟刀刃一样，稍不留神，手就被划破了！”不得已，刘振华又扛着坎土曼，蹚进苇子滩，挖开了几根苇子，把淤泥下的根系探了探究竟。他忽然发现一个妙招。

“你们来看！”战士们围上前来，看到刘振华先在苇子根部中间的位置用力挖了一下，拔除坎土曼后，又在它的左右各挖了一下。这两下用力不大，并且坎土曼入地时有一个切入的角度，并不是直挺挺地下去，这样拔起来会更加轻松。三下挖完之后，淤泥上留下一个清晰的三角形印迹，把这根苇子团团围住。“看出来什么窍门没有？”刘振华颇为得意地问道。机枪手看了半天，只觉得坎土曼在淤泥中留下的痕迹怪好看的，但这肯定不是营长的意思，要是说出来，肯定挨骂，所以没接话。等了半天，也没人看明白其中的名堂，刘振华自己解释起来：“这第一下，先把苇子根部挖松动，然后左右各来一下，把和它相连的根系砍断。再用帽子垫着手一拔，这不就出来了，比前面轻松多了吧！”众人一试，果然省劲儿了不少。

目前人员较多，刘振华又发现这个方法有个弊病。那就是需要大家配合得极为默契，左右两边下挖因为有一定的倾斜角度，不留神就会伤到旁边的人，所以众人需要协调好节奏，方向一致。不过这个弊病对于经过队列训练的战士们来说不算什么大问题。再从机枪手这个排长开始，逐级往下，轮流喊着号子，固定好节奏，就不会出现伤人的问题。

经过测算，苇子滩上干一个小时的工作，大概是平地三分之二的工作量。这个效率虽然不高，但已经比刚开始的笨办法快多了！

3

回营战士们脚程很快，不到四个小时就带着铺盖还有行军锅等回到了苇子滩。本来带队回去的是个班长，但机枪手担心他完不成任务，所以专门让副排长朱有福跟着一道回去。一回到营里，其他人开始忙活着收拾准备，朱有福则去找到了教导员，传达了刘振华的命令。“教导员怎么说?”刘振华问道。朱有福回答道：“营长，教导员说让我们安心劳动，营里不用担心，他会全权负责。另外，还让我们注意安全，安全第一！”刘振华听后点点头。“还有……”刘振华一听朱有福还没说完，便继续拄着坎土曼听。“咋啦，这么吞吞吐吐的！”刘振华问道。“营长，还有两件事，一件公事一件私事……”“私事你磨磨叽叽的就算了，公事有啥好磨蹭的?”刘振华不解地说道。

朱有福抓耳挠腮一阵，才开口继续说道：“教导员还让我转告你，说昨晚关于部队文化学习的事情他开始抽调人手了，用劳动之余的时间给战士们强化培训。然后……然后咱们这个排还有女兵，所以他提议让我和李秀英同志先暂时当一下文化教员，教教大家最基础的！”刘振华听后一拍大腿：“好啊！”朱有福小时候读过私塾，后来在起义部队里还当过副连长，文化程度绝对高于垦区的绝大部分战士。至于李秀英，她虽然参军前没有上过学，但在部队的扫盲班里识了不少字，不然也不会被抽调去学习护理知识。这两个人给大家当教员，想必能有不错的效果。“先完成今天的劳动，晚饭时候我开个会，着重讲一下这件事！”

刘振华心里很激动，却把刚才朱有福说的还有件“私事”忘在了脑后，坎土曼都扛在了肩上，准备继续去苇子滩里实践他创造出来的“三角形挖地法”，却见朱有福跟个木桩子似的杵在那里，一动不动。“哦对，你说还有件私事是啥事?”朱有福从脖子往上，黑红黑红的，嘴角换着边儿抽抽,挂着似笑非笑的表情。“嗯?”刘振华把坎土曼往地下一挖,让它自己立在那,双手环抱在胸前,开始审视起朱有福。按照他的经验,这副表情不是犯了错误害怕被批评,就是立了大功不好意思承认。“朱有福!”刘振华干脆地喊了一声。“到!”“我命令你快讲!”“是!”这种号令式的对话一下给他增添了勇气,朱有福直截了当地说道:“我向教导员汇报了我最近的思想动态,给他说我喜欢李秀英同志!但我毕竟是犯过错误的人,不知道‘自由恋爱’的规定在我身上算不算数。”

刘振华听得起劲,赶紧鼓励他说:“算数啊!当然算数!朱有福,你别有思想包袱。你身上的错误,错不在你,我不是早就给你说过了?后来你的表现大家是有目共睹的,现在还是副排长,更要往前看!”朱有福点点头说道:“没错,教导员和营长说得差不多!不过……不过教导员说这样的事情营长更有经验,让我有什么困扰就和营长请教!”“行,我知道了。这个……不同的人,有不同的办法,我得针对你和李秀英同志的具体情况好好琢磨一下子。”对视上朱有福期待的眼神,刘振华只得硬着头皮随便应付了两句。朱有福若有所思地点点头。

刘振华趁着空当,赶紧命令他带着战士们用割下来的苇子秆搭建营房,没想到这竟是朱有福擅长的。他在老家的时候当过篾匠,编个筐子、簸箕什么的都不在话下。朱有福拿起一根苇子秆,用自己的个头一比画,很快就知道该怎么做。

太阳一斜,苇子滩因为水多,要比营地所在的光秃秃的戈壁滩凉快不少。现在气温一天比一天高,虽说还不算热,但白天太阳正高的时候,还是晒得人脸皮疼。苇子滩边,朱有福带着战士们已经把营房基本搭建好了。苇子绿油油的,编制成房顶、墙面,中间空出个门来出入,感觉比地窝子好多了。一收工,女兵们便迫不及待放下坎土曼,走进这苇子搭建的营房里,觉得很新鲜。

刚从沼泽地里割下来的苇子,还带着水里的湿气。饱满的苇子秆,把从戈壁滩方向吹来的热风隔阻在外面，屋子里清清爽爽的，还有一股清香。赵明霞对刘振华说道："营长，这里这么多苇子，咱们都给运回去，搭建的房子足够垦区住了，这不比地窝子舒服！"刘振华笑笑，走上前，用手扶住苇子营房的墙面，使劲一推，整个营房都摇晃了起来。"妈呀，这……"所有人的目光都看向了朱有福，心想营房这么不结实，垮塌了怎么办？"这是苇子的特性所导致的，不怪朱有福。苇子秆看着长得高高壮壮，其实很软，一点都不结实。要是在营里搭建这样的房子，会被风吹倒不说，等过几天太阳更热了，一晒就会晒透，到时候这里面就跟个蒸笼一样，根本住不了人！咱们总不能把自己变成馒头吧！"战士们听到刘振华的解释，纷纷大笑起来。"所以这就是个临时的法子，等把这一片苇子滩规整出来，咱们就撤退了，还是住那地窝子去，起码冬暖夏凉是不是？"

这次来的炊事员是小家伙儿。上次跟着勘探队一起上山的炊事员后来因为身体恢复得并不是很好，被送到了团部治疗，一时半会儿恐怕没法归队，小家伙儿的工作也跟着繁忙起来。刘振华专门到灶台旁转悠了一圈儿，见他脸上满是高兴，不由问道："遇上啥好事了？"话刚出口，他心里咯噔一下，心想这小子不会也是谈恋爱了吧！自从教导员套了他的话以后，刘振华看谁都疑神疑鬼的。更觉得这事儿就跟传染病一样，说没有就没有，来一个开头的，就能遍地都是！

"营长，这里的泥巴好啊！"小家伙儿指着垒砌起来的灶台说道。在营里的时候，灶台是平地上挖个坑，然后用石头砌成的。"沼泽里的淤泥湿度高，黏性大，只要跟和面似的揉一揉，就能用。营长，我前面去芦苇滩边掏泥的时候，看到那边芦苇荡里有不少野鸭子，还有水鸟！那野鸭子都很肥，看到我过去，死命地扑棱翅膀都飞不动，要是咱们能打两只的话……"

刘振华忽然想起别克在告别时曾跟他说，等下次见面，他带着自己去打猎。这的确是个改善生活的好办法！特别是眼下，局势平稳，不会有大的战斗发生，所以弹药比较充足，可以分出一些用来打猎。这样的话不但可以让战士们吃上肉，补充干活儿消耗掉的体能，还能进一步振奋士气！刘振华看着芦苇荡沉思了片刻，冲着小家伙儿问道：“要是打来了野鸭子，你会做吗？”小家伙儿激动地猛点头。“清炖也行，或者干脆就用做叫花鸡的法子糊上泥巴丢火堆里，做出个‘叫花鸭’！”刘振华拿定了主意，叫来机枪手，让他带了十发子弹，和自己一道向小家伙儿发现野鸭子的地方走去。

4

苇荡中的空隙极小，机枪手虽然嘴馋那些野鸭子肉，但举枪瞄了好一会儿，咽了口唾沫说道：“营长，还是你先来吧，再不济，还能有个托底的。不然，这边枪声一响，最后还空着手回去，太丢人了……”刘振华笑着斜眼一瞥：“咋的，你小子刚才那么拽，我以为你能一枪穿三只呢……”说完，刘振华缓缓拉开枪栓，尽力不让它发出声响，轻轻将子弹顶进枪膛，他一脸严肃，甚至还估算了一下距离，屏住气调整好标尺。打仗多年，刘振华都不记得自己开枪有过这么慎重的时候。他枪口所指，正是野鸭的脖子。

“啪”！终于等到了刘振华开枪。“中了，营长！打中了！”“你咋不开枪？光知道咋呼，野鸭子都被你吓跑了！”机枪手全然不在意，起身割断几根苇子秆，把它们编在一起，又“扑通”一声跳进芦苇荡，一把将那只被打中的野鸭子捞了起来。“营长，你看！这只真肥啊，肯定是这群野鸭子里的老大！”看着这只野鸭子，刘振华也乐得合不拢嘴。让机枪手用苇子捆在枪筒上，挑得高高的。

小家伙儿眼尖，大老远就看到两人一前一后朝这里走来。“营长回来了!肯定是给咱们打了肉吃!”女兵们一听呼啦啦围拢过来,七嘴八舌笑成一片,都想下次也跟着刘振华和机枪手去打猎。

“大家静一静,咱们先把今天打的吃到肚子里,然后再说下次好不好?你们放心,我和机枪手都侦查过了,那里野鸭子真不少,咱们打了还能给教导员他们拿回去,让营里的战友们也打打牙祭!”听营长这么一说,大家鼓掌欢呼起来。

刘振华还不知道此时营里,教导员因为吃饭问题愁得连烟都不抽了。营区里储存的冬菜已经见底,勒紧裤腰带凑出来的都让小家伙儿带给了临时营地。战士们因为长期吃不到蔬菜,部分人得了夜盲症。天一黑,眼前就是黑漆漆的一团,什么都看不清楚。严重的几个人,晚上出来撒尿竟找不回自己的地窝子,只能站在戈壁滩上大喊,战友们听到后派个眼神好的出去接应,才避免危险发生。除此之外,粮食也开始告急。教导员和老炊事班长一商量,决定先应付着,等刘振华把机耕队和实习农场的事情理顺之后,再一起想办法。其实这些状况早在刘振华带队和徐参谋上山勘探时就已经有了兆头,但刘振华一直不断地有新的任务,所以教导员一直没有开口。

“教导员,还是抽空给营长说说吧。他点子多,指不定就能有办法!”炊事班长说道。那片苇子滩里面究竟是个什么情况,要干多久才能完成,谁也说不好,想必刘振华自己也不知道。“那边的战士也需要轮换着来,等过几天我带人去换班,顺带把现在的问题商量下。”说完,也不等炊事班长再说什么,教导员给他在灶台上留了根卷烟,便摸索着朝自己的地窝子走去。教导员的视力也下降得厉害,好在这条路走的次数多,几乎全都刻在了脑子里。

5

“去，把你的小老乡叫来。”刘振华背着枪，眺望着芦苇荡中心的高地，那儿有几棵老榆树。晨曦的清风已起，因夜晚气温骤降，芦苇荡里覆盖着一层白霜。这时，司号员也把他的老乡炊事员小家伙儿从床铺上拉了起来，带到刘振华面前。“还没睡醒呢？”刘振华替他把扣错的军装纽扣重新扣好。小家伙儿揉了揉惺忪的睡眼，营长的面庞在他眼前渐渐清晰起来，立正——敬礼一气呵成！“行了，放下吧。我简单说两句！”

刘振华的目光缓缓扫视过他们的面庞，又越过他们的肩膀，深深地看了眼芦苇荡后说：“从今天起，临时营地的起床号时间后推一个小时，早饭时间顺延半个小时！”司号员和小家伙儿面面相觑，不明白营长为什么要突然更改起床和早饭的时间。刘振华并没有和他们解释的意思，缘由其实十分简单，就是为了节省粮食。

从在芦苇滩旁驻扎开始，刘振华的脑子里就在算计着给养的问题。后勤部是不用指望了，既然都成立了垦区，哪里还好意思处处伸手向上级要？他们起码还能发展一些副业，比如用打猎等方式获得一些额外的补充，而就连不远的团部，都没有这些条件。早晨让战士们多睡一个小时，延后了起床时间，其实是为了减轻战士们的饥饿感。在苇子荡里干活儿需要蹚水，体力消耗要比平地上大很多。这是刘振华在请教了卫生员李秀英之后，又经过自己的深思熟虑才做出的决定。

小家伙儿还想问个究竟，但机枪手已经带着两个战士向这里集合了。刘振华将他的话打断。“营长，俺们不会就是听几句思想工作吧？有什么战斗任务？”机枪手笑着问道。营长让他全副武装出发，他就知道绝对有好事。“我让你全副武装，是想让你把芦苇滩中央那块高地上的乌鸦和老榆树先收拾干净！这样的话我们对芦苇荡中央的勘察工作可以更细致到位，能尽早整出一条机耕道来。你这弄得，不知道的还以为鬼子又打回来了！”营长这么一说，机枪手也知道自己着实是有些小题大做了，说道：“营长，这些乌鸦都差不多一个样子，还不如抱着机枪把它们都突突了！省得以后每天聒噪，听得人烦！”“你小子可真是当惯了地主家的少爷忘记了穷日子的时候是怎么一把米吃三天的！”机枪手被营长劈头盖脸一顿说得有些脑袋发蒙。“子弹是这么用的吗？几只乌鸦就要扫射，你就不会动动脑子？”机枪手摸着脑袋道：“营长，俺脑子慢你又不是不知道！”刘振华指着最粗的那棵榆树说道：“它们在这儿做窝，你把树砍了，让它们没有落脚的地方，这不就从根本上解决了问题？砍下来的树干运回来，都是好木头，还能用于建设实习农场。”刘振华对另两名战士说道：“然后你俩立即就跟上去，能抓多少鸭子就抓多少！抓住了之后留下点给咱们临时营地改善伙食，其余的全都给教导员送去！再让团长也尝尝！”刘振华也拉起架势，这次他想做一把“大买卖”！

机枪手和另外两名战士已经蹚水走进了芦苇荡，向着中央处的高地进发，他们忽然看到前方隐约有个人影。刘振华示意所有人都压低枪口，伏下身子，借用密密麻麻的苇子荡来遮蔽住身形。“你还记得别克吧？”刘振华问道。机枪手点了点头。当初也是差点把别克当作一头大青羊而开枪，险些铸成大错，这次可一定要看准了！

好在这位同志光着膀子，一下就被众人认了出来。“朱有福！你在这里藏着干啥？”刘振华问道。“营长……”“嗯？”刘振华眉头一挑，不怒自威。朱有福有些难以启齿，他揉了揉肚子，又指了指前面不远处的凹子。昨天那鸭肉吃下去不久，他的肠胃就开始抗议，折腾得他一晚上几乎没睡觉不说，这上厕所的地方也是越走越远！方才他刚找到个舒坦的地方，清晨还没什么蚊虫，哪里想到一抬头，自己背后老榆树上除了乌鸦以外，竟还有个蛇窝！大的足有他的胳膊粗细，小的只有拇指大小。朱有福心里一惊，也不知道这些蛇有毒没毒，万一掉下来，冲他来一口，那真是遇上神仙都没办法。他只得生生憋住，裤子都顾不上完全提起就冲了出来。他话音刚落，肠胃竟又绞在一起，疼得他摇头摆手，又去另一边踅摸个僻静的地方再解决一下。

这片高地终于被规整出来了，刘振华他们收获颇丰。回到营地，刘振华把野鸭子分成了三份。一份留在临时营地，另外两份派人送回去，再带话给教导员，让他负责把其中一份送去团部。活捉的野鸭子不吃还能养起来下蛋，可以说是一劳永逸，能不断地循环下去。

女兵们很稀罕这些野鸭子，尤其是那几只小的，身上的绒毛还没完全褪掉，看上去憨态可掬，双手一捧就能捧起来。赵明霞把玩了一阵，小鸭子扁扁的嘴啄得她手心痒痒的，却不舍得放下。她对刘振华说道："营长，这些鸭子先不吃了吧，咱们养起来！"刘振华本来就有此打算。不过养鸭子可不是那么容易的事情，野鸭子和家养的还不同，身上都带着野性。小鸭子不怕人，但那些个头大的老鸭子全都提防着人。要不是现在腿被绑着，早就扑棱飞走了。战士们种地还有些经验，这养殖却是毫无头绪。"这有啥难的！鸭子喜欢水，这旁边就是水，每天从苇子荡里捞出来点吃的，再给它们喝够水，绝对没问题！营长，养鸭子的活儿我们女兵包下了！"赵明霞这么一说，全体女兵们的积极性都被调动了起来，跃跃欲试地看着刘振华，就在等他拍板。

看到女兵们热火朝天地用苇子秆编围栏给鸭子做窝，刘振华连名字都想好了，就叫"沙梁子垦区养殖基地"。想到这里，刘振华叫来了赵明霞和李秀英，三人凑在一起，针对野鸭子养殖的问题开了个小会。"赵明霞，你是副班长，带头承担任务很好，但有积极性的同时还要注意不能操之过急。毕竟这不是咱们擅长的工作，要边干边摸索，多动脑筋！"赵明霞满口答应。刘振华点点头，又对李秀英说道："你这个卫生员虽然是给人看病的，不是兽医，不过你还是算半个专业人员，起码对这些鸭子的头疼脑热比我们有概念多了。你的任务除了协助赵明霞管理班里的事务以外，要把更多的精力放在它们的繁殖上。你要用掌握的知识做深入的研究，要是干得好，以后咱们垦区真成立了养殖基地，那你可就是大科学家了！”李秀英听着刘振华的话，脑袋里憧憬了一番，不好意思地笑了笑。

第十一章

『铁牛』来了

第十一章 “铁牛”来了

1

养鸭子的窝棚一个下午就搭建完成了。晚饭后，所有人都围在旁边，看着里面的鸭子嘎嘎叫着，整个临时营地都多了些生气。“好了好了，鸭子有啥可看的嘛！看这么久，赶紧休息了，明天还有任务！”刘振华不得不出言干预。在所有战士都回去休息之后他却没有睡意了。

自从芦苇荡中的高地被规整出来之后，刘振华经过思考，有了新的思路和方向——“中心开花，四面包抄”！他带着机枪手和几名战士到芦苇荡中心的高地上开挖，朝四周辐射。其余的战士们还有女兵，则依托岸边的临时营地向中央挺进。刘振华心里十分清楚，建立机耕队的实习农场，水和草要是治理不下去，那就是一纸空谈。这段时间，虽然他带着众人埋头苦干，收到了一定的成效，但仍处于一种被动境地。这几日太阳大好，气温骤然升高了好几度，再加上没有下雨，芦苇荡里的水位下降了不少。在这个档口，刘振华接到了团部的通知。他召集大伙儿，传达了通知。

“哈哈，拖拉机终于要来了！”“是啊，也不知道那玩意儿长啥样，肯定比我劲儿大吧？”“还不知道啥样？上次都说了，跟那个小鬼子的坦克差不多，肯定比你劲儿大多了！”大家伙儿讨论得十分热闹。

机耕队将在两天后到达，这两天刘振华决定先暂时停止对芦苇荡的规整，把劳动重点放在老公路的另一面，也就是实习农场的土地平整上。具体的红头文件，在通知下达的隔日由教导员亲自送到了临时营地。两人许久不见，见面先是冲对方胸膛上打了一拳。“你咋晒成这样了！”教导员眯着眼说道。刘振华正了正帽子，说道：“这里没遮没挡的，苇子秆搭起来的营房太阳一晒就晒透了，哪有地窝子舒服！再说，我本来就黑，再黑点也无所谓。哪像你细皮嫩肉的，要是这样晒，早曝皮了！”教导员懒得听他胡扯，说道：“滚一边儿去！先说正事，看看团部来的文件！”

新成立的机耕队，力量还很薄弱，称为一个组差不多，隶属于军区生产大队，所以算是军区直属。不过成员却出众，都是军区首长经过慎重考虑和极为严格的选拔后定的。队长原来是军区汽车营的营长，副队长是司令员的副官，驾驶员、农具员是从军区小车队还有后勤勤杂人员中选出来的，总共十一人。教导员和前来送文件的团部干事聊了两句，知道这十一人中除了一位专门聘请的农业指导外，其他人连拖拉机都没见过，全是门外汉。

“人员都是精兵强将啊！这位队长我还认识。当初因为水源疫情的问题，团里不是抽调我去迪化市里送水吗，他当时就是汽车营营长，我们没少打交道！”刘振华说道。“这不正好！都是老熟人，开展起工作更方便！”教导员高兴地说道。刘振华放下文件，忽然皱起了眉头。“咋啦？想到什么了？”“文件上说有六台拖拉机，其中四台链轨式，两台轮式。是不是少了点？你看这片地还有芦苇，拖拉机再厉害，也得有一定数量才行啊!”教导员打量了一番四周,觉得这的确是个问题。“慢慢来吧,都是从无到有。只要机耕队这个架子搭起来,规模肯定就会越来越大。实习农场早晚转正,咱们配合好工作就行了,其他的不用想那么多!”刘振华点点头,转身让小家伙儿宰一只野鸭子,炒出来,让教导员吃一顿。教导员却拒绝道:“饭不吃了,等鸭子做好的工夫我差不多都回到营里了。”“这就要走? 急啥啊! 你咋跟个来做客的人一样,这里还是咱沙梁子垦区的地盘,你这个教导员照样好使!”

教导员为啥这么着急走,是因为他得趁着天亮的时候回去。由于长期缺乏蔬菜,他也患上了夜盲症,不能走夜路,夜间眼睛看不清楚容易出危险! 刘振华却执意不让他走,硬生生地拖住教导员有一搭没一搭地闲聊。两人就这么一缸子一缸子地喝着芦苇荡里的水。说得热闹了,还碰碰缸子,仰脖一饮而尽。在一旁忙活的小家伙儿看得发愣,还以为缸子里当真装的是酒! 水喝多了,上厕所就多。看看太阳,已经开始倾斜,这次无论刘振华再说什么都无济于事了。教导员执意要走,刘振华没有立马回答。右手“啪”地一下,牢牢扣住教导员的肩膀,扭头问道:“小家伙儿,好了没?”“好了营长! 好了!”只见他用自己的帽子托着五个还在冒着热气的鸭蛋。刘振华说道:“来,都给教导员,让他尝尝咱们女兵班的劳动成果!”说罢,也顾不得烫,径直把煮熟的鸭蛋都塞进了教导员的口袋里。

“女同志有本事,鸭子养起来第二天就下了蛋。哎呀,多得都吃不完,这五个你就当路上的零嘴,干走两个多小时挺无聊的!”刘振华说道。其实临时营地总共就只有这么五个鸭蛋,还是在高地规整出来后从野鸭子窝里摸出来的。刘振华听卫生员李秀英说,这个鸭蛋营养丰富,有多种维生素,比吃啥都补。他这才死皮赖脸地拖住教导员,等待小家伙儿把鸭蛋煮好。小家伙儿看这鸭蛋比鸡蛋大了一圈儿,他也没有经验,生怕煮不熟,于是耽误了一刻钟的时间。好在没啥要紧的事,教导员回程的时间足够。

教导员摸摸鼓囊囊的口袋,他一个字也说不出来,摆摆手,趁自己眼眶要红时赶紧转身向营地走去。刘振华看着自己老搭档单薄的背影被太阳拉得很长,鼻头一酸,干脆把缸子里剩下的水又一口气仰脖喝完。

2

“袁营长! 咱们又见面了!”刘振华敬了个礼说道。“哈哈,刘营长,现在你是营长,我这个营长已经变成队长了!”袁队长笑着说道。成立机耕队后他当了队长,以前在汽车营的工作担子就彻底卸下了,带着手底下的战士们,全心全意地扑在农业机械化建设上。“这就是拖拉机吗?”越过袁队长的身子,刘振华看到后面停着的几辆“大铁牛”。袁队长介绍道,链轨式的拖拉机叫作“阿特兹”,轮式拖拉机叫作“乌特兹”,都是从苏联进口的。“拖拉机真神气啊!”刘振华走过去绕着拖拉机走了两圈,东看看西看看,也不知道该怎么形容,最后只从嘴里憋出“神气”两个字。他想伸手摸摸,却又怕自己碰坏了。“哈哈,这铁疙瘩没那么金贵,结实着呢!”袁队长看出了刘振华的顾虑,专门走上前去,用力拍打了几下拖拉机的引擎盖子。“刘营长,这是要犁地干活儿的东西,咋会那么容易就坏呢!”

“嘿! 这轮子真大啊,都快和我一样高了!”从正面看还不觉得,站在这辆“铁牛”旁边,才能感受到从它身上传来的力量和压迫感。单说轮子,简直比刘振华见过的最大的磨盘还要大! 打了这么多年仗,汽车也缴获过不少,但没有任何车辆的轮子能有拖拉机的大!“这个……”“乌特兹!”袁队长提醒道。“老大哥起名字真是奇怪啊,绕来绕去的,弄得咱都记不住,也不知道啥意思!”刘振华自嘲地笑了笑,然后虚心地问道:“袁队长,这链轨式拖拉机和轮式拖拉机有啥区别?”袁队长解释道:“简单地说,链轨式的拖拉机力气更大,但灵活性不足;轮式的拖拉机力气上小了些,但胜在灵活,很多链轨式去不到的地方,它就可以。这两种刚好可以相互补充!”

临时营地的战士们都围着拖拉机看了又看,稀罕得不得了。新来的机耕队战士们却又觉得女兵班很是稀奇。不过他们却不敢那么明目张胆地看,都是偷偷地瞥一眼。“什么味道,这么香!”机耕队一名小战士抽着鼻子说道。“哈哈,你再闻闻,看看能不能闻出是什么香味!”刘振华笑着说道。这名小战士便闭上眼,仔细闻了起来。一会儿工夫,他就睁开眼说道:“是鸭肉!有肉汤,还有炒的!”肉香味并不浓郁,但这名小战士闻了几下就能如此准确地说出来。“真厉害啊!就是鸭肉,一只红烧,一只炖汤!”刘振华赞许道。

为了迎接机耕队,刘振华也是下了血本。一顿饭做了两只鸭子,为此还和赵明霞产生了点小矛盾!这些虽然是野鸭子,但赵明霞等女兵们喂养了它们两天,似是也通了人性。它们远远听到动静,就知道是该开饭了,嘎嘎叫着围拢上来,很是可爱。姑娘家心软,一来二去和这些野鸭子有了感情,竟是舍不得吃它们了。

“刘营长,你们住的房子真有特色啊!”袁队长看到临时营地的房子全都是用苇子秆编成的,觉得很新鲜。“就地取材嘛!这里地下水很丰富,挖不成地窝子,就只能这么将就将就。”但就是在这样艰难的环境下,刘振华却还给机耕队的众人也搭建好了屋子。“伙房因为有烟有蒸气,所以就是露天的了。”刘振华介绍道。“炊事员是个新兵,我们都叫他小家伙儿。”“到!”小家伙儿正在做饭,突然听到好像有人叫自己。“鸭子还有多久啊?”刘振华问道。“报告营长,红烧鸭已经做好!鸭汤还需要十分钟左右!”这句话每一个字都说得中气十足,像是从胸膛里面迸发出来的。

“袁队长，我带你去看看我们养的野鸭子！”一听还要十几分钟饭才能做好，刘振华便拉着袁队长去看野鸭子。“对，我刚还想问，你们哪儿来的野鸭子啊！”刘振华指了指旁边的芦苇荡：“我们规整这片芦苇荡的时候发现了一群野鸭，它们的窝就在那块高地的背后，然后就来了个‘一锅端’，把它们全都抓来养着！”“没错，以后俺们垦区还要建立养殖基地！”机枪手快言快语，把这“宏图大业”说了出来。他心想这可是营长你自己说过的，总不至于再挑俺的不对了吧！“那就提前祝贺刘营长了，养殖基地一定能弄得红红火火！”这是客气话，谁都能听出来，刘振华也没有在意。养殖基地的构想目前还是白纸一张，光凭着现在这一群野鸭子，还远远不够。

“刘营长，我们先去把铺盖放到住的地方！”袁队长看刘振华走神了，开口说道。“哦，好！ 就是这里！”整个临时营地就巴掌大的一块地方。机耕队战士们住的地方可不是用芦苇秆编起来的，而是货真价实的屋子。在规整芦苇荡中的高地时砍伐了许多榆树，刘振华把树干削掉枝杈，修得笔直、平整，用作屋子的承重结构，然后再把苇秆编好后，四面一围，往顶上一盖，就算是成型了。刘振华特意给机耕队战士们住的屋子屋顶上铺了三层苇子秆，极为厚实，足以遮挡清晨和傍晚的寒气以及正午时的太阳！ 刘振华还在兴致勃勃地介绍，袁队长却板着脸，看上去不太高兴。“袁队长，怎么啦?”“刘营长，你们住在苇子秆搭的窝棚里，却给我们盖了木头房子，这不是骂人吗！”刘振华苦笑着说道：“袁队长，我从团部接到的任务就是要做好迎接你们的准备工作，同时还要做好保障工作！”袁队长叹了口气。“住在木头屋子里休息得更好，不如这样，咱们轮流住。”

刘振华还想说什么，小家伙儿端着一大盆鸭子汤从伙房里走了出来。“营长，饭好了！”这算是接风宴，给从军区远道而来的同志接风。刘振华给机耕队的每人都盛了一碗鸭子汤，接着又让赵明霞招呼女兵们喝汤吃肉。看着满满一大盆，这么一分，立马就见底了，刘振华和机枪手、朱有福、小家伙儿等人只有半碗汤。“袁队长，我说两句话！”袁队长立马放下碗筷，带头鼓掌。“首先，作为垦区的负责人，我真诚欢迎机耕队同志们的到来！”众人纷纷喊好。刘振华清了清嗓子，接着说道：“咱们沙梁子垦区，条件比较艰苦，比起军区大院儿来肯定是差远了。没有酒，咱们就用鸭子汤替代一下。另外生活上还有工作中有什么问题，同志们随时开口，我们一定做好保障工作！要是有什么不足之处，袁队长，你可一定要及时批评指正啊！”袁队长笑着说道：“刘营长太客气了！说起来，我们在军区里睡的是大通铺，这里还是独栋小楼呢！还有鸭子吃，哪里艰苦了！哎！刘营长，我记得你是会开车的对吧！”刘振华摆摆手。

就他那个“三点头”的开车技术，还不够费油费轮胎的，哪里算得上会开车！“我给你说，现在机耕队首要的任务就是壮大力量！你看这6台拖拉机，够干什么的？但问题是就算拖拉机再多，可没有人会开，它们就是废铁一块。临来的时候，司令员专门叫我去，就说到了这个拖拉机手的培养工作，一定要重视起来！”刘振华被袁队长说得也有些心动。想了半晌，心虚地问道：“我能行吗？这玩意儿……廾起来挺难吧！”袁队长摇着头说道：“学会了都不难！你学过开车，拖拉机上手很快的！先带你熟悉两天，估计你就能自己开着犁地了！”刘振华若有所思地点点头，算是暂时答应了下来。

3

晚饭吃得饱，困意上来得早，再加上机耕队的同志们劳碌了一整天，都很疲惫。整个临时营地头一回在天还亮着的时候就全体休息了。刘振华本想和袁队长一起，根据实习农场的地形和苇子荡的水文资料合计合计，拿出一个具体的开垦方案来，奈何他自己也困倦得不行，只能先去睡觉，等明天养足了精神再说。可惜好梦不长，刘振华被机枪手的呼喊声惊醒。他一个翻身从铺上跳起来，稳稳当当地站在地面上，同时已经穿好了军装外套。“出什么事了？”机枪手慌慌张张地回答道：“我也不清楚，就看到机耕队的同志全跑到拖拉机那边去了，还说什么油料怎么的……”刘振华暗道不妙。

深夜的戈壁滩，能照亮的只有星光和月光。现在是前半夜，无论是星星还是月亮，亮光都很弱。刘振华揉揉眼睛，发现自己好像也有了点夜盲症的症状，黑暗之下，看不太清楚外面的情况，却听见机耕队的同志不断呼喊着，正在向停放拖拉机的地方靠近。“袁队长，袁队长！”刘振华大声喊道。

袁队长打着手电筒朝他走来，手电筒可比拖拉机还稀罕！“这把给你，我们还有一把手电筒！”刘振华接过手电筒，发现这也是个铁疙瘩，拿在手里颇有些分量，沉甸甸的。光滑的外表上有个开关，操作极为简单。往上一推就是打开，顿时就亮堂了，往下一推，灯泡就会熄灭。他试了一下，但又还了回去，说道：“这么高级的东西，我用不着，点个火把就行了！小家伙儿……”刘振华刚想让小家伙儿去灶台处生火，做几个火把照明，没想到袁队长一听大惊，赶紧说道：“千万不能！那边有油料，不能遇明火！”刘振华一拍脑门，这才反应过来，说道：“刚才听有人喊，是油料出什么问题了吗？”刘振华焦急地问道。

他和袁队长共同打着一把手电筒，朝老公路另一侧走去，袁队长解释道：“我们机耕队不是有个‘狗鼻子’吗？”看刘振华没反应过来，他又说道：“就那个今天闻了闻味儿就知道吃什么的战士，我们都叫他‘狗鼻子’！”“哦哦！他闻到什么了？”待刘振华和袁队长走近了，“狗鼻子”说道：“队长，刘营长，你们看这里！”油料这东西，只要不遇到明火，一般情况下不会出现危险。刘振华借着手电的光里外看了一圈儿，没发现什么意外。“看这里，漏啦！”刘振华定了定神，伸长了脖子，眯着眼看去，发现那片地面果然和其他地方颜色不一样。这几日没有下一滴雨，但这块地面却湿漉漉的，颜色极深。再朝前凑近几步，油料那独特气味，就变得刺鼻起来。

“怎么会漏呢？”袁队长话音里都带着哭腔。这些油料是军区费了老大的劲才凑出来的。按照司令员的话，国家目前也很困难，但还是给咱们进口了拖拉机。这油料，就是每天饿两顿也得省出钱来自己买。袁队长从汽车营调到机耕队后，上级告诉他最重要的任务有三个：第一是尽快熟练掌握这些“铁牛”的驾驶和操作；第二是尽全力对这些“铁牛”进行保养，它们是整个新疆军区的宝贝；第三就是这些从衣食住行中一点点省出钱来购买的油料，该用的不含糊，不该用的一点都不能浪费！这才刚来，油料竟然就泄漏了这么多。袁队长脑袋发蒙，心里懊悔无比，觉得就是因为自己贪嘴，今晚多吃了些，困得早，晚上没能起来检查一圈才会导致这样的意外发生！

看到袁队长情绪有点激动，刘振华赶忙拉住他，说道：“袁队长，你先冷静！”“我知道……我知道……”“‘狗鼻子’，你们几个把油料桶都搬开，先找到漏油的地方，弄清楚之后再看看怎么补救！”众人都是干活儿的老手，有经验有效率，几下就将油料桶全部分散好，拿着手电筒一个一个进行排查。“这个漏了……”“这个也漏了……”“还有这个……这个也是！”声音接二连三响起，听得刘振华心惊肉跳！再看袁队长，面如死灰。“狗鼻子”检查完一个，就报告一次。好的油料桶全部原地不动，但凡是有问题的，都放置到了另一边。“队长，差不多就这些了。”剩下的油料桶，有的外面糊上了一层污垢，也看不清楚。但“狗鼻子”掂量了一下，觉得没少。

有几个油料桶已经空了，袁队长把空桶抱在怀里，又仔细检查了一遍，不放过任何一个边边角角。“是怎么回事？”刘振华问道。“你看，是油料桶的原因！”装油料的桶子有的不合格。接收这批拖拉机的时候，负责运送的苏联老大哥给我们送了几个他们生产的原装桶。原装桶全部都是两层，桶口处还带着螺丝和卡扣，既保证了密封性还能转接输油管，这几个桶就没有漏油。一下损失了这么多油料，袁队长不知道该怎么办才好。这批随着机械一同运来的油料，正好是用来规整实习农场的土地以及苇子地的。眼瞅着就要春播，刘振华顾不上照顾袁队长的心情和精神状态，他赶紧命令临时营地全员出动，前来帮忙。“营长，有什么任务？”

女兵班很快集合完毕，赵明霞一个立正，站在刘振华的面前。“快，你们把营地里所有的脸盆都拿来。”这些变形的油桶已经不能再用来存放油料，都有安全隐患。何况已经损失了这么多，剩下的油料就是命根子，绝对不能再有任何意外！“营长，要脸盆干啥？”小家伙儿不解地问道。机枪手摆起了老兵见多识广的架子，说道：“脸盆啥都能干！”女兵们的盆都很新，毕竟用了没多久。“营长，我还有口多余的锅呢！”“哈哈，你是觉得这些渗漏出来的油料不能浪费，可以用锅接回去炒菜吗？”刘振华听了小家伙儿的话，笑着问道。“傻小子，这油料是拖拉机吃的，你那个锅炒菜的油是人吃的。你觉得能一样吗？”小家伙儿凑近闻了闻倒出来的油料，嘟囔道：“这味道是不一样，炒出来的菜估计不好吃。”

经过这么个小插曲，袁队长也缓过劲来，拉着刘振华走到一旁，压低声音说道：“刘营长，你说咋办啊，剩下的油料加上抢救回来的，也就三分之二，足足浪费了三分之一！”对此刘振华也眉头紧锁。

损失的油料，他想不出任何办法来弥补。不过换个思路，这些油料是用来开动拖拉机犁地的，没有拖拉机的时候战士们照样干得热火朝天！这么一想，刘振华觉得完全不是什么大问题。“袁队长，你放心，油料不够，人力来凑！这种意外咱们都是第一次，没有经验。等明天我派人回去，从营里再调点人手过来，咋样也能把损失油料所耽误的作业补上了！”“就是，袁队长，你看我这身板，一手提两桶油都没事，真干起来，说不定不比你这‘铁牛’差！”刘振华看到机枪手又来吹牛说大话，正准备怼他几句，突然脸上一凉。他伸手抹了一把，紧接着又是一凉，水滴掉进了他脖子里。“不好，下雨了！”“快把油料转移到避雨的地方！”从损坏的油桶里倒出来的油料，全都盛放在脸盆里，没遮没挡。要是再进了水，今晚的抢救可是前功尽弃了！

“把油料转移到那处木头屋子里，屋子上面的苇子铺得厚，现在雨还不大，能挡住！”戈壁滩上的雨，下起来大得可怕。刘振华脱下自己的军装外套，盖在脸盆上。这会儿雨势还不大，再加上他们穿的还是冬装，外套足够厚实，捂在脸盆上，还能遮挡得住。战士们将装油料的盆子全部转移到了屋子里，袁队长又带着机耕队的人手，把剩下的油桶也全部搬了进来。“哎呀，都怪我！”袁队长举起右拳朝着自己脑袋狠狠砸了一拳。刘振华拉了他一下，将刚才一直揣在怀里的手电筒递给他，担心起拖拉机来。“那些铁疙瘩不怕，只要不泡在水里就没事。你看那轮子，多高，水漫不上来！”刘振华一听，放心不少。戈壁滩的雨虽然大，但地面干旱，蒸发量更大。大雨通常持续不了太长的时间，只要熬过这一阵子，等明天的大太阳一晒，地面就干了。

戈壁滩上没有什么晴雨表，按照刘振华的话说，全凭太阳自己累不累。它要是觉得不累，天天按时按点地出来上班，谁都没办法。现在天气越来越热，等到了七八月份的夏天，太阳一天都得工作十几个小时。偶尔偷懒了，就会刮黑风、下大雨、起沙尘暴，还不如干热地晒着。“我老家要是碰上这么大的雨，那可是能把船都淹了！”袁队长不禁感叹道。刘振华心里也开始犯嘀咕，戈壁滩上的大雪大雨他都见过，但今天这雨，给他一种不同寻常的感觉。

“机枪手，你带上朱有福，就你俩，去把咱们先前用苇子秆搭建的窝棚全拆了！”“啊？”机枪手执行起营长的命令向来是说一不二，但听到让他把辛辛苦苦搭建起来的窝棚全拆了，一时间有些反应不过来。刘振华说道：“啊什么啊！雨越来越大，这边的屋顶虽然铺了三层，但是根本撑不住！把那边拆了，全都盖上来，这里有木头柱子撑着，能顶得住！”当初搭建窝棚的时候，好几个战士，连他在内，都把手弄破了，真是舍不得拆掉。连续拆了几个窝棚，刘振华觉得差不多够了。“小家伙儿，你身子轻，爬上去铺。我们在下面把苇子秆递给你！”

木头柱子的屋子虽然比窝棚要结实得多，但也很难承受得住刘振华和机枪手的体重，只能让小家伙儿上去铺盖。小家伙儿没当兵前在老家也是十里八乡出了名的调皮，上树掏鸟蛋，下河摸鱼，都是行家里手。只见他双手抱住木头柱子，双脚紧跟着攀住，“噌噌噌”几下就稳稳地站在了屋顶上。雨太大，根本睁不开眼睛，刘振华只能看到个模糊的人影在屋顶上移动。小家伙儿猫着腰，小心翼翼地探出步子。

刘振华和机枪手将拆掉的苇子秆递了上去，小家伙儿把它们全都平整地摊铺在屋顶上。刘振华让机枪手进屋去看看，还有没有哪个地方需要加固的。“营长，里面一滴水也没有！”听到这话，刘振华便在下面接应着小家伙儿下来，一起回到了屋子里。“快，拿条毛巾，给他把水擦干。一会儿雨停了，凉风吹来，非吹感冒不可！”女兵们七手八脚地把自己的毛巾都拿来给小家伙儿，弄得他还不好意思起来。“没事，我自己来！”小家伙儿的衣服就跟刚从水里捞起来的一样，又湿又重。

袁队长目不转睛地盯着那些盆子里的油料，他保持着这个姿势已经很久了，生怕眼神一离开，这些油料就会自己飞走似的。“袁队长，休息会儿吧。放心，这儿我盯着，不会出事！”“那刘营长，麻烦你辛苦下了。我们今天开车赶路，确实是有点撑不住。”袁队长有一块手表，他看了看时间，现在是夜里两点半。他命令机耕队的全体战士立马休息，两个小时后，四点半准时起床，接替刘振华等临时营地的同志。帽子扣在脸上，听着外面的雨声，不一会儿，屋子里就响起了此起彼伏的鼾声。

这场雨已经下了一个多小时了,按理说已经接近了尾声才对,可是雨比之前更大了。远处起风,眼瞅着就要刮过来。刘振华赶忙让机枪手和朱有福等人脱下外套,用手撑着挡在门口,当作门帘,以防风裹挟着的泥水还有雨点进来,对油料的品质造成破坏。袁队长本来就睡不踏实,这会儿听到动静,一骨碌爬起来,二话不说,让机耕队的全体队员全都脱了个光膀子,把衣服盖在盛放着油料的盆子上。

刘振华抬头,忽然看到小家伙儿头顶上的屋顶塌陷下来一个大鼓包,赶忙走到下方,用手指戳了戳,发现鼓包里满满当当的都是雨水。“不好……”袁队长没有在基层垦区的生活工作经验,看到刘振华脸色骤变,他急忙开口问道:“怎么了刘营长,出什么事情了!”刘振华根本来不及多解释,叫上机枪手和小家伙儿,光着膀子就冲进了大雨中。不等刘振华下命令,小家伙儿“噌噌”两下就上了屋顶。有了第一次的经验,这次他双脚直接找到了横梁的位置,踩得稳稳当当的。

刘振华扯着嗓子大声问道:“上面什么情况?”小家伙儿蹲下身子,凑近观察了一会儿,回答道:“营长,就是雨水堆在这里流不出去,但又没能透底,所以压出来了一个鼓包!”刘振华一听立马让他先把屋顶上的积水想办法解决了。“营长,没有工具啊!”“你先用手捧,我这就去拿个缸子给你!”刘振华回到屋子里,袁队长迎上来问道:“刘营长,屋子出问题了?”这句话说到最后一个字,他的声音已经不自觉地颤抖了起来。若是这屋子出现了问题,大戈壁滩上,连个遮风挡雨的地方都没有了。人能扛得住,油料却没办法保存!“没事没事,就是顶子上暂时有点积水,很快就能解决。大家不要担心啊!”刘振华解释着,手上却不耽误,拿着两个缸子再度冲了出去,朝着屋顶用标准的投掷手榴弹的姿势将两个缸子扔了上去。缸子划过一道漂亮的弧线,落点极为精准。

刘振华顶着大雨,又围着屋子走了一圈儿,想看看还有没有什么疏忽的地方。当初盖这屋子的时候,刘振华把它抬高了些许。加之本来就在高地上，所以显得更加突出。这样做最开始是为了防虫蛇，没想到还能防止雨水从地面反渗。

三人拖着疲惫的身体回到屋子，袁队长把自己的毛巾递给刘振华，说道：“刘营长，距离天亮还有四个小时，垦区和机耕队的同志一人两个小时就挺过去了，你们先休息会儿吧，我来盯着！”袁队长见刘振华没有回答，以为自己又遗漏了什么，便也不再吭声，害怕干扰了刘振华的思路。

刘振华还是在担心雨的问题，沉默了片刻，他伸着脖子看了眼袁队长手表上的时间。他的目光在屋子里来回扫视几圈，最终落在朱有福的身上。“营长！”朱有福也感受到刘振华这次目光中不同寻常的分量，起身说道。刘振华看了眼外面狰狞可怖的天空，觉得话不好说出口。朱有福见状，主动开口说道：“营长，有啥你直说！”“朱有福，我想派你回营地去向教导员报告这里的情况。然后让他安排好人员，来这里帮助我们。”朱有福刚想开口，刘振华摆手打断了他，接着说道：“这个任务，你可以拒绝。”朱有福当即沉默了。刘振华派朱有福回营地也是经过慎重考虑的。机枪手必须留在这里，他能起到很重要的作用。一旦有其他种种意外发生，必须得保证临时营地这里有足够的战斗力来应对才行。小家伙儿是炊事员，管着全部人的肚子。机耕队的战士们根本就找不到垦区营地的位置。至于其他人员和女兵们，刘振华从未考虑过。“营长，我执行命令！”朱有福扣好衬衣的扣子，对着刘振华端端正正地敬了个军礼，便一头闯入大雨连绵的无边深夜之中。

外面的雨渐渐小了。“刘营长，雨小了！”袁队长激动地说道。刘振华抬眼一瞧，本来都连成一条线的雨滴，突然就变得断断续续起来。“这就算是过去了吧？”袁队长提心吊胆地问道。“过去了，过去了！”“下的时间真长啊，但肯定是过去了！”刘振华激动地说道。巨大的欣喜冲淡了黑夜的凝重，此时外面的雨更小了！不过随之而来的困倦，立马涌了上来,刘振华一阵头晕目眩,要不是小家伙儿反应快,扶住了他的胳膊,他已经一头栽倒在地上了。“卫生员,快来看看营长咋啦!”机枪手大喊道。李秀英看了看,发现刘振华没什么大碍,只是因为透支了体力,再加上精神一直处于高度的紧张之中,有些虚脱。只要好好休息一下,就能缓解,不算是生病。赵明霞手里还拿着水壶,本打算让刘振华喝点水休息一下,结果他却连喝一口水都来不及就晕倒了。

既然雨水小了,刚才的“双重防护”也就用不着了。众人腾出一块地方,让刘振华彻底躺平。赵明霞害怕他光着膀子着凉,还把外套给他盖在肚子上。机耕队中那位“狗鼻子”战士打了个喷嚏。

袁队长说道:“看来雨真的是要停了!”但凡天气有个什么变化,“狗鼻子”的喷嚏就会打个不停,比天气预报还准确!“狗鼻子”揉揉鼻子,有些尴尬地说道:“队长,刚才那喷嚏好像是因为盖在油料上的外套猛然揭开,油料味道太冲导致的。雨啥时候停真不知道。”屋子里的人都笑了起来。袁队长看了看手表,距离朱有福出发刚过了一个小时。“咱们都抓紧时间休息一下,恢复体力。等天亮了,接应的同志过来后,刘营长差不多也该醒了,咱们再合计合计工作!”大家都在打瞌睡,接下来迎接他们的将是他们抵达沙梁子垦区之后最漫长的黎明。

第十二章

危机重重

第十二章　危机重重

1

屋子里的鼾声把小家伙儿吵醒了，见天已经蒙蒙亮了，他轻手轻脚地走出屋子，准备去窝棚里取些柴火。他一抬头，发现临时营地四周已经变成了一片汪洋，白茫茫的，啥都看不见。“你……你们快出来！你们快！”小家伙儿已经被眼前的景象震惊到语无伦次。在他的叫喊声中，机枪手第一个冲出来。可以说，现在整片临时营地已经有大半被水吞没。木头屋子所在的地方地势高，所以还暂时露在外面。朝前看去，小家伙儿存放柴火的窝棚早就连顶子都看不见了。甚至芦苇荡里有些比机枪手这大个子还要高出一大半的芦苇，也只剩下个尖尖立在水里。机枪手盯着远处的几根芦苇梢，发现水位还在缓慢地上涨。“营长，发大水了！”

刘振华走出屋子，拿出望远镜观察了一番四周，又让机枪手把地图打开，结合现在的水势，在地图上对水淹没的地区重新进行标注和划分。最后,他在木头屋子这里,画了个五角星。机枪手仔细一看,那些被淹没的地方,虽然都画上了八叉,但还是有许多小圆圈。不过他没把疑问说出口,因为刘振华显然还在思考。现在没有任何人能给他意见和建议,袁队长也板板正正地站着,心都揪到了嗓子眼。刘振华看着地图,沉默了许久,他指着正前方的拖拉机说道:“那边地势比这里低,但因为有老公路的路基阻挡,所以水害还不严重。但要是再来一场雨,可就把拖拉机淹了。袁队长,拖拉机是不能泡水的吧?”袁队长回答道:“一般作业的话,暂时性的入水没有问题。但要是长时间浸泡……”说着他的目光看向了机耕队里最专业的那名农业指导。农业指导也不太清楚,摇着头说道:“这‘铁牛’不管在哪儿都是宝贝疙瘩,谁舍得让它泡水啊! 而且按照汽车来比照的话,泡了水,打火的电磁机就会出问题,拖拉机应该也一样!”听到了比较客观专业的回答,刘振华在心里也分出了个轻重缓急出来。

“同志们,现在问题很严峻!”赵明霞皱着眉头问道:“啊? 营长你不是说这水过两天自己就退了,没啥大事吗?”刘振华叹了口气,解释道:“我之前那样说,是为了让同志们都打起精神来。结合地图还有我刚才的观察,洼地的水位起码超过了五米。小家伙儿的炉灶都被淹了,存放柴火的窝棚连顶子都看不着了。”说到这里,他打量了一番机枪手,又接着说道,“这家伙的个子进那窝棚都不用低头,所以你们想想,这水有多深? 最关键的是,这下面都是沼泽湿地,很容易在高水位的浸泡下形成垮塌。如果最后我们连立足之地都没有的话,更是保不住拖拉机和油料了。”“那咱们游出去?”袁队长说道。

他的机耕队里除了那位农业指导外,全是南方人,从小在河沟旁长大,个个水性都不差。刘振华这边,却是北方兵为主。别人不说,机枪手就是旱鸭子,还晕船。“另外还有一个问题!”刘振华继续说道。“粮食?”这次赵明霞说到了点子上。现有的粮食,本来就是给临时营地的战士们准备的,并不富裕。机耕队来时带了自己的口粮,和柴火一起放在了同一个窝棚里,但是被淹了。“这个好办,我找几个水性好的,下去摸摸,应该还能摸上来不少。”粮食都装在袋子里,被水淹了也不会立马就消失得无影无踪。水已经漫过路基,淹没了拖拉机轮子的一半。再往上,就要泡到发动机和打火的电磁机了,会对拖拉机造成很大的损害害!至于旱鸭子机枪手,刘振华把自己的望远镜给了他,他的工作就是借助自己的身高优势眺望观察,随时报告任何风吹草动。

安排完了一切,刘振华也恢复了些底气,但小家伙儿却哭丧着脸走过来,说道:“营长……我犯错误了!”小家伙儿指着先前垒砌灶台的位置又说道:“刚才那块地,一下子就塌了!我伸手去捞锅,但差了一点,它漂进那边芦苇荡深处了。”袁队长对着小家伙儿打了包票,说一会儿捞完粮食,一定游进去,把他的宝贝行军锅给捞回来。同时,他还让机枪手紧紧盯着,别跟丢了,否则一会儿漂远了,要是再不知道位置,无异于大海捞针!“营长,有情况!”机枪手本来盯着行军锅,忽然看到远处水面上有个黑点,正好冲着锅的方向而来。“怎么了?”机枪手将手里的望远镜交给刘振华,说道:“营长你看那儿,是个啥东西啊,俺认不出来,但绝对不小!”刘振华用望远镜看了好一会儿,也没能认出来。水流的速度太慢,到能看清的距离,至少还得一二十分钟。他只能让机枪手继续观察,随时报告,他则脱了鞋袜、外套,把坎土曼和铁锹用背包带固定在自己背上,准备和机耕队的同志们一起泅渡老公路的路基,到另一边去垒道堤坝,保护好垦区和实习农场最重要的资产——拖拉机!

机耕队的战士们把粮食基本打捞了上来,但那些副食品,早就不知道被冲去哪里了。刘振华用手掂量了几下,大概有个二十多斤的样子。省着点吃,这么多人还是能坚持几天的。“营长,咱们今天吃点啥?”小家伙儿问道。一下情况有这么大的变化,小家伙儿有些手足无措。他的行军锅还在芦苇荡里漂着,没能捞回来,即使让他做饭,也没有炊具。

“小家伙儿，我不是答应你了嘛！别急，我现在就去给你捞回来！”袁队长说完就再次下水朝着芦苇荡里游去。

机枪手拿着望远镜，高声喊着，给袁队长指明方向。“捞回来了！”袁队长上岸后高举着行军锅，把它交给了小家伙儿。“就煮粥，然后往里面放点盐。煮上一大锅不稠不稀的那种，够咱们吃两顿！”

赵明霞听刘振华安排完伙食之后，主动找到他，说道：“营长，我们女兵本来饭量就小，现在只需要看护着油料，根本不用动弹，饿都不会饿，一天吃一顿就足够了！”刘振华没有同意赵明霞的意见，摇了摇头，淡淡地说道：“都一样的标准！”说罢便转头走开，给袁队长以及机耕队里水性好的战士分配农具。他们得背着铁锨和坎土曼过河，不然光凭两只手，就算把指甲磨秃了也没法修出一道防洪堤坝来。

刘振华自觉游泳水平还算不错，因此自己背了两样工具。正准备下水，负责瞭望观察的机枪手突然高喊道：“营长，那是个人！”脑子里正在规划该怎么修筑堤坝的刘振华一时间没能反应过来，下意识反问道：“啥？什么人？”机枪手回答道：“就是前面看到的那个黑点，这会儿漂近了些，能看清是个人！”刘振华心里咯噔一下，当即解开背包带，固定在身后的铁锨和坎土曼掉在地上。他立即冲到了机枪手身旁，拿过望远镜朝那个方向看去。

“是个人！还是咱们的同志！你没看到他身上的军装吗？”刘振华问道。机枪手说道：“上面都糊了一层泥巴，我看不出颜色！”刘振华把望远镜递给他，说道：“你看领口的边缘，这种领子，还有露出来的颜色，哪里会是老乡的衣服？是军装！”机枪手又细细看了一阵，发现的确如此。“会是谁啊，营长？”刘振华心里已经有了判断，但还不好说。不确定的事情说出来只能增加大家的焦虑。不过当务之急除了抢救拖拉机之外，又多了个救人的任务。刘振华决定和袁队长兵分两路。

机耕队先行泅渡过去，在拖拉机前，靠近路基的位置挖一条排水沟，让淤积的洪水能排到远处。这样一来，利用拖拉机轮子大、底盘高的优势，还能多坚持坚持，给后续修建堤坝赢得些时间。袁队长重重地握着刘振华的手，说道："刘营长，你放心！这里你负责救人，那里我负责救拖拉机！这么近的距离，咱们互相都能看到，不会出什么问题！"刘振华点点头。

"卫生员！"李秀英应声走过来。刘振华问道："你能不能判断那人是否还活着？"李秀英用望远镜看了会儿，有些为难地对刘振华说道："营长，一动不动的，距离又远，我判断不出来。""营长，赶紧救人啊！就是死了，那也是咱们的战友，不能就这么漂着没人管啊！""营长！我看到他动了！"机枪手大声说道。刘振华一把抢过望远镜，看到那人漂在水上，但右手食指的确是在微微抖动，像是抽搐一般！"快，救人！"刘振华放下望远镜，立马下了命令！临时营地剩下的战士里，只有小家伙儿和刘振华会游泳。女兵班倒是有几个人自告奋勇，可刘振华却不同意让女同志去冒险救人。"哎呀……"机枪手因为自己不会游泳，懊悔不已，急得扇了自己一巴掌！"发什么疯？留着力气，拆屋子去！"刘振华呵斥道。"拆屋子？"机枪手刚答应，一想又觉得不太对劲。"用这屋子的木头扎成一个筏子，划水过去救人。这样最保险，也最稳妥。万一发生了意外，起码不会把去救援的人再搭进去！"

屋子是用榆木做的框架，顶上的横梁加上立柱做一个小木筏是足够了。刘振华本想用苇子秆做一个筏子，但苇子秆浮力有限，而且做起来更加浪费时间，不如拆屋子来得快。"那要是再下雨咋办？油料可都在里面！"赵明霞所说的也是刘振华最担心的。不过他刚才仔细地观察了一下天色，目前头顶的云，刚好是一道分界线。阴沉的地方基本过去，随风向吹来的云颜色浅淡，应该不会下雨。再往那边看，颜色又厚重了起来。不过等它来到头顶时估计天已经黑了。也就是说，至少还有五六个小时的时间不用去担心下雨对油料的影响，所以刘振华才决定先拆了房子救人。

这样做最冒险的地方就在于谁都不能完全确定天气的走向，尤其是开春的戈壁滩，可以说是属狗脸的，说变就变！“我们只要尽快把人救回来，然后在乌云到来前把屋子重新盖起来，就不怕雨了！所以要抓紧时间，争分夺秒！”这么一解释，赵明霞也明白了过来。她让女兵班的战士们把油料全部从屋子里搬出来，然后用外套、铺盖等罩住那些装在脸盆里的油料，这样即便有小雨也不怕，棉衣的吸水性很好，足以抵挡一段时间。同时还能避免拆屋子时的木屑、扬尘和砂石等掉落进去。

刚刚泅渡到路基那边的袁队长等人看到刘振华他们在拆屋子，觉得不可思议，提高嗓门问为什么拆屋子。刘振华回答道：“救人！”“什么？”虽然能彼此看见，但声音若是稍微小点，还是互相听不清。刘振华干脆指了指木头，然后做了个捆扎的动作，又指了指远方的芦苇荡！这下袁队长看懂了，对他高高地竖起了大拇指，随后也开始分配任务。机耕队的战士们每人一段儿，开挖排水渠。

“营长！让俺去吧！”机枪手担心刘振华的身体，双手死死地钳住他的胳膊，让他动弹不得。“你个旱鸭子，逞啥能？把手放开！”机枪手却不依不饶地说道：“有木筏子下水，谁去不是去？而且俺劲儿大，一把就能把那人拉上来，还是让俺去吧！”刘振华没耐心和他在这里掰扯，当即调转手里的铁锹，用木棍的那头朝机枪手的胳肢窝狠狠捣了一下。机枪手又痛又痒，手中的力道顿时松了。刘振华趁机一跃而上，铁锹在水里左右各划拉了几下，木筏子就漂出去好几米远。机枪手没办法，只能重新拿起望远镜，走到高处，开始大声喊着，给刘振华指方向。

芦苇荡里大部分区域的水位比原来增长了好多，所以以前被分割出来的小块湿地，现在不知不觉地都连成了一片。但这只是明面上看起来的样子，浑浊的水面下，还有许多梗子、淤泥，以及断掉的芦苇秆。即便机枪手能够给刘振华指明方向，他也得十分谨慎地划着木筏。因为看上去能走得通的水路，等真到了跟前，才会发现水其实很浅，筏子根本过不去。刘振华只好用铁锨探路，同时心里开始后悔怎么没带上一根轻便些的棒子。铁锨笨重，而刘振华又不得不站在木筏的中心处，以此来保持平衡，故而行进的姿势十分怪异，不得不扭着上半身划动。

木筏突然受到阻碍，剧烈一晃，刘振华翻落水中，手里的铁锨都飞了出去，犹如标枪一般，扎在了芦苇荡，被冲垮后残存的埂子上。“营长！”机枪手从望远镜里看到了这一幕，担心地大叫道。赵明霞听出他声音不对，赶忙走过去，问道：“咋啦？营长咋啦？”情急之下，赵明霞一把夺过他手中的望远镜。从没用过望远镜的她，把眼窝狠狠地贴在上面，却啥都看不见。机枪手这会儿才反应过来，说道：“哎呀，没啥大事！俺从望远镜里看到营长摔倒了，没忍住，喊出声了！”

刘振华已经重新爬上木筏，但他不敢再像先前那般站立，而是跪在木筏上，观察起水下的情况。水实在是太浑浊了，看了半天，什么都没发现。可木筏确确实实被东西卡住了，因此刘振华只能伸出去一只手，朝水下摸索，指尖触碰到了一个柔软的东西，又滑又凉。这东西也感觉到了刘振华的触感，当即从他的指缝间溜走。刘振华抬手一看，干干净净，什么都没有。那触感，刘振华细细一想，可能是条蛇。他在大脑中回忆了一下发洪水前这里的地形地貌，便缓缓直起身子，对着机枪手所在的方向打了个手势，示意自己安全，没有意外。

“好了好了，营长没事！”机枪手对赵明霞解释道。赵明霞听后也知道自己刚才关心则乱，但要强的她也不准备解释什么。听到刘振华没事，她整了整衣领，拢了下耳边掉落的碎发。刘振华打完手势报过平安后便重新趴下身子，用手划动着木筏，使其靠近铁锨的方向。

“嗯？朱有福？朱有福！”绕过拦路的木桩，刘振华很快就看到了漂在水面上的人，那人脸上虽然黑乎乎的，还沾着泥巴汤，但他还是一眼就认了出来。刘振华大叫了几声，朱有福没有任何动静。刘振华赶紧把朱有福弄到木筏上。不过插进去的铁锹，这次却是纹丝不动。朱有福平平整整地躺在木筏上，两个人的重量，已经让木筏的吃水到了极限。少了一把铁锹，刚好减轻点重量。刘振华为了保持木筏的稳定，也趴在木筏上，尽量增加受力面积。他前胸都被缝隙里渗上来的水浸透了，拼命仰着脖子才能保持脑袋离开水面。多了一个人，要比来时费力不少。眼瞅着快到临时营地岸边了，刘振华却没有了力气。“快！拉一把。”就这么说话的工夫他力气一泻，脖子的劲儿松了，嘴里灌进去一大口泥水。机枪手赶忙取来一条背包带，朝着刘振华扔了过去。刘振华在手上缠了两圈，确认结实后，这才咬牙绷住：“拉！”机枪手把木筏拉到了岸边。

朱有福被抬下木筏，李秀英先摸了摸朱有福的脉搏，脸上露出笑意，说道：“营长，朱有福还活着！”刘振华松了口气。根据他漂来的方向推断，和他原本应该走的路线有着很大的偏差。但这些问题的答案只有等朱有福醒来才能知道。

刘振华忽然身上一抖，打了个寒战。芦苇荡里的水因为混了山上融化的雪水，所以凉得厉害，刘振华赶紧脱掉湿衣，刚脱下来一只袖子，眼前就有人递过来条干净的毛巾。刘振华抬头一看，是赵明霞。“营长，拿干毛巾擦擦吧！”赵明霞有些心疼地说道。刘振华不好意思地低头接过毛巾，呆呆地点了点头。刘振华将湿衣服脱掉后，机枪手赶紧把自己的外套披在了他身上，他这才渐渐感觉到了暖意，精神也清晰了许多，目光重新看向朱有福，问道：“他嘴唇怎么是这个颜色的？”李秀英解释道：“营长，他是因为在冷水里泡得太久了，导致体温过低，所以才会这样。要是再晚一两个小时，可能……可能人就没了！”刘振华听完皱起了眉头。

“李秀英，你再好好检查检查。冻可能只是一方面原因。”按照刘振华的推测，朱有福可能是先昏迷后落水的，否则不会平平展展地躺在水面上。李秀英觉得营长说得有道理。朱有福的衬衣全都吸饱了泥浆，拧巴在身上，只能从领口处剪开。用热水一擦拭，皮肤的原样才显露出来。“哎呀！这是……”李秀英的手停在半空，嘴里惊呼道。刘振华当即起身问道：“怎么了？”李秀英指着朱有福的胳膊，一个字也说不出来。刘振华凑近一看，上面有齐整的牙印。周围的血肉都变成了绛紫色，凝成一坨，上下有蔓延开来的趋势。“这应该是被蛇咬了，对吧？”李秀英最害怕的就是蛇，她第一眼就认出来这是蛇咬的，几乎和当初培训班油印的教科书上的图片一模一样。她冲着刘振华点了点头后，浑身就开始不舒服。“有药吗？”李秀英吞了口唾沫，回答道：“只有消毒液和绷带！”刘振华让李秀英准备好，同时叫机枪手把自己的腰带抽了出来，绑在朱有福胳膊的上端靠近心脏的位置。

李秀英看这架势，知道刘振华打算先把毒血放出来，再对朱有福的伤口进行消毒包扎，但她却对这个方法持不同意见，说道：“营长，咱们没判断出来是什么蛇咬的，也不知道毒性大不大，就这样莽撞处理，出了事咋办？”“刚才我划着木筏进去救他，也摸到了一条蛇。看样子，不像是毒性大的蛇。而且生活在水边的蛇，基本上毒性都不大，这是以前打仗的时候一个老乡告诉我的！”说完，刘振华让小家伙儿给他倒了一缸子热水。他喝了一大口，却没咽下去，而是用来漱口。就这样漱了三次，刘振华抹了抹嘴，指着伤口对李秀英说道：“我看咬的时间不长，应该还能吸出来不少。等我吸完了，你赶紧消毒包扎，别让伤口又感染了！”伤口因为在水里浸泡的缘故，没有完全闭合，刘振华很容易就吸出了混合了毒液的血。前几口颜色都不对，后来才转变成鲜红。刘振华觉得差不多了，便腾出位置，让李秀英为伤口消毒，然后包扎。

刘振华用缸子里剩下的水再度漱了口，仍顾不上休息。先前拆掉的屋子还得重新盖起来才行，否则再下雨的话，油料没有任何遮蔽是绝对不行的。这次他吸取了经验，屋顶的坡度要更大才行，否则积攒的雨水太多，芦苇秆做成的顶子不够结实，经不住水的重量，更容易出现意外。“赵明霞，你带着女兵班的战士把前面拆掉的苇秆墙和顶子修补修补，等这边框架搭好，能直接用上！”赵明霞应了一声，就叫上女兵们忙活了起来。

刘振华心不在焉地和机枪手一起把木筏拆掉，用来捆扎的背包带和绳子也都理好，挂在一旁晾着。他的心思仍在琢磨究竟该怎么和教导员所在的营地取得联系。“你说，现在谁最合适回去联系教导员？”机枪手被问得一愣。他还没习惯和营长这样商量事情。从来都是执行命令的人，猛然被这样问，一时不知道该怎么回答：“营长，你说是谁就是谁，再不济，就让俺去！”刘振华苦笑着说道：“你以为我不想？看到朱有福成了这个样子我立马就想着让你小子去！但你看看这周围，汪洋一片，你个旱鸭子还能去哪儿？那不等于让你送死？”“那营长，让小家伙儿去呗！”刘振华看向正在做饭的小家伙儿。小家伙儿是南方人，会游泳，但他年纪太小，参军时间又短，对于很多问题要么会反应过激，要么就是考虑得不够周全。从一开始，刘振华就没考虑过让他独立执行任务。不过此一时彼一时，机枪手的话还是给了刘振华不少启发。“行，剩下的活儿你和赵明霞一起商量着做，我去找小家伙儿谈一谈！”

“营长，是需要我做啥？你尽管下命令就好！”刘振华不知道，其实小家伙儿心里一直憋着一股劲。上次徐参谋和刘振华带队上雪峰勘探时小家伙儿就奋勇地报名参加，甚至还去找了老班长，希望他给刘振华说说，能让自己去，但是刘振华没同意。这次来临时营地，刘振华觉得不会有危险，所以才专门带上了他，想让他锻炼锻炼，进步的悟性有高低，但成长的道路却是可以缩短的！“我想派你回一趟营里！”刘振华深吸了一口气说道。小家伙儿眨巴着眼睛，半天没说话，只微微张了张嘴巴。“当然，这要先征求你的意见。毕竟这个任务有一定的危险！”刘振华以为小家伙儿会不同意。

“我保证完成任务，营长，咱啥时候出发？”这一嗓子着实把刘振华都吓了一大跳！“先不着急，走也是明天的事了。明天一早吃完饭，你带点干粮就出发。等到了营地，让教导员不要耽误，赶紧组织人手赶过来。”小家伙儿一样一样都记在脑子里。“哦对了！告诉教导员，除了劳动工具以外，来的人都把脸盆带上，背包带也带上，其他的东西一律从简。至于给养什么的，你是炊事员，自己看着办！”

刘振华端着粥准备往朱有福那儿去，刚走了两步，忽然又回头对机枪手说道：“给屋子加个帘子！不然一刮风下雨，还得让人在门口挡着。”这却把机枪手难住了。“你自己琢磨吧！”刘振华心里总惦记着朱有福的情况，也顾不上和他在这里想主意。最中间的一间屋子里，朱有福躺在里面，身上裹着两条被子。看他的脸色，仍不是很好，不过嘴唇的绛紫却是退了不少。

李秀英正在给朱有福换药。刘振华蹲下身子，把两碗粥放在旁边，轻声问道：“怎么样？”李秀英指着伤口对刘振华说道：“营长，目前来看伤口还没有发炎的趋势。我每间隔两个小时，就会打开包扎的绷带，再消毒一次，然后用干净的绷带重新包扎。”“两个小时是不是长了点？要是这个法子有用的话，一个小时一次会不会效果更好？”“营长，时间太短了反而会适得其反，影响愈合。目前来看两小时一次的频率足够了，等过了今晚的急性期，明天就可以根据具体情况再延长些时间了，甚至也有可能不用再消毒包扎了！”

听完李秀英的汇报，刘振华思索了一阵：“李秀英同志，还是那句话，这方面你是专家，该怎么做就怎么做，没什么东西比咱们同志的性命更重要！这两天需要什么你直接来找我说，我尽最大可能帮你协调！他好像还有点发烧！”刘振华摸了摸朱有福的额头说道。李秀英回答道：“是，但已经比先前好多了。”刘振华接着说道：“发烧不能空着肚子，不然越来越难受！”说罢，他揽着朱有福的肩膀，把他扶起来，然后努了努嘴,示意李秀英拿过来一碗粥,给他小口喂进嘴里。朱有福吃了半碗,李秀英对刘振华说道:“可以了营长,他现在还虚弱,得少食多餐!”“行吧,反正你看着来就好！需要出力气你就叫机枪手,别的需要我帮你解决!”说罢他摆摆手就准备去和机枪手一起修补屋顶了。

机枪手有经验,很快就修好了屋顶,现在就差给屋子加个门帘了。

“营长,俺想不出来咋弄!”这次刘振华没有多说一个字！因为他也想不出来应该怎么做。先前是靠人用手撑着衣服,站在门口,才能把雨水挡在外面。按照他的设想,使用苇子秆做出来两扇门板,或者是一扇厚重的门帘,以此挡住风雨沙砾。不过现在看来,这个设想实施难度比较大！至于门帘的话,则缺少固定的地方,苇子秆本身就轻,要是不固定住,风一吹就吹开了,起不到任何作用！可要是上下都固定住,那这屋子不就变成了个闷葫芦？等再要取用的时候,还得把它彻底拆除。这个法子也被刘振华否决了!“你看这样如何！咱们把上面用苇子秆全部封死,厚厚地封住！然后下面留下半人高的位置,空着。有风雨的时候,咱们做个挡板,放在这里挡住。需要取用油料的时候,只要有人蹲低身子就能进去,给咱们一盆一盆地递出来!”

机枪手对营长的话向来没有异议,更何况是在他一筹莫展、毫无主意的情况下,当然营长说啥是啥!“你觉得可以那就抓紧时间,把女兵们全都动员起来,先去寻找并收割没被水淹的苇子。咱们要在天黑前把帘子做好!”话音刚落,赵明霞和小家伙儿就走来说粥已经加热好了,随时都能开饭。刘振华看了看天色,已经有阴沉的迹象,因此对小家伙儿说道:“今晚开饭我们推迟一个小时！等会儿让机耕队的同志先吃,他们挖泄水渠,体力消耗很大,每人一大碗粥你必须得保证！剩下的咱们再分一分就行了!”给小家伙儿交代完,刘振华就让他赶紧去守着那一锅粥,别再出什么问题,自己则带着赵明霞和其他战士们争分夺秒地收割苇子秆。

刘振华没想到女兵们的效率竟然这么高。在副班长赵明霞的带领下，她们你追我赶，单人收割苇子的速度甚至一度超过了他和机枪手。

看着堆放在空地上的苇秆，刘振华心里估算了下，觉得差不多够了，便让大家停手，开始下一步工作。“先休息休息，休息十分钟吧！”说出来他就后悔了，觉得十分钟太短。赵明霞把气喘匀，对刘振华说道：“营长，不用休息这么长时间！我们缓口气就能继续干！”刘振华喉咙有点发干，嘶哑着嗓子想说话，但没说出来。不等他清清嗓子继续开口，赵明霞就抢过话头又说道：“营长，我们女兵班是不是通过考核了？”刘振华没反应过来，茫然地看着她。谁料赵明霞以为刘振华是要耍赖，板着脸说道：“营长，当初咱们可是说好的！”当初给赵明霞这个女兵班任命的“师傅”正是机枪手，他把问题扔给机枪手，让他去回答！

“机枪手！”机枪手正在把割下来的苇秆按照长短粗细分类，这样一会儿编的时候就能省下来很多时间。“刚才赵明霞同志说的，你都听到了吗？”机枪手听到自己能把女兵班这个“烫手山芋”交出去，立马来了精神，对着刘振华敬了个礼！刘振华满意地点点头。他们俩倒不是怕女兵班麻烦，而是从一开始就不知道该怎么应对。经过这么长时间的相处，彼此之间算是熟悉了。

赵明霞一开始觉得刘振华让机枪手考核女兵班，是想让女兵班自立自强。想着等临时营地的任务结束，回到垦区大营地的时候，她们就能配发子弹了，心里很高兴！结果越听越觉得不对劲，营长怎么和机枪手一唱一和的，像是商量好的一样。最后看到机枪手那么激动地向刘振华敬礼，再观察营长的表情，觉得事情有蹊跷，开口说道：“可是营长，我们的代理班长什么都没有指导过我们！”“机枪手，咋回事？”话赶话到这地步，刘振华也只能硬着头皮说下去。机枪手也反应过来，营长这是要跟自己打个配合！他脑子虽然不快，但老战友之间的默契可不是靠脑子灵光就能弥补得了的！

他不假思索，当即回答道："营长，自从俺接受了代理班长的任务后，一直被别的任务所干扰！上冰峰考察完又来了临时营地，所以对女兵班的训练还没开始，等这次回去俺一定补上！"机枪手都这样表态了，也实打实地说明了情况，赵明霞心中虽然还是不太满意，但也没有什么好说的。刘振华一看，知道这事儿算是又过去了，连忙招呼大家继续干活儿。不多会儿，大家就把屋顶重新修好了。

"营长，你看！机耕队的同志们回来了！"刘振华让小家伙儿准备开饭。机耕队的同志把生产工具都留在了路基对面，因为还没彻底完工，准备回来吃点东西再接着挖。袁队长心情很好，虽然疲惫，但排水沟成效显著，所以他也放松下来。看到屋子被重新修建好了，并且油料也已经在屋里存放妥当，他激动地对刘振华说道："谢谢刘营长！要不是你们在这里，真就麻烦了。别说这些油料，就是拖拉机估计都要受影响！"

"排水沟挖得怎么样?"刘振华和小家伙儿一起端来熬好的粥，机耕队每人都是满满一大碗！袁队长没多想，挖地的重体力劳动让他着实饿得厉害，顾不上回答刘振华的问话，就喝了一大口！咽下去后，才觉得有些不好意思，冲刘振华笑了笑，回答道："因为人手有限，所以我们挖得不够深，也就是解决个燃眉之急吧！好在拖拉机的底盘高，以现在的水量不足以漫上去。只要能这样稳定住，基本就不会出问题了！"

刘振华抬头看了看远处的天空，阴暗的云层让他心里始终不能安稳，又看看路基对面的拖拉机，小半个轮胎还浸泡在水里。"袁队长，你们先吃，我带人再去干一会儿，这样更保险些！"他没有告诉袁队长自己的顾虑。刘振华觉得这两天的天气有些古怪，说不定还会下雨！先前的积水尚未渗透进地下，若是再下一场雨，哪怕没有先前那次大，也会带来致命的危险！不论是对人还是对拖拉机，都一样！袁队长正在大口喝粥，听完刘振华的话，再抬头就看到他已经离开了。

刘振华准备带人泅渡到路基对岸继续开挖，迎面看到急匆匆走来的李秀英。“朱有福怎么样了?”刘振华担忧地问道。待走近了才看清李秀英脸上挂着笑意:“营长,朱有福醒了!”刘振华和李秀英来到朱有福躺着的屋子门口时,见他正用胳膊支撑着身体,颤巍巍地坐了起来。见到刘振华,他挣扎着想起身,但身子还是太虚,稍微一动弹脑袋又开始犯晕,紧跟着胳膊肘一滑,侧着身子就又要倒下去。刘振华眼疾手快,一把扶住他的肩膀,紧跟着另一只手托着他的背部,把他缓缓放下。刘振华明白只要能醒来,证明生死关算是过去了,接下来就和上次一样,看恢复时间的长短了。

朱有福躺了会儿,张开嘴舔了舔嘴唇。刘振华以为他是口渴了,连忙让李秀英去倒水。朱有福摇了摇头,嘴角一抽抽,两行眼泪流了下来。“你这是干啥,莫名其妙的!”刘振华最见不得人哭,尤其还是个大男人。朱有福也不说话,就是止不住地哭,眼泪越来越多,嗓子里还呜咽着。李秀英端来一缸子水,刘振华想扶他起来喝几口,他却别着劲儿不愿意。刘振华没了耐心,语气严厉地说道:“朱有福！队伍里不兴哭哭啼啼的啊！有啥事儿？还是你身子哪里不舒服?”朱有福听营长语气变得严厉,强行收住情绪,断断续续说道:“营长,都怪我啊！要不是我没能完成任务,大家也不会被困在这里!”

刘振华一听就知道定是李秀英给他说了来龙去脉,让朱有福陷入深深的自责之中。刘振华瞥了一眼李秀英,责怪她不应该给朱有福说这么多。看到身旁放着的半碗粥,是朱有福先前喝剩下的,刘振华叫来小家伙儿,让他把粥给朱有福重新热热,再添满一碗端过来。“先不要慌,目前临时营地都很好,而且这也不怪你！你先好好吃饭,好好休息!等我去对面干完活儿,晚上再来看你!”刘振华不像教导员那样会做思想工作,但却有三言两语就能安定人心的本事。朱有福听到营长这样说,也很快平复了情绪,老老实实地躺着,还冲他点了点头。刘振华见朱有福身体已无大碍,便打算到对面去挖排水沟。

太阳快要落山，戈壁滩上巨大的昼夜温差让水变得冰凉。刘振华先用手试了试，指尖传来的触感让他身子跟着一抖，他直接脱了衣服就下水，朝对岸游去。

机枪手按照营长交代的，再去检查检查油料的安全情况。晚饭结束后，小家伙儿走到门口抬头看到了对面的刘振华。两人之间隔着一片水域，但距离其实并不远。“营长！”刘振华闻声停下手里的活儿，拄着铁锹回答道：“怎么啦？”小家伙儿说道：“我等会儿过去！”小家伙儿得到了营长的许可，不紧不慢地从口袋里掏出两团缠绕得整整齐齐的背包带。紧接着他就蹲下来，开始在这堆长短不一的木头里挑挑拣拣，把相对短小的都先拣出来，放在一旁。待这堆木头大致分好类后，小家伙儿把这些短小的集中起来，用背包带绑成一捆，然后再把其他较长的木头围绕在外圈，继续捆扎。等收紧了背包带，这就成了一捆圆筒状的木头。捆好后，小家伙儿拼命地揉着眼睛。刚才一滴汗珠子顺着发梢滴进了他的眼睛里，刺得眼珠子生疼。

“你咋还不过去？是不是想偷懒！”检查完油料的机枪手看到刘振华独自在对面挥舞着铁锹干活儿，厉声向小家伙儿问道。“排长，你先别着急，看看这是啥！”他低头一看，小家伙儿把刚才那堆木头捆得整整齐齐，却气不打一处来：“让你去帮营长干活儿你不去，还在这儿玩起了木头？”机枪手说着右脚已经抬了起来，就要朝小家伙儿屁股踢去。“排长，这是帮你下水用的！”小家伙儿一看自己再不说实话这顿收拾肯定是跑不了了，赶紧辩解道。机枪手诧异地问道：“让俺下水？可营长不让啊！”小家伙儿接着说道：“营长不让你下水，是因为你不会水他担心你的安全！现在你有了这个，绝对能保证安全，那营长肯定也就不会阻拦了啊！”机枪手绕着这堆捆扎在一起的木头左看右看，也没看出个所以然来。无非是把自己修顶棚节约下来的木头捆在一起罢了，还不如扎成个小木筏呢！就这玩意儿能有什么不一样，还能帮自己一个不会水的旱鸭子泅渡到对过去?“你小子别骗俺啊,俺虽然没有营长聪明,可能也不如你灵光,但俺的见识可比你小子多多了!”小家伙儿笑着说道:“排长,这哪能呢！咋样也不会骗你啊！像排长你前面说的那样,单个儿木头在水里根本托不起来你的身子。现在这样捆在一起,不但方便你抱住,更是比以前劲儿大!”“这真的能行?”“真的能行！排长你相信我!”机枪手沉默了片刻,接着问道:“好吧,就算是抱着这个俺下水可以不沉下去,但俺怎么过去呢？俺这个旱鸭子虽然不怕水,但根本不会水啊！乱扑腾的话不是反而更有危险?”小家伙儿笑着说道:“排长等你下了水,我在旁边轻轻推着你,你就能朝前走了!”“就你这小胳膊能推得动俺?”小家伙儿无奈地说道:“排长,水里和地上不一样！现在咱俩站在这儿,我浑身的力气都没你一只手的劲儿大！但是下了水,我能直接把你背起来,你信不?”“行,俺信你!”机枪手三下五除二就脱去外衣,抱住捆扎得圆滚滚的木头,“扑通”一下跳进了水中。

不一会儿,两人就来到了浅水处。机枪手伸直了腿,脚已经能触到地面。即便如此,他却还是牢牢地抱住怀中的木头。“可以啦排长,咱们从这儿就能走过去了!”机枪手点点头,却没有吭声。看得出,第一次下水他还是很紧张的。上岸后,机枪手从刘振华身旁拔出铁锨,就埋头挖了起来。刘振华刚好喘口气,喝水的工夫,对小家伙儿说道:“你可以啊,挺能动脑子!”小家伙儿不好意思地回答道:“其实就是小时候这么玩过!”

看似平整的戈壁滩,泡这么长时间的水,实际上雨水也没能渗透下去多少。戈壁滩上洞穴密布,老鼠、狐狸、旱獭等各有各的活动范围,可地底下却是连起来的,经常是狐狸洞连着老鼠洞,最后又横着被一个旱獭洞拦腰截断。遇上这样的地质情况,地表看上去平整,下面却早已被水倒灌,虚浮起来。要是用力踩上一脚,轻则陷进去拔不出来,严重的整个人都能掉进去。为此,刘振华和机枪手都很小心。刘振华体重比机枪手小，所以他承担起了探路的责任。他脚尖小心翼翼地探出去，感觉没有异常后再让机枪手拉住他的一条胳膊，然后用脚踩踏实。随即两人便将铁锹头扎下去，绷住气，腰杆用力一挺，让铁锹尽可能地没入土里，之后双手握住铁锹把子的末端，肩膀夹紧，使劲一压，便能带起来一大块泥土。两铲子下去，刘振华的脑门上就出了一圈汗水。每一根发梢都亮晶晶的，刚好赶上夕阳从背后照过来，他整个人都笼罩在一种光晕里。刘振华的视线在排水沟、头顶的乌云还有身后的拖拉机上来回切换。

2

风速突然变大，吹得积水都出现了层层褶皱。芦苇滩里的芦苇，更是频频点头。有许多苇子秆，被瞬间加速的风直接吹折，有气无力地耷拉着。“营长，好像是要变天啊！”自从来到沙梁子垦区，他们就没遇见过这样频繁的雨天。天色一瞬间暗淡了下来，排水沟里的泥水看上去呈黑色。

刘振华他们加快了开挖的速度，想在暴雨到来之前赶紧把排水沟挖好。就在刘振华喘口气的间隙，他模糊昏暗的视线里，出现了两个闪烁的光点，接着又是一对……

光点从大雨前湿润的风里现出，之后逐渐黯淡了下去。机枪手定睛看清光点之后，立马明白，前面有一群狼。机枪手说道：“这个距离完全在步枪最精准的射程范围内，可惜咱们没有带枪。”刘振华不慌不忙地提起铁锹说道：“当年子弹不够，冲锋拼刺刀的时候都忘啦！”

刘振华突然觉得两个膀子疼得厉害，像是用刀子割肉一样疼。疼痛越发剧烈，刘振华的胳膊开始抖动，连带着铁锹都抖动不止。机枪手一脸凝重地看着刘振华，嘴巴张了几次，欲言又止。相比于他对刘振华的关心，对面的狼群可没有这种同情心，反而龇着牙，高高地仰起头，仿佛是在嘲笑。

“我当时说的没错吧！”刘振华忽然冒出来一句没头没尾的话，让机枪手听得云里雾里。“营长，啥话没错？”刘振华解释道：“冰峰底下遇见的狼就是这群，我不是说了它们还会来！现在果然来了！”机枪手那时并没有听到刘振华说这话。

上次，在头狼一声狼嚎召唤其他野狼撤退时曾和刘振华深深对视了一眼，这种想法就是那一刻从刘振华心里产生的，他没有对旁人说起过。根据刘振华刚才说的，机枪手也认出了这几只野狼的确是先前遇到过的。特别是其中的头狼，它左侧的头顶上有一块毛色和其他地方有明显的差别，还较为稀疏。那一夜，借着火光，机枪手看得很清楚。甚至回到垦区营地的时候，和战友们吹牛他都不忘提起这个细节。

“营长，它们看着比咱还狼狈，估计没啥战斗力了，俺一个人能行！”除了头狼还保持着精气神以外，其余几只野狼都跟霜打了的茄子一样，耷拉着脑袋。还有一只似是断了条腿，被头狼牢牢地护在身后。这场洪水遭殃的不只是人，连野兽都没能幸免。缓了一会儿，刘振华觉得自己膀子的疼痛减轻了不少。他扭头看到小家伙儿还在绷着劲，一脸严肃，开口劝慰道：“别紧张，咱们有优势！”

小家伙儿听到营长的声音，前倾的背部略微舒展了些：“营长，这是我第一次见到狼！”沙梁子垦区刚成立的时候，营地的晚上经常能听到狼嚎，外出方便时那声音仿佛就在耳边。小家伙儿也曾听到过好几次，不过从来没见到过样子。后来随着营地渐渐步入正轨，野狼也主动作出了退让，很久都没再听到过动静。现在猛然见到了这群狼的样子，小家伙儿的腿肚子都有点抽搐。小家伙儿问道：“营长，它们怎么会来这里？”先前刘振华和机枪手的对话小家伙儿也听到了耳朵里。但冰峰距离这里可是不近，野狼这样的群居猛兽都有自己的固定活动领地，一般不会这样长途跋涉。

刘振华解释道:“也是因为洪水的关系。”因为这次大雨,暴发了融雪性洪水,最先影响到的就是山里和山脚下。这些野狼的领地定是被洪水破坏了,以至于无处可去,所以才凑巧来到了这里。那只被头狼护在身后的受伤的野狼,说不定就是山上被洪水冲下来的石头砸断了腿。

临时营地中的同志们也发现了这里的狼群。赵明霞和李秀英作为去过冰峰的勘探队队员,第一反应还是惊心不已。袁队长见状,准备组织机耕队的队员带上枪过来支援,却被刘振华阻止了。他让临时营地在保证油料安全的情况下,生一堆火,希望借此让野狼的精神防线崩溃得更快些。可惜这次刘振华失算了。四面都是水,连野狼身上厚厚的皮毛都能被冻透,它们已经无路可退,更无处可去。所以对这生起来的火,没有显示出多少惧怕。

天光又黯淡了不少。即便有火光的支撑,最多还有一个小时就会完全黑下来,到那时优势就会完全调转。刘振华三人在没有能够实质性利用的火与武器的情况下,将不再占据任何主动。拖拉机是天然的屏障,但现在停放在那里的拖拉机和刘振华三人是面对面,根本无法有效地利用。如果能在不激起狼群应激反应的情况下,从旁侧迂回过去就可以借助拖拉机的掩护,和野狼进行周旋。这样即便拉近了双方的距离,也能把目前的对峙状态变成近似他们极为熟悉的“白刃战”,以便天黑之前尽快结束战斗。几辆拖拉机之间大概有两米多的间距,刚好能挥起铁锹,因此刘振华觉得这个方案是可行的。

“咱们背后是水,所以这群狼也不会自己往下跳。咱们先左右试探下,看看有没有机会从旁边包抄过去!”“营长,还是俺先来吧!”机枪手压低声音说道。“别慌,先等等。等它们情绪安定一些,你就先朝右侧平移,同时目测距离和防卫。你的任务就是带着我俩绕一个半圆,从右侧靠近到拖拉机旁边,然后任务就结束了。”说完,刘振华又转头看向机枪手说道:“等小家伙儿差不多到了预定位置,你就立马穿插过去。到时候由咱们两人并排推进,依托拖拉机把这群狼打疼,打怕!”机枪手吐了口唾沫,目光冷冷地盯着那只头狼说道:“就它们那小脑瓜子,俺一铁锨能给它拍碎!”刘振华厉声说道:“只要把它们驱离就好,不要想着灭杀!”机枪手诧异地问道:“为啥啊营长,留着这些祸害后面再来咋办?”刘振华何尝不知道这个后果,但要是把这些狼逼急了,它们一定会爆发出超乎寻常的战斗力。自己这边没有武器,还带着小家伙儿这样毫无经验的新兵,身上的压力可想而知。在行动前,他最后一眼看向了乌云密布的天空,不知怎么回事,刘振华突然觉得空气中充斥着燥热,还夹杂着一股淡淡的血腥味。

此刻水面已经开始升腾起湿气,在不高的空中团成一块一块的,像是一道若有若无的壁垒,让视线变得更加不清。终于,小家伙儿迈开腿,踏出了第一步。刘振华看到他并未按照自己所说的朝旁侧先进行平移。对于这种聪明的狼来说,移动身形只会让它们保持警觉,但并不会直接发起攻击。因为最直接的威胁来自彼此之间的距离。除了注意和狼群之间的距离外,他们更要全神贯注地保持彼此之间的距离。既要充分利用间隔形成战斗队形,还要提防不能给这群狼可以利用的空当或是机会!

小家伙儿微微放低了身形,似是背着什么重物一般,两侧肩胛骨高高耸起,脖子梗直且奋力前伸着,直到他手中的铁锨猛然掉落在水中,溅起的水花扑在他脸上,让他猛地打了个激灵!头狼身后那只瘸腿的野狼却在铁锨溅起水花的同时,用其余的三条腿用力蹬地,向着小家伙儿高高跃起。小家伙儿想要捡起掉落在泥水里的铁锨,但急促的动作却使他一脚踩在了光滑、晃动的鹅卵石上,扭伤了脚踝。因此这个极为简单的动作都变得困难起来。“他妈的!”机枪手着急地咒骂。泥水下的情况谁都看不清楚,戈壁滩的土层下面全都是又硬又圆滑的鹅卵石,表面浸润了水之后就变得更滑了。

刘振华离小家伙儿最近，他看到了小家伙儿掉落的铁锨。他心想铁锨前端不正好是一个极佳的落脚点？只要自己踩得稳当，不让其滑动，还能避免用力过猛脚陷在泥里拔不出来的情况。他眼睛瞅准那只瘸腿的野狼正好位于跳跃的最高处时将手中的铁锨横着削了出去。瞄准的位置正是它那条已经断掉的腿。后面的头狼显然看出了刘振华的意图，只见它趴低身子，朝着刘振华的腿脚冲来。刘振华一分心，手中的力道和准头丢失了很多，本来这下足以把它这条断腿彻底削断，最后却变成了个不痛不痒的打击。头狼在达到目的之后，果断停止了进攻，还在同伴落地后将其拖拽到后方，重新拉开与刘振华三人之间的距离。

“快捡起铁锨！”刘振华出言催促道。平时灵活的小家伙儿，因为脚踝受伤，这个动作却用了两分多钟时间。铁锨重新握在手里，刘振华也松了口气，他让小家伙儿继续执行先前的命令。“小家伙儿，加快速度！”刘振华朝前走了一步，伸手拍拍小家伙儿的肩膀。他们已经到了第一步的预定位置，从面对着拖拉机的引擎盖子移动到了拖拉机的侧面。回头查看了下刚才走过的路线，除了小家伙儿走错的第一步之外，的确是画出了一个标准的弧线。目前三人位于半圆的正中间，距离野狼最远。接下来他们将从旁侧迂回，在不惊动狼群的情况下尽力贴近。最后剩下的距离，就靠速度冲刺来缩短时间。

“缓口气，都别着急。”天色又阴沉了些许，但刘振华却不着急，因为他发现风向发生了变化。先前那片本该已经移动到头顶上的积雨云，现在有越飘越远的势头。只要今晚不再下雨，他们就有足够的时间来应对眼前的危机。他也看出来了，这些野狼除了因饥饿驱使具有攻击性之外，其实并不是很想主动进攻。刘振华探了探脚下的积水，发现水位回落的速度快了很多。原因他想不清楚，但绝对是一件大好事！狼群为了寻找落脚之地而被迫靠近临时营地，当它们发现水位下降，也会识趣地离开。毕竟它们见识过子弹的威力,不会做平白无故的牺牲。小家伙儿用铁锨当拐杖支撑着身体,让扭伤的脚踝尽量少受力,以此缓解伤痛。

根据目前的情形,刘振华认为这一夜过后,要么水位陡降,狼群退去;要么就是经过一夜的饥饿,狼群彻底丧失进攻能力,只能被动撤退。因此,刘振华改变了之前的计划,决定三人先到不远处的一块高地上休息一下。小家伙儿很是愧疚地说道:“营长,不用改计划,我能撑得住!”刘振华深深地看了他一眼,淡淡地说了一句:“执行命令吧!”三人并排保持间距,每一步后退都维持着同样的节奏。几十米的距离很近,放在平时很快就能到,可三人却走了一刻钟之久。三人极为默契地朝着那块高地移动。肚子里空空,又泡在冷水里,连机枪手都有些扛不住了,小家伙儿完全是在硬撑着。高地上,刘振华用手摸了摸地面。这里也不是完全干燥,掌心传来一股湿气,让他有些不安。放眼四周,只有这里可以稍作休整。即使没有食物补充体力,他们也必须休息片刻,起码让身体完全脱离冷水的浸泡。地方不大,三人只能盘着腿,面对面坐着。刘振华坐在小家伙儿的正对面,这个位置视线刚好可以越过小家伙儿的肩膀,看到对面野狼的动向。双脚从冷水里一提起来,身子立马就舒服了许多。小家伙儿脚踝受伤,机枪手便让他把这只脚搭在自己腿上。“你饿得厉害不?”小家伙儿摇摇头,回答道:“营长,我没事!”

天色昏暗,刘振华伸腰起身,机枪手爬过来一看,刚才刘振华坐着的地方塌陷下去一块。用手指戳戳,其他还未陷下去的地方也变得松软。机枪手面色凝重地说道:“营长,这地方恐怕不能待了,下面的土都被泡透了,正在一点一点塌陷。”刘振华抬头看看四周,临时营地的火堆格外刺眼,但隔着这么远的距离,刘振华丝毫感受不到温度。只觉得那熊熊火光和四面的阴沉对比起来,显得很是寂寞。

“按照原路返回吧!”刘振华语气沉重地说道。除此之外,他也没有其他办法。“营长,要不然让机耕队的同志游过来?”机枪手实际上是想让临时营地送来几把枪,但凡现在有一把枪在手,难局都会在眨眼间破开！刘振华坚决摇头:“不行。天黑了,水里更黑！不能让机耕队的同志冒险!”何况他觉得还没有到那样危急的时候。三人原路返回的话,小心提防着野狼,熬过一晚上不是什么大事。

“打起精神！狼也需要吃东西,不像汽车和拖拉机,喝油就能动!咱们疲惫,它们也是一样!”话音刚落,小家伙儿看着面前的几辆拖拉机说道:“营长,咱们能不能进去?”“进去?”刘振华反问道。“就是进到拖拉机里面。”小家伙儿说的是拖拉机的驾驶室。除了轮子大,长相不一样外,拖拉机的驾驶室和汽车的驾驶室区别并不大。前后轮之间有个脚踏板,踩着就能进入驾驶室。驾驶室除了正前方是玻璃,其他几面全部都是铁皮,足以抵挡野狼的牙齿和利爪!“好主意!”“机枪手,估个距离。”“大概六七十米!”机枪手和他的估算没有出入。

“来,俺背你！你把铁锹给营长!”小家伙儿脚踝受伤了,行动不便。刘振华接过了小家伙儿的铁锹,却没有让机枪手立马背起小家伙儿。六七十米的距离,最多留出十五米用作冲锋,剩下的路程还得一步一步走过去。要是在前五十米机枪手浪费了太多的体力,那势必会影响后面的冲刺速度,他让机枪手先搀着小家伙儿走,前面一段的路程最重要的是必须稳住阵脚。到了差不多的位置后就立即停下,给野狼一个适应的时间。等它们放松警惕,再以最快的速度冲过去,进入拖拉机的驾驶室,这样就成功了!

3

机枪手扶着小家伙儿走得很慢,刘振华一马当先在前面给两人开路。

天已经完全黑了下来，只能依靠临时营地照过来的火光勉强看见大致的方向。刘振华想起上冰峰的时候别克带路的方法。每踏出一步前，刘振华都先把铁锨尽力往前探出去，待铁锨落地，扎深扎实了，这才敢朝前走一步。有时铁锨把子上传来的震动让他虎口发麻，他知道这是因为水流带走了戈壁滩表面的土层，铁锨直接插到了坚硬的鹅卵石上了。遇到这样的情况，他就必须改变方向，重新选择路线。鹅卵石小而光滑，踩上去很难保持身子的平衡。对于伤了脚踝的小家伙儿来说，更是如同天险一般，难以过去。

不知不觉间，刘振华肚子也“闹起了革命”，他右手攥拳，捶了捶自己的肚皮，发现肚皮硬硬的，似是连同里面的五脏六腑都拧成了一个疙瘩。他停了一下，稍作休息，休息好了，也找到了新的方向。他发现沿着排水沟的方向走，只要和它保持平行，既可以和野狼之间保持相对安全的距离，还不用太担心路况。因为排水沟开挖的地方，是依托于老路基。以前的路，人拉肩扛，夯得十分结实！连带着路基两侧的土层，都不会轻易被水流冲垮，也就避免了塌陷和踩到鹅卵石打滑的可能性。这条他亲自参与了挖掘的排水沟在夜色中看上去极为陌生，排水沟变成了一条缓缓流动的河流，顺着路基，绵延过戈壁滩，绕过红柳、梭梭形成的土包丘陵，一直流向远方。

荒凉、贫瘠的戈壁滩，在此刻看上去更荒凉、更贫瘠！视线平移，看到了停放在那里一动不动的拖拉机，拖拉机在夜晚看上去竟有些威严肃穆，和匍匐在它旁边的野狼形成鲜明的对比。很显然，那条断了腿的野狼情况很不好。它的脑袋，连同耳朵一起耷拉着。当刘振华看向它的时候，它也有所感觉，不过它好像连威胁的闷哼都发不出来。

刘振华转过身继续朝前走去，结果腿肚子却疼得直抽抽！在冷水里泡的时间太久了，双腿突然抽筋。机枪手把小家伙儿一只胳膊搭在自己肩膀上，闷着头往前走，不小心撞在了刘振华的后背上。“营长！”刘振华双手紧紧握着铁锹把子，让双腿的受力小一些，这才勉强开口道："我腿抽筋了，你俩先等等，等我缓过来再走！"他微微地活动了几下，本以为很快就能好转，谁知这种痉挛症状却逐渐蔓延开来。饿过劲的肠胃早就感觉不到难受，只是浑身没什么力气。这一瞬间，刘振华觉得自己和一个垂死之人没什么两样。侧面吹过一阵冷风，刘振华鼻翼抽动，打了个喷嚏。看到苇子荡里的苇子随风而动，仍然是生机勃勃的样子。"营长，我背你走！"机枪手不等刘振华反应，一把抢过他手里的铁锹，递给小家伙儿。小家伙儿一手一把铁锹，反手握紧，铁锹如同双拐一样，让他可以抬起那只受伤的脚，半跳跃式地前进。

刘振华一个字没说出来，自己就已经被机枪手背在了背上。"营长，俺能把你从这儿一口气背到团部去！"不到万不得已，他绝对不会在这样的状况下让机枪手背着自己。"营长，在哪里停你告诉俺！要是不舒服就别说话，掐我一下、踢我一脚我就知道了！"刘振华舔了舔嘴唇，他的嘴唇已经变色。许久米水未进，他嘴里都没有了唾液，取而代之的是一种黏液，在嘴角堆积起一层白色的细密泡沫。即将到达预定地点的时候，刘振华从喉咙里挤出来几个字，让机枪手把自己放下来。

又看了看前方，刘振华说道："还不是这里，再慢慢往前磨蹭几米，然后做好准备。"刘振华开始调整自己的呼吸，三人顿时陷入一种极为肃穆的沉默之中。他忽然想起自己的铁锹还在小家伙儿手里，便把它要了回来，余光却扫到那只瘸了腿的野狼从头狼身后一瘸一拐地走到前方。如此怪异的举动，自是引起了刘振华的注意。本以为头狼会阻止，但这次头狼却是默许了，没有任何反应。看得出，它的生命已经到了极限。这样做也是想发挥自己最后的余热，为族群做一些贡献。它身体超过头狼后，仍然没有停下的意思。一条腿踩进了冷水中，刘振华看到它的身子跟着一抖。

眼前的距离只有短短十五米左右。要是换作以往矫健的状态，这是微不足道的距离。它可以做到比刘振华等人冲锋的速度更快。以它现在的体力,刘振华笃定这只狼绝对无法走完自己和它之间的距离。断掉的腿,只连着一层皮,半漂在水里。因为夜色而漆黑的水面,又混进了血迹,变得更加乌黑。"这狼要干吗?"机枪手问道。刘振华微睁着双眼,依旧保持着高度警戒。可疲惫感却如同潮水般涌来,让他有些窒息,一点点地吞没他的意识与理智。

"咚!"一声巨响如同天上的惊雷,刘振华在这动静的影响下清醒过来。定睛一看,只见那头狼一跃而起,跳到了拖拉机的最上方,也就是驾驶室的顶部,眼神睥睨着众人,和艰难前进的那只断腿野狼交相呼应,对比鲜明!

刘振华闭上了眼,不是因为疲惫,而是一滴雨水恰好落进了他的眼眶里,打在瞳孔上,视线顿时变得更加模糊。在他好不容易睁开眼后,看到右前方,蓦然卷起一股黑风,像是教导员那支宝贝钢笔用的墨水般又黑又黏稠。紧接着第二滴、第三滴、一整片……雨水不由分说地打在他脸上!

4

刘振华最担心的事还是发生了,机枪手眯着眼,梗着脖子,声音颤抖着说道:"营长,又……又下雨了!"刘振华不知道该说什么。"营长,那火堆要灭了!"听了小家伙儿的话,刘振华的视线微微转移了些许。看了看即将熄灭的火堆,他还是一个字没说。一瞬间,刘振华明白头狼看穿了他们的意图,发现他们三人是想钻进拖拉机的驾驶室里,所以才会盘踞在顶上,伺机而动。等他们三人一靠近,头狼瞬时俯冲跃下,如此一来,刘振华他们无力抵挡。只要耽误片刻的工夫,其他野狼就会包围过来,到时候进退两难,将陷入更大的危险。至于最近的危险,就是还在缓缓逼近的这只瘸腿野狼。它已经处于最后的回光返照，刘振华觉得自己赤手空拳也能将其打败。

“计划不变！”考虑完这些状况，刘振华开口说道。机枪手问道：“营长，俺先把这只瘸子收拾了吧？”刘振华脑子里忽然有了个点子。这只瘸腿狼的尸体，说不定能用来吸引其余野狼的注意。“营长你直接说让俺干啥就行了，别的不用操心！”刘振华看着眼前逐渐逼近的野狼，又指着后方的狼群，说道：“你把它的尸体当作手榴弹一样扔出去。”机枪手追问道：“扔到哪里？ 多远？”“扔到拖拉机前方，就那几只野狼待的地方。”“行！ 俺没问题！”“你要判断准确，估计教导员说的那些洋鬼子的掷弹兵扔的手榴弹都没这么大！ 你小子也不能玩愣的，自己包圆了！你跟着我，我先把它拍死，然后你紧跟着把它扔出去。”

铁锨在雨水的冲洗下变得锃亮，犹如刺刀的刀锋。瘸腿野狼看到刘振华冲了上来，便也不再前进，想要以逸待劳。它本来就因为瘸了一条腿行动不便，所以此时以静制动是最好的选择。刘振华阴沉着脸，和野狼对视着。他双手一前一后握着铁锨，和端着刺刀冲锋的姿势一模一样。刘振华身子快速朝旁侧跨出一步，趁野狼还未反应过来，倾尽全身气力，用铁锨向它的腹部劈砍而去。野狼身子一斜，朝相反方向躲开，但它怎么也没有想到刘振华这一下是虚招。

当它反应过来时，已经来不及了。唯一的补救办法，就是抬起爪子向刘振华面部抓来。但狼爪的长度怎么能和铁锨相比，刘振华轻而易举地把狼爪隔挡开来，随即铁锨突然上扬，自下而上狠狠地砍在野狼的颈部。野狼连一声呜咽都未发出来，身子就飞出去了一米多，躺在地下抽搐着，眼神中却还散发着狠戾。这只野狼刚躺倒在地下，机枪手就从刘振华身后蹿出来。他一只手揪住野狼的尾巴，另一只手托着狼肚子，准备把它远远扔出去。野狼还没有全然死透，它用自己最后的一点力气，在机枪手的胳膊上留下了两条不深但很长的血痕。

刘振华想要最短时间内将野狼们逼退，野狼显然被刘振华这毫无章法胡乱挥动铁锨的行为弄得有些发蒙。抓住这个机会，刘振华放低身子，铁锨几乎贴着地面横扫过去，打中了起码两只狼的前腿，野狼“嗷呜”一声就朝后退去。第一只被刘振华铁锨扫到的野狼，腿骨几乎被铁锨锋利的边沿打断。它歪斜着身子，行动缓慢，被刘振华追上又是一铁锨拍在脑袋上，但野狼却当即躺倒了身子，从旁侧躲开。其余的野狼本来已经退后，回头发现同伴落难，急忙又掉头救援。

“扔！”刘振华大声喊道。那只蹲在拖拉机顶上的头狼一直无动于衷，直到机枪手将手中的尸体扔出去后它才算是弄明白了刘振华的真实意图。头狼第一时间从拖拉机上跳下，这种时候它无法再“稳坐钓鱼台”，必须亲自下来稳定局势。在头狼从拖拉机驾驶室的顶部跳下来的那一刻，刘振华和机枪手之间的默契配合让小家伙儿眼花缭乱！随即刘振华一把拉开了拖拉机的驾驶室，让机枪手和小家伙儿先钻了进去。

打开门才发现，拖拉机的驾驶室并不宽敞，容纳两个人已经到了极限，刘振华无论如何再挤不进去了。“你们坐好了！”刘振华用力推了一把小家伙儿的屁股，让他的身子又往里靠了靠，然后“啪”的一声关上了驾驶室的门。头狼已经察觉到自己是被刘振华戏弄了，它的狼牙拿拖拉机的铁壳子没办法，但对付落单在外的刘振华还是信心十足。可刘振华从一开始就没想过要和它们硬拼，他提着铁锨掉头就跑，根本不给野狼任何机会。到了拖拉机尾部，后背紧贴着蹲下来，从左右探了探头，发现野狼并没有追过来。他顺手从身前的积水里抠出来一块泥巴，团成一坨，向后抛了过去，同时向邻近的拖拉机驾驶室冲去，在狼群的注意力被泥巴坨吸引的时候，他已经稳稳当当地坐在了驾驶室里。

刘振华心想：“先老实坐会儿，看看这雨的情况再做计划！”他身子朝下出溜了一段儿。站立久了，后腰又酸又胀，现在有了靠背的支撑，可算是舒服多了！在驾驶室的铁壳子里，倒是不用再担心野狼了，而且雨一直没有下得太大，透过玻璃看到正前方挖出来的那条排水沟还勉强够用。

5

驾驶室里舒服的环境让刘振华睡意袭来，不过他还是强打着精神，研究了一下拖拉机驾驶室的内部构造。一番探索，让刘振华在驾驶室里更加安心了。他扭过头开始研究门锁，驾驶室的门锁既然能被他们一把拉开，那就存在不安全性。若是那只聪明的头狼记住了，一会儿趁他打瞌睡时，用牙齿咬住这把手，用力一拉，岂不是也能钻进驾驶室来！这拖拉机的构造和汽车差不多的话，驾驶室应该能从里面反锁。他终于在门把手下方低了好几寸的位置摸到了一个卡扣。这卡扣不碰它，便是平平整整的。一头按下去，另一头就会凸起，还会发出一声清脆的“咔嗒”声。看样子，这应该就是门锁无疑。

刘振华尝试了几次，机械联动的声响在夜晚尤为刺耳，很快就把那只头狼吸引了过来。它蹲在驾驶室的下方，龇牙看着刘振华，喉咙里发出沉闷的低吼，似是在和这门锁的清脆声对抗。缓了缓神，刘振华贴近铁皮的缝隙，对着旁边拖拉机里面的机枪手和小家伙儿喊道：“门把手下面，有个卡扣！把左边的摁下去，驾驶室的门就锁住了！”小家伙儿顺着刘振华所说的方向一摸，摸到了卡扣。他用力把左边摁下去，听到“咔嗒”一声，门就反锁上了。“排长，咱们就在这铁家伙里过夜吗？”“看情况！至少现在咱们可以休息休息！”机枪手双手环抱在胸前。不过两个人挤着，反倒暖和。

刘振华则坐在一辆链轨式拖拉机上，底盘看上去要比轮式的矮。已经临近半夜，天上虽然有乌云，仍在下雨，可远处云层稍微稀薄一些的地方，月光微弱地透了过来。借着这些月光，刘振华盯着挡风玻璃看了一阵，发现降雨量基本处于持平的状态。这样一来，那条排水沟的排水量足以支撑到明天早上。现在刘振华觉得自己能好好休息一阵了，此时他脑袋发胀，直流冷汗。心脏也比平时跳得剧烈，心里慌慌乱乱的，很不舒服。深呼吸了几次，刘振华准备打个盹。刚一小会，刘振华见临时营地中的那堆火又熊熊燃烧了起来。刘振华很奇怪，明明还在下雨，这火怎么会突然又烧起来？他把脸凑近挡风玻璃，才看清状况，袁队长他们在火堆的顶上用苇子秆撑起了一个半包围结构的挡雨棚。高度足够，火堆蹿起的火苗不会烧到棚子，还能在保证通风的情况下最大限度地遮挡住雨水。

刘振华正在脑子里琢磨这个问题，一股刺鼻的气味就钻进了驾驶室。原来他们竟动用了拖拉机油料，这法子定然是袁队长想出来的！这样既能提供照明，还能对狼群有所震慑。“唉，太浪费了！”刘振华是真心疼。他叹了口气，重重地拍了下拖拉机的操纵杆。突然他的身子跟着向下一沉。还在纳闷，自己这一巴掌哪有那么大的力气，正在这时就听见机枪手人声喊道：“营长，你的拖拉机朝下陷了！”刘振华现在连大声说话都不敢了。

这会儿的雨，看似不大，实则下得非常密实。刘振华尽力保持身子在驾驶室中的稳定，然后开口说道：“你们当心！带着履带的都下陷，带轱辘的更容易翻车！”片刻之后，机枪手又开口说道：“营长，俺们这台……”刘振华等后半句等得心急，抢过话头问道：“你们那台咋啦？”机枪手断断续续地说道：“俺们……俺们这台……好像往左后方下陷了！”刘振华赶忙看去，现在有了火光，视线是好多了，但从他这个角度根本看不出来这台轮式拖拉机有什么异常。“营长，俺们要不要下去？”外面还有野狼，小家伙儿现在又行动不便。“下去干啥，喂狼啊！”机枪手解释说：“俺的意思是，小家伙儿留在上面。他轻，俺重！说不定下去之后，拖拉机就好了，不下沉了！”刘振华没有立马回答。

就在他犹豫之际，机枪手从余光里看到这台拖拉机以肉眼可见的速度向后侧方迅速沉降。一句“他娘的”还没骂出口，驾驶室里就开始地动山摇！右侧顶部，机耕队的同志自己焊了个工具盒，里面放了扳手、螺丝刀，还有个发动机的摇把子。大幅度的倾斜造成工具盒里这些工具互相之间激烈地碰撞，那把扳手先撞开了盖子，从里面掉了出来，砸在了机枪手的头上，当场豁开了个口子，鲜血顺着头就流了下来。他倒吸了口凉气，顾不上疼，把身子猛地向倾斜的反方向仰倒，躲开了那把尖锐的螺丝刀。他又抬手顶住开口的工具盒，把那摇把子拿下来，递给小家伙儿：“你拿这个，短了点，但比铁锨称手！”但还不等小家伙儿伸手接过，拖拉机又倾斜了不少。靠近刘振华这侧的轮子都已经离开地面，抬起了至少半米。塌陷的地方，出现了一个大洞，积水不断灌入，让洞口周围的土层持续性塌陷，导致洞口越来越大！照这个势头发展下去，很快这个塌陷的洞口就会超过轮胎的直径，彻底陷落之后整台拖拉机就会发生侧翻。

“快下来，不能再在驾驶室里了！”倾斜的速度越来越快，连围在周围的野狼都向后退却。机枪手和小家伙儿赶忙抓住这个时间差，从驾驶室里跳了出来。夜黑雨大，地面的积水湿滑泥泞，两人都是一个趔趄。小家伙儿完全是从上面掉下来的，根本控制不住身子的平衡。落地的刹那，还是那只受伤的脚先着地。他忽然觉得脚脖子暖烘烘的，像是被泼了一盆热水。短暂的错觉过后，钻心的疼痛让他半边身子都抽搐了起来。机枪手顾不得满身满脸的泥巴，立马抓起铁锨虚晃了几下，还把驾驶室的门猛地关上，把野狼惊得蹦出去老远，重新拉开足够安全的距离。他一转头，发现小家伙儿用嘴咬着那根摇把子，手里拿着铁锨，瘫着半边身子，朝拖拉机陷落的轮子蠕动。“别去！给俺回来！”

小家伙儿铁了心要去抢救拖拉机。他把铁锨横架在洞口上，暂时抵住轮胎。然后用摇把子作为支撑，在倾斜的车身和铁锨头之间架起一个较为稳固的三角形。做好这些，小家伙儿才脱下自己身上已经湿透的衬衣，想要把脚腕做个简单的包扎。刘振华也在驾驶室里坐不住了，担心机枪手和小家伙儿会出现什么问题。其实机枪手他并不担心，主要是小家伙儿。借着对面的火光，刘振华打开了驾驶室门锁的卡扣。为了节约时间，他直接从里面跳了出来。小家伙儿的身子完全被这台轮式拖拉机挡住，刘振华即便出来了也没见他。在小家伙儿用铁锹和摇把子的支撑下，拖拉机的下陷算是暂时稳住了。为了警戒狼群，刘振华必须猫着腰，几乎是匍匐前进，扶着拖拉机翘起的轮子，深一脚浅一脚地移动到引擎盖侧面看到狼群离自己勉强能算是安全距离，他这才站直了身子。机枪手的身影不停地晃动，还不等刘振华叫出声，突然听到“咔嚓”一声。有什么东西断裂了，声音清脆，却又没有余音。不像是钢铁这样的金属，更像是木头！“小家伙儿！”机枪手大吼一声。刘振华循声赶紧跑过去。一声枪响划过夜空，犹如惊雷般炸开。刘振华从枪声中判断出开枪的人距离自己很近，不管是敌是友，出于何种目的，他都本能地蹲下身子，利用引擎盖做掩体，护住脑袋。子弹打在引擎盖的铁板上，后发生弹跳，改变了弹道轨迹。好巧不巧，弹出去的子弹打穿了一只野狼的肚子。那只野狼哀嚎着倒下，鲜血汩汩涌出。看到这种情况，狼王带着狼群迅速逃离了。

刘振华看了眼引擎盖上的弹印，又向枪声传来的方向看去。开枪的地方并不是对面的临时营地，而是有人在芦苇荡中开了冷枪！刘振华脑袋里“嗡”地一下，后背紧跟着冷汗直冒！他身子朝前拱了拱，转了个身，背部紧紧贴着轮式拖拉机的引擎盖，冲对面大声喊道：“袁队长！有敌人！”话音刚落，又是一阵噼里啪啦的枪声从芦苇荡里传出来。女兵们的尖叫，袁队长的嘶吼，以及枪膛里的撞针撞击子弹底火时的火药味混合在一起。就连临时营地的那堆火似乎都感觉到了危险，开始剧烈地跳动着。“你俩准备战斗！”刘振华和机枪手他俩互相看不到彼此，但声音却可以传过去。机枪手应了一声,也顾不上小家伙儿了,身子和刘振华一样紧贴着拖拉机,从缝隙中观察芦苇荡里敌人的动向。两人都没有注意到,刚才小家伙儿待着的地方,现在只有一根折断的铁锹把子,参差不齐的断口处挂着一大块血染的衬衣碎布。

当刘振华和袁队长已经做好迎敌准备后,芦苇荡里的枪声戛然而止,这让刘振华更为不安。开枪的应该是叛匪,大概率和野狼群一样,本来盘踞在山里,但受洪水影响,只得转移。看到了临时营地中的火光,知道这里肯定有人,所以想要抢夺生活物资。这群叛匪不同于以往,他们展现出的军事素质和战斗技巧很高!单论那第一枪的枪法,绝对已经达到了特等射手的水平。显然他们先前看到火光时以为这里最多只有几个人,走近了,才发现驻扎了部队,还停放着好几台拖拉机。后面的连续枪声,是对临时营地进行了一番火力压制。“机枪手,你刚才听见了吗?”刘振华压低声音问道。“营长,他们的枪声很整齐,绝对是清一色的制式武器。俺好像还听到了自动火器的声音!”两相印证下,刘振华确认了自己刚才也没有判断错。

看来,这支不清楚人数的叛匪具备相当高的军事素养,还拥有自动火器这样杀伤力大、覆盖范围广的武器。根据他们开火的密集程度来判断,应当也有较为充足的弹药。现在枪声暂时停止,刘振华干脆直接趴在地上,整个身子浸泡在泥水里,用胳膊支撑着,让脑袋露在外面,掩护好自己的同时能更好地观察情况。袁队长虽然也是老兵,但一直在后勤上,没有太多的前线作战经验。刘振华拼命向袁队长打手势,但袁队长却丝毫没有注意到,全部精力都集中在漆黑的芦苇荡里。“别开枪,千万别开枪!”刘振华在心里念叨着。现在开枪,无异于暴露了自己的火力。叛匪的火力压制还有试探的目的,就是为了引起营地的还击,借此弄清楚火力情况。叛匪们估计早就离开了刚才的射击地点,贸然开火只能打断一片芦苇秆,暴露自身的同时也白白浪费了弹药。

那堆火已经熄灭,黑夜便是临时营地最好的掩体,也可以弥补武器装备上的差距。“营长,他们沿着路基摸过来了!”机枪手说的情况,他早就注意到了。为了不打草惊蛇,必须得装作没看见。要是他和机枪手都有枪,那便能和临时营地进行火力交叉覆盖,阻止叛匪的进攻势头,但他俩现在手里的铁锨,对付一群精疲力竭的野狼还可以,碰上有这般火力的叛匪,就和烧火棍没什么区别。

战机瞬息万变,刘振华集中全部精力观察,眼睛因为圆睁的时间太长,干涩流泪,但身子却像是一根浮在水上的圆木,丝毫没有任何多余的动作。

目前还没有出现伤亡,且能借助天色,这就已经是最大的优势!再加上这几台拖拉机停放在这里,形成了一道结实无比的掩体,哪怕手里没枪没子弹,刘振华和机枪手也有几分底气。右前方大约两百米,路基有一处巨大的断裂。刘振华觉得那里是叛匪们最有可能穿插过来的位置。既然对方也有不弱的军事素质,那就一定不会选择硬拼。他们即使知道拖拉机这边有人,也会选择从另一边迂回穿插,然后包抄住整个临时营地,以此达成歼灭的目的。毕竟这些拖拉机无论是对于刘振华和机枪手还是叛匪来说,都能起到掩体的作用,就看谁更会用了。就在这时,临时营地中却有人开了枪,射向的位置正是刘振华一直盯着的路基断裂处。开枪的这名战士位于临时营地最外侧相对突出的位置。刘振华不知道他是出于什么考虑而开的枪。

到这时,刘振华也顾不得被暴露,冲着对面大喊道:“别开枪!”话音还未全然落下,一颗子弹就朝着临时营地刚才开火的地方刁钻地射去。这名战士打了个滚,从旁侧掉落积水中,一动不动。这名战士牺牲后,袁队长扭头看向刘振华那边,脸上带着一股拧成疙瘩的复杂神情。“他奶奶的,前面有个神枪手!”机枪手小声说道,“营长,俺从后面摸过去吧!”“再等等。二百米,就快露头了!”那名战士用自己的性命证实了刘振华的判断——叛匪们的确是把路基当作基准线，想要从断口处到达拖拉机这边，对临时营地进行迂回包抄。这样的话，他们要把精力集中在断口处。断口处虽然有路基的底子，积水不会太深，但势必会影响射击的稳定性，神枪手也无法保持先前的精准度。

“营长，俺掩护你，你去捡枪！”两人的默契在此刻发挥得淋漓尽致！刘振华一个字都没说，机枪手已经知道了他的计划！那名战士牺牲后，是连带着枪一起滚落水中的。下雨导致积水上涨，刘振华正对面的路基已经被积水彻底漫过。因为排水沟的作用，那边的积水是向着自己这边缓慢流动的。步枪的枪托是木头的，掉进水里之后枪托上浮，枪管下沉，顺着水的流向漂动。刘振华准备卡着叛匪们从断口泅渡的片刻，迅速冲过去捡枪。这需要机枪手的配合，他得想个办法从旁边吸引敌人的注意力和火力，才能最大限度地为刘振华争取时间。

“从左往右，第四台。你到它屁股后面用铁锹使劲拍拖拉机的铁皮！”机枪手听完命令，用胳膊肘试了试拖拉机底部的宽度，发现足够他的身子通过，便匍匐前进，在刘振华身旁位置露了头。刘振华竖起耳朵听着，很快就从右后方传来机枪手用铁锹拍打拖拉机铁皮的声响。伴着这般大动静，刘振华一个前滚翻，从排水沟上方扑过去，伸长胳膊够到了那支枪。渡过路基缺口的叛匪们立即集中火力向机枪手所在的位置射击。依靠拖拉机的掩护，这轮射击并未对机枪手造成任何实质性的伤害。刘振华也得以原路返回，重新埋伏在先前的位置，伺机与机枪手会合。枪虽然到手了，却还不能立即派上用场。一则泡过水的枪，万一枪管进水，射击时会有炸膛的危险。二则他们两人要是完全暴露了人员数量和装备情况，定然会引来这群叛匪的疯狂进攻。最好的打法还是从侧面狠狠捅一下敌人的腰眼子，打乱他们的阵脚，令其自顾不暇。

检查下枪，刘振华一只手提着它，压低身体，向机枪手所在的地方靠拢。行进途中又有两台拖拉机下陷，一个朝右，一个朝左，形成了头碰头的局面，把路面几乎堵死。仅剩下的缝隙，刘振华提着枪根本无法通过。他忽然看到右前方有人影晃动，刘振华举枪射击，那人在地面一个侧滚，离开了刘振华的射程。缝隙的宽度有限，左右都是刘振华的视觉死角，所以刘振华收了枪，准备转换一下位置，免得暴露。不料一发子弹贴着缝隙，从刘振华认为不可能开枪的死角飞来，把他的后颈重重划了一道，鲜血把衬衣领子浸透。“他妈的！”刘振华往下出溜了几下身子，抬手一抹，脖子上火辣辣的，掌心全是血。他把手上的血往身上擦了擦，又将手掌重重地压在伤口上。子弹虽没打进去，但创面挺大，也比较深，必须及时止血。刘振华原地侧过身子，已经倾斜的拖拉机早就失去了平衡，发出“嘎吱嘎吱”的声响。“砰！”一颗子弹几乎沿着上一发的射击轨迹打来。“这打得也太准了吧！”今天是碰上硬茬子了。

刘振华想到一个点子。目前自己处于劣势，但只要扭转了这个局面，应当能和叛匪谈一谈。若是能说动他们放下枪投降，必然是最好的结局。想着想着，他左手摸到一块个头很大的鹅卵石，从土里抠出来，放在手上一掂量，像极了抗战时小鬼子的香瓜手雷。刘振华心生一计！不过这办法他今晚已经用了两次了。第一次是对野狼，第二次是对人。这第三次，能不能成，他也不知道。声东击西这办法，算是最为基础的谋略。“咚！”刘振华把这块鹅卵石高高抛出。在黑夜里，敌人根本区分不出来这究竟是什么东西。他们看到一个黑乎乎的，长得像极了手榴弹的玩意儿腾空而起，立马寻找掩体，卧倒躲避。没想到，这“手榴弹”竟然只是一块普通的戈壁滩鹅卵石。鹅卵石重重地砸在了拖拉机驾驶室的顶部。

机枪手这边终于得手！刘振华刚才那枚假手雷不但让那名“狙击手”哑火，更是逼得两名敌人误打误撞，自己送到了机枪手面前。这俩背对背倒退着走，还十分注意对周围的防备，但他们没想到机枪手早就埋伏好了。敌明我暗，以静制动。两人逼近到可以出手的距离时，机枪手狠狠一拳砸向其中一人的脑袋，另一人刚想有所反应，脖子就被机枪手的胳膊锁死。紧接着，机枪手一挺腰，生生将其提溜了起来。这人双脚在空中胡踢乱蹬了一阵，渐渐没了动静。机枪手松开胳膊，尸体落地的时候刚好刘振华也到了。“营长，俺收拾了俩！”机枪手笑着说道，有几分邀功的意味。刘振华点点头，低头看向这两人。挨了拳头的那个，七窍都在流血，脸上跟个大花猫似的。另一人是窒息而死，相比之下只是脸色有些发乌。“他们不是本地的土匪，是反动派余孽！”刘振华让机枪手把这两人的武器弹药全部收集起来，有一把冲锋枪，一把驳壳枪。子弹有一百发左右，全都用油纸包着，隔潮防水。“营长，这支是自动火器啊！”刘振华点点头，检查了一下手枪的枪膛和弹夹。两人将自己重新武装好，机枪手忽然看到一具尸体的腰带上好像还挂着什么东西。“营长，手榴弹！”“好家伙，真他娘猛啊！”

刘振华倒吸一口冷气。自己丢了个石头假装手榴弹，还想着对面会不会有样学样，一报还一报。没承想他们却是有真家伙！刘振华急忙命令道：“再摸，别漏掉啥！”摸来摸去，再没其他东西。机枪手把手榴弹别在自己裤腰带上，想着关键的时候用。刘振华却摇头说道：“在拖拉机周围绝对不能丢手榴弹，以防它们受到损坏，你千万要记着！”机枪手点点头。

雨停了，积水也下降了不少。戈壁滩荒凉的土地又重新露出狰狞的嘴脸，星星点点的红柳和梭梭也重新露头。“小家伙儿呢！”刘振华发现从战斗一打响就没看到小家伙儿的身影。“俺也没看到。”刘振华心里一沉，回想起最开始那木棒断裂的声音，总觉得会有不好的事情发生。“估计躲起来了吧，那小子鬼精的，知道自己伤了脚，跟着咱们是累赘！”刘振华勉强点了点头，这和他原本的计划也差不多。小家伙儿行动不便，他能护住自己不被敌人发现，就算是完成了作战目标。

这群反动派余孽摆明了是冲着补给来的，特别是那些油料，运走卖掉能赚不少钱，足够他们从北边出境，或是继续招兵买马与我方为敌。“你看后面！”机枪手闻声转头。“看到那个土包没有？”刘振华追问道。机枪手点头回答道：“俺看到了。”“你向那个土包移动，那是这一片的制高点，而且应该没有积水了。”他把冲锋枪给了机枪手，若是再能占领一处制高点，机枪手就能以这个火力点为圆心，以射程为半径，在这个圆圈内，对敌人做到一定程度的火力压制。

机枪手抵达既定位置后，刘振华看到拖拉机轮子下方有东西正在闪光。捡起来一看，发现是块镜子碎片。拖拉机右侧的后视镜被子弹打中，连带着震断了镶嵌在内的镜子。明晃晃的，在光线微弱的夜晚，它十分刺眼。刘振华本想着以后修修还能用。他正准备把它放回轮子后面藏好，突然想到这块镜子既然能反光，那就可以用它和临时营地交流。刘振华把袖子拽长些，包住手掌，拿着镜子找角度。袁队长看到对面拖拉机之间的空隙处有个东西一闪一闪的，立马就想到是刘振华等人在和自己联系。然而通过镜子的反光刘振华只能告诉袁队长自己的位置，并不能像传递语言那样来进行复杂的沟通交流。

“那个亮点是不是营长？”袁队长身后，赵明霞忽然蹿上来问道。自从交火开始后，她的目光就没离开过那几台拖拉机，想要从其中的缝隙或间隔中看到刘振华的身影。“是，是刘营长！”极度紧张让袁队长有些口干舌燥。赵明霞目前的战斗能力和经验让她对战斗的局势无能为力。从袁队长这里听到准信后她终于能安下心来，重新退回自己先前的位置，紧贴地面趴着，尽力隐藏住身体。袁队长也吸取了前一次的经验教训，不允许临时营地的战士们再擅自开火。他想既然刘振华方才已经用镜子反光发来了信号，想必接下来有大动作时也会再次提前告知，到时候自己这边只要跟上刘振华他们的节奏，打好配合，一定能一举歼灭这群敌人！

第十三章

血债血偿

第十三章 血债血偿

1

其实这仗究竟怎么打，刘振华心里也没底。他深吸了口气，再度打起精神，耳边听到一阵“哗啦”的水声。这说明敌人的数量不少，而且已经从路基的断口处渡过，朝拖拉机这边前进。刘振华回头看了眼机枪手所在的土包。机枪手战斗经验丰富，知道自己一旦开火，肯定会沦为众矢之的，所以他把冲锋枪的枪口架在土包的正上方，身子却躲在下面，脑袋从旁侧露出，保证自己的射击视野开阔。

刘振华全神贯注地竖起耳朵听着动静，水声忽然小了一半，说明敌人兵力分散开了！显然他们是准备利用拖拉机当作掩护，采取类似巷战的方法，一步一步，稳扎稳打。拖拉机是极为贵重的资产，不能有任何闪失。陷落入泥地里，总有办法能挖出来，不会影响使用，但要是被双方来回射击的子弹打坏了，这个损失谁都承担不起。刘振华再度拿起镜片，准备用镜片的反射光给机枪手发信号，让他主动开火，阻止敌人靠近、利用拖拉机。还未等到刘振华调整好镜子反光的角度，机枪手那边已经开火！“这群狗娘养的，活该你们自己找死！”敌人一分散兵力，机枪手前方三十米的位置，黑乎乎的人影正偏移路基，拉开散兵线，猫着腰向拖拉机这边扑来。他们认准了这边战斗力不够，刘振华一定是在最头上的拖拉机后面躲着，分兵就能从左右包抄过去。他们认为在兵力和火力都占优势的情况下，几乎能在零伤亡的情况下控制住路基这边。他们想破脑袋也想不到刘振华竟然早就在后方的制高点安排了火力。机枪手“哒哒哒”一个点射，立马就有几个人影应声栽倒。随后机枪手换了个方向射击。这次是几下单发射击，人影又倒下几个。敌人知道自己碰上硬茬了！机枪手自我掩护得很好，他们四下张望，根本没有发现这子弹是从哪个方向打出来的，不得已只能放弃原先的打算，准备重新回到路基旁，合兵一处，向前推进。机枪手哪里会放过这样的机会，他已经打乱了敌人的阵脚。这边正打得酣畅不已，但密集跳动的枪口火焰也暴露了机枪手的位置。上一秒他刚扣动扳机，下一秒一片弹雨就紧跟着落在他所埋伏的小土包前方。激起的水花还有泥点子落在了他的眼睛里，刺得生疼。没办法，他只能收起枪，抱在胸前，身子往下出溜。他把进了泥点子的眼睛一闭，身子矮下去，往旁边一滚，转移了位置。

从土包后方出来，机枪手便失去了掩护。他必须尽快撤退，否则就是坐以待毙。他得先从制高点下来，让自己和敌人处于同一个水平线上，才能继续发挥火力和机动性的优势，继续战斗。机枪手突然发现，他从小土包后方出来后，敌人竟然没有跟过来进行火力扫射。

机枪手做出了一个谁都想不到的决定，他再一翻身，又进入了刚才小土包后的射击点，并且毫不犹豫地开火。正向前突进的敌人，直接倒下好几个，全部是背后中弹，顿时毙命。果然敌人被后背突如其来的火力打乱了阵脚，只能停止前进原地隐蔽。刘振华听到土包上枪声再起，明白了机枪手的意图。趁着敌人的注意力被转移，他立马从拖拉机后蹿出来，打光了步枪中的所有子弹。步枪打完了子弹，刘振华把它放在一旁，又掏出了驳壳枪。小土包后机枪手的射击还在持续。刘振华左右观察一番，决定先绕过这台拖拉机，进一步拉近和敌人的距离，才能更好地配合机枪手所构建出来的火力点。敌人被机枪手原地二次开枪的行为彻底打红了眼，不管不顾地集结所有人向小土包进攻。"轰轰！"两声巨响！一个敌人竟是猛然起身，扔出了两枚手雷。机枪手看着迎面飞来的手雷，没有丝毫慌乱。从拔掉引线到爆炸至少还有三秒钟的安全时间！这三秒钟，足够他扣动扳机，干掉这名扔手雷的敌人。扣动扳机的瞬间，机枪手把头使劲往下钻，但他的两只胳膊却没能及时收回！手雷爆炸的地方，距离小土包不到两米。两颗手雷先后落在同一处，前后炸响。

机枪手的耳朵立马听不见了，一层厚厚的泥巴被爆炸所产生的气浪掀起又落下，全都糊在了他的后脑勺以及背部。

他顾不得扒拉干净，连忙抬头查看敌情。此时双眼一片模糊，左边的眼睛全都是鲜红的淤血。看到敌人已经开始往上冲过来，机枪手端起冲锋枪准备还击。这时他才发现，左手已经被弹片炸碎，在手腕处齐根切断。他另一只手拿起冲锋枪，用大腿内侧紧紧夹住，换了弹夹重新上膛。刘振华看得一清二楚，大吼一声，手中的驳壳枪打出一连串儿子弹，让敌人腹背受敌。那名许久没有露头的狙击手，一枪打中了刘振华手中的驳壳枪，一块从枪身上碎裂开来的铁片插入了刘振华的手掌心。机枪手发现那名狙击手竟然就在离自己不远处。

按理说他早就应该发现了机枪手。可他却沉住气一直没有开枪，看来就是在等刘振华露头。机枪手艰难地举枪重新瞄准，但重伤之下他已经失去了准头。子弹贴着狙击手的身子越打越偏，直到机枪从抛壳窗中蹦出了最后一颗弹壳。狙击手调转枪口，指向了机枪手。机枪手依然是面无表情。哪怕是最后一刻，他仍然在计算自己与狙击手之间的位置，以及能够使用的武器。子弹还有，但仅凭一只手，他已经无法把子弹压进弹夹里。不过他还有一颗手雷，机枪手笑了起来，嘴角和他先前勾起的弧度一样，紧接着身子向着狙击手扑出，他刻意侧了侧身子，借助惯性让握着手雷的那条胳膊高高甩起，然后伸直了脖子，用牙齿咬住了拉环。看到手雷已经开始冒烟，狙击手想要逃跑，却被机枪手壮实的身子砸倒。“轰隆”的火光中刘振华看到了机枪手的半边脸颊，一晃而过，他分不清是自己的错觉还是现实。借着手雷爆炸时的光亮，临时营地的战士在袁队长的指挥下果断开枪，把剩余的敌人又打死了好几个。

其余的敌人纷纷抱头鼠窜，躲到拖拉机侧后方，趁机遁逃。刘振华在火光还未全然落下时就迈开腿朝小土包跑去，不小心一个趔趄摔倒在地，掌心感受到这片地面还是温热的。每一寸泥土里都混着手雷的炸药，还有敌人和机枪手的血肉。站起来后，刘振华看着眼前的狼藉，足足愣了十几秒钟。理智告诉他，应该先组织临时营地的同志们泅渡过来，将遁逃的叛匪彻底歼灭。可他的双手却不由自主地丢了枪，伸进这一片泥泞模糊的血肉中来回翻找。他想要把机枪手的尸体从中挑拣出来，拼凑成较完整的样子。扒拉了几下，刘振华就放开嗓子，号啕大哭起来。眼泪一串儿一串儿地流进嘴里，淌在胸前。“老刘，你清醒点！”听到这声音，再看了看这人身上竟是穿着和自己一样的军装，刘振华抬眼看看四周，天已经亮了起来，太阳即将冒头，教导员双手扶着他的肩膀。

“你什么时候来的？”教导员一愣，刘振华的声音平稳，听不出任何情绪。“我刚到。昨天下午的时候别克路过了营地，他们要转场了，从冬窝子去夏牧场。说起这几天山上下暴雨，淹没好多地方。我听了之后有点担心你这里，就带着人赶过来看看。”刘振华听完，过了许久才缓缓地点了点头,然后接着问道:“别克没事吧?”教导员回答道:“没事!”

此时积水基本退去,已经无须泅渡,挽起裤腿就能走回临时营地。临时营地一片肃穆。所有人都目不转睛地看着刘振华。女兵们个个红着眼圈,看样子也是刚哭过了。刘振华和袁队长打了个招呼后,便开始询问临时营地中的伤亡情况,得知只有三班长一人牺牲。除此之外,存放的油料的脸盆,被第一次从芦苇荡中打出来的那阵乱枪打漏了两个,里面的油料流了一地,导致临时营地中有股子难闻的味道。子弹不会让油料燃烧爆炸,但明火会,关系到众人安全的事情刘振华不敢马虎。“小家伙儿!”刘振华喊道。明火是炊事员的活计。没承想听到“小家伙儿”的名字,女兵们又开始哭了。刘振华眉头皱起,立马明白了是怎么回事。战斗一结束,赵明霞就第一个冲到对面,想要确定刘振华的安危。在路过那台陷落下去的拖拉机时,她看到断裂的铁锨把子上挂着的衬衣碎片。

“营长……”赵明霞将小家伙儿的衬衣碎片递给刘振华,还想说什么,却被刘振华摇头制止。他把布片在双手上摊开,看了又看。凝视了许久,刘振华把这块布片整整齐齐地叠好,塞进口袋里,转头向教导员问道:“你带了多少人来?”教导员回答道:“一个连,就是咱们的老连队。后面来的那两个连队,让他们留守了,毕竟春耕也是大事,不能耽误。”刘振华扫视了一眼战士们,全部是他最熟悉的面孔。女兵中还有几人仍在啜泣,刘振华不禁再次悲从中来。这次不但是他一个人,来的整个连队,包括教导员在内,一下全都控制不住情绪了。

“机枪手,你放心。我刘振华一定给你报仇!”教导员赶忙说道:“老刘,你一定要冷静啊！千万不能犯错误!”刘振华胳膊一撑,挣脱了教导员的束缚,说道:“杀人抵命,血债血偿,这是天理！不光是机枪手,还有小家伙儿,再加上三班长,三条人命！此仇不报,我刘振华誓不为人!”说罢,刘振华把脸上的鼻涕眼泪一抹,往裤子上一擦,快步走到战士们前面,命令道:“一连全体进行战斗准备！一刻钟后出发！”“全体都有,把枪放下！全部放下！”结果整个连队的战士竟然没有一个人听从教导员的命令,全都闷着头,压子弹的压子弹,擦刺刀的擦刺刀。“怎么？我这个教导员说话不管用？赶紧给我把枪放下！”教导员彻底急了！战士们手上的动作也慢了些。

“老刘,我知道你难过,但现在绝对不能意气用事啊！”“今天老子就要报这个仇！”刘振华说完,立即催促战士们加紧准备。教导员一看自己镇不住刘振华,连忙给一旁的袁队长使眼色。袁队长心中也满是愧疚,不管是小家伙儿还是机枪手和三班长,甚至整个临时营地,都是为了接应他们。袁队长对刘振华说道:“刘营长,发生这样的状况我们也很难过,但咱们应该静下心来商量商量,不能着急啊！”刘振华眼睛一瞪,他本来就对袁队长有气。要是他能管好临时营地,不让三班长乱开枪,哪里会出现这样的后果?“商量个屁！姓袁的,我告诉你！看在你们大老远来这戈壁滩不容易,我给团长一个面子,不和你们计较,但你最好一句话别说！”

“老刘,咱们是正儿八经的解放军！不能胡来！你这样干,和那些叛匪有什么两样？我是教导员,除非你一枪把我崩了,不然你别想带着部队走！”教导员本以为自己这样全然撕破脸的做法能让刘振华有所顾忌,至少能平心静气一些。不料刘振华根本不管他,而是对着前方的战士说道:“一连长,出两个人给我看住了教导员和袁队长！”一连长身板不如机枪手,战斗能力和经验也差了不少,但同样是从抗战年代走过来的刘振华的老兵,全身虎气,当即让一个班长带着战士,跟门板似的站在教导员和袁队长面前。

刘振华冲着一连长说道:“出发,跟我走！”随即他一马当先,走在队伍的最前头。走出去了一截子,刘振华又回头看看教导员,嘴巴张了张,但什么都没说出来。教导员看出刘振华这次是铁了心了,让还捏着自己双手的班长放开自己。“教导员，您别怪我，等营长他们翻过那个土包，我就放开您！”教导员也没了脾气，好言好语地对他说：“我不去拦他了，你带着你的兵立马归队。我和袁队长直接去团部找团长，让他调部队接应！”班长有些迟疑，可还是没松开手。“那帮叛匪是国民党以前的正规军！战斗力比土匪强太多！不然机枪手能牺牲吗？而且他们还有自动火器、手榴弹，万一营长出点事怎么办？”这一下却是让班长打了个冷战。察觉到手腕上的劲儿松了不少，教导员立马甩开他的手，回头看了看，刘振华带着一连已经翻过了机枪手牺牲的土包。

“你俩也别去追了，留守临时营地，照顾好女兵和机耕队的同志。绝不能再有个三长两短，听到了没有？”得到了班长的保证后，教导员和袁队长一人拿了两壶水，就准备抄近道去往团部。赵明霞从后面追上，要和他们俩同去。她本想跟着刘振华一起走的，但刚才刘振华气势太强，她怕触霉头更怕自己去了也是添累赘。袁队长以为教导员会断然拒绝，没承想他盯着赵明霞的眼神看了会儿，竟然点头同意了。

刘振华让部队在制高点停了下来。一连长把望远镜递给刘振华，但他没有任何反应，低头指着泥泞的地面说道：“看到了吗？”一连长发现地面上全是杂乱的脚印。“这样的地面，一脚一个坑，水一退，全部都清清楚楚，暴露无遗。我们顺着脚印就能追上那群叛匪，所以用不上望远镜。”“营长！营长你咋啦！”刚一低头，刘振华突然头晕目眩，要不是他咬着牙伸手抓住了一连长的胳膊，铁定仰面跌过去。“有吃的吗？”刘振华有气无力地问道。空着肚子战斗了一整夜，谁也扛不住。一连长从口袋里掏出来两块干粮，又有一位战士拿来了点炒面。刘振华打开炒面袋子，往嘴里塞了两把，然后喝水顺了下去。

“营长，咱们只追脚印的话再往前走可能要追丢！”刘振华点点头说道：“你说得不错！再往前走就没积水了，戈壁滩上根本留不下来脚印。不过这群狗娘养的也折腾了一夜，早就人困马乏。他们一点好处都没弄到，准得找个地方休息休息，顺带着互相骂骂娘！”虽然这群叛匪的战斗力不错，彼此配合也算是紧密，但这样的队伍中的矛盾却是比真正的土匪还多！现在他们各自心里都憋着一股气呢！

2

“营长，再休息会儿吧。”刘振华摇摇头，把水壶和炒面还给了战士。他又看了看地下的脚印，随即朝着右前方一指。“那边是不是有个村镇?”一连长出发的时候带了地图，但地图上未做标注。刘振华记得这个地方是因为他去团部的时候，有心留意过周围的情况。作为距离团部最近的垦区，在敌我环境还极其复杂的时候，不得不多长个心眼。这么一想，刘振华突然意识到大事不妙！“怎么啦营长?”刘振华斜眼瞥了下身后的战士，把一连长拉到旁边，低声说道：“团部有危险！”“不……不会吧营长，就他们那帮人还敢去碰团部?”刘振华分析道：“这群溃兵早就没了这些概念。他们敢打临时营地，就是豁出去了，想拼一把。现在没能成功，可以说他们已经自绝后路。逼到这个份上，兔子还要咬人，何况他们还有‘仨瓜俩枣’。”

划分垦区之后，团部实际上就剩下一个空架子。除了后勤上的人手之外，负责保卫的虽说还叫警卫连，却只有一个班多一点的兵力，还基本上都是没有什么战斗经验的新兵。这样的保卫力量，一旦枪响了，谁都说不好是啥情况。“一连长，把你手底下最能打的一个班分给我，弹药也尽量集中过去。”“营长，还是我带队吧！”一连长知道营长这是要自己带着突击队抄小路，但他着实不能让刘振华去冒这个险！“执行命令吧！”刘振华把枪掏了出来，一连长没辙，只能服从命令。

整个连队的弹药除了留下基础战备外，基本集中到了二班。“营长，二班整装待命！”刘振华深深地看了眼一连长，恍然觉得他身上有点机枪手的影子。走神了片刻，这才开口说道："你带着人顺着脚印从那边包抄过去，速度不用快，主要是保护老乡的村镇，还要打消这群狗娘养的去往团部的意图。"说罢，他自己带着二班的全体战士从另一侧抄近道突击。说是近路，其实还是一片戈壁盐碱地。这里没有积水，但开春后地面返潮，下方的湿气上来，把地表的这层盐碱壳蒸得像发面馒头似的，一脚一个坑，比在真正的沙漠里还要难走几分。如此的路况，要保持极快的行军速度，对体力是个极大的消耗。"二班长！"刘振华喊了一嗓子。"到！"二班长急忙来到刘振华身旁。"看到那个洼地了吗？"前方地势陡然一个断层，向下凹陷，宛如一个锅底。"看到了营长！""我估计他们在那个洼地里休息。"刘振华说道。那地方又能挡风沙，还能用来隐蔽。放眼四周，着实是没有更适合的地方了。"明白！那营……"二班长还想说什么，却被刘振华直接打断。"一会儿枪一响，他们定然就会往村镇中穿插，想要混入老百姓中让咱们投鼠忌器。所以这次战斗从第一颗子弹打出去就是决战，明白没有？"

继续突进了二百米左右，刘振华抬起右手，朝下一压。身后的战士们全都原地卧倒，寻找红柳和梭梭隐蔽身形。二班长匍匐前进，靠到了刘振华身旁，小声问道："营长，应该没跑了，我都听到了动静！"刘振华侧身看了看后面的战士，从左到右数了一遍黑乎乎的脑袋，突然皱起眉头。他以为自己数错了，又反过来再数了一遍，发现还是同样的结果，不禁问道："二班长，你们班还是个加强班吗？我怎么不知道垦区里有个加强班？"方才急行军刘振华根本没注意这些细节。他问一连长就要了一个班的战士，多少人心中有数。二班长胆战心惊地解释道："营长……这是连长安排的。因为一班长留在临时营地看着教导员他们了，所以就把一班的战士暂时编入了二班。"刘振华默不作声。一连长这样做也是为了他的安全。不过这样一来，一连长那边的人手势必不足。

按照刘振华的计划，自己带着一个班的战士就好比一根针，出其不意狠狠扎上去。被针扎了,铁定要蹦跶起来,刚好蹦进一连长那边支好的口袋中。这样前后夹击,就是典型的关门打狗、瓮中捉鳖,一个人都别想跑掉。但现在人员配置上发生了变化,自己这根针太粗,口袋却太小,必须得重新谋划。没有联系手段,一连长那边定然还是执行着刘振华先前的命令,改变的只能是自己这边。"二班长,你把战士们分成四队。你和副班长每人带一队,一班的找个人带一队,剩下一队给我。"

二班长不知道营长要做什么,但直觉告诉他这样分兵是大忌!敌人身处的洼地可以看作是一个环形工事,对于这样的地形,应该集中优势兵力攻破其一点,才能起到动摇全身的目的。按照刘振华这样的分配,本来就不多的战斗人员又被分散,完全失去了优势,容易让己方陷入消耗战。

"营长,这样分兵……"二班长谨慎地提出了些许质疑。没想到这次营长刘振华非但没生气,还咧嘴笑了笑,好声好气地给他解释道:"二班长,打仗不是打铁,不能死套模具。现在这群狗娘养的就是一群受了惊的兔子,根本不会像你想的那样可以组织起来进行有效防御。我这样分兵,看着像撒豆子一样撒了出去,实际上是四个火力点齐头并进,直接打得他们找不到北!"二班长听后若有所思地想了想,说道:"所以营长是想这四个点全都是主攻方向!"刘振华笑着点点头,看来二班长已经理解了他的意图。"一连长那边人少,我担心他们口袋扎不严。所以咱们这根针就不能盯着一个地方扎,得从四面同时下手。就是个稻草人,这么一顿子也得散架了不是?"这下二班长彻底明白了。"以那个最大个儿的红柳垛子为中心点向两边散出去,自己找视线,找火力点,然后听我枪声。我这边枪一响,所有的子弹、手榴弹,都给我全扔出去。别觉得可惜,大不了咱过过穷日子,绝对不能过早上去拼命,那样不值得,听明白没有?"

一连的战士不愧是刘振华带出来的,行动迅速,不到两分钟就已经全部就位,找好了各自的战斗点。顺着风声,刘振华听到敌人已经吵成了一锅粥,其中夹杂着浓重的西北方言,证明了他对这群敌人的来历判断得没错。突然有五六个敌人猛地站起来,一边骂骂咧咧,一边掏出枪来互相指着对方。这正是刘振华等的最佳时机,他毫不犹豫地开了枪。站在最外面的那个敌人,被打中了胸口,直挺挺地倒了下去。紧接着四周响起一阵密集的枪声,四个火力点全部开火,手榴弹在半分钟内全部扔了出去。"轰隆隆"一连串儿的爆炸,再加上从四面八方传来的枪声,这群敌人以为被一个团包围了。

"上刺刀,全给我压上去!"爆炸声一停,刘振华起身高喊道。他当先跳下,打死一个敌人后用他的尸体当作掩护,防住了一发子弹。随即其他战士纷纷跳下,敌人先前那股子狠劲已经被刘振华他们彻底碾碎,很识相地举手投降。

"你们这儿谁说话算数?"刘振华让二班长收缴了敌人的武器,把他们集中在一起,抱头蹲着。"谁说话算数? 够胆偷袭,不够胆承认?"刘振华连问了两遍都没人承认,但他却发现有几个人的眼神不停地瞥向最边缘蹲着的一个人。刘振华缓缓走到他旁边,把黑洞洞的枪口顶住他的脑袋,问道:"是不是他?"其他人见状,纷纷点头。在得到了肯定之后,刘振华二话不说扣动了扳机。子弹从太阳穴打进去,贯穿了整个脑袋,溅出来的血把刘振华的右胳膊染了个透! 剩下的人连大气都不敢喘。

"解放军同志,不关我们的事啊,我们也是被逼的!"到了这个份上,一个人壮着胆子说道。其他人听到了也纷纷附和。"是啊,解放军同志,我们也是被逼的! 现在我们投降,起义! 你们解放军不是有战场优待政策吗?"刘振华有些好奇地看着这个人。"说你是军人,没点军人的血性。说你是土匪,你也没点土匪的骨气! 战场起义? 你他娘的也有脸张嘴!"刘振华抬手就要开枪。"老刘!"教导员的吼声从后方传来。刘振华头也不回，还是毅然决然地扣动了扳机。“老刘……你！”教导员赶来也无济于事。子弹收不回来，刘振华看到教导员身边一左一右站着一连长还有团部的徐参谋。“一连长，我以营长身份给你最后一个任务。”他知道自己这次犯了大错，惹祸不小。首先是擅自调动部队进行战斗任务，其次是枪杀了已经投降的敌人。按照解放军的政策，别说是战场起义了，就连俘虏都不准虐待。这两样加起来，枪毙了自己都不算过分。“营长，什么任务！”一连长心里咯噔一下。“保护教导员回临时营地，然后协助机耕队的同志继续工作。那几台下陷的拖拉机你要组织人手把它们拉出来，不能耽误了春播！”刘振华说完，也不等一连长回答就把手中的枪交给了徐参谋，一言不发地朝团部方向慢慢走去。“徐参谋……老刘他……”教导员欲言又止，终归是遇上了让他这个大秀才都词穷的时候。“你放心，这边情况我大体上清楚了。”徐参谋此时的心情和教导员一样。冰峰勘探时，他也曾和刘振华出生入死，还被他救了一命。但纪律就是纪律，军令大如山。身为团参谋，他必须把个人想法和情绪放到一旁，将刘振华带回团部去等候处理。

第十四章

停职检查

第十四章　停职检查

1

在去团部的路上徐参谋和刘振华谁都没有开口说话。徐参谋为了打破这种尴尬，轻咳了好几次，想要借此开口，找个话题聊。他想了半天，许多话就跟棉絮似的堵在胸口，怎么都从嗓子眼里上不来。刘振华闷着头走得贼快，徐参谋靠近一点，刘振华腿底下就再倒腾快几分，让两人之间始终保持着距离，跟比赛似的。刘振华看到团部院子的大门，站定了脚步。

“徐参谋，有烟吗？”刘振华赔着笑脸，点头哈腰地问道。徐参谋知道刘振华不抽烟，但他都这么问了，还是递给他一根。火柴“刺啦”一声划燃，明亮的火光刺得刘振华眯着眼睛。刘振华重重地咂了几口烟。虽说是老战友，一个在团部，一个在野战部队，打照面的机会不多，但自从共同执行冰峰勘探任务之后，徐参谋对刘振华的认识具体了很多。以前只知道他能打仗，尤其善于打硬仗，还敢血拼，几乎没有完不成的任务,后来他发现刘振华着实是有勇有谋。

“唉,我知道,徐参谋你不用说啥。说了你不舒服,我也听不进去。”刘振华扬扬手说道。一根烟抽完,他舔了舔嘴唇,发现连带着嘴唇都是苦涩的。不过胡思乱想归乱想,该面对的还是要面对。团长这一关是逃不过的,再难受也得去。刘振华扣上军装最上面的一颗扣子,又整理了一下军容,然后便大踏步地走进了团部的院子。进去一瞧,整个团部的人几乎都站在院子里。负责警卫的战士们个个全副武装,十分紧张。他心里清楚这都是他惹出来的事。那边枪一响,团部肯定把战备等级调到了最高。刘振华看着四面笑了笑,也不知道该说什么。桂香大姐走上前来,一脸担心地问道:“没事吧?”刘振华摊手摇头,算是做了回答。徐参谋站在他身旁,说道:“老刘,你先在这等等,我进去给团长汇报。”刘振华深吸一口气,嘴里的苦味儿这时候算不了什么了,他觉得自己头皮紧绷,隐隐发麻。

“老刘,你先踏实住下来,好好休息!”“团长怎么说?”刘振华疑惑地问道。徐参谋迟疑了片刻:“这就是团长的意思,别的等明天再说吧。”刘振华默然点点头。桂香大姐见状立即打圆场说道:“就是,先休息休息! 刚好快开饭了,吃顿饱饭睡一觉,其他事儿都不着急!”“老刘,今晚你就住我屋子吧。刚好这几天轮到我值班,我得睡在值班室里。”刘振华没有拒绝徐参谋的好意。值班这套说辞,肯定是他编出来的,无非是想让自己住得舒服点罢了。但现在刘振华哪里能睡得着觉呢!

徐参谋带着刘振华来到了自己屋子,一进屋子,徐参谋把门关上,从口袋里掏出了刘振华的配枪。不等他开口问就解释道:“这也是团长的意思。那边枪声响过,不知道还会不会有其他的敌人伺机而动,你总不能赤手空拳吧? 难不成用牙齿咬子弹?”这话却是把刘振华逗乐了。他接过枪,检查了下弹夹和枪膛,又重新插入了腰间的枪套里。“团部没有新铺盖了,你也别嫌弃,就用我的将就将就吧!”刘振华感受着腰间沉甸甸的分量，熟悉又可靠，心情也好了不少，笑着说道："哪能呢，徐参谋的铺盖那是状元被，说不定盖一夜明早起来我也能舞文弄墨了！"徐参谋没有接他这个话茬，把铺盖简单收拾了下，拍了拍他的肩膀，说自己还有事一会儿晚饭见，就走了。

刘振华关好门，一屁股在床边坐下，忽然又猛地站起身来。他揣着手，在屋子里转了几圈，连椅子也不坐，干脆直接盘腿坐在地上，透过窗户看着天发呆。敲门声把刘振华拉回了现实。"谁呀？"坐得有点久，腿麻了，不得不用双手撑着地面才爬起来。"开饭了！ 快出来！"门外传来桂香大姐的声音。刘振华叹口气，摸摸肚子。每次开饭时都是团部里最热闹的时候，尤其是晚饭。一天的训练已经结束，除了站岗的人员以外，其他人都在食堂里轻轻松松地边吃边聊。刘振华刚走进食堂众人的目光就纷纷定格在他身上。

犯了错误的人，自是没有平日的意气风发。刘振华满是尴尬地贴着墙根儿，走到最僻静的角落，一个人独自坐下。看到还有不少战士仍在排队打饭，他便想等大家都打好了之后去随便吃点，然后回屋熬时间。没承想，刚坐下来不久，桂香大姐就在他面前放了个饭盒。"你快吃吧，后堂还有点活儿，我忙完了就过来！"刘振华打开饭盒，一股喷香扑鼻的肉味就死死地缠住他的鼻子。刘振华"啪"地扣上饭盒盖子，做贼似的异常心虚。私下里看了看，见大家伙儿的晚饭都是稀粥配咸菜，这让他不敢动筷子。看排队打饭的战士们已经寥寥无几，便走过去准备打碗稀粥，再打份咸菜。负责打饭的是个年轻战士，看样子是分配过来不久的新兵。他不认识刘振华，还质问他怎么不带饭盒就来打饭，食堂可没有多余的碗给他用。刘振华也不知道该怎么解释，尴尬地朝后堂看去，希望能看到一个熟悉的人来给自己解围，正好老班长和桂香大姐走出来。

老班长端着两个盛满了粥的饭盒，桂香大姐还端着一碟花生米。

“这是沙梁子垦区的刘营长！这几天在咱们团部搭伙。”桂香大姐郑重其事地给那名打饭的新兵介绍道。新兵听后，连忙放下盛粥的大铁勺，对刘振华敬礼道：“刘营长好！”刘振华回了个礼，就赶紧回到自己刚才那张桌子旁坐下。他打定主意再不起身，一定要等到食堂的人走空了再离开。桂香大姐和老班长跟刘振华一道坐下，面色轻松地跟他闲谝，但他却没有任何心思，匆匆敷衍几句，端起碗来一口气把粥喝了个精光，咸菜都没吃。

刘振华嘴里的饭还没完全咽下去后背就被人拍了一巴掌，回头看到是团部警卫连的连长。见刘振华回头，他咧嘴笑着，然后从口袋里掏出一个苹果，在衣服上蹭了蹭，说道：“前几天附近老乡的羊丢了，给他找回来之后老乡非要送一兜子苹果，不要不行。拿回来大家伙儿都分了分，我这个还没顾上吃。”说罢也不给刘振华推辞的机会，径直放在桌上就离开了食堂。随即第二个人，第三个战士……

除了团长和徐参谋外，几乎来食堂的每个人，不管以前认不认识刘振华，和他是否熟悉，都特意走来对他笑笑。有的人从口袋里拿出几个核桃，有的人放下几个枣子。还有一个小战士，不好意思地摊开手，里面只有半把瓜子和一块糖。转眼间，战友给的东西就在桌上堆起一个“小山”。刘振华看看这些吃的，再看看他们往外走的背影，不觉鼻子一酸，眼泪夺眶而出。“好了好了，快把鸡腿吃了吧！炉膛已经压了火，凉了可热不了啊！”桂香大姐担心刘振华又陷入情绪中拔不出来。她越是这么说，刘振华心里越是难受。徐参谋已经坐在了他对面，正拿着半瓶酒往杯子里倒。“鸡腿不吃，我可吃了啊！”

刘振华脸上还挂着泪痕，笑得比刚才的哭还难看。他手扶在饭盒上把它推到四人中间，徐参谋已经把酒杯递了过来，提议道：“给牺牲的同志敬一杯！”刘振华拿起酒杯问道：“值班不能喝酒吧？”徐参谋将杯子里的酒仰脖一饮而尽后回答道：“总有特殊情况。大会小会上不是反复都说过？特殊情况要特殊对待！”再看从不喝酒的桂香大姐都喝了，他也不含糊磨蹭。一口气喝了半杯，刘振华把剩下的酒浇在了地上，嘴里念叨着：“兄弟你好好地去，和小家伙儿、三班长也能做个伴，老哥借着徐参谋的酒再送送你！”说完又摸了摸装有小家伙儿那染血衬衣碎片的口袋。

桂香大姐问起了刘振华女兵们的情况。“那个一开始老和你唱对台戏的小丫头，好着呢吧？”刘振华都不需要反应，本能地脱口而出回答道：“赵明霞好着呢！现在都已经是女兵班的班长了！”说到职务的时候，他打了个磕绊。女兵班名义上的班长还是机枪手，赵明霞是副的，但现在，说多了还要解释。刘振华想强迫自己不去想那些，便如此带过。说起赵明霞，徐参谋也能参与进来。毕竟当时去往冰峰勘探的时候，赵明霞也是勘探队的成员之一，遇到野狼的那个夜晚，让徐参谋印象深刻。

团部吹响了熄灯号，徐参谋说自己要去值班，先行离开。刘振华的事情，估计明天就能有决断，不会耽误太长时间。徐参谋一走，剩下三人也准备各自忙活。刘振华回到屋子里，摸黑上了床。他本来也不怎么看书，不需要点灯。从来都是天黑睡觉，天亮睁眼，开足了马力进行战斗和工作。这一晚刘振华以为自己会失眠，没想到闭上眼睛没多久就睡着了。他醒来时起床号还没吹响，但天已经蒙蒙亮了。

刘振华昨晚喝了点酒，早晨有些口渴，看到桌上的缸子里还有半缸子水，便拿起来就灌了下去。想到这会儿食堂里应该已经在忙活着做早饭，刘振华犹豫了一下，还是出了门。食堂里昨天那名新兵正在擦桌子，看到刘振华走进来，当即立正，冲他笔挺地敬了个礼，声音洪亮地喊道：“刘营长好！”刘振华笑了笑，给他回了个礼。“刘营长，您随便坐。咱早饭还有半个小时开，到时候我给你盛好端来！”这名年轻战士说道。昨晚老班长回去后，他缠着老班长问了好久关于刘振华的事。来团部也有几个月了，从未见过有谁来了能被整个团部的人如此对待的。上到徐参谋，下到普通老兵，都对他非常尊重和敬佩。这样的人一定是有大来头，大故事！结果老班长一个字都没给他说，被他问烦了，就让他今天自己去问刘振华。这才使他见到刘振华如此激动，还带着几分殷勤。刘振华还是坐在昨晚的地方。团部里大家坐的地方都是固定的，看来看去还是这里最僻静，谁都不妨碍。这顿早饭刘振华是全团第一个吃上的，吃完也不多待，给老班长打了个招呼后径直回到了屋子。听着外面的战士们已经开始操练了，他只能坐在屋子里等消息。

临近中午的时候，徐参谋终于敲门了。“刘营长！”徐参谋面色上看不出什么来，仍旧是带着那种书卷气的笑意。“我这……团里怎么决定的？”“咱们坐下说！”徐参谋越是不着急，刘振华心里越是忐忑。“刘营长，你也知道这次闹的动静挺大。团部还有周围的老乡都有波及，所以团里决定先对你进行停职处理，然后对这件事进行详细调查。”刘振华一愣，这样的处理是他没想到的。挨枪子或许是想得重了些，但就一个轻飘飘的停职也不对头啊！“调查？还要调查什么？”事情再清楚不过了，实打实的都摆在明面上，刘振华着实不明白还有什么好调查的。“好了，团里的决定就是这样。刘营长，一会儿吃完午饭你就回垦区吧！”刘振华瞪圆了眼睛问道：“回垦区？沙梁子垦区？”“对啊，不回沙梁子垦区你想去哪个垦区？”徐参谋眨眨眼说道。一瞬间，刘振华似乎有些明白，可情急之下来不及细想。“现在春播任务重，沙梁子垦区可是全新疆第一个配备了机耕队的垦区，更要做出点样子来，给其他垦区当表率。你要是再不回去，这天时可不等人，耽误了种粮食，咱们秋天吃啥？”

“刘营长，这件事是要向政治部报告的，所以你回去之后，和教导员商量下，写个书面材料送到团部来。”话都说到这个份上了，刘振华再听不懂那就真是个傻子，他郑重地说道：“我知道了，回去就写！汇报和生产绝对两不耽误！”徐参谋看刘振华彻底明白，便说和他一起去吃午饭，等吃完了，送他回去。刘振华摇摇头说：“我拿点干粮带壶水就出发，吃饭还耽误时间。”徐参谋想了想，便答应下来。他让刘振华去团部门口等一下，自己去食堂找点吃的好给他带上。不一会儿，徐参谋就端着一个饭盒回来了，说道：“桂香大姐说了，这饭盒是借给你的，下次来要还的啊！”刘振华心情也舒畅了许多，笑着回答道：“徐参谋，你让桂香大姐放心，绝对还！要是有啥岔子，我赔一个全新的！”说罢两人互相敬了个礼，刘振华转身就走了。团长张雄伟的办公室窗户刚好能看到团部的大门口，见刘振华离开，他才从窗户前坐回到办公桌前，点了根烟。

刘振华归心似箭，边吃干粮边赶路。抵达临时营地时，一壶水刚好喝完。营地里在准备着晚饭，一连长带着人已经把拖拉机下陷的问题处理好了。机耕队的同志正在对拖拉机进行例行保养，看到刘振华回来，立马大声喊道：“刘营长回来了！袁队长，教导员，刘……”话还没说完就被刘振华拉着胳膊打断。“你小点声，小点声……”

此刻他最怵见面的人就是教导员，还没想好见了面开口说什么。这名队员一咋呼，所有人都围了过来。教导员从后面吆喝了一嗓子，大家伙儿才让出一条道来。他冷冷地看着刘振华，心里的火气噌噌地往上冒，好不容易控制住情绪，用相对平稳的语气说道：“都去干活儿，我和营长要谈谈工作！”

待众人散去后，教导员双手叉腰，目光依旧冷峻。刘振华整理了一下衣领，又把帽子正了正，“啪”地对教导员敬了个礼，说道：“报告教导员！沙梁子垦区战士刘振华归队，请教导员指示！”“你……你！”教导员伸手指指点点，指尖都快点到了他鼻子，结果刘振华连眼皮都不眨一下。“你知不知道所有人都为你提心吊胆了一整夜？今天炊事员做饭的时候，生火差点把自己衣服烧着了，为了你连工作都心不在焉，你倒好，回来就跟我玩这套？”

刘振华见状，也不好再装了。他赔着笑脸，干咳了几声，从口袋里掏出一包卷烟来，抽出一根，双手捧着，毕恭毕敬地递给教导员。"你少来！我不抽！"教导员将刘振华的手推开说道。刘振华也来了脾气，对教导员大吼道："我是犯了错误，你要是以教导员的身份批评我，我立马给你立正！你要是还把我当老战友、老搭档，就少在这里给我吹胡子瞪眼！"教导员叹了口气，说道："先吃晚饭吧。"刘振华把没吃完的干粮拿出来，交给教导员说道："把这给炊事员，让他自己统筹安排吧。"教导员看了一眼后问道："你自己去给不就行了？"刘振华却硬生生地塞给他说道："你是教导员，我现在就是个普通战士！另外，让他们也再别叫我营长，已经撸掉了！"

2

虽然上级没有明确刘振华的营长职务由教导员兼任，但事情是明摆着的。垦区的配置可不能出现空缺，否则势必影响上传下达，可能还会影响春耕。除此之外，教导员还有一件极为重要的事情，那就是给刘振华写关于上次战斗的报告。写报告对教导员来说是信手拈来的事情，无论是文体结构，还是表达方式和措辞等方面，都早已经是炉火纯青。可这次他却犯了难，因为从头到尾，他都没参加。等他带着一连赶到临时营地的时候战斗已经结束了。至于后面刘振华一意孤行要去追击那群叛匪的前因后果，也是个大难题。为了把这篇报告写好，他命令垦区里战斗力最强的一连留下一个班的战士，由一连长亲自坐镇，继续留守在临时营地，配合机耕队的同志们在最短的时间里把芦苇荡和实习农场的土地规整出来，他自己和刘振华则带着女兵班以及一连剩下的两个班回到了大营地。一连长想来想去，留下了二班。回垦区大营地的路上，刘振华只管背着手往前走。他的铺盖、生产工具都在一班长身上。一路上他还有说有笑的，和一班长还有朱有福逗逗闷子，也不觉得枯燥。教导员反而异常沉默，连嘴巴都没张开过几次。手上的烟几乎没断过，一根接一根地抽。关于报告已经想了三四个开头了，但很快又都被一一否定了，觉得不合适。

报告这东西，一定得用最简练的词句和最精准的表达来客观陈述事实真相。等教导员回过神来，抬头发现已经到了大营地的跟前。“一班长！”“到！”教导员掐了手里的烟，命令道：“把营长的铺盖放回去，整理好，让营长早点休息！”一班长刚准备行动，却被刘振华叫住：“慢着！教导员，以前那地方咱现在不能住了。你看哪有普通战士和教导员睡一个屋的？这不符合规矩！要是让其他人看见了，再传出去，上级还不觉得我丝毫没有反思错误的态度？那可是错上加错，问题就更大了！”教导员听得云里雾里的。刘振华这一番话说得虽然没什么毛病，道理也是这个道理，但教导员总觉得刘振华有什么小心思。“那你想去哪里住？”刘振华咧嘴笑了起来。他就在等教导员这句话呢！“战士自然是要和战士们住在一起了！这也有助于我更好地反思错误嘛！”说罢他朝一班长丢了个眼神。这小子倒也反应迅速，立马开口接着说道：“教导员，那就让营长住在我们一班吧！”教导员这下才反应过来，刚才在路上，这两人都商量好了。现在一唱一和的，跟自己在这儿搭台唱戏呢！事已至此，他只能点头答应。“哈哈哈，走，咱们回营房！”刘振华一挥手，整个一班的战士们簇拥着他，呼呼啦啦地就回到了地窝子。

地窝子里，每个班睡的都是大通铺。一个挨着一个，就跟那下锅的水煎包似的，根本没啥空余。“这么挤啊！”刘振华也没想到竟然连见缝插针的位置都没有。“没事营长，这个问题连长前面就想到了，我们都有准备！”话音刚落，几名战士从后面上前来“卸货”，放在地下的东西竟然是一些粗壮的红柳枝、木头还有芦苇秆！“这啥意思？”一班长解释道：“营长，你去团部之后，教导员让我们连一分为二，一半去和机耕队的同志收拾拖拉机，一半负责后勤工作。水退了，我们就砍了许多红柳回来，这东西跟苇子秆混在一起，又结实又舒服！”刘振华一听，高兴地说道：“你们连长还挺能动脑子！”战士们在床铺旁的空地处给刘振华搭了个小床，这就是刘振华暂时的床铺了。忙活完之后，刘振华让一班的战士去看看刚回来的女兵们有没有什么需要帮忙的。这群姑娘，来了垦区之后真是一点好处没得上，全在吃苦和担惊受怕了。尤其是赵明霞和李秀英两个人，领教了野狼不说，连叛匪都碰上了。一班长让副班长带着战士们先去，自己则留下来，对刘振华说道：“营长，连长交代了，让我一定伺候好你。别的不说，就这个班里，要是有人不听招呼，营长你就直接收拾。”

整个垦区三个连队，一个连三个排，一个排三个班。那么多班，为啥他别的班不去，就要蹲在一连？就是因为刚才一班长说的那样。这是他手把手带出来的，全都是老部下，在这里待着最舒坦。不过他嘴上可还得说几句场面话：“你这说的是啥？又不是地主老财，还要人伺候！另外别叫我营长了，我现在就是你一班长手下的一个兵！还是犯了错误的人，你小子更要严格要求，听到没有？”一班长不管刘振华怎么说，他仍不改口：“是，营长！”“行了，忙去吧！”刘振华摆摆手说道。他脱了鞋，躺在自己的小床上，把被子往脸上一蒙，没多久，呼噜声就响起来了。

得知刘振华回来，其他连队的连长还有排长、班长，走马灯一样都想来看看。结果走到一班的地窝子门口就听到了那震天响的呼噜声。不得已，一班长还专门派了名战士在门口站岗，遇到来的人，只要里面还能听到呼噜声，不管是连长还是排长，一律挡回去。天大的事，都得等营长睡醒再说！刘振华这一觉，睡得既踏实又舒坦。等他睡醒后外面已经擦黑，伸伸胳膊腿，就准备出去转转，忽然看到班里战士们的内务都整理得干净整齐，有模有样，再回头看看自己的，就像一根老油条拧巴着。他也把内务整理了一番，又洗了把脸，这才从从容容地出了地窝子。

“营长好！营长你起来啦！”门口站岗的战士向他敬礼道。“你不去干活儿，站这干吗！你们一班的哨位就在地窝子门口?”这名战士解释道：“报告营长，这是班长交代的！说以后我们一班要增设一个固定哨位，就在地窝子门口，为的是保护营长的安全！”刘振华听后说道：“这是咱垦区的营地，哪里会有危险？而且团长才有资格配备警卫员，哪有让战士保卫战士的道理？去干活儿去吧，班长要是问就说是我说的！”身为老兵对刘振华的脾气可是一清二楚，也不辩解争论，敬了个礼就立马离开了。

大队人马还没收工回来。刘振华睡了一觉，肚子开始咕咕响。这几天里，他就没吃过一顿安生饭。在团部的那顿晚饭，虽然很好，还有酒，可他当时哪里有心情吃喝？满脑子都是伤感和愤懑，根本提不起兴致。现在算是尘埃落定，就跟天要下雨一样，后面再有什么，他管不了，也没法管，还不如踏踏实实地吃饭睡觉。脚底下被鼻子牵着走，晃荡着就往炊事班的地方溜达。

“老刘！”教导员神出鬼没地站在他后面叫道。刘振华听到教导员的声音，身子一僵，随即转身，换了副面孔，极为严肃地立正敬礼，朗声说道：“沙梁子垦区一连一班战士刘振华向教导员报到！”一看他还来这套，教导员根本不搭理，指着自己的地窝子说道：“你要是不会好好说话，那就在这儿站着！我命令你站岗一通宵，明天不吹起床号，你就不许动弹！反正下午你也睡饱了，不会犯困！”刘振华当然不会这样做，他快步上前，紧跟着教导员就钻进了地窝子。

“哈哈，跟你开个玩笑，你看看你，还认真起来了！”这会儿就他们两人，教导员真想把他好好收拾一顿解气。“开玩笑？你看我有空和你开玩笑吗？咱们自己的垦区，已经开始春播，还要分出人手照顾机耕队那边。另外这次战斗造成的武器弹药损失，以及减员情况，都得有人统计!”教导员越说越气,瞪圆眼睛接着说道,“你回来就埋头睡觉,我整个下午都在那里带着炊事班抽出来的一个战士清点弹药!后面要做饭了,实在没办法,把我数得眼睛都花了!”这事儿的确是刘振华理亏,他没什么好辩解的,只能死皮赖脸地打哈哈。

“行了,牢骚我也发够了,说个正事!”刘振华听这口气,知道自己又要赖成功,也不再胡搅蛮缠。“你说,什么正事!”教导员说道:“不管怎么说,你现在的确是被停职了,所以还是得给垦区的战士们说明一下。我还没有想好是全体传达,还是只传达给连排一级指战员。”“这有啥没想好的,直接全体传达!就一会儿晚饭前总结的时候说。”“那我说完,你是不是也讲两句?”教导员知道了他的态度,也只能叹口气:“行了,具体的我自己把握。”刘振华如释重负,顿时就蹿了出去!他还想着去炊事班先搞点吃的垫肚子。不然到晚饭前听教导员进行总结和宣布的时候,非得腿肚子发飘不可。

晚上总结时教导员说到“现在宣布一个团部的决定”时,刘振华才把身子挺了挺,摆出个态度。“鉴于刘振华同志所犯下的严重错误和事态的复杂性,团部决定对刘振华同志进行停职审查。停职期间,刘振华同志对于犯下的过错,要进行深刻反思。至于后续的处理结果,等审查结束后再行宣布!”教导员说这段话前后用了不到半分钟,刘振华站在那儿,浑身都刺挠得不舒服。“好了,今天的例行总结就这么多,大家吃饭吧。”教导员刚合上笔记本,刘振华就趁着人流,想偷偷溜回一班的地窝子里去。“你不吃饭吗?”刘振华被教导员抓了个正着,只能讪讪地解释道:“我刚随便吃了点干粮,不饿。”教导员一副恨铁不成钢的表情,说道:“行!那你就回去待着好好反思错误!要是让我看到你出来瞎溜达,你就给我扛枪站岗去!”刘振华当然是满口答应。

其他两个连队,是接收的起义部队。他们中的一部分人对刘振华没什么太深的感情,对临时营地那边出的事情也了解不多。现在一听到刘振华被撤了职，从刚来时就对他不满的刺头，却有点幸灾乐祸。

“哎呀，咱们营长这次是悬了！”一人边吃边说，还故意提高了语调，生怕别人听不见似的。“咋啦，你还听说啥了？”另一人问道。众人巴不得听到点是非，当个晚饭时的乐子。“都停职审查了，捅的娄子还能小了？要不是严重的错误，那不是批评两句就过去了，现在还要审查，你说能不严重吗？”这人听后深深地点点头，觉得这番分析十分有道理。垦区里的老兵听到，都纷纷怒目而视。尤其是一班长，脾气急，都已经起身准备把这个家伙好好收拾一顿，但对视上教导员的眼神，只得恨恨地坐下。这样的议论是难免的，要是再因为这事儿弄得垦区里形成了新老对立，那非得出更大的乱子不可。教导员深知眼下不是意气用事的时候，反正已经记住了那名战士是谁，这两天找个合适的机会，和他单独谈，争取用思想工作来解决问题，让他不再散播这些不利于垦区内部团结的言论。“哎呀，所以啊！这也就是因为他资格老，面子大。要是咱们这样的，摊上这样的事，还能……”这人见自己刚才的那些言论没人有反应，却又变本加厉起来。结果这句话还没说完，就被一缸子水迎面泼过来。

“你干啥！有病吗你这个疯娘儿……”干这事的不是别人，正是赵明霞。从回到营地之后，她就一直牵肠挂肚的，担心刘振华的情况，后来听说他踏踏实实地睡了一觉，才觉得轻松些。毕竟能睡着，说明刘振华的心态还不错。再加上李秀英告诉她，精神压力大的情况下，就得多吃多睡，不然身体会垮掉。一听到这人竟然如此幸灾乐祸地编派刘振华，她哪里忍得了？根本顾不上看教导员脸色，拿着自己的水缸子就动手了！“我给你洗洗嘴！不会说人话就别说！吃饭还不够堵着你的嘴！”赵明霞这般泼辣，着实也让教导员大吃一惊，心里给她暗暗叫好！已经闹到了动手的地步，身为教导员要是再装作看不见，那就真过不去了。他只得走到两人中间，各打五十大板。“团部的决定说得很清楚，事情还需要调查！你是垦区的兵，也是团部的战士吧？对于团部的决定无缘无故地在这发牢骚，阴阳怪气的，怎么能行？”这名战士不敢和教导员顶嘴，端起饭碗远远走到一旁去了。

转过头再看赵明霞，她脸上竟挂着泪花，一下子弄得教导员也不知道该说些啥。她当时就在临时营地，事件从头到尾都经历了，心态也处于波动之中。如果话说重了，影响极大。就在教导员还在琢磨自己的措辞和语气时，赵明霞却反客为主道：“教导员，泼他水是我不对！你处分我吧！但这件事，营长啥错都没有！他要是有错，那我们在临时营地的人，谁都没法活着回来！”说完就大哭起来，李秀英赶紧上前安慰。教导员心里也泛起一阵酸楚。他深吸了一口气，安慰道：“赵明霞同志，我理解你的心情。你先好好冷静一下，我回头再找你聊！”

这么一闹腾，教导员也没了胃口，随便喝了半碗粥就起身离开了。他没有回自己的地窝子，而是告诉一班长，说自己要找营长谈点工作，让他们吃完饭先在外面溜达。“外面咋啦？来唱戏的了吗？那么热闹！”教导员一进来就看到刘振华大马金刀地坐在那儿，揣着手，跟个土财主似的。“你说咋啦？还不是你惹出来的？”刘振华从刚才传来的话音中已经听了个大概。“多大点事儿，还用得着你这个教导员亲自出马？”教导员往他面前一杵，说道：“我不来谁能请动你这个大营长？这么大个垦区，你说撂挑子就撂挑子了？没门儿我告诉你！今天我还非得拉着你和我一起唱戏不可！”

刘振华不耐烦地说道：“教导员同志，我知道自己犯了错误，这不是正在好好反思吗！你总不能因为犯了个错误，就再不给人出头之日吧？那句话咋说来着，知错就改还是好同志，总得给我个改正的机会，你说是不是？”教导员这次也不再给他留情面，接过话茬说道：“你少跟我东拉西扯，我今晚找你就一件事，你去给我把赵明霞的思想工作做了。做好了之后，你爱干啥干啥，我绝对一个字都不说你！”刘振华阴着脸，不答应也不拒绝。

要是其他事儿做了也就做了，换来个今晚能“无法无天”，但做思想工作，他本来就不擅长。面对赵明霞，刘振华更不知道说啥了。“这姑娘对你有意思，全垦区谁看不出来？刚才还为了给你出头，才和那个混……才和那个战士起了冲突，你不去谁去？”教导员脏话都骂出一半了，想到传出去被外面听见影响不好，才硬生生地憋了回去。刘振华被这话惊得连连摆手，说道：“我和赵明霞可啥都没有啊！我俩清清白白，这……这天地良心啊！咱俩可是老战友，老搭档了，我这人其他毛病不少，但这方面绝对是没有问题的啊！”

看刘振华急得都有些语无伦次，教导员不禁“扑哧”一声笑了出来。“老刘，我的意思不是说你俩有啥，是觉得这思想工作你去做最合适，效果最好！再说了，本来就是她有心你有意的事儿，你自己都承认过，也没啥见不得人的，对吧？你要是绷着劲儿不去，才更会让其他人多想！”正话反话都让教导员说了，最后只给了刘振华唯一的选择，根本没有退路。“非得我去？”刘振华低声问道。“非得你去！”教导员说得很坚定。

地窝子外，一班长带着战士们真的在“溜达”！十几个五大三粗的汉子，在垦区营地中心这块巴掌大的地方走来走去。他们自己没啥感觉，旁边看的人都要眼花了。“营长！”“你来，这边说！”刘振华看了眼他身后的战士，把一班长拉远了点。“知道女兵班的地窝子是哪个吧？嗯，看来你小子知道。给你一个任务！”一班长听到有任务，立马来了精神。“你去女兵那里，火力侦察一下，看看她们都在干啥。”这命令虽然奇怪，但一班长还是保证执行。没过多久，一班长就回来复命：“报告营长，女兵们正在地窝子里说话，说得很热闹！”刘振华问道：“都在说些什么？”一班长面露难色，说话的内容他没有听清。一个大男人要是趴在女兵班住的地窝子门口偷听，这不是耍流氓嘛！“看你这没出息的样子，行了，你们也别溜达了，回地窝子吧，我自己去！”

别看刘振华说得热闹，实际上他心里和一班长一样紧张。这辈子走路都没这么慢过，却还嫌自己走得快了！怎么一抬眼就到了！“那个……赵明霞同志?”刘振华捏着嗓子，声音根本没能传进去就被戈壁滩的盐碱给吸收了。“赵明霞同志！”“到！”恰逢地窝子里热闹的空当，这一声却是谁都听到了。“哎哎，好像是营长啊！”“哈哈，营长叫你，你快去！”赵明霞被战友们起哄弄得不太好意思。她从地窝子里出来，竟都不太敢看刘振华的眼睛。刘振华以为她是因为前面吃饭的时候起了冲突，还在委屈生气，开口安慰道：“好啦好啦，你看，垦区从成立以后的重大任务，你可一个不落全都参加过啦！掰指头算算，战斗任务都参加过两次！按我当兵的时候算，入伍一个月都算是老兵，要是还有两次战斗经验，那绝对是能当个班长的！”赵明霞抬头说道：“营长，我就是咱垦区女兵班的班长啊！”刘振华本来是想通过这样的方式夸奖夸奖这个小姑娘，让她高兴活泼起来，别因为那些糟心的事生气，不值当！“哈哈，是！没错，你是班长！”刘振华尴尬地摸着鼻子从嘴里挤出来这么一句之后，也不知道还该说些什么。

此时他和赵明霞之间的氛围又热又暖，有点让他喘不过气。哪怕是被刺刀怼着眼珠子，他都没出现过这样的反应。暗地里，四面八方的战士看到刘振华和赵明霞单独站着说话，都在盯着看。还在洗碗洗锅的炊事员也停下了手里的活儿，眼巴巴地望着，恨不得把自己一只耳朵丢过来。教导员的地窝子本来就在斜对过，可以说占尽了天时地利，视野最好！他悄摸地从下面露出一双眼睛，严密注视着两人的进展情况。这劲头，比当年在晋察冀的铁道公路沿线伏击鬼子时都大！刘振华根本没有做思想工作的经验，这方面他倒是从不吹牛，向来实事求是。尤其是单独面对着一个姑娘，他更是手足无措，脑袋瓜子拼命地转，想要记起以前教导员做思想工作时说过的话。可惜他从来没有认真听过，这会儿临时抱佛脚是一点用都没有。

忽然他觉得背后隐隐有些不对，似乎有人正在盯着他看。猛地一扭头，却又什么都没有发现。地窝子里的教导员在最后的关头，身子缩了下去，没有暴露自己。“这老刘，背后还长了眼睛不成！”即便如此，刘振华却还是不太放心。教导员是把自己藏好了，其他战士的眼睛和耳朵可都还支棱着呢，他干脆一不做二不休，对着四周朗声说道：“我和赵明霞同志谈话，是教导员的命令！这是公对公的事儿，你们瞎掺和啥？还想看老子的笑话？反了你们了！”

这通话说完果然是立竿见影，起码那些战士们都不敢再那么光明正大地看了，炊事班也重新响起了洗刷锅碗瓢盆的动静。刘振华审视了一圈儿，心里很是满意。不管他是不是营长，在沙梁子垦区，却还能说一不二，大伙儿对他又敬又怕。正得意间，却发现赵明霞的脸耷拉了下来。刘振华心想：“我啥都没干啊，这小姑娘怎么翻脸比翻书还快！”但思想工作还得做，总不能就这么干巴巴地应付几句吧？这样的话自己去教导员那都不好交差，也没能解决实际问题。没办法，刘振华只得重新挂上笑脸，语气温和地问道：“怎么啦赵明霞同志，我看你好像有些不痛快？”赵明霞动了动嘴角，似乎下定决心地说道：“营长，你觉得我……我咋样？”刘振华一时间没反应过来。或者说他就根本没想对地方，还以为赵明霞是想听他多夸奖几句。

这样的漂亮话刘振华还是会说的，他自己也得到过不少嘉奖，那种官话虽然说起来有些绕口，但只要抓住几个关键点就并不难。比如工作方面、生活方面以及政治觉悟方面。把这三个方面各自总结出来一句话，那就算是个全面中肯的嘉奖了，既能起到鼓励的作用，也不至于让被表扬的人飘飘然，躺在功劳簿上犯懒睡大觉。“你很好啊！工作上每次都能带头，能吃苦，不偷懒，还很积极！另外头脑也很灵活，知道想办法，肯钻研。又是从革命老区来的，在政治觉悟上肯定没有问题！”赵明霞听了还没什么反应，刘振华自己却已经沾沾自喜起来。他觉得刚才总结得十分到位，看来教导员这个活儿并不难。他还想着一会儿去找教导员复命的时候，一定要跟他吹几句，要是他再不进步得快一点，说不定这饭碗都要被自己抢跑了。

“还有呢?”赵明霞冷不丁地问道。刘振华怔在原地，不知道这话该怎么接。明明已经总结得很全面了啊，这小丫头到底是想听什么？难不成自己批评她几句才舒服？想起自己刚和赵明霞见面的时候，她的确是很喜欢一板一眼地争辩。别说，要不是桂香大姐说赵明霞是穷苦出身，刘振华还以为她是哪个大资本家府邸里跑出来的大小姐呢，这么爱抬杠，好似谁都没她有理。

“营长，我不要听什么公对公的话，我要听你真正的想法!”这倒是给了刘振华一点启发。可刚才说的，的确也是真正的想法啊，绝对不是假话!“赵明霞同志，我刚才说的可都是掏心窝子的话啊！要是有一个字是假的，天打雷劈!”刘振华说道。解放军部队向来不兴发誓，觉得这是迷信，但说着急了，他也没了别的法子，只能来这套，听起来得劲，还直截了当！赵明霞白了他一眼，心想都是当营长的人了，脑袋怎么跟榆木疙瘩似的，丝毫没有开窍的意思。

两人沉默了片刻，还是赵明霞先开了口。她接着问道:“那营长，你觉得李秀英怎么样?”刘振华脱口而出回答道:“李秀英是个好同志啊，工作上每次都能带头，能吃苦，不偷懒，还很积极！另外头脑也很灵活，知道想办法，肯……”“肯钻研，政治觉悟没有问题，是吗?”赵明霞打断了刘振华，接下去说道。这下彻底把刘振华弄成了哑巴，扭头看了看教导员的地窝子，真想大喊一声把他叫过来救场!“是……这个，你俩都是好同志！哈哈，都是好同志!”赵明霞气呼呼地说道:“营长，你连小鬼子都不怕，反动派也不怕，怎么连一句心里话都不敢说？我真看不起你!”脾气归脾气，话音刚落，赵明霞忽然脸颊一红，抬起头来大大方方地和刘振华对视了许久，问道:“营长，你不喜欢我吗?”刘振华犹如被一道惊雷当头劈下，整个人定在原地动弹不得。他甚至连呼吸都忘了。不到两分钟，就把自己整张脸憋成了绛紫色。“营长，就这么说了吧，我喜欢你！看你这次平白无故地被冤枉，我……我心里就难受！你是个大英雄，我听不得别人说你一个不字！别的不论，我的命你都救过两次了！你要是看得上我，我这辈子就跟着你了！不管你是营长，还是普通战士，我都心甘情愿！”

初春晚上的戈壁滩还是有些寒凉，但刘振华却觉得自己连头发梢都是滚烫的。看着赵明霞的脸，他知道今晚自己这不说明白怕是没法走了。脑子刚这么一转，眼睛跟着看向了别处。赵明霞以为他想逃跑，赶紧上前死死抓住刘振华胳膊。“赵明霞同志，你先……你先放手……这么多人，咱这拉拉扯扯的不好看，尤其是对你影响不好！”刘振华也不敢使劲挣脱，害怕把赵明霞弄疼了。赵明霞却不依不饶，就等刘振华一句话。“喜欢！”他本来不想这样说，这俩字是不小心从嘴巴缝里流出来的。刘振华记得当时教导员就给自己来了一通这样的逼问，最后自己实在招架不住，只能“坦白从宽”！刚才他脑子乱七八糟的，里面跟放电影似的过了一遍，然后竟从嘴里说了那俩字！声音不大，但赵明霞却听得真真切切，立马就放开了刘振华的胳膊，带着深深的羞怯，转头向地窝子走去。她走到门口，却又站下，回头对刘振华说：“那你早点睡，明天我去给你洗衣服！”刘振华不管是脑子还是脚底下，都跟飘在云彩上一样，根本没听清赵明霞在说什么，随便应承了一句，站在原地缓了缓神，这才挪开步子。转过身，就看到教导员站在地窝子门口，冲他招了招手。

“老刘，你没事吧？”教导员一眼就看出他有些不对劲。整个人跟丢了魂儿似的，走路的样子比木偶还生硬，胳膊都不会动了，直着身子往前挪。刘振华摇了摇头，啥都没说。“思想工作做好了？”教导员接着问道。刘振华又点了点头。“那就好，这小姑娘来垦区以后经历很多，情绪上难免会失控。她又对你很崇拜,你去说一句话顶我说一箩筐的!”教导员热热闹闹说了一通,还指望刘振华能有点回应。没承想刘振华看见他手上夹着的烟,直接拿过来狠狠地抽了起来,一口连一口,直到烫手夹不住了,这才扔掉,用鞋底碾了碾。“我先回去了。”教导员看他这副样子,也没再说什么。和赵明霞一样,叮嘱了他一句早点休息,便自顾自地回到了地窝子里。

往回走的路上,刘振华越想刚才的事越不是滋味。倒不是因为别的,就是觉得自己真是太窝囊!堂堂七尺男儿,又在战场上出生入死这么多年,怎么到头来被一个小丫头将了一军!现在脑子渐渐降了温,理智回来了些,越想越觉得不舒服。本来嘛,男男女女的事情,就和教导员说的那样,再正常不过!他在后勤部那几天和战友吹牛的时候,都不知道吹了多少个对象出去了。那会儿也不觉得有啥害臊的,反正都是一帮老战友,谁不知道谁的斤两啊?说完也就都忘了。要是自己刚才有喝酒吹牛时的心态和气势,还会弄得这么被动?不过刘振华还是隐隐有些担心,自己这犯了大错误,不仅被停了职,还要接受调查,这个时候,若是跟赵明霞再弄出来男女感情,恐怕不合适。万一对赵明霞有什么影响,那不是耽误了一名好战士的前途?这样的事情,他除了找教导员商量以外,也没人好说。但这会儿还在兴奋劲儿上,估计自己这张笨嘴八成是说不清楚,还不如回去好好睡一觉,等明天彻底冷静了,再去找老搭档商量商量,好歹让他给自己出个靠谱的主意!

“这么热闹!”刘振华差点没能找到一班的地窝子在哪儿。他听到有个地窝子里,好多人都在“呱啦呱啦”地说话,尤其是二连长那个公鸭嗓子,像是钢锯锯床腿一样,又难听、又大声!走近一瞧,正是一班的地窝子。“闹哄啥呢?”刘振华一进去,发现不大的地窝子里已经站满了人。有大营地的两个连长,所有的排长,还有朱有福以及炊事班班长,都聚在这里。外面凉风飕飕地吹,里面挤着这么多人,连外套都穿不住了。

“营长!”众人看到刘振华,全都立正敬礼,一声声“营长”叫得刘振华不住地摆手。“行啦行啦,少给我戴高帽子！现在我就是一个普通战士,是那个一班长的兵!”刘振华说着找了个最舒服的位置坐下。这位置本来也就是给他留着的,他不坐,没人敢坐。“哟,你们这是要过年?”桌上摆着瓜子,还有两瓶酒。二连长说道:“营长,大家想跟你喝点酒,也是为了让你好好放松一下!”刘振华笑着问道:“放松？你看我还不够放松吗,咱现在这是无官一身轻!”说罢抓起桌上的瓜子就嗑了起来,瓜子皮弄得一身都是也不理会。

众人一看营长没有反对,赶紧拿来缸子倒酒。“哎哎哎！干吗这是！你二连长带头违反纪律?”刘振华攥着酒瓶子不撒手。关键时候还是炊事班的老班长反应利索:“营长,既然你都说了你现在就是个普通战士,那你可管不了连长了！你们说是吧,哪有战士管连长的道理?”边说还边给旁人使眼色,大家伙儿看到后纷纷附和。“这么说,我还真管不了你们喝酒了！因为我现在不是营长了!”刘振华意味深长地说道。二连长赶忙接着说道:“是啊是啊,所以现在要管也是教导员来管。而且违反纪律的肯定就是我,还有三连长！和别人,尤其是一班的这位普通战士,没有任何关系!”他把“普通战士”这四个字咬得很重,听起来有种特别的喜感,引得刘振华“哈哈”大笑。“咱们也就不到半个月没见面吧?我看你们一个一个都没好好干活儿！是不是都找哪个犄角旮旯蹲着练嘴皮子去了?”

外面吹来一阵凉风,倒灌进了地窝子。刘振华歪着脑袋往外看了看,随即打开酒瓶,往一个缸子里倒了点,递给一班长:“注意点门口的动静！别被教导员发现了,把咱们来个一锅端!”这顿酒刘振华喝得那叫一个酣畅！要不是明天众人都还有生产任务,他们喝着闹着能折腾到天亮去。最后一缸子酒,刘振华自己分了一半,让其他人选出一个代表来,和自己干一杯。他们选来选去,最后竟把炊事班长推到了最前面。刘振华知道他的酒量。这半缸子酒下肚，跟没喝一样，让他也没什么成就感，但已经有言在先，刘振华也不好自己打脸，只能硬着头皮喝了下去。可能是这最后一下喝得太急，还不等和众人打个招呼，刘振华一头倒在床上就开始扯起了呼噜。大家伙儿看到刘振华睡得踏实，轻手轻脚地把瓜子皮收拾了就各自回了地窝子休息。刘振华这一觉睡得很是踏实，就连起床号都没能把他叫醒。他一睁眼，都临近大中午了。

刘振华隐约看到地窝子里有个人影在里里外外地忙活，揉了揉眼，仔细一瞧，竟是赵明霞！

3

“你醒啦！”赵明霞笑得很甜，看到刘振华睁开眼，立马倒了杯热水递过来。“昨晚喝酒了吧！ 快喝点水。”热水估计刚烧开没多久，从壶里倒进搪瓷缸子里，烫得刘振华差点没端住，不过这一下却是让他完全清醒过来。赵明霞见刘振华傻愣愣地一言不发，以为他酒还没醒透，便说道：“我来收拾你的脏衣服，拿去洗了。你再睡会儿吧，刚好大家马上都午休了！”说完就抱着刘振华的脏衬衣、裤子还有两双袜子走了出去。刘振华用力搓了搓脸，也顾不得烫嘴，把缸子里的热水“咕咚”喝了一大口，觉得整个身子又活了起来，这才从被窝里钻出来。刚才和赵明霞的对话就跟做梦似的。每一句话都记得，但却感觉距离很远，远到不真实。

地窝子外阳光明媚，现在是开春时节一天中最舒服的时候。暖暖的太阳照在身上，驱散了刘振华身上的酒气。他伸了个懒腰，背着手迈着八字步，开始在营地里溜达。上午出工的战士们已经开始陆陆续续返回，准备吃午饭。刘振华这个被停职的人反而最闲。没人真把他当战士对待，营长的工作却全都交给了教导员。想起刚才赵明霞的举动，他才猛地意识到自己今天得去找教导员商量商量，讨个主意。

教导员的地窝子里看上去空空荡荡的，桌上放着几页稿纸，墨水瓶的盖子都没盖上。刘振华拿起来研究了一阵，还凑近闻了闻味道，觉得一股子铁锈味儿，就跟几年没擦过的枪一样。盖好墨水瓶的盖子，他随便拦下个刚收工回来肩膀上还扛着个坎土曼的战士问道："知不知道教导员在哪？"这战士倒也实诚，一板一眼地敬礼回答道："报告营长！我不知道！"刘振华简直哭笑不得。这动静他还以为是团长来了呢，搞了半天却是个"不知道"。他摆摆手，让战士去洗漱，准备吃饭，他只能再往别处溜达。反正教导员也得吃饭，他又不是铁打的。从地窝子后面绕过去，就是刚修的那条渠道。

一株红柳已经抽芽了，红柳是戈壁滩上除了垦区战士们双手开垦出来的农田之外唯一的春色，也是开始生产任务之后牺牲的第一位战士的墓地所在。站在红柳前，刘振华摘去帽子，重重地叹了口气，看着两边的空地出神。左右的地势还算是平坦，刘振华用步子丈量了一下，又踩了踩，觉得再挖个坑没问题。小家伙儿和机枪手以及三班长可还没有坟墓。就算不迷信，但也得讲究个入土为安。以前在老家更讲究，人在外地死了，还得送回去安葬，落叶归根才能彻底让这一辈子安稳。可他们三个人的老家都太远了。那地方，刘振华也不知道自己这辈子还有没有命去，兴许他这辈子到头，也就是埋在这片戈壁滩上。这么一想，他竟是又有点高兴。和自己的战友兄弟埋在一起，不管谁先谁后，总比孤零零地被人丢在外面好得多。刘振华说干就干，打算把小家伙儿衬衣的那片碎布，还有机枪手留在大营地中没带走的一双鞋埋了。以后不管是他们老家来人，还是这边的战友们想念了，都有个祭拜的地方。他转头准备回营地里找把铁锨，却听到女兵们说说笑笑的，从斜后方走出来，准备去渠道旁洗衣服。没条件用肥皂，好在渠道里的水碱性大，能去油。再脏的衣服，多泡一泡都能洗干净。坏处就是碱水洗的衣服发硬，穿在身上像灌过浆似的，还会腐蚀皮肤。尤其是指头的关节处，因为反复搓洗衣服，导致成片地掉皮、裂血口子。

“哟，洗衣服啊！”教导员挽着裤腿，提着铁锨和十几个战士收工回来，看到女兵们打了个招呼。他的视线定格在赵明霞怀里。军装衬衣看起来都差不多，实际上还是有所不同的。男装至少在尺码上就要比女装大出很多！教导员看到赵明霞怀里抱有男军装，微微皱了皱眉，但却没问什么。和女兵们寒暄了两句，发现刘振华在远处拼命向自己招手，心中冷哼一声，想着自己正准备去找他，他就送上门来了。教导员把手中的铁锨递给一旁的战士，便朝刘振华那儿走去。

看清了教导员的脸色，刘振华心里一咯噔，赶忙哈了口气，自己闻了闻，觉得没啥酒味，这才坦荡了些。哪怕教导员知道了这件事，兴师问罪，他也不怕。只要抓不住证据，那他就能一赖到底！“好啊！好啊！说说吧，啥时候的事情？”教导员上来就这么劈头盖脸的，让刘振华一点准备都没有。他看教导员丝毫不给自己留面子，这哪里受得了？都说做贼三年，不打自招，刘振华这连一天都不到，就直接摆出个死猪不怕开水烫的样子，耍起无赖来：“就昨晚！”

这么痛快地承认还真是一反常态，弄得教导员不知道接下去该说什么了。就好比戏台子是自己搭起来的，却在该开腔的时候竟然忘了词儿！教导员觉得自己现在真是光屁股推磨——转圈儿丢人，气势一下就弱了下去：“昨晚！昨晚！昨晚你睡在一班的营房里吧？你怎么就……”刘振华越听越觉得奇怪。喝个酒而已，错误是错误，但也犯不着用这种语气和腔调吧。“你真是色胆包天啊！我问你时，你还给我扭扭捏捏的，脸皮比纸还薄！合着现在你不是营长了，就放纵自我啥都敢干了？”教导员越说越气。“你还记不记得女兵们刚来时你给战士们讲话的时候说了什么？当时你慷慨得很，说以后就要过上安稳日子了，更要注意生活作风问题，松了哪儿都不能松了裤腰带！”刘振华被他说得云里雾里。“停停停！你先打住，喝个酒，跟裤腰带松不松有啥关系？难不成喝多了脱裤子撒尿都不行？你得讲点道理吧！我都被停了职，再不让喝点酒，这日子咋过？”

教导员隐隐意识到自己好像和刘振华说岔了。他是因为看到赵明霞要给刘振华洗衣服，才来问问情况。这两人就在自己眼皮子底下，低头不见抬头见的，怎么发展得这么快？铁定是在临时营地的时候有状况，自己不知道。结果刘振华却是在解释自己昨晚偷偷喝酒的事情，根本八竿子都打不着！“你和赵明霞，你俩都做了什么？”教导员底气不足地问道。“我俩？我昨晚和他们喝得烂醉，然后倒头就睡！地窝子里那么多人啊，都眼睁睁地看着的！你这样说话，还是老战友吗？”教导员一脸严肃地继续问道：“我没说昨晚，你别跟我偷换概念！你自己早就承认过对赵明霞有意思，刚才我看她抱着你的衣服，要去给你洗衣服！是不是在临时营地的时候……你俩……”刘振华这才彻底反应过来。他找教导员不正是为了这件事来讨主意的，没承想兜兜转转一大圈，竟然还被他抢在了自己前头。真是先张口的人有理，后张口的人跳进黄河都洗不清。

刘振华一脸苦相，理了理思路，把事情经过详详细细地给教导员说了一遍。“所以啊，归根结底还是怪你！你说说，要不是你让我去找她做什么思想工作，能闹成现在这个样子吗？”和刘振华干发牢骚不同，教导员却是越听越想笑，好在他强行忍住，平复了下心情，说道：“老刘啊，你这问题严重了！”刘振华着急地问道：“我啥问题啊？老子可啥都没干！那么多弟兄都能给我做证，我就是去做了做思想工作，还是你逼的！”

教导员假装皱着眉头说道：“人家赵明霞同志已经把话说得那么明白了，就认你，哪怕你犯了错误，不是营长了，也认你、跟你！你还当着人家面，承认了自己也喜欢，你还觉得问题不大？”刘振华顿时一个字都挤不出来，有点慌了神：“那……那咋办啊！你可是我老战友，我本来就准备今天找你讨个主意的,快给我想想办法啊!""嗯,我的办法嘛,很简单。其实也就这么一个办法!"教导员故意卖关子,说话都拖着长音。"啥办法,你倒是说啊!等这事儿过去,以后你抽的烟,老子全包了!"

这种时候刘振华知道不能小气。舍不得孩子套不到狼!就不信教导员这个大烟囱在这自己这样的糖衣炮弹下还能不动摇?"结婚!"教导员说道。"结……?"刘振华眼睛瞪得跟一双牛眼似的!"你开什么玩笑,结婚?连你这个大知识分子,包括咱们团长,那还都是光棍!我这头一份儿结婚,算什么啊!不可能,绝对不可能!扯淡吗这不是!"

他的反应在教导员的意料之中,无非是一下子无法接受罢了。既然两人互相喜欢,有感情,这都是早晚的事情。拖的时间越长,对彼此越不好。这些道理当然也不是教导员自己总结出来的,而是从书上看来的。虽说有些死板教条,但肯定错不了!刘振华刚才看似剧烈反抗,实则说的都是为了掩盖自己的紧张所找的一些莫名其妙的理由罢了!对于赵明霞这个人可是一个字都没提!

"而且,话又说回来了,咱这……咱这还是戴罪之身。犯了这么大的错误,不好好反思,就想着要娶老婆,那上级该怎么想我?就算上级没意见,我现在这处境,对她也不好啊,那不是……得被人戳脊梁骨!"

教导员觉得这些都不是问题,虽然刘振华现在被停职调查,但调查终有结束的时候。相信上级一定会给出一个公正的结果,云开雾散,他的担心也就不存在了。"这事我给你打包票了,你就等我安排就行!另外,你那个报告,我已经写出了个初稿,准备让你看看,还有什么要补充的。"刘振华一听教导员这话里的意思,是要把这事儿帮自己扛下了,别提有多高兴,跟过年了一样,感谢的话从嘴里车轱辘似的往外滚,又是打躬又是作揖。

教导员看他这模样,心里其实早就算计好了下一步,开口说道:"先别忙着谢,这可是有条件的!"刘振华现在哪顾得上动脑子啊,就是现在教导员说让他一个月不许喝酒他都会想都不想地应承下来。“上午你还在睡懒觉的时候团部来了个文件，说军区组织了一批军属前来探亲，其中呢有咱们垦区的，说是下午到。我吃了午饭准备去趟临时营地看看机耕队的同志，估计晚饭时才能赶回来。你在大营地里也没什么事，就帮衬着接待一下。”刘振华认为这又不是什么难事，和军属们打交道，那可是他的强项。这会儿他和教导员都想不到在下午即将到来的“客人”里，将会有一位出乎所有人的意料。

第十五章

三班长媳妇

第十五章　三班长媳妇

1

“营长，来人了！”刘振华困意上头，迷迷糊糊地问道：“谁来了？”一班长回答：“徐参谋！还拉了一车人！”刘振华一听立马从床上跳起来。“徐参谋好！”徐参谋盯着刘振华审视了好一阵，这才笑着说道：“刘营长休息得不错啊，红光满面的！”老战友之间的打趣让他一下就放松了，不好意思地摸摸头。刘振华越过徐参谋的肩膀，看到他身后停着一辆卡车，有个妇女正在从车上大包小包地往下搬东西。“军区从内地组织了一批军属来探亲，有你们垦区的一位。教导员给你说了吧？”刘振华点点头表示自己知道。“这可是贵客登门啊，你得好好招待！”“放心吧徐参谋！是谁的家属啊？”垦区里倒是有几个成了家的，但参军之后，四处转战，哪有机会团聚？打完了仗，又一下子来了新疆，几乎是音讯隔绝。送封信都得走个把月，还不知道能不能收到！

“我看看啊！叫王润芬。”徐参谋对照着名单一查，沙梁子垦区就只有一个军属，很好找！条件有限，着实没法让全部的人都来，只能从中选择一些。这名字听着耳熟，紧接着刘振华心里一咯噔。王润芬，不就是三班长的老婆？三班长已经在上次叛匪大规模袭击临时营地时倒在乱枪之下……算时间，他牺牲的讣告大概是两个星期前才从团部送到军区，然后由军区政治部统一告知亲属。王润芬现在已经到了沙梁子垦区，刚好形成一个时间差，和这封悲痛的讣告错开了。也就是说，她并不知道自己的丈夫已经牺牲了，还满怀期待。

徐参谋看刘振华脸色骤变，大概也猜出了是什么事情。他没有多说什么，因为还要把车上的其他人送到别的垦区，时间很紧张，不能耽误。一班长已经帮着王润芬把行李提到了营地。徐参谋临走前告诉刘振华，自己大概三天后来接王润芬，顺带拿走报告上交团部，让刘振华和教导员抓紧准备。

刘振华心里一团乱麻，心不在焉地和徐参谋应承了几句，满脑子都在想这件事该怎么与王润芬说。教导员得等到晚饭的时候才能回来，那这整整一个下午的时间该如何应付？一班长在帮王润芬提行李的时候，已经知道了他是三班长的媳妇。他也清楚这件事马虎不得，因此嘴封得很严，啥都没有说。看刘振华送走了徐参谋，这才上前来问刘振华办法。“事到如今，还能有啥办法？先拖着吧，你顺着我话说就行！”

刘振华打定主意，一定要拖到教导员回来之后再告诉她。两个人还能互相有个配合，起码能让王润芬不会太难受。自己这张破嘴，除了领她去那棵红柳树下看看之外，啥都说不出来。调整了下心情，刘振华转过身，强颜欢笑地说道：“欢迎欢迎！我代表沙梁子垦区，欢迎王润芬同志来探亲！”

王润芬虽然是个农村妇女，但也是见过世面的，抗日战争的时候，还当过她们那片妇救会的副主任，没少和部队打交道。她大大方方地向刘振华敬了个礼：“您就是刘营长吧？我家那口子写信总是唠叨你！”

刘振华笑了笑，一时间竟是脑子空白，不知道该说什么。“啊！对，教导员带着战士们都去春播了，咱这儿条件艰苦，地里的活儿一干都得一整天，晚上才能回来！”

王润芬脸上闪过几分娇羞，但眼神却充满着希冀：“没事没事，不着急！这么多年都……哈哈，不差这么一会儿！”这话倒让刘振华轻松了些许，跟着说道：“是啊是啊，不着急！”他不开口，一班长也不吱声。低头看到王润芬的行李，猛然想到还得给她安排住处，刘振华第一时间想到的是女兵班，都是女同志，住在一起又方便还能互相照应。尤其是她刚来，对垦区一点都不熟悉，但一转念却又觉得不合适。

要是把王润芬直接安排到女兵班，说不定会让她多想。要是哪个小姑娘嘴巴不严，在自己和教导员交底前说漏了嘴，那就不好收场了。“你去把教导员的地窝子腾出来让王润芬同志住，把他的东西全都先放到一边。特别要注意教导员的纸笔墨水啊，尤其是上面写了字的，不要落下什么，仔细点！”王润芬虽然极力推辞，却架不住刘振华的“热情”。一路舟车劳顿，她也的确是累了。尤其是那大卡车，真能把全身的骨头都颠散架了！刘振华看王润芬这边算是暂时稳住了，让一班长赶紧去耕地作业区把这消息告诉教导员，让他提前有个准备。

2

刘振华从炊事班老班长那里要来一根莫合烟，蹲在教导员回营地的必经之路上抽着。莫合烟不比卷烟，里面除了烟叶外还混了切碎的烟草秆。抽起来嘴里比卷烟更苦，但刘振华现在要的就是这种感觉，口腔里的刺激让他能更加清醒。没多久前方就出现个人影。刘振华丢了烟头，站起身来，看见此人正是教导员。两人一见面，还不等他开口，教导员就说：“我都知道了，当务之急是得琢磨个法子来说这件事！”刘振华点点头说道:“另外人家大老远来了,是不是还得弄个欢迎宴什么的?”

这一点教导员已经想到了。刚才一班长找到他时,他就把身上剩下的津贴,还有一包半卷烟全都交给了一班长,让他去周围老乡家里看看,最好能换来只鸡,晚饭的时候起码还有个硬菜,不算委屈了人家。“好好,这就行。”刘振华心里也踏实了很多。教导员接着问道:“王润芬同志现在在哪呢?”刘振华回答道:“我让把你的地窝子收拾出来了,先安顿她在里面休息。”教导员想了想,说道:“咱们先冷静,就当啥事没有。等晚饭以后,咱俩单独和她说,你看咋样?”

刘振华对这个提议当然没有任何意见,不过他却发现其中有一个不符合逻辑的地方。那就是晚饭的时候,要是三班长不在,该怎么解释? 教导员的本意和刘振华一样,都是想尽力拖延。先让王润芬休息好,然后再吃顿饱饭,之后再说事情,起码身体上有足够的精力对抗打击。他俩可是见过有些家属在知道这样的事情后不吃不喝,想要把自己活生生地折磨死,还有把眼睛哭到暂时性失明,难过得一口气上不来差点就这么过去的。

以防万一,他们又决定让卫生员李秀英先回来。一来都是女同志,方便互相照顾;二来万一有什么紧急情况,可以第一时间抢救! 教导员和刘振华开了这么个简短的碰头会后,又匆匆赶回了耕地作业区。农时不等人,天气可不会为了什么事情而向后拖延。

李秀英和一班长几乎是同时回到营地。刘振华看到一班长手里提着一只鸡,已经掏了肚子煺了毛,心想这小子还挺有本事!“花了多少钱?”一班长开心地回答道:“营长,那老乡看到我身上穿着咱解放军的军装,硬是不要钱,转身就去宰鸡。”刘振华眼睛一瞪,骂道:“那你就真没给钱?”一班长打着哈哈说道:“哪能呢! 我看那老乡抽烟,就先给他递烟,然后把教导员给我的一包半卷烟都给他了,这次他没拒绝。临走前，我估摸了个价，把钱放在他院子里面的窗台上了。”刘振华听着没让老乡吃亏，高兴地夸了他几句：“嗯！做得不错！去把鸡给老班长吧，让他劈成两半。一半多放点油，炒得香香的，单独盛出来。另一半炖上一大锅鸡汤，保证咱们一人能喝上一碗！”一班长光听到“鸡汤”两个字，嘴里就开始冒口水了。张嘴答应时，差点流出来，刘振华又气又笑。话是这么说，他的肚子里也开始有些咕咕叫。

转身看到李秀英，刘振华却又一脸严肃地说道：“李秀英同志，你的任务要比一班长艰巨得多！你要做好心理准备。”李秀英毫不犹豫地答应下来。在她看来，自己也算是经历过大风大浪了，闯过冰峰，打过叛匪。刘振华见状，说道：“王润芬同志不是普通的农村妇女。抗战一开始的时候，就加入了当地的妇救会，可以说比我都早。后来担任妇救会的副主任，一直在负责沟通协调，为咱们部队，当时叫八路军，做出了重大贡献。所以你首先要尊重这位大姐，不要觉得自己穿了军装就神气！”

李秀英听完也意识到自己刚才的态度的确是不太好，连忙承认错误。“嗯，这就对了！说不定你还能从王润芬同志身上学习不少东西！另外就是关于三班长。这件事你也知道，所以在照顾好她生活的同时，更要时刻注意她的健康情况，你明白了吗？”李秀英坚定地回答道：“营长放心！我都明白！一定把王润芬大姐照顾得好好的！”安排完了这两件事，刘振华一下子空了下来，不知道该干啥。想来想去，还是去了炊事班。说是亲自监督炊事班做鸡，实际上也是自己嘴馋，想凑近先闻闻肉香味。

李秀英在地窝子门口轻轻叫了一声：“润芬大姐？”话音落下，地窝子里就传来一阵响动。“哎！我在！”李秀英接着说道：“那大姐我进去啦！”王润芬一见到李秀英就觉得这姑娘长得真水灵，听到她还是卫生员，立马觉得更亲切了！“哎呀，当时我加入妇救会的时候，就有个机会让我去培训，说是培训完就能当卫生员。后来敌人步步紧逼，一直没找到机会，这培训也没去成！”李秀英说道：“刚才就听营长说了，说大姐还是妇救会的副主任，真正打过鬼子的！真厉害！”王润芬有些不好意思，嘴里说着客气话，但李秀英却看到她眼神中有些落寞和悲伤。

两人这刚才还说得热闹，一下子就冷了。李秀英不知道王润芬想起了什么伤心事，就看到她眼中的泪花已经翻涌着差点冲破眼皮的防线流淌下来。“润芬大姐，我带你看看咱们垦区吧！”李秀英见状觉得自己必须得发挥作用，总不能就干坐着看人家哭鼻子吧？“啊！好啊，卫生员同志，你一定带我好好看看！”李秀英这才想起来，自己还没介绍自己叫什么，连忙说道：“大姐，我叫李秀英，你叫我秀英就好！”

两人从地窝子出来，李秀英觉得还是先介绍一下沙梁子垦区，便把脑子里记得的东西，一股脑地说了出来。王润芬认真地听她讲完，这才开口问道：“秀英妹子，大姐我没啥文化，你说的那些好多我没概念。能不能给我指指沙梁子垦区到底是从哪儿到哪儿？”这一下却是把李秀英问住了，她还没走到过垦区的边缘，只能指着远山还有天际线的位置，模糊地画了一个圈。“沙梁子垦区真大啊！我老家就没见过这么空旷的地方！”感慨完，李秀英带着王润芬参观了女兵班的地窝子。还按照床铺的位置，把班里的成员挨个介绍了一遍，着重说了说她们的班长赵明霞。

在来之前，王润芬最担心的是两件事。都说戈壁滩上寸草不生，那人吃啥？其次就是住哪儿？即便一路上负责的同志都给她们来的军属介绍了具体的情况，尤其是说了地窝子，但她还是很难从干巴巴的文字描述里构建出一个具体的样子。这会儿看了，才觉得是一种说不出的震撼。想到自己的丈夫就是住在这样的地窝子里，还要在荒无人烟的戈壁滩上开荒、打敌人，情绪再次涌上心头。好在李秀英及时开口，打断了王润芬逐渐上升的情绪。她嘴角抽动了几下，便跟着李秀英一起去了炊事班。

炊事班的伙房外都能听到“哐哐哐”的声音。紧接着就是刘振华的粗嗓门:“我说你这几块也太大了,你数数够不够分的?”老班长辩解道:“营长,这半只是炒的,大一点吃着过瘾!等炖汤的那一半,我都给切成鸡丁!骨头都用刀背砸一砸放进去,保证大家伙儿都能连汤带肉分到一碗!”刘振华满意地点点头。

单独炒的那一半,是用来招待王润芬的,咋吃着过瘾就咋样来!对此,刘振华没有丝毫意见。“营长,你看这!”老班长神神秘秘地从贴身的口袋里掏出来一个小布包,里面装着的东西透亮且泛黄!“这是啥?”刘振华问道。摸了摸硬硬的,但却闻不到其他味道。“这是冰糖,黄冰糖!一会儿炒鸡的时候,放到热油里化开,就能给鸡块裹上一层糖色,看着好看,吃着更香!”刘振华笑着拍了拍老班长敦实的肩膀说:“哈哈,不愧是老师傅啊!不过就一个炒鸡块还差点意思,其他的你得多琢磨点花样出来。整个垦区,你需要的东西随便拿,谁都不许舍不得!”有了营长的“尚方宝剑”,老班长心花怒放。想他们炊事班,还从来没这么“抖起来”过,便说道:“谢谢营长!”

刘振华满意地准备离开,刚好跟李秀英和王润芬撞了个脸对脸。他本来就心虚,便强颜欢笑打个招呼就赶紧离开了。就这么“东躲西藏”跟打游击一样躲了一下午,刘振华终于等到了晚饭时间。收工回来的战士们都闻到了浓郁的肉香。“教导员,今儿个啥日子啊?还有肉吃!”教导员反问道:“有肉吃你说是啥日子?”众人纷纷应和道:“好日子呗!”教导员却叹了口气。他怎么都高兴不起来,毕竟对他和刘振华来说,“苦日子”还没开始。

饭桌上,赵明霞和李秀英作为女兵班的班长和卫生员一左一右陪着王润芬。刘振华频频给教导员使眼色,最后还踢了他一脚!教导员回了个恶狠狠的眼神,这才慢慢地站起来,端着缸子,说了几句表示欢迎的场面话。“下面，我们让王润芬同志来说几句！”刘振华为了让气氛足够热烈，巴掌都拍红了还不停手。其他战士们也一口一个嫂子叫着起哄。整个沙梁子垦区，乃至这片戈壁滩都已经好久没这么热闹过了！王润芬也不拒绝，大大方方地站起来，直接给刘振华和教导员鞠了一躬。“呜呜”的哭声紧跟着就响起，敲在每一个人的心头。“谢谢……”“谢谢营长……谢谢教导员！”王润芬说完，又朝着战士们鞠躬。“谢谢大家伙儿，谢谢大家……”刘振华和教导员面面相觑，但心中已经有了大概的判断。

“其实我已经知道了！我住的那个地窝子，那个地窝子是教导员的对吧?”王润芬哽咽着说道，然后从口袋里掏出来一个本子。刘振华一眼就认出来了，那是垦区的花名册！他以前天天揣在身上的东西，咋可能认不出来，只是这东西怎么会在王润芬身上?“这册子，被收拾屋子的同志落下了，我识字不多，但知道他的名字是咋写的。翻了翻，我就……我就已经知道了。”王润芬说到这儿再也控制不住情绪，号啕大哭起来！身旁的李秀英和赵明霞赶紧安慰，害怕她因为伤心过度身体出现什么危险状况。“王润芬同志，你……”教导员想开口安慰几句，被刘振华摆手制止了。

过了好一阵，王润芬缓过气来，顶着又红又肿的双眼，问道：“营长，我男人他有坟吗?”“有！有的！”“能不能带我去看看?”刘振华领路，王润芬执意要端着自己的饭碗过去。到了地方，除了一棵红柳树外，光秃秃的啥都没有。王润芬看到旁边还有两个新挖的坑洞，知道这里应该就是沙梁子垦区的坟地。她扭头对刘振华说道：“营长，你们先回吧。我想在这多待一会儿，陪陪他，跟他一起吃顿饭。”刘振华忍着眼泪，让众人都走开后又叮嘱赵明霞和李秀英一定要在后面远远地看着，生怕王润芬因为悲伤过度，做出什么极端的事情。他自己则回到饭桌旁，端起一碗鸡汤，喝得呼噜作响，仿佛那汤有多美味似的……

几百人的垦区，就半只鸡，那汤和白开水几乎没什么区别。为了节约，连盐巴都得数着粒子放。刘振华嘴里尝到的味道，全是从嘴角流进去的他自己的眼泪。

3

王润芬最终还是没有住在教导员的地窝子里，而是和女兵住在了一起。这是李秀英对刘振华和教导员提出的。她担心王润芬若是夜晚自己一个人住，万一出了什么状况，身边连个照应的人都没有。住在女兵班的地窝子里，即便有点拥挤，但起码身边有人。能有人陪着说说话，排解一下心情，还是要好很多。征询了王润芬本人的意见，她自己也同意，刘振华便让赵明霞去搬行李，收拾床铺！赵明霞面对刘振华，满眼满心都是幸福。反倒是刘振华浑身不自然，还偷偷看了眼教导员。这家伙可是打了包票要替自己解决这件事的，怎么一点动静都没有？不过眼下他也知道顾不上这件事，还是先等王润芬冷静下来之后再听听他的考虑和想法。

夜深人静，唯有女兵班还热闹得很，一群小姑娘都围着王润芬叽叽喳喳地说话。这不仅是教导员布置的任务，更多的还是因为她们对王润芬以前当妇救会副主任的经历很感兴趣。“哈哈，我看营长和教导员都是老革命，没给你们讲过打仗的故事吗？”热闹的氛围之下，人要么很难泛起悲伤，要么就会把悲伤放大，王润芬显然是前者。赵明霞作为班长，要起到带头作用，立马回答道：“润芬大姐，你不知道，我们营长和教导员都可忙了！而且……而且前一阵军区来了试点的机耕队，一下子就更没时间了。”

她本来想说和叛匪交战一事，机枪手的牺牲对刘振华打击很大，所以谁都不会在他面前提起打仗的事，除非他自己主动开口。话到嘴边，赵明霞转念想到润芬大姐的丈夫三班长就是被叛匪杀害的，要是自己再提起这茬，不是又让她不高兴？灵机一动，赶紧用机耕队作掩护，把这个话题绕开了去。果不其然，“机耕队”这个新词立马引起了王润芬的好奇。“妹子，啥是机耕队啊？”赵明霞解释道：“就是拖拉机，都是从咱苏联老大哥那儿进口来的！一个个，全是铁家伙，有我们这地窝子大小。用来犁地据说是十头牛都比不上！”说完她又觉得自己说的有些不对。十头牛好像有些低估了拖拉机的力气，便改口说道：“一百头牛！”

这却把王润芬逗笑了！牛耕地她见得多了，但什么玩意儿能抵得过一百头牛？她真是想破脑袋也想不出来，只当是赵明霞这小姑娘心里骄傲，吹吹牛罢了。赵明霞眼看王润芬不信，有些着急了，说道：“润芬大姐，明天我就带你去看！真的可厉害了，子弹都打不透！”王润芬笑着说道：“好，不过不着急。以后肯定都能看到！”赵明霞听出这话里似是有别的意思，疑惑地看着王润芬。“我已经想好了，以后就留在沙梁子垦区。”

此话一出，整个地窝子里顿时安静了下来，赵明霞和李秀英最先反应过来，当先鼓掌！“欢迎润芬大姐加入垦区！你来了，这个女兵班的班长就让润芬大姐当，大家说好不好？”一众女兵当然没有不同意的，全都随声附和。王润芬却苦笑着摇摇头说道：“我就是……不舍得他一个人孤零零地在这戈壁滩。既然他留下了，我也留下。这样既能继续他没干完的事情，还能陪着他，多好啊，真好！”一直聊到了半夜，大家纷纷熬不住，都倒头睡去。

王润芬的床铺紧挨着赵明霞。这两人一个心里有事睡不着，一个本来就精力旺盛，几乎不知道累。整个女兵班最后就剩下这两人没睡着，还在小声嘀咕着聊天。“妹子，你是不是对那刘营长有点……”赵明霞一愣。虽然这件事在女兵班里不算是什么秘密，但润芬大姐才刚来，怎么就会知道得这么清楚？王润芬低声说道：“大姐是过来人，一眼就能看出来。”赵明霞和王润芬还没那么熟络，一下子还有点害羞，用被子捂住嘴，闷声反问道：“大姐你是怎么看出来的？”王润芬轻笑着说道：“这戈壁滩太荒凉了，这么苦，但刘营长一说话，你就立马笑了。是不是觉得就算只能听到他的声音，心里也甜丝丝的？”这话把赵明霞说脸红了，干脆彻底把脑袋蒙住道：“大姐我睡了，明天还要干活儿呢，你也早点睡啊！”

第十六章

了不得的证婚人

第十六章　了不得的证婚人

1

不知道是不是昨晚那一碗鸡汤的缘故，刘振华觉得身子骨一下子又重新充满了力气。今天早晨，他和原来一样，醒在了司号员前面半个钟头。穿好衣服，走到外面，清晨的戈壁滩蒙蒙亮，张嘴还有点哈气。刚准备活动活动就看到教导员也起来了。“哟，营长起得这么早！”刘振华没接这话茬，他盯着自己老搭档浓浓的黑眼圈，直接问道：“昨晚又熬夜了？”教导员摇摇头：“哪里熬夜了，我根本就没睡！”说罢从口袋里掏出一摞叠得整整齐齐的稿纸。“我把汇报写完了。后半夜太困，都誊完了一大半，结果写错了一个字，整个返工一遍，就到现在了！”刘振华看到稿纸上的字工工整整，连间距都保持得几乎一模一样，就跟印出来的似的。

“一个错字没必要全部重写吧？”教导员解释道：“错字画个黑坨坨多难看？这个报告肯定是调查你这次问题的重要依据，起码要让上级看出咱们的态度是很认真的。所以这些能避免的就尽力避免吧，也没啥，多费点工夫罢了！”刘振华叹了口气，说道：“今天你就在营地休息吧，我去带着干活儿。刚好王润芬还在，你和她好好谈谈，有啥想法或者要求，咱们能做到的都尽力满足她。”教导员想了想，点头答应。熬了个通宵，他现在跟踩在云彩上一样，留在营地里，起码还能回地窝子补一觉，休息休息。这样的状态，就算是去了作业区，也干不了啥活儿，别再把自己身子搞垮了。他现在可绝对不能倒下！刘振华被停了职，里外都得他操心。

吃完早饭，刘振华带着战士们扛着生产工具，排着队前往作业区。为了振奋精神，刘振华还起头带着大家唱了好几首歌。他自己本来就五音不全，硬是把所有人都带歪了去。抵达作业区后，一班长和朱有福一起找了个相对“舒服”的地方，把地面用铁锨拍实，矮的地方垫了土，然后两人把自己的外套都脱下来，铺在上面，说道：“营长，你就坐着指导就行了！一会儿太阳出来会很热，你多喝水啊！”

刘振华看着地上给他弄出来的“坐垫”，问道：“咋，我是胳膊断了还是脚小，干不了活儿？”一班长不敢和刘振华顶嘴。朱有福还胆子大点，又觉得自己和刘振华关系不错，硬着头皮堆起笑脸解释道：“营长，这不是……我们都分工好了吗！你就坐镇指挥就好了！”刘振华瞪了他一眼，把自己身上挎着的水壶摘下原地一放，提着铁锨就下了地。“既然你们都分好了，那我自己单独一块地方！一班长，咱们来比比，看谁快？”说罢也不给一班长回答和准备的时间，自顾自地就干了起来。

目前沙梁子垦区主要种植的作物是小麦，按照军区的要求，要先确保粮食自给自足。土地已经深耕完毕，施足了基肥。剩下的就是均匀地播撒小麦种子，然后一次性浇足水。刘振华将昨晚北风吹得有些走样的田垄重新修整了一下，顺带观察其他班的劳动情况。垦区所有的战士以班为单位，分工明确。播撒小麦种子是个技术活，所以基本都是由有经验的战士和班长来完成,其他人主要负责取水的工作。

刘振华着重看了会儿一班。不愧是标兵班,一眼过去,就他们班的配合最为默契。叹了口气,却有些后悔,觉得自己不该说大话! 一个人又要播种又要浇水,咋可能干得过整个一班。但说出去的话,泼出去的水,刘振华可没有提前认输的习惯。就算到最后肯定是他输了,也得是拼尽全力之后才行。胜负欲被彻底激发出来,他一刻不耽误。播种、取水,脚底下跟长了俩轮子一样,速度快得连体格最壮的战士都有些跟不上! 他们从水渠里打来两桶水的工夫,刘振华第三桶水已经到半路了!

一班长苦笑着摇摇头,他知道营长的脾气,不过肯定不能让他继续这么干下去。现在提着一口气还不觉得累,等一会儿休息的时候,往地下一坐,那再想起来可得费老鼻子劲儿了! 怎么说都是自己顶着一个班的人手和营长一个人比赛,即便赢了也是以多胜少,胜之不武,不如趁机给营长递过去个台阶,两边一起痛痛快快地都下来。

趁着刘振华拄着铁锹把子喘口气的工夫,一班长走来递给他一根烟,说道:“营长休息休息吧!”刘振华能看不懂一班长的心思,也知道这是给自己递台阶来了,但是人家刚递过来,自己就接住,还不是一样没面子? 总得推辞一下。“不用,我好着呢!”说罢舔了舔嘴唇,“喝口水就行!”一班长拿来水壶,拧开盖子说道:“战士们也都要休息休息。”刘振华一听,故作轻松地说道:“好吧,那就歇一会儿。”他也着实累得够呛,原地坐下后,点着了烟,在嘴里打了个圈儿吐了出去。

“我看你们班干得不错!”一班长不好意思地摸摸脑袋,回答道:“一开始都不咋会,连教导员都没经验。还是副排长朱有福,以前在西北老家的时候种过麦子,给我们都指导了一下,这才有了点样子。”“哦? 朱有福还有这么一手呢!”刘振华说道。“对,就这两天,他跟着营长你从临时营地回来之后,纠正了我们不少错误的地方,效率一下子提高了好多! 教导员说朱排长以后就是咱垦区种麦子的‘农业指导’,现在有啥问题我们都去问他。”刘振华高兴地说道:“每个战士都有自己独特的一面,就是要把积极性全部调动起来,发挥出来,然后人人取长补短,这不就都是‘农业指导’了?想想咱垦区有一个营的战士,要是个个都又精又专,那咱们的力量能壮大多少啊!”一班长回答道:“那肯定能按时完成任务!”刘振华摇摇头说道:“光是按时完成还不够,能拼就拼,要在保证完成的前提下超额完成才行!”

话音刚落,刘振华忽然想到,也不能盲目追求速度。干活儿的人可以为了所谓的效率糊弄自己,但土地和庄稼却不糊弄人。下多少力,费多少心,秋天的时候一五一十全都会反馈回来,做不得假!要是战士们为了提升速度,把步骤私自简化,看着干了很多,收成却不高,那不是白用功?“你去通知各排长还有各班班长,休息的时候来这开个短会!”既然已经想到了问题,就要及时提出,让指战员们都加以重视。刘振华在心里大体归纳了一个关键点,那就是提升效率绝不能以牺牲质量为代价。一定要在保证质量的情况下,科学合理地优化生产步骤,以此达到提升效率的目标。

此时营地内,本来说三日后再来的徐参谋提前返回,车上还坐着一直在临时营地协助机耕队工作的一位连长。留守在营地的教导员正在和王润芬谈心,看到徐参谋提前到来,不免有些疑惑。“哈哈,今天中午我要在沙梁子蹭顿饭了,教导员没有意见吧?”“这咋会有意见?不过肯定没团部的小灶好吃啊,到时候徐参谋别嫌弃就行!”两人寒暄了几句,徐参谋就说起了正事。他是按照团长的命令,提前一天来接各个垦区的探亲军属的。教导员问道:“这么着急?”徐参谋点点头,压低声音凑到他耳朵旁说道:“团长也是收到了上级的命令,说这两天军区有大首长要来咱们团视察,想见一见这些来探亲的军属们。因为垦区都离得较远,挨个去时间不够,就说都集中到团部一起接见了。”教导员听后点点头,接着问道:“是哪个大首长啊!”徐参谋表示自己不知道。

不但他不知道，就连张雄伟都不知道。这次保密工作做得很严密，一点口风都不透。两人都心知肚明，这次来的首长级别肯定不低。再加上团部附近和沙梁子垦区这里近期还有叛匪活动，所以安保工作尤为重要。绝对不能提前透露了时间和路线，否则首长的安全都会受到威胁。“我明白了！徐参谋，我刚正在和王润芬同志谈话，她说想留在沙梁子垦区，加入女兵班，继承她丈夫三班长的遗志，开荒、种地，建设新疆！”徐参谋很是感动：“唉……王润芬同志觉悟就是高！不过我还是得先把她拉回团部，等首长接见完之后再让团长决定吧！”

“另外……”徐参谋话锋一转。教导员心里“咯噔”一下。“徐参谋你说。”徐参谋看了看周围，确定没人能听到两人说话的内容，这才缓缓开口道：“上面对刘营长这件事，好像意见很大。”教导员急忙拿出自己写好的报告道：“我报告已经写好了，就等徐参谋你来的时候交给你带走。”徐参谋接过报告后继续说道：“一方面呢，有些首长认为，这个刘营长从一开始就没有做好准备工作，进口的拖拉机这么贵重的东西，都出了岔子！而且还说咱团长都有连带责任。另外说他擅自调动部队追击叛匪，实际上只是为了给战友报仇，无视组织纪律，有着严重的个人英雄主义和江湖习气。”

教导员听后深吸一口气，对于这些说法，他当然不认可！“你先别着急，听我说完。最严重的一点，刘营长还带了女兵到临时营地，有声音说他根本没用心工作，忙着自己谈恋爱、找老婆，所以才会发生这样的意外。”说着，徐参谋还模仿起了某人的口气：“他刘振华有什么了不起？能打仗是能打仗，但这毛病是能惯着的？当初一个连长就配马，调到后勤部这样舒服的地方还一肚子牢骚，这不是居功自傲是什么？必须打掉这种风气，一旦在部队蔓延开可了不得！”教导员和徐参谋同时都沉默了。两人低着头，站在原地许久，还是徐参谋先开口安慰道：“反正目前我就听说了这些情况。报告我带回去就交给团长，这个你放心！不过……唉，我刚说的这些你看看怎么给刘营长讲讲吧，总之先做好心理准备。”教导员梗着脖子点了点头，只能先压住情绪，等刘振华中午回来吃饭时再和他说这些让人不舒服的事情。

老班长把昨晚那只鸡的鸡杂什么的都留下了，刚好趁着午饭徐参谋在，教导员让战士去告诉老班长把那鸡杂做了，这样也算是有个荤腥，像点样子。

2

午饭的时候刘振华没有回营地，他趁着大家都回去吃饭以及午休的时间，把这片作业区全都转了一遍，看看还有什么不足的地方。至于吃饭的问题，他让一班长给自己和朱有福打一份来，就在地头上吃，吃完继续工作。“好小子，没看出你还有这一手！是不是以前故意藏着呢，害怕暴露了会让你多干活儿？”刘振华一拳头捶在朱有福的肩窝子上，朱有福“嘿嘿”一笑，有些不好意思地点点头。“唉，实话实说了吧，以前我就是你说的那样，就是那样想的！担心大家要是都知道我会种地，那我不得往死里干活儿？”这话说完，两个人都笑了起来。

他们一口气走到条田另一头，准备缓口气，刘振华想起王润芬的事情，突然开口问道：“你家还有什么亲戚没有？”朱有福眼底泛起些许柔软，想了想回答道：“我家孩子少，除了我就一个妹子。我被抓壮丁的前两个月她就嫁人了。不过爹娘身体都不错，算下来也就这三个亲人了。”刘振华继续问道：“妹子嫁了个什么人家？”朱有福苦笑着说道：“我们全家都没见过，就一媒人来说了两句，反正那边答应给两袋子白面，我爹就同意了。”气氛一下子有些凝重，刘振华晃晃脑袋，心疼地说道：“你妹子应该和女兵班的战士们年纪差不多吧？所以啊，现在更认识到旧社会的可恶了吧？”朱有福点点头：“是啊，哪能想到女孩子都能参军！

我们那儿的女孩子就是长大了等着嫁人，啥都没得选。还是共产党好！新中国好！”

这话却启发了刘振华。沙梁子垦区成立了这么久，又新增了两个起义部队的连队，一个女兵班，现在是一个营的编制，但还没有新发展的党员。前一阵子刘振华在琢磨文化教育的时候就曾想过这个问题。眼下的朱有福不就是一个很好的苗子？刘振华立马问道：“你想入党吗？”起了一阵风沙，两人立马背对着躲避，朱有福一时间没有听清楚问话。“啥？营长你说什么？”刘振华扯着嗓子大声说道：“入党！你想入党吗？”朱有福眼睛一亮，但很快又暗淡下去，低沉着声音说道：“营长，我入不了党吧？”

刘振华眉头一皱，反问道：“为啥？”朱有福有些哽咽地说道：“我在反动派的军队待过，还欺负过老百姓，我咋能入党呢！”说罢他鼻子一吸溜，转过头去抹了把眼泪。刘振华这才知道他心中还有顾虑，当即拍了拍他的肩膀，笑着说道：“这个疙瘩还没过去呢？教导员不是早就说了嘛，都是自己的同志！你当时也是受害者！干过的那些错事，那都是因为被反动派误导、蒙蔽了！”朱有福震惊地问道：“所以营长你的意思是……我能入党！”刘振华朗声说道：“当然能了！你看，修这水渠的时候，你直接跳进去堵漏。还有从临时营地回大营地叫人，被毒蛇咬，又溺水，差点死掉。除了牺牲的同志外，就你付出最多！现在还是咱们垦区的‘农业指导’，你说说怎么不能入党！”

朱有福一时高兴得不知道该说什么好了。好不容易等兴奋劲儿过去了点，这才问道：“营长，那入党是个啥手续啊，需要我干啥！”刘振华害怕自己说错，只告诉他入党申请书是必须要有的，还得有介绍人。前一个得靠他自己写，不过教导员肯定乐意帮他把把关。介绍人的话，自己和教导员都能当。“那我今晚就写！”“哈哈，可以可以！写完就拿给教导员看看，咱们垦区的大秀才只要觉得可以了，那就八九不离十！”

条田另一边出现了个人影，刘振华以为是一班长带饭来了，当即转身折了两根红柳枝当作筷子，待走近了才发现不是一班长，是教导员！他的身子远不如一班长魁梧。“哎！咋是你！”教导员喘着气说道：“怎么，我不配给你刘大营长送饭？”刘振华赔笑道：“不是不是……这我咋敢！”教导员也不多说废话，把朱有福的那份递给他之后，说自己要和刘振华谈工作，让他到一旁吃。朱有福敬了个礼，拿着饭盒就走到了远处。刘振华见这架势，就知道可能又出事了，一双眼睛跟长在教导员脸上似的，就在等他开口。“徐参谋来了，在营地吃了午饭，然后把王润芬接去了团部。”刘振华“嗯”了一声，继续等教导员说下去。“然后呢？没了？”教导员白他一眼说道：“急什么！让我理一理思路！”

接下来他要说的便是徐参谋暗地里透露给他的那些消息，刚才他想了一路，还没想到个妥当的方式告诉刘振华。一来这种消息都是听说而已，实打实的小道消息，没法证实。二来追击叛匪这件事别说刘振华了，就连向来客观理智的教导员都觉得不算什么大错，只是有点不妥当而已。给个警告处分，哪怕记个过都行，哪里犯得着停职、调查？在徐参谋说的话里，其中有一条最让他在意，就是说刘振华仗着自己的功劳为所欲为，不把组织纪律和上级命令放在眼里，还说这种苗头要是蔓延起来危害极大，要抓个典型！一旦刘振华成了这个典型，那团长都保不住他！

“老刘，你别着急，一定要听我说完再发火儿，行吗？”没想到刘振华直接笑出了声：“老搭档啊，你明知道我要发火儿，那你还说什么？我猜一定是徐参谋说了什么关于我停职检查的事情对吧？要是这就别说了，反正事情都做了，该咋样只能随他去！”说完顿了顿，突然又说道，“对了，你写的那个汇报，交给徐参谋没有？”教导员点点头回答道：“我给了，就是给的时候他和我说了几句！”“那不就行了！反正一开始我以为高低都得枪毙，现在看来，估计就是脱军装回家种地去。哈哈哈，等过两年，我就带着好几个大胖儿子来看你，张口都叫你叔，馋不死你！你还得掏空了口袋发红包！”刘振华说道。

教导员对刘振华突如其来的乐观毫无准备，但这样的心态总比苦大仇深好。要是自己这位老战友，现在天天趴在他耳根子旁怨声载道，叹息连连的，会弄得两个人的精神都很糟糕。刘振华三下五除二，已经把饭菜吃完了，一抹嘴，扣好饭盒还给教导员。教导员这才又想起来自己忘记了一件重要的事。

“大首长?”刘振华乍一听也没想出来究竟来的会是谁。“是啊，徐参谋说连团长都没打听出来是谁！”沉思了一阵，刘振华开口说道：“那肯定不是师长，起码不是咱们师的师长！”教导员反问道：“你咋知道?”刘振华笑笑，觉得这么简单的问题，大秀才肯定能想通。估计是最近事情太多，一件接一件的，让他焦头烂额，脑袋都不转了。要是自己这个师的师长，咋样都会有风声传出来，团长不至于打听不到。其他师的师长差不多也都是这个道理，所以来的首长级别肯定比师长更高！“而且你想啊，咱们垦区有全新疆独一无二的机耕队！实习农场虽然是划分给他们的单独地方，但也是由咱们垦区协助管理。有这个名头在，来再大的首长都合情合理！”教导员觉得刘振华分析得很有道理，何况徐参谋还把在临时营地留守的一连长特意接回了大营地，更表明机耕队是一个重要因素。

“一连长让他赶紧回去，越是这个节骨眼上越要小心。”刘振华背着手说道。教导员连连点头应和，但突然又觉得不对劲：“你还命令起我来了！搞不清楚的还以为你就是那个要来的大首长呢！”“哈哈哈，对了，你老兄答应我的那件事情，可不能不办啊！”刘振华话锋一转。对此教导员早有考虑，没和他多说什么，拿过两个人的饭盒，摆摆手就回了营地。一连长先前是坐车走了另外一条路，这会儿他走路回临时营地的话，必须得路过沙梁子垦区的作业区，隔着老远他就看到了刘振华，营长营长地叫着,一路小跑。

“慢点慢点!”耕地周围的盐碱壳子全都是虚土,搞不好就容易崴了脚。“那边都好着呢?”一连长粗气直喘,只顾上猛点头。“好好保持,别的你自己把握好。不管有没有首长来,咱都一样!这活儿也不是做样子的,得干扎实!不要为了迎什么……弄那些花里胡哨的,听到了没!”这一中午,刘振华在条田上跟着朱有福学了不少东西。看着还有不少时间,便想回营地再休息休息,毕竟这中午的太阳可不是闹着玩的。周围的气温上来了不说,头顶即便戴着帽子还是烫得难受。两人回到了营地,朱有福却精神满满,说自己要立马开始写入党申请书。刘振华就提醒了一句别下午干活儿的时候犯困。

“营长!”赵明霞不知从哪儿冒出来,笑盈盈地朝他走来,手里还抱着一堆衣服。刘振华看到她额头上已经出了一层细密的汗珠子,想来在外面的时间不短了,明白这小姑娘估计在专门等自己回来。“啊……赵明霞同志!”他不知该怎么办才好,鬼使神差地竟给赵明霞敬了个礼!赵明霞抱着衣服,没法给他还礼,开始把衣服一件一件地理出来,交给他。“昨天太阳好,一中午就晒干了!但不是王润芬大姐来了嘛,我光收回来了,还没叠好。还好你不急着穿!”刘振华接过衣服,觉得这事儿还是自己来做比较好。教导员这家伙拖拖拉拉的,等他不知道要到猴年马月去了!结果人家赵明霞却是没给他这个机会,说了句:“营长你休息吧,我也回去睡会儿!”徒留刘振华一个人孤零零地站在那里,话全都憋在嗓子眼,进退不得。

下午劳动的时间还没到,刘振华和教导员却站在营地边缘忧心忡忡地望着临时营地机耕队的方向。一个望远镜,两人轮流用了好几轮。“这么大的烟尘!”刘振华沉默不语,上次发的洪水,在戈壁滩这么大的蒸发量下早就干了。除了那片芦苇荡和已经开垦过的地方,其余的地面表层又变成了虚土。教导员说道:“老刘,你说会不会是大风刮起来的?”刘振华觉得不像。两边营地虽然有不近的距离,可方向却是一样的。再看那烟尘,几乎是完全不动弹,定格在那里。要是有风的话,岂不是眼看着就吹到了跟前?但这样大的烟尘也不是临时营地那些个人手能造腾起来的,即便是拖拉机翻地,也是把表层的翻下去,里面的翻上来盖住。扬尘是有,可绝不会这么多这么高。

“不行,得去看看!”刘振华拿着望远镜又观察了一阵说道。说罢他就准备把一班长叫起来,一起去临时营地查看。没承想被教导员拦下:“还是我去吧!”“咋啦,还不放心我?”教导员解释道:“现在你就是个普通战士,没有任何职务。就算是处理事情,按照组织程序,也该由我来。何况我觉得那边没什么大事,你要是去了,那不是白白授人以柄,节外生枝?”“啥意思?”他没听懂教导员最后用的两个成语,好在这两个词解释起来并不难,无非就是被人抓住把柄,平白无故地增添麻烦。“我就不信有人还要打这个小报告!”刘振华气不打一处来,自己做这些哪里有什么私心?难道还真当自己是舍不得营长职务,被停职了还要大包大揽?想想教导员说的也不无道理,于公于私,现在他也没有权限带着战士去处理事端,还处于反思的阶段。先前徐参谋说的那些,刘振华看似不理会,实际上也都听到了心里。“个人英雄主义”这可不是个什么好词儿,尤其机枪手和小家伙儿以及三班长牺牲是不争的事实。说到底,是他的责任,作为营长和临时营地的负责人,他必须得承认指挥上有漏洞和错误。即便叛匪来袭是突发情况,那他为何不提前针对这种可能出现的意外做好预案?

在教导员的坚持下,刘振华撇着嘴,也没再坚持。一班全体已经集合完毕,刘振华交代一班长务必保护好教导员的安全。垦区里唯一一个望远镜,他让教导员一并带上,方便随时观察情况。因为是紧急集合,一班的战士们走得匆忙,内务都没顾上整理。刘振华看还有些时间,便回地窝子里给他们一个一个地整理着。整好了床铺,他发现一名战士的鞋子破了个大洞，又用苇子絮从里面往外垫补垫补，还舍不得丢掉，当即把自己的一双新鞋从枕头底下抽出来给他换上。

到了劳动时间，朱有福看到整个一班还有营长和教导员都不在，以为又出了什么大事，慌慌张张地在地窝子门口叫喊。“教导员带着一半的人去临时营地检查工作，没啥事！走，咱们干活儿去！”朱有福看营长不肯多说，也就没有继续追问。“中午睡得咋样？没睡？”刘振华诧异地问道。再一看朱有福手里有几页稿纸，又改口说道：“在学文化？你小子可以啊，响应得很积极！”朱有福笑笑说道：“营长，这是我写的入党申请书，不知道过不过关，正想着找你看看！”刘振华听后一把拿过，一个字一个字地读了起来。弄得朱有福很不好意思，连声说道：“营长你小点声，这么多……这么多战友都在呢！”“怕什么！不管写得好不好，你有这个入党的积极性，还写了申请书，那就是进步！进步就要夸奖，就要让别人知道，不然怎么带动其他战友？咱们要共同进步，这是互帮互助！”说完继续读了起来。朱有福跟在旁边，脸涨得通红。“营长，咋样啊！”朱有福看刘振华读完，怯生生地问道。“不错！”刘振华声音不大，朱有福一下子没有听清，还以为自己哪里写错了。“很不错！”紧跟着刘振华又说一句，还重重地在朱有福后背上拍了一巴掌！“比我当年写的好多了，当年我的入党申请翻来覆去就那几句车轱辘话！你看看你这，有认识、有反思，还有对自己的要求和标准，写得真是太好了！”朱有福咧嘴笑了起来。他牺牲了午休时间写出来的入党申请得到了营长这样的表扬，显然也出乎了他的意料。“等教导员回来拿给他看看，估计没啥改动的地方。就是字儿有点乱，重新抄一下就好了，不是啥大问题！”

两人都莫名激动，干起活儿比上午又快了不少。朱有福是因为被表扬，刘振华是看到那申请书，想起了自己入党的时候。

3

“营长，你看！”刘振华全然沉浸在自己的世界中，朱有福突然打断了他。“怎么了？”顺着朱有福指着的地方看去，发现一人正飞奔而来。一边跑一边大声喊：“营长，营长！司令员来看我们啦！”刘振华和朱有福一样，根本没听清。“啥事让你这么跑！”他第一反应是临时营地出了事情。教导员有大麻烦，让一班长赶紧跑回来报信。还不等他说出个所以然来，刘振华转头就准备让战士们放下农具，拿起放在地头上的枪准备前往支援。

“不是营长，没出事！是……是司令员来了！”一班长喘着粗气，断断续续地说道。这次刘振华听得清清楚楚。“你说啥？司令员来了？”“是！团长和徐参谋陪着司令员，还有军区好多首长，都来了。”一班长回答道。他跟着教导员刚到临时营地外围，就看到附近已经是岗哨密布。提前回去的一连长和机耕队的袁队长正在给司令员汇报机耕队的工作进展和实习农场的建设情况。“然后呢？说重点！”刘振华着急地问道。他知道派一班长先回来肯定是有急事通知。“然后教导员让我回来给营长说，司令员他们一会儿就来，要看看咱们垦区的耕地播种情况，然后晚上在营地吃晚饭！”刘振华毫不担心检查播种情况。他刚刚巡视过一圈儿，全部都达标，完成的质量还都很高，绝对能过得去司令员这一关，吃饭却让他一筹莫展。

营地根本没有能拿得出手的东西。上次为了欢迎王润芬，那只鸡还是用教导员自己的津贴和卷烟换来的。这会儿不说有钱没钱，连去买的时间都不够。“教导员还说啥了没？”一班长摇摇头，刘振华叹口气，这样一来就只能指望船到桥头自然直了。再一看作业区内的战士们个个灰头土脸，光着膀子的，把衣服系在腰上的，裤兜里揣着帽子的。他当即命令道:“全体人员都去水渠旁洗洗脸！洗干净之后,各自整理军容,以班为单位,班长落实检查!”

战士们听到司令员要来,也都激动不已,呼啦啦地跑向水渠边。“你也去洗洗,别给大家丢人!”刘振华对一班长说道。他自己还是不放心地在地头上转了一遍又一遍,生怕有什么遗漏或疏忽的地方。

车轮滚滚,车辆停在作业区不远处,司令员说到就到。刘振华正准备迎上去敬礼打招呼,忽然想起来自己已经不是营长了,赶紧扭头叫来那两个连长上去支应。战士们已经站好队列。刘振华看了看自己旁边的战士,倒是都把军装穿好了,就是右手边最近的这个战士帽子有点歪,领子还有一边翘着。正想提醒他调整,司令员已经走到了队伍前面。刘振华和教导员对视了一眼,看着对方悄悄点了点头,一脸轻松的样子,刘振华立马放松了不少。

“大家伙儿的精神头都很好啊!”司令员站定之后,仔细打量了一遍众人后说道。“就是……”说罢朝这名战士的脖子上抹了一把。“知道我来,刚去洗的脸吧？洗脸不知道洗一洗脖子,你看这泥水流下来,不又把衣服弄脏了？哈哈,快去再洗洗,都去!”战士们整齐地高声答应着,准备依照司令员的命令,再去水渠旁洗脖子。

刘振华跟在队伍的最后面,却被团长喊住:“刘振华出列!”刘振华立正,转身,敬礼,报告,一气呵成,中气十足,嗓音洪亮。“刘振华,我这到你的地头上来了,你带我看看?”刘振华不敢相信这话竟然是从司令员嘴里说出来的。一时间情绪涌上来,差点哽咽得说不出话了。“是!”他猛地吸了一下鼻子,便给包括司令员在内的一众首长介绍起来。他说得很细致,而且很实在,几乎说了司令员想要了解的所有问题。

“嗯,干得不错！不过困难肯定也是有的,你也别不好意思讲。”刘振华想了想,回答道:“司令员,没啥困难!”司令员有些不高兴地说道:“咋了,你沙梁子垦区富到这个程度了？富得流油？那我可得让你们做点贡献了!”一听司令员这么说,刘振华立马急了,赶紧解释道:“没有没有,司令员,我们……我们哪富啊!”司令员笑着说道:“这不就是了? 我都来了,想哭穷就大胆哭! 能给你们解决的尽量解决。解决不了,起码也发现了问题,咱们讨论讨论肯定能改善情况!”刘振华这才吞吞吐吐地说道:“司令员,最大的问题还是口粮问题。那个……不瞒您说,刚才一班长告诉我今晚司令员您要和其他首长在沙梁子垦区吃晚饭,我还在愁没有东西,这饭可咋吃啊!”话音刚落,所有人包括他自己在内都笑了起来。司令员说道:“你们团的徐参谋来你这儿还有鸡吃呢,你刘振华不能这么藏着掖着啊,因为我们不是你们团里的,就连口饭都舍不得?”刘振华苦笑着解释道:“司令员,这咋能呢! 这次是……是您来得太突然了,我们都来不及做准备!”司令员指着远处的卡车说道:“放心,今天我们不占你的便宜,自己带了东西! 不过下次,你可得杀鸡请我吃!”

走到耕地旁的一块开阔处,司令员接着说道:“垦区也不能只单一发展,要多元化。你看这里,圈起来不就可以养点东西? 等庄稼一长起来,肯定有不少虫子。鸡吃虫,鸡粪还能当肥料,还能下蛋再孵出小鸡来,你说是不是?”“报告司令员,之前在临时营地我就准备这样干的。从芦苇荡里抓了几只野鸭子,已经养起来了。结果……发大水,围栏给冲垮了,鸭子就全跑了!”司令员安慰道:“没事,这个养殖要慢慢来。现在粮食紧缺,戈壁滩上要是庄稼没长起来,鸡也没东西吃。反正时机你们自己把握,方法也得慢慢摸索。等你们觉得可以了,我能帮你们解决一些小鸡娃的问题,算是给你们开个路口,后面的路还得自己去修!”

有了司令员的承诺,大家都振奋无比,刘振华更是保证以后沙梁子垦区一定会建立起一个大型的养鸡场,做到农业和养殖业齐头并进,让垦区的效率和收益再上一个大台阶!“可以,你们继续干,别耽误了春播! 另外安排点人去把卡车上的东西卸到营地去!”刘振华领命后,带着一班长和几名士兵去卸货，教导员也跟了上来。司令员则在原地和军区其他首长以及张团长、徐参谋等人开起了关于垦区发展工作的“现场会”。

“刚才你冲我点头是啥意思?”教导员回答道:“啥意思你还不知道?跟我在这儿装糊涂呢? 没听刚才司令员咋跟你说话的!”刘振华知道自己的感觉没错，但毕竟还没有正式的文件通知，他不想“高兴得太早”!“好家伙，老刘，快来看! 司令员给咱们带了这么多好东西!”

木头箱子里装的都是整箱的罐头，还有许多耐放的新鲜蔬菜和肉!“白菜! 大葱! 这都不怕放，挖个菜窖，一个夏天都不会坏!”刘振华激动地说道。最里面放着一些红彤彤的东西，因为车厢里光线昏暗，他没有看清。司令员的警卫员看到刘振华的眼神，脸上立马有些紧张:“好了，就这么多东西，我和大家一起搬到营地去吧!”说着还用身体挡在了前面。刘振华立马收回视线，不再看也不多问一句。

营地里，炊事班老班长看着司令员带来的物资，激动地说道:“营长，你说今晚做几个菜?”刘振华笑骂道:“你也是个老同志了，别有啥都写在脸上! 我看啊，还和上次一样。你弄几个像样的菜，咱们招待司令员和其他首长。然后再弄个解馋顶饱的，给战士们好好吃一顿!”老班长说道:“那我还是搞个大烩菜! 用肉汤炖，鲜肉、罐头、白菜，弄上一大锅，保准大家伙儿都能吃美了!”刘振华同意这个方案。大锅饭，就要大锅炖、烩，这才香才过瘾! 但他也提醒道:“咱可不能当那暴富的穷人，不管多充裕，还是得学那做买卖的小掌柜! 别一顿都霍霍了!”因为人多，刘振华和一班的战士们在营地中间的空地上摆了桌子。害怕不够，还把教导员地窝子里的桌子都搬了出来。

这张桌子质量最好，高度适中，便让司令员坐。司令员一坐下，就看到了桌子上的墨水痕迹:“这还是张有文化的桌子啊，哈哈，一看就是教导员的!”教导员被这变相的夸奖弄得有些害羞:“司令员，垦区条件不好，桌子凑不齐，只能搬出来凑个数！”司令员摆摆手说道：“主要是大家一起吃饭热闹，有没有桌子无所谓。当初打仗的时候，咱们站着不也热热闹闹吃一顿饭！”

开饭前徐参谋特别交代刘振华安排几个代表和首长们坐在一起，刘振华和教导员一商量，除了三个连长外，又点了一班长、朱有福、赵明霞和李秀英四个人。这里面有基层的指战员，有新到的女兵和卫生员，还有起义部队的，算是涵盖了整个垦区的各方面人员。

自我介绍的时候，朱有福显得有些底气不足。待他说完，刘振华急忙补充道：“司令员，各位首长！朱有福可是沙梁子垦区中最优秀的战士之一！”然后将他来到沙梁子垦区的贡献说了一遍后，还拿出了朱有福写的入党申请书。司令员特意要了去，让警卫员把灯靠近些，认认真真看了一遍，说：“写得好！写得真好！朱有福同志，我觉得你已经具备一个共产党员所要具备的优秀品质和奉献精神了！”说着，他顺手将入党申请书递给了张雄伟。“司令员都这么认可！看来沙梁子垦区又要多一名党员了！”所有人都在为朱有福高兴。在张雄伟的带领下，大家以水代酒，欢迎司令员和其他各位首长来沙梁子垦区检查工作。

水缸子放下后，张雄伟看向司令员，低声说道：“司令员，我现在读？”司令员点头后，张雄伟站起身，看了一眼刘振华，朗声说道：“现在我宣布一个决定！”刘振华身子一抽。该来的终归会来，但他没想到会这么快，而且还是当着司令员和军区其他好几位首长的面。“刘振华同志不经请示，在击退叛匪之后意气用事，擅自调动部队进行追击作战，擅离职守，对机耕队所属的贵重国有资产——拖拉机造成了一定程度的损坏，还对其所在的实习农场构成了一定程度的安全风险，影响较为恶劣。”张雄伟读到这里，顿了顿，才继续下去：“但经综合考虑，认为刘振华同志在后续的追击战斗中将叛匪彻底歼灭，保卫了战斗地附近的百姓村镇和团部，对维护地区稳定起到了极为积极的作用。综上所述，对刘振华同志警告处分一次，结束停职调查，恢复其营长职务！”刘振华觉得脸上有些湿润，伸手一抹，已是涕泗纵横。他用力挤出来个比哭还难看的笑，端起缸子，朝首长们示意了一圈，哑着嗓子说道：“我绝对不会辜负……不会辜负首长们对我的信任！一定和教导员，和同志们一起，把沙梁子垦区建设好！”

说完这才发现自己的缸子里早就空了，司令员替他解围，说道：“哈哈哈，水少喝点！留着肚子吃喜糖吧！”“喜糖？”“谁的喜糖？”刘振华摸不着头脑。不知怎的，他却不自觉地看向了赵明霞。赵明霞听到刚才团长宣读的文件，眼里也噙着泪，默默地看着他。两个人就这么蒙眬地对视着，彼此间的心意不言而喻。警卫员提过来一个大口袋，里面漏出来的东西红彤彤的，正是先前刘振华在卡车车厢最里面看到的东西。他心想这么“机密”的东西怎么拿出来了，同时擦干眼泪，目光朝四周扫视了一圈。

“赵明霞！”正在走神之际，忽然听到有人叫自己的名字，赵明霞条件反射般站起身回答：“到！”司令员双手扶着桌子，也缓缓站起身说道：“赵明霞同志，择日不如撞日，刚好今天人多热闹，你们张团长主持，我当个证婚人，你和刘振华把事儿办了吧？”一边说一边把提包里的东西一样样拿出来。两个大红的喜字，还有一匹花布，两双新鞋。瓜子和糖则是一股脑倒了出来，直接占据了半个桌子。

“教导员同志，咱垦区还有多的地窝子吧？”教导员一听就知道这是要给刘振华布置洞房，头点得像小鸡叨米一样。“有！司令员，有哇！我那个地窝子两分钟就能腾好！”“那快去，把这俩喜字儿贴起来，布置出点样子来！”教导员领了命正要起身，却一把被刘振华拽住：“这是咋回事，咋司令员给我证婚？你是不是早就知道了？”到了这个节骨眼，教导员还有什么好隐瞒的，已经是生米煮成熟饭了，由不得他。

原来司令员在团部接见前来探亲的军属时，王润芬就提到了沙梁子垦区的很多事情。再加上徐参谋、张团长每人说一段儿，早就知道了刘振华和赵明霞之间的事情。他得知张雄伟本来就准备最近来沙梁子垦区给刘振华操持这件事之后，高兴地说这样的好事自己可不能错过，既然早晚都要办，不如提前办了，还能让同来的人一起吃块喜糖，沾沾喜气！现在更是主动担任了证婚人。

刘振华这喜事办的，可谓是全新疆军区独一份！“司令员，司令员……”“哟，新郎官有话要说！”司令员带头鼓掌。“不是……司令员，团长，各位首长，这个……我和赵明霞同志……”张雄伟问道：“怎么，这么高标准，司令员给你证婚，你还不满意？”刘振华红着脸，指着赵明霞说道：“我哪不满意啊，就是……就是不知道赵明霞同志她……她那个……”

“我愿意！”不等刘振华嘴里那絮叨话说完全了，赵明霞便大声说道！众人的目光立马直勾勾地看向她，这让天不怕地不怕的姑娘捂着脸转过了身去。“好了，赵明霞同志都表了态！刘振华，你怎么回事？大男人磨磨叽叽的，还有点英雄营长的样子吗？教导员都给我说了，早就让你拿出端炮楼拔据点的劲儿来，你就这么黏黏糊糊的？”团长的激将法在刘振华身上永远有效！刘振华当即也大声说道：“我也愿意！谁说我不愿意了！”趁着刘振华这个气势，司令员当场说道：“我宣布，刘振华同志和赵明霞同志从革命战友变成合法夫妻！大家鼓掌！”徐参谋一手一把，抓起桌上的喜糖，纷纷扬扬地撒向刘振华和赵明霞的头上。“快，吃刘营长的喜糖了！”战士们一个个争着喊着来抢喜糖，生怕晚了就没自己的份儿了。

教导员也刚好布置好了洞房，看到刘振华帽子上落了个喜糖，拿下来就吃进了嘴里，笑着汇报道：“报告司令员，洞房已经布置完毕，请司令员检查！”司令员笑着摇头说道：这个我就不检查了，只要这对新人满意，我就没意见。不过我提议啊，刘振华和赵明霞是你们沙梁子垦区的第一对新人。现在条件有限，这个洞房嘛，就可以把它当作一个公共的

洞房。看众人都没听懂,司令员解释道:“意思就是,不管以后谁结婚,都用这同一个场地,这样既不增加垦区负担,还能让这个地窝子里的喜气越积攒越多！后来结婚的同志不是就有更多祝福!”

司令员这个方案得到了大家的一致认可,在团长的带领下,全部鼓掌通过。“好了,我吃饱了,同志们慢慢吃,多吃点！今晚是你们营长的喜宴!”刘振华激动地说道:“等以后有条件了,我请大家吃顿好的！到时候请司令员,各位首长都来!”司令员笑了笑对刘振华说道:“怎么样,你这个新郎官吃饱了没？吃饱了我们走走？别着急着入洞房嘛!”刘振华脑袋摇得跟拨浪鼓似的,一口气说了三四个“不着急”！他每多说一次,赵明霞就多害羞三分,最后实在忍不住,朝他胳膊上重重捶了一拳头!

司令员提前离桌是为了让战士们彻底放开,徐参谋留在饭桌上支应,张雄伟还有刘振华、教导员跟在司令员身后,向营地的边缘走去。“刘振华,还有一个情况一并告诉你。”团长特意放慢脚步,对刘振华说道。“关于沙梁子垦区牺牲的那三名同志,三班长孙得宝,机枪手郑明,还有你们叫他小家伙儿的董健,上面已经在研究关于他们追授烈士的问题了。等批下来之后,他们的家属就能按时领取补助,起码生活上就有了保障。”

刘振华看着面前的戈壁滩,自己在这里成了家,但却失去了三名战友,该用什么心情去面对？司令员停住了脚步,开口道:“你们说,想要建设好一个地方,除了垦区的农业、畜牧业以外,还需要什么?”教导员读书多,马上回答道:“还需要工业!”司令员肯定道:“说得对！未来,这些戈壁滩可不光只有农田,还要有工厂,这是建立一个城市的基础!”刘振华问道:“司令员,咱们是要建城市了吗?”司令员转过身来说道:“就在这里,沙梁子垦区,军区决定先建立指挥部,开展建市的各项相关筹备工作。刘振华,我问你,这个大梁你敢不敢挑?”事关重大,但刘振华还是毫不犹豫地答应了。

夜深人静，刘振华和赵明霞坐在“洞房”门口，互相依偎着，久久都没说一句话，两人只想静静地享受这种宁静的美好。“振华，司令员后面说啥了，能给我说吗?”刘振华咧开嘴，很是疼惜地摸了摸她的头，说道：“能啊，咋不能呢！”“司令员说，咱们沙梁子垦区要建城市！以后啊，就是你们刚来的时候，我老说的那句话……”“戈壁起高楼，沙海变绿洲！”赵明霞抢过刘振华的话说道。

月光映出两人的剪影，连同这句话一起照遍戈壁滩，照遍整个天山。月光下吹过的风中，乍一扑面似是饱含悲壮，但细细体味之余，实则全是慷慨！

随着沙梁子垦区和天山南北各垦区的建设发展，从1953年春开始，农一师、农二师、农三师、农四师、农五师、农六师、农七师、农八师陆续成立。1954年10月7日，按照党中央和毛泽东主席的战略决策，中国人民解放军新疆军区生产建设兵团正式成立。新疆的屯垦戍边事业，从此进入史无前例的发展阶段。

天山慷慨，时光灿烂，军垦战歌在天山南北激荡回旋……